I0565812

Вторая от воды

Петр Боборыкин

Вторая от воды

© Индоевропейских Издание , 2021

ISNB: 978-1-64439-549-3

СОДЕРЖАНИЕ

Вторая от воды

ВТОРАЯ ОТЪ ВОДЫ

(Разсказъ)

I

— Отвѣчай же, Витя!

— Извольте, мамочка, только вы неотчетливо спрашиваете.

— Ладно. Все ты финтишь. Говори сначала: Cartagenienses... Ну?

— Cartagenienses cum minos...

— Нѣтъ minus, а не minos.

— Ахъ, позвольте!... Ну, разумѣется, minus.

— А потомъ что? Вотъ и прильпё!

— Не прильпе-съ, а знаю!

И мальчикъ духомъ выпустилъ всю тираду:

— Cum minus ee die exspectarent...

— Постой!... Ты знаешь ли, какая это форма: exspectarent?

— Какже не знать? Это подготовишкѣ совѣстно задавать такіе вопросы. Вотъ и опять сбили! Я дальше пойду...

— Сдѣлай милость.

— Ну, да у меня твердо въ промежуткѣ; а потомъ такъ: hostes aut pugnam e navibus...

— Вотъ еще какія тонкости: е... А по-моему бы просто: ex.

— Кто же это скажетъ ex, мамочка? E navibus egressi partim per agros errabant, partim in tabernaculis quiescebant!

Гимназистикъ такъ и выпалилъ, въ оба раза, слово "partim", смакуя его; а къ концу предложенія звучно перевелъ дыханіе.

— Такъ, небось?

— Недурно!

Въ опрятной, небольшой столовой, подъ висячею лампой сидѣли за столомъ, покрытымъ скатертью сѣраго толстаго сукна, молодая еще женщина и мальчикъ лѣтъ двѣнадцати.

Ей было подъ тридцать. Очень небольшаго роста, она казалась подросткомъ за этимъ обѣденнымъ столомъ: голову она нагнула низко надъ тетрадкой и облокачивалась на оба локтя. Темное мериносовое платье ловко сидѣло на ней безъ морщинки и по корсету. И прическа черныхъ волосъ показывала привычку заниматься своею головой. Но лицо уже отцвѣтало. Щеки потеряли румянецъ; по обѣимъ сторонамъ довольно крупнаго носа легли двѣ складки; добродушный ротъ съ толстоватою нижнею губой показывалъ зубы не совсѣмъ ровные. Въ глазахъ, длинныхъ,

1

сѣрыхъ, красивыхъ, улыбка перемежалась съ притворно-строгимъ выраженіемъ, когда густыя брови придвигались концами къ переносицѣ.

Мальчикъ, въ блузѣ гимназиста, откинулся на спинку дубоваго рѣзнаго стула и держалъ голову такъ, какъ держатъ ее, когда хотятъ хорошенько и поскорѣе все вспомнить. Онъ положилъ на столъ одну только правую руку. Тоненькіе пальцы ея перебирали обрѣзъ учебника, случившагося тутъ. Голова мальчика, съ выпуклымъ лбомъ и стрижкой подъ гребенку дымчатыхъ волосъ, закруглялась подъ свѣтомъ лампы; бѣлая кожа лба, румянецъ дѣтскихъ щекъ, узенькіе каріе глаза и по двѣ ямочки на каждой щекѣ — пышили здоровою возбужденностью. Въ голосѣ его уже звучали альтовыя ноты.

— А еще есть письменныя упражненія, Витя?

— На завтра — все; больше нѣтъ. Теперь только изъ русскаго.

— Давай.

— Я и одинъ. Что же вамъ трудиться?

Мальчикъ протянулъ къ ней ласково свободную кисть руки.

— Какъ знаешь: я не устала. Что-жь, чай будемъ пить?

— Я готовъ... Сдѣлаю передышечку.

Онъ вскочилъ со стула, быстро собралъ тетрадки и книжки. Та, которую онъ звалъ "мамочкой", потянулась, сдержала зѣвоту и позвонила. Подъ лампой висѣла каучуковая груша воздушнаго звонка.

— Хочешь, чтобъ я сама заварила?— спросила она Витю.

— Веселѣе будетъ!

Мальчикъ уже стоялъ въ дверяхъ, на пути въ свою комнатку.

— Сказать Марьѣ?— звонко крикнулъ онъ.

— Да, скажи, что я звонила — столъ накрыть и самоваръ.

— Хорошо, мамочка.

Витя убѣжалъ. Столовая сразу сдѣлалась скучнѣе и просторнѣе. Ее не наполнялъ больше говоръ латинской репетиціи, переливы звонкаго, вздрагивающаго голоска.

Марина Игнатьевна, наконецъ, встала, перевела плечами, точно хотѣла стряхнуть съ себя одеревенѣлость членовъ. Но въ ея большихъ глазахъ появился тотчасъ же налетъ тоски и безпокойства. Она пожалѣла, про себя, о томъ, что репетиція такъ скоро кончилась. Ужь не обманулъ ли ее немножко Витя? Съ нимъ забавно. Какъ онъ выпаливалъ "partim" и опять "partim", и такъ вкусно выговаривалъ звучное слово "tabernaculis".

И ей не страшны теперь ни латинскія слова, ни спряженія, ни "супины", ни "герундіи", ни "творительный самостоятельный", ни дательный — то же "самостоятельный". Въ два какихъ-нибудь года она настолько выучилась сначала самоучкой, потомъ у студента, что можетъ, хотя и съ грѣхомъ пополамъ, подъучивать Витю.

Латинская грамматика и балетъ, школа, гдѣ столько лѣтъ она

2

носила цвѣтное платьице съ бѣлою пелеринкой и фартукомъ и каждое утро выстраивалась въ залѣ, вдоль стѣнъ и оконъ, въ ожиданіи учителя! И звукъ скрипки у ней, только что она зажмурится, сейчасъ начинаетъ чуть слышно раздаваться, какъ комаръ... Всѣ старыя мелодіи старыхъ, классическихъ па... Да и потомъ, уже на службѣ, сколько лѣтъ продолжала она ѣздить въ ту же школу, мечтала объ успѣхахъ, добилась повышенія, была старательнѣе почти всѣхъ своихъ товаровъ и натрудила ногу, въ щиколкѣ, потеряла гибкость, много отъ этого плакала и спустилась до званія корифейки... Почти что до "второй отъ воды".

Много стало у ней свободнаго времени. Вотъ тутъ и занятія съ Витей пришлись очень кстати. И "русскимъ предметамъ" учили ее плохо. Надо было многое заново протвердить. А потомъ и латинскій языкъ не испугалъ, хотѣла даже и по-гречески начать, да греческій Витѣ, почему-то, давался гораздо больше, чѣмъ латынь.

Каждый вечеръ, послѣ урока, почти однѣ и тѣ же мысли приходятъ ей. И все они вдвоемъ съ Витей. Послѣ чая онъ еще позубрить немножко у себя, въ началѣ одиннадцатаго ляжетъ спать, а она читаетъ, читаетъ — до тѣхъ поръ, пока глаза не начнутъ слипаться.

Прежде ждала звонка; теперь не ждетъ больше. Тогда въ спальнѣ стояли двѣ кровати; теперь только одна,— вотъ уже прошло четыре мѣсяца, какъ заведенъ такой порядокъ. И онъ уже не будетъ измѣненъ.

— Маша! что же самоваръ?

Марина Игнатьевна окликнула горничную непроизвольно. Ей нужно было выйти изъ этого неизбѣжнаго обдумыванья все однихъ и тѣхъ же фактовъ, одного и того же положенія.

— Позовите Витю пить чай!— сказала она горничной, когда самоваръ былъ поставленъ и все остальное, что нужно къ чаю.

Его мурлыканье она любила, да и вообще въ столовой менѣе жутко, чѣмъ въ остальныхъ комнатахъ.

II

Витя пилъ чай основательно, изъ большаго стакана, съ подстаканникомъ, подареннымъ ему при переходѣ во второй классъ: Мальчикъ любитъ чай не очень сладкій, но чтобъ покрѣпче. Съ чаемъ съѣдаетъ плюшку; масла не любитъ и сухарей также,— у него въ горлѣ "стрекочетъ" отъ нихъ.

Между первымъ и вторымъ стаканами — иногда и третій попросить — онъ дѣлалъ передышку, и тутъ всегда у нихъ происходитъ разговоръ. Витя разсказываетъ про классы, уроки, отмѣтки, товарищей и учителей; разсуждаетъ вслухъ о жизни "вообще" и дѣлаетъ своей "мамочкѣ" разные вопросы.

Съ ней онъ сжился. Онъ знаетъ, но только съ поступленія въ гимназію, что Марина Игнатьена — не родная мать ему, что онъ осиротѣлъ по второму году; но представить себѣ какую-нибудь другую женщину въ роли его матери онъ никакъ не можетъ. Портретъ его "настоящей" мамы ему подарили, тоже около того времени, какъ онъ поступилъ въ гимназію; другой ея портретъ виситъ у отца, въ кабинетѣ, надъ кушеткой. Она была, какъ и эта "мамочка", въ балетѣ. Витя произноситъ "танцовщица", съ удареніемъ на предпослѣднемъ слогѣ, хотя и отецъ, и Марина Игнатьевна отучали его много разъ отъ такого удареніа. Но въ гимназіи такъ произносили, а все, что гимназія, было для Вити почти закономъ умѣнья жить и высшей грамотности.

Съ Мариной Игнатьевной у него всегда лады; онъ ее любитъ и внутренно жалѣетъ; но съ тѣхъ поръ, какъ сталъ говорить, постоянно говорилъ ей "вы". Отцу — "ты". Смутно понималъ онъ и то, что "мамочка" не всегда была для отца женой; что онъ сначала жилъ съ отцомъ на другой квартирѣ и туда она пріѣзжала часто и оставалась подолгу. Потомъ всѣ трое стали жить на одной квартирѣ; но только уже позднѣе они разъ поѣхали въ церковь, и на мамочкѣ было бѣлое платье съ бѣлыми же цвѣтами на головѣ, и дома ихъ поздравляли, съ бокалами шампанскаго. Онъ тогда еще хорошенько не зналъ, кто у него была настоящая мать. Первая Марина Игнатьевна стала ему говорить, что покойная его "мама" приходилась ей родственницей и жили онѣ въ большой дружбѣ, и учились вмѣстѣ, вмѣстѣ ихъ и выпустили "на службу".

По двѣнадцатому году, послѣ разныхъ разговоровъ въ гимназіи, Витя многое сообразилъ. И сталъ, даже и передъ самимъ собой, какъ бы скрывать то, что его родная мама не была женой отца, а также и то, что теперешняя "мамочка" не сразу ею сдѣлалась; онъ старался объ этомъ позабыть, что ему не всегда удавалось. Онъ ее очень "уважалъ" и уваженіе это росло въ немъ. Не хотѣлось ему думать что-нибудь дурное про отца; но онъ не могъ ни приласкаться къ нему, ни поговорить съ нимъ хорошенько. Отца никогда почти не было дома въ тѣ часы, когда Витя возвращался изъ гимназіи. Кое-когда отецъ остается обѣдать, спроситъ его о чемъ-нибудь, но не серьезно, а такъ, чтобъ подцѣпить, или выругаетъ кухарку за плохую ѣду; съ "мамочкой" перекинется двумя-тремя словами, больше посвистываетъ или читаетъ газету между кушаньями и куритъ со втораго блюда.

Витя чувствовалъ, что у нихъ въ домѣ неладно. Ему много разъ хотѣлось прильнуть къ своей мачихѣ, положить ей голову на колѣни или на плечо, поцѣловать ее въ щеку и спросить: "какъ ей живется". Но онъ стыдливъ. Ему это кажется слабостью, смѣшною

4

сантиментальностью. Ему всегда хочется быть "мужчиной". И, кромѣ того, онъ не желаетъ становиться между отцомъ и "мамочкой". Кого-нибудь да надо будетъ осудить. Такъ всегда бываетъ въ жизни. Не могутъ быть оба правы!... Мамочкину жизнь онъ знаетъ, какъ на ладонкѣ, а отцовскую — ни чуточки. Непремѣнно придется кого-нибудь обвинять.

Но въ этотъ вечеръ Витя не выдержалъ. Онъ подмѣтилъ въ лицѣ Марины Игнатьевны что-то новое.

— Мамочка-съ!...— началъ онъ и откинулъ сейчасъ же голову.

По этому оклику она ожидала какого-нибудь вопроса поучительнаго свойства. Она рада была давать на нихъ отвѣты, но у ней не всегда доставало знаній. Иногда ей приводилось говорить ему:

— Я, право, не знаю, Витя. Меня плохо учили.

И ей было каждый разъ совѣстно за то, что она "такая дубишка".

— Мамочка-съ,— повторилъ Витя.

Онъ не рѣшался спросить сразу.

"Вотъ опять что-нибудь мудреное спроситъ",— подумала Марина Игнатьевна.

— Скажите, пожалуйста,— продолжалъ Витя,— у папы развѣ такая тяжелая служба?

Она взглянула на него изъ-за блюдечка.

Марина Игнатьевна пила обыкновенно въ прикуску или въ "пригрызку", какъ она выражалась.

— Какъ тебѣ сказать... Не думаю, чтобы очень.

"Зачѣмъ это ему?" — спросила она себя, не чувствуя еще, куда ея пасынокъ желаетъ придти. Она до сихъ поръ не позволяла себѣ, глазъ-на-глазъ съ нимъ, хоть что-нибудь высказать объ отцѣ неодобрительное, хоть слегка пожаловаться.

Такой "гадости" она никогда себѣ не позволитъ.

— Вечеромъ папа бываетъ ли въ своемъ департаментѣ?

— Не знаю, право, Витя.

— Какъ же это вы, мамочка, никогда не полюбопытствовали?... Я думаю, что у него не очень много дѣла... по службѣ. Навѣрное, меньше, чѣмъ у насъ, напримѣръ, въ гимназіи.

— Какъ же ты себя сравниваешь? Ты еще маленькій.

— Такъ что, что маленькій? Вотъ перейду въ старшіе классы, тамъ еще тяжелѣе будетъ. Небось, недаромъ нынче вездѣ въ газетахъ пишутъ, что нашего брата переутомляютъ непосильными занятіями. Это такое новое слово есть — переутомленіе; не я его, мамочка, выдумалъ.

— Я знаю! Такъ какъ же быть, коли иначе нельзя, чтобы въ студенты попасть?— спросила Марина Игнатьевна, обрадованная поворотомъ разговора. Витя — не особенный охотникъ жаловаться на трудность уроковъ; но гимназія и гимназисты — его конекъ, и онъ, навѣрное, будетъ объ этомъ и дальше говорить.

Но Витя повернулъ опять къ отцу.

— Вѣдь, папа пишетъ въ газетахъ?

— Какъ же.

— О театрахъ?

— Да, Витя.

— Гдѣ же онъ обыкновенно свои статьи пишетъ? Не у себя же дома,— его никогда дома не бываетъ?

— Какъ же ты можешь это знать,— ты въ девятомъ часу уходишь?

— Да, вѣдь, это правда, мамочка. Зачѣмъ же скрывать? Я знаю хорошо, что папа очень поздно встаетъ и въ будни не раньше, чѣмъ въ воскресенье, часу въ двѣнадцатомъ. Въ первомъ въ департаментъ поѣдетъ... Тамъ его и слѣдъ простылъ!

Мальчикъ весело разсмѣялся. Онъ не хотѣлъ осуждать отца и ему его разспросы казались просто необходимыми, чтобы многое выяснить. Замѣтилъ онъ уже давно, что "мамочка" очень жмется, на провизію даетъ мало, съ кухаркой часто у ней идутъ перекоры, горничная жалуется,— онъ это слышитъ черезъ перегородку,— на барыню кухаркѣ, своимъ чередомъ, и все на то, что "каждую копѣйку усчитывать начала". И одѣвается она все въ черномъ, одно "платьишко" (Витя такъ называетъ про себя) и въ праздникъ, и въ будни, извощика рѣдко возьметъ, а въ каретѣ ѣздитъ только въ казенной, когда пріѣдутъ за ней на репетицію или на спектакль.

— И много папа зарабатываетъ въ обоихъ мѣстахъ?— спросилъ онъ, принимая отъ Марины Игнатьевны второй стаканъ чаю.

— Въ какихъ обоихъ?— переспросила она, почти нехотя.

Направленіе разговора ей не нравилось. Она могла бы прикрикнуть, сказать ему, что онъ задаетъ ей пустые вопросы и слишкомъ еще малъ, чтобы во все носъ совать. Но она не хотѣла его огорчать. Витя — мальчикъ послушный, покладливый, очень умненькій. Если его оборвать, онъ, конечно, замолчитъ, но тотчасъ же пойметъ, что мамочка не желаетъ быть откровенной въ самыхъ простыхъ вещахъ. Такимъ путемъ онъ скорѣе можетъ начать подозрѣвать что-нибудь.

— Василій Ѳедорычъ получаетъ хорошее жалованье.

— Тысячу или больше?

— Больше. Какое же нынче жалованье тысячу рублей? Это только я вотъ на пятидесяти рубляхъ въ мѣсяцъ сижу.

Витя зналъ, что она получаетъ каждый мѣсяцъ жалованье въ Театральной улицѣ, и это очень поднимало въ его глазахъ значеніе его мачихи, какъ личности.

— Что-жъ вы себя обижаете?— съ большою живостью возразилъ онъ.— Вы бы теперь тысячи получали, и бенефисъ, и все прочее, еслибъ не случилась съ вами бѣда. За то пенсія у васъ будетъ, мамочка, вѣдь, будетъ?

Еслибъ она сказала: "не будетъ", это сильно огорчило бы его.

— Если не прогонятъ, пожалуй,— съ замѣтною грустью вымолвила Марина Игнатьевна.

— Ну, ужь это позвольте!— задорно вскрикнулъ онъ.— Кто же такую подлость сдѣлаетъ?

Когда Витя поставилъ стаканъ на подносъ и утерся салфеткой, онъ перевелъ свои узенькіе глаза на Марину Игнатьевну и въ этихъ карихъ глазкахъ засвѣтилось опять упорное преслѣдованіе все той же мысли. Она сейчасъ же поняла, что онъ вернется въ занятіямъ и жалованью отца.

— И въ газетѣ ему хорошо платятъ? Вѣдь, да, мамочка?

— Кажется.

— Я навѣрное знаю. Сарапуловъ, товарищъ одинъ, онъ сынъ конторщика въ той редакціи, мнѣ какъ-то говорить этакъ, въ перемѣну: "Твой отецъ здброво получаетъ. Ему по двѣнадцати копѣекъ платятъ за театральные отчеты". Онъ зря не скажетъ,— прибавилъ Витя и даже немного нахмурилъ свои такія же густыя, какъ у мачихи, и красивыя брови.

— Да, конечно,— проговорила Марина Игнатьевна и ее началъ разбирать страхъ: вдругъ какъ она не выдержитъ и расплачется?

А въ головѣ мальчика шла упорная логическая работа. Если папа въ обоихъ мѣстахъ получаетъ много,— клади тысячъ пять, а то, быть можетъ, и больше, да "мамочка" своихъ имѣетъ шестьсотъ,— куда же идутъ всѣ эти деньги?

Ему было извѣстно, что за квартиру платятъ семьсотъ рублей, кухарка получаетъ всего восемь рублей, горничная семь, на обѣдъ выдается два рубля. И на себя "мамочка" тратитъ такъ мало, такъ мало... Онъ стоитъ не больше какъ рублей четыреста и съ ученіемъ. Эта цифра показалась ему очень большой. Ужь не идетъ ли на его ученье, обмундировку и книги все, что составляетъ ея жалованье?

Этотъ вопросъ заставилъ его еще больше смутиться.

— Мамочка!— окликнулъ онъ ее, точно высвобождаясь изъ напряженной головной работы надъ трудною задачей.— Вѣдь, папа въ карты не играетъ, въ большую?

— Да онъ ни въ какую, кажется, не играетъ, — отвѣтила Марина Игнатьевна и стала перемывать стаканъ Вити.

Онъ тихонько спустился со стула, обошелъ позади ея сидѣнья, взялъ ее за голову и припалъ своею головой къ ея плечу.

— А вы все однѣ — со мной, да съ латынью!

Ему хотѣлось все высказать: и то, какъ она усчитываетъ каждую копѣйку, и какъ бѣдно одѣвается, и все остальное.

Марина Игнатьевна поняла своего пасынка, поцѣловала его въ лобъ и даже пожала его руку.

— Я не одна, Витя... Мы съ тобой — друзья.

III

Бьетъ въ столовой два часа ночи. Марина Игнатьевна давно уже погасила свѣчу. Въ спальнѣ горитъ ночникъ. Она не можетъ отъ него отвыкнуть. Ей было бы страшно, до сихъ поръ, какъ маленькой. Вся квартира спитъ: Витя, горничная, кухарка. Горничная не раздѣвается. Надо будетъ идти отворить барину, когда онъ вернется. И она же позвонитъ горничной, отъ себя: у той сонъ такой крѣпкій, что звонокъ съ лѣстницы въ кухню не разбудитъ ее.

Василій Ѳедоровичъ не вернется раньше четырехъ. Скоро настанетъ такая ночь, когда онъ и совсѣмъ не придетъ, или къ утру; а потомъ и съѣдетъ. Сегодня ей эта возможность явилась впервые совершенно ясно.

Что же удержитъ его? То, что она его законная жена? Развѣ нынче бракъ что-нибудь значитъ, да еще въ такомъ обществѣ, гдѣ они встрѣтились, у всѣхъ этихъ любителей балета, ухаживателей и содержателей? Вѣдь, она еще дѣвочкой, по четырнадцатому году, отлично понимала все. Были и между ея товарками такія, что постоянно мечтали о замужствѣ. И она сама говорила, что пристроиться прямо изъ школы хотя бы и за хорошаго человѣка, все-таки, жить въ грѣхѣ, приравнять себя къ содержанкамъ. Однако, кругомъ мало кто выходилъ замужъ, хотя многія держались долго. Держатся или такія, что въ талантъ свой вѣрятъ, хотятъ выбиться, славу получить, и тогда уже, лѣтъ тридцати, выдти замужъ съ разсчетомъ, или за человѣка, который передъ ними на заднихъ лапкакъ, а то такъ тѣ, что не красивы, не бойки, манеръ нѣтъ, говорить не умѣютъ: хотятъ чѣмъ-нибудь себя отличить во множествѣ такихъ же.

Она не была ни красавицей, ни даже очень хорошенькой; но ее замѣчали, любили съ ней болтать, сложеніемъ брала, со всѣми умѣла пошутить; ни съ кѣмъ не ссорилась и между простыми фигурантками. И вотъ случилось же, что, на двадцатомъ году съ небольшимъ, стала "жить" и съ кѣмъ же?!— съ бывшимъ пріятелемъ своей покойной подруги. Глупа была, тщеславна, ей льстило то, что онъ про нее въ газетахъ напишетъ, кое-когда фамилію ея упомянетъ. И тогда уже онъ обращался съ ней свысока, давалъ ей чувствовать, что еслибъ онъ за ней и сталъ ухаживать, то, все-таки, она никогда не замѣнитъ дня него "Онечку". Кто изъ товарокъ желалъ ей добра, отговаривали ее не только чтобы жить съ нимъ "такъ", а даже и отъ выхода замужъ.

— Онъ все равно, что вдовецъ, — говорили онѣ, — у него ребенокъ есть. У тебя свои могутъ пойти — няньчись съ чужимъ, тоже, вѣдь, незаконнымъ.

Но ребенокъ-то и сдѣлалъ все: она заѣхала разъ и Витю

8

привели. Держали его небрежно. Сразу стало ей жаль этого мальчика.

Съ тѣхъ поръ и пошло быстрое сближеніе. О женитьбѣ и не заикались. Безъ всякой церемоніи, съ постоянными насмѣшками и прибаутками, отвергалъ отецъ Вити всякій законный бракъ и доказывалъ, что артистка — на какой угодно сценѣ — "не смѣетъ" выходить замужъ, даже если она только полезность, а не крупный талантъ. Замужнихъ, по его мнѣнію, слѣдовало бы гнать со службы, какъ подающихъ дурной примѣръ. Въ такихъ-то разговорахъ они и сблизились. Она тогда все еще продолжала смотрѣть на него снизу вверхъ, считать его "авторитетомъ", человѣкомъ совсѣмъ другой породы, гордилась его вниманіемъ, насчетъ "искусства" пила каждое его слово.

Черезъ нѣсколько мѣсяцевъ онъ ей отдѣлалъ квартиру и туда же перевезъ мальчика. Она мечтала быть матерью, нужды нѣтъ, и незаконнаго ребенка; но матерью она не стала и это ей было объявлено докторомъ съ первыхъ же мѣсяцевъ ихъ сожительства. Тѣмъ сильнѣе начала она привыкать къ Витѣ. Можетъ быть, онъ и повелъ въ замужству или въ ней, скорѣе чѣмъ она думала, начался внутренній разборъ своего сожителя. Она никогда не хитрила съ нимъ; но на судьбу мальчика указывала и пробила похлопотать о томъ, чтобъ ему даны были права. Изъ самолюбія, должно быть, отецъ пошелъ на это. Когда Витя получилъ имя — и ея положеніе сдѣлалось какъ-то другимъ. Она не приставала: "Женись!" — и очутилась женой. Теперь, по прошествіи нѣсколькихъ лѣтъ, начинаетъ она догадываться, почему оно такъ случилось.

И тогда уже ее не любили, охладѣли и къ ласкамъ, да и посѣщенія стали рѣже. Общей квартиры еще не было; но онъ увлекался — тоже все въ балетѣ — и наскочилъ на полный отказъ, только онъ усиленно скрывалъ свое ухаживанье. Появились послѣ похвалъ ругательныя статьи. И это не подѣйствовало.

Вотъ тогда на ней и женились изъ досады, чтобы показать другой, что ничего серьезнаго въ томъ новомъ ухаживаніи нѣтъ и не можетъ быть. Гдѣ уже было отказываться отъ такого счастія!... Она еще любила его, еще надѣялась на то, что онъ не всегда будетъ такимъ. Наконецъ, она должна была сдѣлать это для Вити. Ребенокъ выросъ на ея рукахъ, вѣрилъ еще тогда, что она его "мамочка", что другой матери у него и не бывало никогда. Да и къ памяти Онечки она не охладѣла. Та и "съ того свѣта" скажетъ ей спасибо за то, что она не отказалась отъ брака, не ушла отъ ея ребенка, стала для него настоящею матерью.

И все это уже грузомъ лежитъ на ея еще молодыхъ плечахъ, отняло раньше времени и свѣжесть, и почти всякую радость жизни.

Она немножко забылась.

Не сонъ овладѣлъ ею, а грезы въ видѣ картинъ. Въ нихъ была

9

связь. Она увидала себя подросткомъ лѣтъ четырнадцати. Тогда она была не по лѣтамъ мала, но полненькая, съ бѣлыми наливными ручками и большими глазами — совсѣмъ уже женщина въ миніатюрѣ. Давали какую-то оперу Верди и она была "занята" въ группахъ. Въ антрактѣ сидитъ она на полу, приготовляется принять позу, выученную подъ муштровку балетмейстера: чтобы правую ногу вытянуть носкомъ кнаружи, лѣвую слегка согнуть въ колѣнѣ, лѣвою рукой подпереть подбородокъ, правою держать пальмовую вѣтвь, а глаза повернуть въ публикѣ.

Кругомъ сидѣли и лежали ея одноклассницы, тоже подростки, и въ полголоса болтали. Около нихъ сновалъ народъ: плотники, бутафоры, большія танцовщицы, фигуранты; бѣгалъ, какъ угорѣлый, помощникъ режиссера. Стали показываться и пѣвцы. Одинъ изъ нихъ; теноръ, не самый первый, а изъ хорошихъ — итальянецъ со свѣтлыми кудрявыми волосами и длинною бородкой, въ богатомъ расшитомъ испанскомъ костюмѣ, шелъ подъруку съ капельмейстеромъ. Они остановились передъ группой, гдѣ лежала Мариша.

Теноръ поглядѣлъ на нее и улыбнулся. Ему, должно быть, показалась забавною ея поза, или глаза понравились, или голенькій согнутый локоть... Онъ сдѣлалъ ей ручкой. И капельмейстеръ, въ бѣломъ галстукѣ, кивнулъ ей головой. Оба прошли за кулисы и что-то между собой часто-часто заговорили по-итальянски. Капельмейстеръ ей казался "противнымъ": носъ у него былъ съ горбомъ и хрящавый, и борода шершавая, и лысина.

А у тенора мягкіе глаза и ротъ съ бѣлыми-бѣлыми зубами. Маришѣ сейчасъ шепнула ея подруга Васяткина 2-я:

— Онъ тобой интересуется!

Онѣ уже очень много занимались "этимъ" и съ учениками, и съ фигурантами, и съ посторонними, кто навѣщалъ подругъ.

— Вотъ еще глупости!— отвѣтила она, но подъ румянами покраснѣла.

Во время дѣйствія теноръ зашелъ въ кулису, сдѣлалъ ей опять ручкой и показалъ коробку конфектъ.

— Ну, какже не интересуется?— шепнула ей Васяткина, и какъ разъ въ такую минуту, когда надо было хорошенько держаться, не дрогнуть, не опустить какъ-нибудь правой руки съ вѣтвью.

Все, что она перечувствовала въ эти три четыре минуты, всплыло теперь, точно сейчасъ случилось: и на конфеты тенора тянетъ поглядѣть, и надо напряженно держаться въ позѣ,— боишься режиссера и учителя. Вся красная, лежала она, изломанная своею "аттитюдой".

Теноръ все стоялъ у кулисы, улыбался ей и глазами указывалъ на коробку конфектъ. Наконецъ-то кончились танцы. Она вскочила, оправила юбочки и остановилась на ходу, не сразу побѣжала за другими. Идти ей надо мимо той кулисы, гдѣ стоялъ теноръ, или въ проходъ рядомъ.

— Что-жь ты?— окликнула ее Васяткина.— Мариша, иди же!

Она опустила рѣсницы — у ней уже и тогда онѣ росли густыя — и пошла не очень скоро, правою рукой отряхивая тюники.

— Bonsoir, petite!— окликнулъ ее теноръ.

Она остановилась и присѣла. Теноръ сунулъ ей коробку. Кругомъ не было никакого начальства; подруги подхватили ее и конфекты были сейчасъ же съѣдены въ уборной.

Послѣ того началось ухаживанье итальянца. Всю зиму, и въ этой оперѣ, и еще въ другой, и какъ только она занята въ балетѣ — онъ непремѣнно на сценѣ, подойдетъ, по-французски говоритъ,— она уже и тогда болтала немножко,— держитъ себя съ нею почти какъ съ маленькою, даже раза два за подбородокъ бралъ, по иностранному, но она хорошо понимала, что у него къ ней "интересъ".

Такъ прошла зима; постомъ итальянцы разъѣхались. Мариша получила отъ какого-то француза, въ началѣ весны, большую коробку конфектъ и альбомъ съ карточками разныхъ оперныхъ и балетныхъ артистовъ, гдѣ "ея" теноръ былъ въ цѣлыхъ пяти роляхъ. Иностранецъ объяснилъ ей, что "ея другъ" посылаетъ ей это къ Пасхѣ, какъ красное яичко. И большое шоколадное яйцо лежало въ коробкѣ конфетъ.

Въ классѣ уже всѣ знали, что у Мариши есть "предметъ", и она только изъ "гордости" скрываетъ, что это ей пріятно.

По тенорѣ она соскучилась за весну и лѣто; очень развилась въ тѣлѣ, выросла почти такъ, какая она теперь — подъ тридцать лѣтъ. Она уже считала себя большой. Только что открылся сезонъ, теноръ опять передъ ней, вездѣ, на спектакіяхъ и репетиціяхъ, а ее стали часто занимать; она мечтала быть выпущенной первою солисткой. Уже не одни конфекты получала она отъ него въ подарокъ... Подруги прожужжали ей уши про то, какъ онъ "врѣзался".

— Онъ старъ!... У него ужь порѣдѣли волосы,— отвѣчала всегда Мариша.

— Глупая ты!— стыдили ее.— У него жалованья одного двѣнадцать тысячъ за пять мѣсяцевъ.

И въ самомъ дѣлѣ, итальянецъ сильно увлекся ею, даже порусски сталъ учиться. Къ ея выходу онъ познакомился съ ея семьей — мать была еще жива и старшій братъ — и самъ заговорилъ о женитьбѣ.

Узнали, что онъ женатъ; а онъ уже считался своимъ человѣкомъ, хотя слова она ему не давала. Онъ не отперся, но готовъ былъ хлопотать о разводѣ. Оказалось, что и дѣти у него есть.

11

Она отказала. Тогда уже она познакомилась съ тѣмъ, кто теперь собирается бросить ее.

Итальянецъ развелся бы и былъ бы ей вѣренъ, и жили бы они, припѣваючи. Слышно, онъ и теперь еще поетъ, и на хорошихъ сценахъ. Говорилъ кто-то, что вилла у него на Комскомъ озерѣ и давно онъ овдовѣлъ.

Марина Игнатьевна чуть-чуть забылась. Ее разбудилъ сильный звонокъ.

Горничная спала. Звонъ повторили сердитою рукой.

"Ни за что она не проснется! Надо отпереть".

Въ пеньюарѣ, накинутомъ наскоро, пошла она отворить наружную дверь. Она была почему-то довольна тѣмъ, что очутится съ глазу-на-глазъ съ мужемъ въ этотъ поздній часъ.

IV

Ея мужъ вошелъ въ переднюю и тотчасъ сталъ отряхать мерлушковую шапку, покрытую мокрымъ снѣгомъ. И бобровый воротникъ его зимней шинели былъ также мокръ.

— Этакая мерзость!— повторялъ онъ, морщился и ёжился весь.

— Дай я встряхну...— предложила она.

— Не надо! А что же та, принцесса, спить?— спросилъ онъ, недовольный тѣмъ, что жена вышла къ нему.— Съ какой стати ты не спишь еще?

— Не спалось.

Онъ былъ во фракѣ, черный галстукъ сидѣлъ небрежно; одна пуговица жилета разстегнута. Она быстро замѣтила все это.

Навѣрное, онъ отъ "той".

Лампа передней освѣщала всего отчетливѣе гримасу его сморщеннаго, уже потертаго, краснаго лица. На темной бородкѣ блестѣли капли растаявшихъ снѣжинокъ. Тутъ же онъ началъ зѣвать во весь ротъ.

— Прощай! Спать пора!— Онъ потянулся и заломилъ руки кверху.

— Я посмотрю, все ли Маша приготовила какъ надо.

Марина Игнатьевна пріотворила дверь въ кабинетъ, гдѣ ему стлали на широкомъ турецкомъ диванѣ. Въ рукѣ она держала свѣчу.

Какъ будто она колебалась немного, войти или нѣтъ, но вошла, зажгла обѣ свѣчи на письменномъ столѣ, въ то время какъ онъ, еще на ходу, стаскивалъ уже съ себя фракъ.

Фракъ онъ бросилъ на стулъ и опустился на диванъ, въ ногахъ.

12

— Василій Ѳедорычъ!...— окликнула она его.

Такъ она его звала часто по имени-отчеству, продолжая быть съ нимъ на ты.

— Что нужно?— отозвался онъ, не поворачивая головы въ ея сторону, и опять сталъ ужасно зѣвать, потягиваться и переводить плечами.

— Да перестань такъ зѣвать!— не могла она его не остановить.

Глаза ея оглядывали съ особеннымъ выраженіемъ эту зѣвающую, перекошенную отъ утомленія или ѣды за ужиномъ мужскую фигуру. Онъ не былъ пьянъ, но навѣрное, пилъ немало и еще больше того ѣлъ... Весь онъ дышалъ пресыщеніемъ послѣ ночнаго визита къ своей любовницѣ, или ужина съ нею въ отдѣльномъ кабинетѣ ресторана. Какъ ни старалась она не думать о его поведеніи съ нею, она не могла же не видѣть тутъ, передъ собою, этой безцеремонной измѣны.

И неужели,— она все еще вглядывалась въ его лицо и голову,— неужели она могла когда-нибудь увлекаться имъ?... Да, вѣдь, у него наружность дворника или много разнощика,— не изъ тѣхъ, у кого хорошія, народныя лица, а изъ пьющихъ мороженщиковъ, грубыхъ, нахальныхъ, плутоватыхъ, — что-то до нельзя циническое во всемъ его существѣ. Для такого человѣка нѣтъ и не можетъ быть ничего внѣ самодовольства, дерзкой наянливости, ѣды, питья, женщинъ, важничанья тѣмъ, что его знаютъ и боятся, что онъ можетъ всѣхъ "продернуть".

Ей стало вдругъ такъ гадко на него смотрѣть, что она оставила было свою мысль — вызвать его на объясненіе.

— Что же ты торчишь?— спросилъ онъ и началъ сдергивать съ себя жилетъ.

Окрикъ вывелъ ее изъ себя.

Она осталась и сѣла въ кресло.

— Послушай, Василій Ѳедорычъ,— начала она,— тебя, вѣдь, не увидишь днемъ... и обѣдать ты пересталъ дома.

— Что такое?— съ гримасой перебилъ онъ.— Дайте мнѣ спать.

— Успѣешь,— отвѣтила она, и насмѣшливая улыбка прошлась по ея доброму и крупному рту.

И то, какъ она сѣла въ кресло, показывало ему, что она не уйдетъ, пока не скажетъ своего.

Онъ сидѣлъ безъ жилета, съ галстукомъ, свернутымъ на сторону. Зѣвота продолжала поводить его.

— Такъ дальше нельзя!— заговорила она тише, видимо, сдерживая себя.— Я къ тебѣ приставать не стану; но и дурой я быть не хочу. Я знаю, ты меня обманываешь, и съ кѣмъ — тоже знаю. Лучше теперь покончить, чѣмъ дожидаться, что ты самъ сбѣжишь. Имѣй настолько смѣлости, скажи лучше прямо.

— Я не желаю въ пятомъ часу ночи объясняться!— почти крикнулъ онъ и вытянулъ правую ногу.

— Не кричи!... Витя проснется. Желаешь ты или не желаешь, а я тебѣ вотъ что пришла сказать: ты меня разлюбилъ, или лучше никогда не любилъ меня, нашелъ теперь новый предметъ. Ты ей квартиру отдѣлалъ. Такъ лучше переѣзжай къ ней совсѣмъ. Я насильно тебя удерживать не стану. А мнѣ моя жизнь — въ этихъ условіяхъ — опостылѣла, я считаю ее унизительною. Да и сынъ твой скоро все понимать станетъ. Онъ уже сегодня началъ мнѣ задавать вопросы, очень для тебя невыгодные. Лгать ему все не будешь.

— Куда же вы придти хотите? Говорите!

Зѣвота проходила. Онъ что-то уже соображалъ.

— Куда я хочу придти, спрашиваешь ты? Я могу требовать отъ тебя содержанія, если меня окончательно бросишь, но я этого не хочу. Проживу и одна. Но мальчикъ твой ко мнѣ привязался, и я его люблю. Ты имъ заниматься не будешь. Ты никого не любишь, у тебя вотъ тутъ,— она указала на сердце,— пустушка. Оставь его при мнѣ,— ну, давай что-нибудь на ученіе. Упрешься, такъ и этого не нужно. Какъ нибудь и безъ тебя справимся.

— Чѣмъ же это? На пятьдесятъ-то рублей жалованья?

Онъ засмѣялся такимъ смѣхомъ, что она вся покраснѣла.

— Молчи!— почти крикнула она.— Не твое дѣло.

Ея тонъ изумлялъ его. Съ какого это времени она вдругъ набралась смѣлости? Забавно! Все была безгласная или повторяла то, что онъ ей скажетъ, а тутъ,— извольте думать!— приходитъ и предъявляетъ ультиматумъ въ пятомъ часу ночи.

Но онъ понялъ сразу, что она не шутитъ, что это ея рѣшительныя слова и что онъ для нея потерялъ прежнее обаяніе. Она сама способна уйти отъ него.

"Скатертью дорога!" — мысленно проговорилъ онъ, но надо было, все-таки, поломаться, поддержать свой авторитетъ.

— Все это распрекрасно,— онъ зѣвнулъ звонко и даже до слезинокъ на узкихъ, плутовато-дерзкихъ глазахъ,— только дайте мнѣ спать, повторяю я, а завтра мы обсудимъ дѣло. Въ своемъ поведеніи я никому отчета давать не намѣренъ, но и насильно держать никого не желаю.

— Мальчика-то нечего при себѣ оставлять,— быстро выговорила она.— Когда захотите,— она перешла на вы,— вы можете его видѣть. Разумѣется, лучше у меня, чѣмъ у васъ.

— Ну, ужь это я самъ разсужу! И, главное, оставьте меня въ покоѣ. Кабы зналъ, лучше бы совсѣмъ не возвращался.

У ней дрогнуло въ груди. Вотъ какъ кончилась ея любовь, ея замужство! Вѣдь, онъ хоть и не отецъ ея ребенка, но онъ отецъ Вити, да и у ней не было другой связи, и никогда другой привязанности не было.

— Покойной ночи,— сказала она глухо, чтобы сдержать рыданія, подступившія къ горлу.

14

Онъ даже ничего не отвѣтилъ ей, а упалъ на подушки полураздѣтый, продолжая зѣвать и потягиваться. Дверь затворилась за нею тихо и она чуть слышными шагами прошлась по продолговатой площадкѣ, куда выходила и дверь въ комнатку Вити. Передъ этою дверью она пріостановилась и стала слушать.

Изъ комнатки не доходило дыханіе мальчика въ полурастворенную дверь.

"Спитъ",— подумала Марина Игнатьевна, и ей стало тепло отъ мысли, что она уведетъ мальчика съ собой, что не будетъ онъ такъ рано презирать отца.

И такъ же беззвучно прошла она въ свою комнату. Она знала теперь навѣрное, что разлука съ мужемъ не убьетъ ее. Уваженія къ ней нѣтъ, ласки отъ него нѣтъ, простой доброты или порядочности — и того нѣтъ въ немъ. А ея "брачная" постель — давно "холостая", холодная. Да это и не глодало ее,— давно уже она стала смотрѣть на себя, какъ на старуху. Теперь надо одной прожить,— вотъ что важно, и мальчика не бросать.

Успокоеніе сошло на нее. Она сняла съ себя пеньюаръ, повѣсила его аккуратно, поправила ночникъ, затушила свѣчу, укуталась и подложила подъ лѣвую щеку маленькую подушечку.

Ея мысль опять остановилась на пасынкѣ. Она съумѣетъ съ нимъ переговорить. Онъ не уйдетъ отъ нея, а если Василій Ѳедоровичъ за ночь приготовитъ какую-нибудь "каверзу", она не испугается,— и на него есть начальство. Скандалы онъ другимъ любитъ устраивать и глумиться въ печати, а самъ какъ огня боится всякаго обличенія.

Съ "такимъ" надо и за угрозу взяться. Она знаетъ ходы. И всѣ его ненавидятъ. Каждый будетъ радъ удружить ему.

Изъ кабинета долетѣлъ послѣдній припадокъ зѣвоты.

V

— Карета пріѣхала!— доложила горничная.

Марина Игнатьевна была у себя въ спальнѣ и приготовляла свою корзину.

За ней пріѣхала театральная карета. Она нарочно съ Витей пообѣдала раньше обыкновеннаго. Онъ теперь сидитъ у себя въ комнатѣ. Отецъ его не обѣдалъ дома. Цѣлый день не видала его она; когда онъ проснулся, въ первомъ часу, Марина Игнатьевна была на репетиціи. Ее "заняли" въ одномъ возобновленномъ балетѣ.

Теперь она собиралась въ театръ весело. Хорошо, что ее не совсѣмъ тамъ забываютъ. Разумѣется, въ корифеи на высшій окладъ ее не переведутъ, но, значитъ, и не выгонятъ. Режиссеромъ назначили другаго: этотъ добрѣе, помнитъ ее по школѣ, всегда балагуритъ. По поводу репетицій она станетъ почаще бывать и въ школѣ, на утреннихъ упражненіяхъ.

Въ головѣ ея еще вчера сложился цѣлый планъ. Если она, послѣ болѣзни ноги, не можетъ уже отойти далеко "отъ воды", то "теоріей" она не переставала интересоваться. Никто не мѣшаетъ ей попристальнѣе приглядываться къ тому, какъ балетмейстеръ учитъ, какія новыя pa придумываетъ. Старыя она всѣ прекрасно помнитъ и даже наиграетъ сейчасъ музыку на фортепіано, по слуху.

Корзина готова. Марина Игнатьевна отдала ее горничной и забѣжала проститься съ Витей.

Мальчикъ сидѣлъ спиной къ двери у стола, при лампѣ.

Она его окликнула.

Онъ обернулъ къ ней лицо и на половину привсталъ.

Сейчасъ догадалась она, что Витя не работалъ, а "думалъ", и даже то, что онъ думалъ о чемъ-нибудь семейномъ. Сегодня утромъ онъ ушелъ, не повидавшись съ нею, не хотѣлъ ее будить; за обѣдомъ что-то у него было особенное въ глазахъ. На него нашла молчаливость. Точно онъ приготовился заговорить о чемъ-то и не рѣшался, только два раза спросилъ:

— Папа не будетъ, значитъ, обѣдать?

И въ этомъ "значитъ" прозвучала еще неслыханная ею нота.

Больше такъ ничего и не сказалъ за обѣдомъ.

— Прощай, Витя!

— Вы поздно вернетесь, мамочка?

— Да, часу въ первомъ; ты ложись спать.

— А чаю вамъ?

— Не надо... Я тамъ, въ уборной, напьюсь.

Она имѣла обыкновеніе крестить его на ночь, и тутъ сдѣлала то же. Витя взялъ ея руку и поцѣловалъ.

И поцѣлуй этотъ былъ не такой, какъ всегда.

— Ну, какъ же прошло,— спросила она, согрѣтая лаской пасынка,— изъ латыни?

— Двѣнадцать.

— Какъ, бишь, повтори: partim?

— Per agros errabant...

— Ха, ха, ха!...

Ей сдѣлалось весело. Съ такимъ мальчуганомъ она не разстанется.

— Мамочка!— остановилъ ее Витя, когда она дошла до двери,— папа будетъ ночевать сегодня?

— А то какъ же?

Вопросъ удивилъ ее и даже смутилъ.

Витя сѣлъ опять къ столу.

16

Когда Марина Игнатьевна сходила съ лѣстницы,— горничная несла позади корзину,— ей опять пришло на умъ, что Витя о чемъ-то догадывается, что-то знаетъ и про что-то все собирается говорить съ ней.

"Какой нравный мальчуганъ!" — подумала она въ каретѣ. Но это "нравный" употребила она скорѣе въ похвалу.

Въ каретѣ уже сидѣла одна кордебалетная. Онѣ поклонились и поздоровались другъ съ другомъ суховато. Та была гораздо моложе ея и ужъ совсѣмъ изъ плохенькихъ. Обидѣть кордебалетную она не хотѣла, выказать ей пренебреженіе, только не знала о чемъ съ ней заговорить; и фамилію ея не могла припомнить. Навѣрное, кто-нибудь изъ экстерновъ. Въ ея время такихъ экстерновъ еще не было.

— Вы въ которомъ актѣ заняты?— спросила ее Марина Игнатьевна, чтобы выказать ей вниманіе.

— Въ первомъ, — отвѣтила кордебалетная молодымъ, звонкимъ голоскомъ.

И у ней былъ когда-то такой звонкій голосокъ, а теперь сталъ низкій, почти мужской, отъ частыхъ простудъ горла. Теперь по голосу каждый даетъ ей сильно за тридцать. Въ темнотѣ кареты, въ капорѣ, та дѣвочка, навѣрное, считаетъ ее сорокалѣтней, пожалуй, думаетъ, что она на второй службѣ, пенсію получаетъ, у молодыхъ кусокъ хлѣба изо рта выхватываетъ.

Ей до пенсіи еще пять лѣтъ слишкомъ. Да и дослужится ли? Могутъ и разсчесть, такъ — "здорово живешь", при новыхъ порядкахъ и сокращеніи штатовъ.

Карета четырехмѣстная; но иногда набиваютъ и шесть человѣкъ. Она спросила у кучера, "во сколько мѣстъ еще заѣзжать". Онъ сказалъ: "въ три". Стало быть, впятеромъ; но все будутъ женщины. Стекло съ ея стороны опущено. Свѣжій, но не холодный воздухъ входитъ внутрь казеннаго "рыдвана" и пощипываетъ щеки. Съ утра стало морозить.

Лошади плетутся, но ей не скучно и не страшно. Она совсѣмъ забыла про вчерашній разговоръ съ мужемъ. Ни къ чему она не готовится. Ей пріятно ѣхать въ каретѣ и чувствовать себя, попрежнему, "на службѣ". Легко такъ, пріятно, связанъ съ чѣмъ-то большимъ, съ такимъ дѣломъ, которое будетъ долго, долго стоять, переживетъ и ее, и всѣхъ, кто теперь имъ кормится.

Сколько разъ ѣздила она все въ томъ же направленіи; только заѣзжала въ разныя улицы и переулки. Карета везла ее сначала по Загородному. Тамъ посадили одну корифейку, моложе ея и опять изъ экстерновъ. Съ этой онѣ немного "покумили". Про новые оклады пошла рѣчь и про то, какъ Мальчугана незамѣтно овладѣла двумя новыми ролями,— не номерами танцевъ, а, шутка сказать!— ролями, хотя и въ старыхъ балетахъ.

17

— Очень понятно,— сыпала дробью корифейка,— при такихъ милліонахъ, хоть и съ лѣвой руки...

Все то же дѣйствуетъ, что и десять, и пятнадцать лѣтъ назадъ: протекція, богатый покровитель, ужины, обѣды, а также и ловкость умѣть ухватить то; что плохо лежитъ. Но это ее не возмущало.

"Всѣ люди — всѣ человѣки",— думала она. Давно ушла она отъ всѣхъ этихъ балетныхъ "грѣховъ", стала теперь репетиторшей пасынка, и по-латыни подзубриваетъ. Ну, есть такія счастливицы, да много ли ихъ? Пять, много десять, пятнадцать; а сколько перебивается? Не одна сотня. Хорошо еще, что вся эта мелюзга чувствуетъ себя "на службѣ", держится за свой заработокъ.

Еще не такъ давно, когда она разсталась съ мечтой выбиться впередъ изъ корифеекъ, на нее напало почти презрѣніе къ своему "глупому" дѣлу. Прыгать, ломаться, улыбки строить, одни и тѣ же пй выдѣлывать сотни разъ... Тогда все это казалось унизительнымъ. Себя она находила такою невѣждой, дубишкой, что ей совѣстно становилось передъ Витей. И въ разгаръ ея обученья латынью она всего пренебрежительнѣе смотрѣла на балетъ и балетныхъ.

Теперь это отошло. Латынь не мѣшаетъ ей чувствовать себя питомицей училища, винтомъ огромной танцовальной машины. Развѣ не все равно, какъ и въ какой спеціальности добывать кусокъ хлѣба? Пускай еще увеличатъ оклады. Тогда больше будетъ честныхъ дѣвушекъ: Соблазны и теперь уже не тѣ* что прежде. А искусство не умретъ! Нужды нѣтъ, что на него смотрятъ свысока и въ литературѣ, и въ обществѣ невѣждъ,— безъ таланта ничего нельзя создать и ногами. Кто предназначенъ для мимики и танцевъ, тотъ ничего другаго такъ же хорошо не будетъ дѣлать. Прежде все кричали, что балетъ — тепличное растеніе, что безъ казенныхъ денегъ онъ умеръ. А теперь на загородныхъ лѣтнихъ сценахъ онъ процвѣтаетъ. Частные антрепренеры выписываютъ первоклассныхъ европейскихъ балеринъ.

И объ этомъ поговорила Марина Игнатьевна съ корифейкой. Та стала обижаться за казенный балетъ. Слышно, хотятъ пригласить какую-то выписную, прямо изъ кафешантана. Виданное ли это дѣло, чтобы прямо съ "Острововъ" взять какую-то "акробатку" и поставить ее первою танцовщицей?

Марина Игнатьевна съ этимъ не согласилась. Что-жь такое? Не мѣсто человѣка краситъ; а если у этой акробатки есть что-нибудь особенное, пускай ее обновитъ нашихъ-то, поддастъ имъ огня и блеску. Можно держаться классической школы, но не надо впадать въ "казенщину".

Онѣ немножко поспорили. Корифейка не сдавалась. Но этотъ разговоръ о балетѣ на частныхъ сценахъ подкрѣпилъ ту мысль, съ которой Марина Игнатьевна ѣхала въ театръ.

— Вы увидите,— сказала она, какъ бы думая вслухъ,— вы увидите, что теперь многіе начнутъ учиться танцамъ съ воли, готовить себя на сцену.

Та промолчала.

Въ каретѣ былъ уже полный комплектъ. Еще двѣ фигурантки сѣли, гдѣ-то на Канавѣ, и потянулась набережная, вплоть до поворота, такъ знакомаго Маринѣ Игнатьевнѣ. Сейчасъ замигаютъ огни обоихъ театровъ и площадь откроется взгляду, рядъ каретъ и училищные фургоны, направо — и труба печки для кучеровъ и извощиковъ, а дальше, за мостомъ, Коломна, гдѣ когда-то жила она, еще до знакомства съ мужемъ.

Она первая выскочила, поддерживаемая дежурнымъ капельдинеромъ въ фуражкѣ и шинели. На этотъ разъ и подъѣздъ съ кучерами вдоль лавокъ, и сѣни съ обтертою лѣстницей, дѣлающей нѣсколько поворотовъ, были ей близки, подбодряли ее. Она весело поздоровалась съ однимъ изъ помощниковъ режиссера и стала подниматься въ уборную. Ходьба, бѣготня, оклики, смѣхъ и крики плотниковъ поднимали въ ней прежнія ощущенія, тѣ, что она имѣла десять лѣтъ назадъ.

Въ уборной набилось больше обыкновеннаго. Одѣвались еще не всѣ изъ ея партіи. Нѣкоторыя сидѣли въ платьяхъ; двѣ, три въ бѣльѣ, съ папиросами, другія натягивали трико или румянились передъ зеркалами, въ рѣзкомъ и горячемъ свѣтѣ отъ газовыхъ цилиндровъ.

Черезъ одну дверь одѣвалась Марѳуша Недозоркина, та, что будетъ наднях госпожей Травниковой съ лѣвой стороны, сожительницей Василія Ѳедоровича, ея мужа.

Она не полюбопытствовала узнать, пріѣхала та, или нѣтъ. Нѣкоторыя дѣлали уже въ ея присутствіи очень прозрачные намеки. Кому-то она еще не такъ давно сказала:

— Пожалуйста, душечка, не старайтесь уколоть меня: Василій Ѳедорычъ ухаживаетъ за Марѳушей. Это его дѣло.

Въ послѣднее время къ ней не приставали, хотя за спиной и самыя-то дрянныя считали ее "дурой" и "разиней". Она и это знала.

Внизу раздался продолжительный и раскатистый звонъ. Въ уборной стали одѣваться менѣе лѣниво. Трико было уже на всѣхъ и нижніе тюники всѣ, сколько полагается для классическихъ танцевъ.

Всѣми полегоньку овладѣло строевое чувство, дожидающееся перваго звука оркестра, чтобы сейчасъ же вспомнить все, что заучено, и приготовиться занять свое мѣсто.

У ней по правую и по лѣвую руку были двѣ сестры Желѣзновы, моложе ея; одна полная и тяжеловатая, безобидная и ужасно занятая своею работой. Она знала, что больше ей ходу нѣтъ, и это ее огорчало ежеминутно. Тотъ же червякъ грызъ когда-то и

19

Марину Игнатьевну. Теперь она нисколько не тяготится тѣмъ, что должна еще до пенсіи прыгать рядомъ съ сестрами Желѣзновыми.

По узкой лѣстницѣ спускались онѣ изъ уборныхъ, одна за другой, особеннымъ шагомъ танцовщицъ, съ опущенною головой, ступали башмаками безъ каблуковъ и колебались всѣмъ тѣломъ.

Внизу все уже было готово. Электрическій свѣтъ поливалъ бѣлесоватою матовостью декораціи, лица, трико, костюмы. Въ воздухѣ замѣчалось вздрагиваніе струй свѣта. Черные фраки, сюртуки служащихъ среди цѣлыхъ кучъ изъ женскихъ торсовъ, ногъ, газовыхъ юбокъ.

Что-то показывалъ одной изъ солистокъ французъ балетмейстеръ, немного въ глубинѣ сцены, и его отчетливый голосъ проникалъ сквозь гулъ разговоровъ въ группахъ женщинъ. Изъ-за занавѣса слышались звуки полупустой залы; инструменты перекликались въ оркестрѣ.

VI

Въ первомъ антрактѣ она, въ платьѣ, безъ костюма,— ей приходилось танцовать въ третьемъ дѣйствіи,— перешла черезъ сцену, остававшуюся довольно свободною, и припала глазомъ къ круглому отверстію занавѣса съ правой стороны. Она узнала, когда спускалась по сценѣ, спину и ноги своей "разлучницы", какъ она назвала въ шутку, про себя, теперешнюю подругу Василія Ѳедоровича. Марина Игнатьевна бросила на нее взглядъ, прежде чѣмъ припасть къ отверстію занавѣса. Та, навѣрное, переглядывается съ нимъ.

Зала представлялась ей полуосвѣщенною. У барьера перваго ряда стояло, лицомъ къ ложамъ, нѣсколько человѣкъ мужчинъ, военныхъ и штатскихъ. И сейчасъ же передъ нею мелькнуло скомканное, дерзко улыбающееся, красное лицо ея мужа. Онъ облокотился о барьеръ и смотрѣлъ на занавѣсъ къ тому мѣсту, гдѣ съ нимъ переглядывались.

Это ее не заставило вздрогнуть отъ обиды. Она даже посмѣялась внутренно. Значить, очень ужъ любятъ другъ друга, если такими забавами занимаются въ антрактахъ. Ей некому мигать въ кресла изъ театральной дырки. И это ее не печалить. Ее наполняло дѣловое чувство. Она начала опять жить тѣмъ, что дѣлается серьезнаго здѣсь, по сю сторону рампы, гдѣ служатъ искусству, какъ бы кто на него пренебрежительно ни смотрѣлъ.

Кто-то заговорилъ съ ея мужемъ. Онъ повернулся и сталъ отвѣчать громко, на весь театръ, такъ что до нея долетѣли звуки его тявкающаго голоса:

— Выдра! Колѣни внутрь, спины нѣтъ, груди нѣтъ!

"Разноситъ!" — подумала она и въ нее вошло новое, еще неизвѣданное ею чувство чистѣйшаго презрѣнія къ этому безстыдному ругателю. Только тутъ поняла она, какая у него душа, до чего онъ неисправимъ въ своемъ нахальствѣ.

"Хоть бы кто нибудь хорошенько проучилъ его тутъ, при всѣхъ, въ залѣ, ославилъ бы на вѣкъ!— думала она, блѣднѣя.— Да нѣтъ, его ничто не исправитъ. Онъ и тогда будетъ все такъ же гнусаво кричать на весь театръ, унижать, говорить объ артисткахъ, точно о какихъ четвероногихъ, ругать или одобрять свысока, не давая никому слова вымолвить".

Ей сталъ просто невыносимъ звукъ его голоса, все еще проникавшій, какъ ей казалось, сквозь щели занавѣса.

Она отошла. Поскорѣе захотѣлось ей сбросить съ себя обузу, да, обузу, и постыдную,— считаться "супругой" Василія Ѳедоровича, передъ которымъ прыгаютъ и первыя танцовщицы.

Марѳуша еще смотрѣла однимъ глазомъ въ дырочку.

Она ее окликнула.

— А, это ты!... Здравствуй!

Пухлыя плечики Марѳуши, чуть посыпанныя пудрой, вздрогнули. Глаза, сильно подведенные, вскинули своими тонкими рѣсницами и насмѣшливо улыбнулись.

Отъ нея пахнуло опопонаксомъ.

— Вотъ что, Марѳуша, — заговорила Марина Игнатьевна и заслонила ее собою такъ, что видѣнъ былъ только ея шиньонъ,— я хочу тебѣ предложить одну сдѣлку.

— Какую? Скажи, сдѣлай милость.

— Прибери ты отъ меня Василія Ѳедоровича.

Та вспыхнула.

— Какъ это прибери? Точно вещь онъ!...

— Ну, да! Возьми совсѣмъ. Что-жь такъ тянуть? Онъ съ тобой живетъ.

Марѳуша хотѣла перебить.

— Пожалуйста, оставь свои фасоны. Всё это знаютъ и я нахожу, что надо перейти теперь къ послѣднему дѣйствію. Вы созданы одинъ для другаго. Я не помѣха. Владѣй Василіемъ Ѳедоровичемъ, и чѣмъ скорѣе онъ съ тобой устроится, тѣмъ лучше будетъ.

Глаза Марѳуши тревожно мигнули. Она побаивалась Марины Игнатьевны. На слова она не была бойка, а та считается умною и, пожалуй, сейчасъ же высмѣетъ ее, если ужь на нее нашла такая "отчаянность".

— Ты все шутишь!— съумѣла она сказать.

Лицо Марины Игнатьевны стало еще серьезнѣе. Марѳуша замѣтила его нервность. Она трусила все больше и больше.

21

— Поди сюда!— пригласила ее Марина Игнатьевна къ сторонѣ, въ промежутокъ двухъ первыхъ кулисъ.

Та повиновалась.

— Такъ и скажи сегодня Василію Ѳедоровичу. Вѣдь, онъ домой или совсѣмъ не вернется, или на зарѣ. Скажи ему, что я завтра желаю покончить. Пускай остается въ той же квартирѣ. Я возьму съ собой только мебель спальной, да мои кое какія вещи. А насчетъ мальчика...

— Какого?— простовато спросила Марѳуша.

— Его сына... Насчетъ него мы поговоримъ съ нимъ особо... Вѣдь, тебѣ, Марѳуша, я думаю, не очень лестно быть мачихой. А мы съ мальчикомъ ладимъ... Ну, прощай; я пойду одѣваться. Не думай только, пожалуйста, что я шипѣть на тебя стану. Разумѣется, если ты будешь отворачиваться, я тебѣ первая кланяться не обязана.

И онѣ разстались.

Марѳуша поправила сзади своими пухлыми пальчиками верхніе тюники и пошла въ перевалочку, подергивала плечами и показывала длинный вырѣзъ спины, почти вровень съ седьмымъ ребромъ. Марина Игнатьевна перебѣжала сцену, хотѣла подняться въ уборную, но что-то сообразила.

— Пискуновъ одѣтъ?— спросила она у одного изъ бутафоровъ.

— Вотъ тутъ-съ.

— Есть кто-нибудь?

— Одни... чай пьютъ.

Пискуновъ былъ изъ хорошихъ танцовщиковъ, уже не молодой, переходилъ, полегоньку, на характерныя роли пантомимной игры. И дѣвочкой, и позднѣе она всегда балагурила съ нимъ и называла почему-то "крестнымъ", хотя онъ и не думалъ крестить ее.

— Иванъ Кузьмичъ!— окликнула она его въ дверяхъ уборной.

— Ась?— откликнулся онъ и вышелъ въ проходъ между кулисами.

Бѣлокурые его волосы были завиты "въ крутую", бритое лицо, вблизи со множествомъ морщинъ, еще сохраняло условную моложавость. Веселые сѣрые глаза улыбались ей.

— Мнѣ съ вами, Иванъ Кузьмичъ, надо имѣть обширный разговоръ.

— Сейчасъ?

— Нѣтъ! У меня. Или къ вамъ я пріѣду. Кстати, давно вашей жены не видала.

— Вы ее извините, она все хвораетъ.

— Знаю.

— А что такое?— съ участіемъ спросилъ танцовщикъ.

Въ труппѣ уже поговаривали про ея "незавидное" супружество, и всѣ, кто получше, жалѣли о ней.

22

— Да ничего! Вы не думайте, что я про себя вамъ изливаться хочу. А идея у меня.

Она выговорила слово "идея" съ забавною миной.

— Вотъ какъ?... Отлично!

— Такъ послѣ-завтра, часовъ около трехъ къ вамъ можно?

— Милости прошу, какъ разъ передъ обѣдомъ.

— А уроковъ у васъ все такъ же много?

— Да, Господь не обидѣлъ.

— До свиданія!...

Послѣ крѣпкаго рукопожатія она поднялась быстро по лѣстницѣ.

"Идея" засѣла въ ея головѣ крѣпко. Пискуновъ — танцовщикъ отличной школы, съ удивительною памятью, и еслибъ онъ попалъ въ балетмейстеры, онъ, навѣрное, выказалъ бы талантъ -по части выдумки новыхъ фигуръ. Цѣлые дни занятъ онъ уроками.

Но какіе это уроки! Уроки бальныхъ танцевъ въ заведеніяхъ и у себя дома барышнямъ, гимназистамъ изъ купеческихъ и чиновничьихъ семействъ. Не то у ней въ головѣ! Не даромъ она такъ горячо заспорила съ корифейкой въ каретѣ. Время идетъ къ новому разцвѣту искусства. Понадобятся артистки для частныхъ сценъ. Вотъ что нужно взять въ свои руки. И такой Иванъ Кузьмичъ лучше всякаго другаго съумѣетъ вести высшій классъ, а она будетъ съ "подготовишками"... Это слово ея пасынка, Вити, пришло ей на умъ и какъ то весело ободрило ее. Надо только подтолкнуть Пискунова.

Расходовъ нѣтъ никакихъ, риску еще меньше. Онъ же черезъ годъ будетъ пенсіонеръ. Нечего ему и за службу тогда особенно держаться.

— Мѣнялина! что-жь вы опоздали?— окликнули изъ ея уборной.

"По театру" она носила свое дѣвичье имя.

VII

Витя ушелъ въ гимназію, опять не поздоровавшись съ Мариной Игнатьевной, а она не спала. Онъ слышалъ, какъ она умывалась. Обыкновенно, онъ если и не входилъ къ ней, то въ пріотворенную дверь прощался.

На лицѣ его опять озабоченность. Уроки свои онъ готовилъ, вчера вечеромъ, одинъ — не плохо, но и не особенно хорошо. Изъ латинскаго врядъ ли получилъ двѣнадцать.

Все это не важно. Онъ занятъ другимъ. Объ этомъ "другомъ" онъ не переставалъ думать и въ классѣ, былъ разсѣянъ, отвѣчалъ не бойко, изъ одного предмета получилъ даже девять. Но это его не огорчило.

Домой онъ возвращался медленно, опустивъ голову, точно онъ чего-то искалъ на тротуарѣ. Онъ шелъ такъ тихо, что Марина Игнатьевна, отворяя ему дверь, спросила:

— Что такъ поздно, Витя?

— Ничего, мамочка, замѣшкался по дорогѣ.

Вошелъ молча, снялъ ранецъ и пальто.

— Проголодался?

— Не особенно.

"За что-то онъ на меня дуется",— подумала Марина Игнатьевна.

Она не могла понять, что дѣлается въ душѣ мальчика. Чѣмъ онъ огорченъ или озабоченъ?

За столомъ,— они обѣдали втроемъ,— Витя сначала молчалъ; потомъ взглянулъ раза два на отца, и эти взгляды подмѣтила Марина Игнатьевна. Она плохо понимала и то, зачѣмъ мужъ ея вернулся къ обѣду. Новаго объясненія у нихъ не было. Онъ только что пріѣхалъ и у себя въ кабинетѣ переодѣлся. Но по его минѣ она догадалась, что Марѳуша успѣла наканунѣ передать все, о чемъ у нихъ съ ней было переговорено.

Онъ ѣлъ супъ, глядя прямо въ стѣну, на то мѣсто, гдѣ висѣли часы, глоталъ его ложка за ложкой, безъ хлѣба и слегка причмокивая. Такую манеру считалъ онъ чрезвычайно порядочной. Заговорить первому ему не хотѣлось. И прежде бывало, что половина обѣда пройдетъ въ молчаніи.

Витя, послѣ супа, положилъ ложку въ тарелку, утерся основательно и поглядѣлъ на мать.

— Что-жь ты хлѣба не ѣшь?— спросилъ его отецъ.

— Дѣ, вѣдь, и ты не ѣшь, папа!— выговорилъ мальчикъ и улыбнулся.

— То я, а то — ты.

Мальчикъ промолчалъ, только нагнулъ голову съ такимъ выраженіемъ, что онъ знаетъ, какъ ему поступить и когда надо начинать дѣйствовать.

— Чего тамъ тянуть!— съ гримасой крикнулъ отецъ.

Второе кушанье опоздало минуты на двѣ. Это былъ языкъ съ картофельнымъ пюре. Мальчикъ слѣдилъ глазами за отцомъ, какъ тотъ понюхалъ блюдо, взялъ вилкой кусокъ языка, положилъ на тарелку немного пюре, еще разъ понюхалъ и тогда уже сталъ ѣсть.

— Какая мерзость!— вырвалось у него.

— Мы не знали, что ты будешь обѣдать,— спокойно замѣтила Марина Игнатьевна.

Мужъ оставилъ это замѣчаніе безъ отвѣта, закурилъ папироску и началъ не то посвистывать, не то напѣвать.

24

Къ такой манерѣ обѣдать Витя уже присмотрѣлся; но сегодня его чуть замѣтно подергивало въ лицѣ. Щеки стали очень блѣдны.

— Больше ничего, кромѣ блинцовъ съ вареньемъ, не будетъ,— сказала Марина Игнатьевна.

Тонъ ея оставался такой же спокойный.

Мужъ ея всталъ и крикнулъ у дверей:

— Кофею мнѣ — въ кабинетъ.

Мачиха и пасынокъ остались доѣдать обѣдъ.

Витя, по уходѣ отца, выпрямился и нервно перевелъ ногами подъ столомъ. Блѣдность его проходила. Онъ положилъ себѣ, послѣ Марины Игнатьевны, два блинчика и немного варенья и не сразу сталъ ѣсть ихъ.

— Мамочка!— чуть слышно окликнулъ онъ.

— Что, милый?

— Вы мнѣ позволите у васъ заняться послѣ обѣда?

— Почему такъ?

— Да я не буду вамъ мѣшать...

И глаза его,— такъ ей показалось,— договорили точно: "укладываться".

— Хорошо.

Кофей они не пили, доѣли пирожное и вышли изъ столовой.

Въ комнатѣ Марины Игнатьевны Витя присѣлъ на кушетку, помолчалъ немножко и все такъ же тихо выговорилъ:

— Мамочка, вы не разсердитесь, если я васъ кое о чемъ спрошу?

— Говори.

— Нѣтъ, вы даете мнѣ слово?

— Какія глупости, Витя!

— Я не хочу съ вами ссориться, я спрашиваю, потому что...

Онъ запнулся.

Ему хотѣлось сказать: "потому что я васъ люблю", но онъ застыдился и не договорилъ.

Но она по его внезапному румянцу поняла причину волненія, подошла къ нему, сѣла рядомъ, положила ему руку на плечо и сама задала ему вопросъ:

— Ты лгать не будешь со мной, Витя?

— Никогда!

Онъ даже тряхнулъ головой.

— Ну, такъ скажи мнѣ правду: ты третьяго дня проснулся, когда отецъ пріѣхалъ, слышалъ ты что-нибудь изъ нашего разговора?

Витя еще больше покраснѣлъ.

— Не хочу лгать — слышалъ.

— И это такъ тебя перевернуло, что ты второй день самъ не свой?

— Коли всю правду говорить — это.

— Надѣюсь, ты не подслушивалъ?

— Ей-Богу, нѣтъ, мамочка!

Витя вскочилъ, схватилъ ее за руку и заговорилъ тихими звуками, но порывисто:

— Ей-Богу, нѣтъ! Я сначала одѣяломъ укрылся; но все у меня, какъ пролито!... Дверь не была заперта, а встать, затворить вплотную — я побоялся. Честное, благородное слово, мамочка!

— Вѣрю тебѣ. Только, Витя, если ты что и понялъ, тебѣ нельзя между отцомъ и матерью становиться, судить ихъ, ты пойми!

— Извѣстно, нельзя.

— Въ томъ-то и дѣло! Ты еще маленькій. Мало ли какіе разговоры и объясненія могутъ быть!

На лбу мальчика образовалась продольная складка.

— Извѣстное дѣло, — повторилъ онъ, — но я хотѣлъ вамъ сказать, мамочка, что папѣ насъ съ вами совсѣмъ не надо.

— Ты не можешь судить.

— Почему же это? Я ужь не такой маленькій. Я вотъ второй день все думаю. И такъ, и этакъ. Долженъ же я и свое сужденіе составить? Отца я не стану осуждать,— Богъ съ нимъ! Но, вѣдь, это правда, мамочка, мы ему не нужны. Это всякій скажетъ. Если теперь Машу или хоть бы кухарку привести, и онѣ точно то же скажутъ; а я не глупѣе ихъ.

Убѣжденность Вити была такъ искренна и забавна, что Марина Игнатьевна тихо разсмѣялась. Но она чувствовала, что ея мальчикъ работаетъ всѣмъ своимъ существомъ.

— Хорошо, Витя, только это уже между нами.

— Я не вмѣшиваюсь. Хотѣлъ только показать вамъ, какъ я понимаю.

Ей вдругъ пришелъ вопросъ. Она немного колебалась задать его.

— Витя... вѣдь, ты не мой родной сынъ. Отецъ всѣ права на тебя имѣетъ.

Это было косвеннымъ вопросомъ, на который мальчикъ уже отвѣтилъ ей своимъ признаніемъ.

— Насильно милъ не будешь, мамочка. Мы передъ нимъ ни въ чемъ, кажется, не провинились; а онъ — самъ по себѣ, развѣ это не такъ?

Лобъ Витя опять наморщилъ и глаза повторили послѣдній вопросъ упорно и строго.

— Когда нужно будетъ, мы еще потолкуемъ,— выговорила Марина Игнатьевна.

Ей стало какъ бы совѣстно; она не желала ничѣмъ возстановлять мальчика противъ роднаго отца.

— Мамочка!... Я — отъ всей души!

Слезы брызнули и Витя припалъ къ ней.

Марина Игнатьевна была очень тронута. Витя, такой сдержанный и даже суховатый на видъ, второй разъ согрѣвалъ ее.

— Спасибо, Витя, спасибо!

Она сама глотала слезы.

— Барыня!— окликнула горничная у дверей,— Василій Ѳедорычъ васъ просятъ.

Витя вскочилъ опять, взялъ руку мачихи, пожалъ ее, какъ взрослый, и довольно громко сказалъ:

— Я за васъ, мамочка, и теперь, и всегда!

VIII

Мужъ Марины Игнатьевны лежалъ на диванѣ, съ папироской во рту. Чашка кофе помѣщалась около, на низкомъ столикѣ.

Къ лицу его еще сильнѣе прилило. Толстыя губы его стягивались потолстѣвшими щеками въ такую мину, какъ будто онъ понюхалъ что-нибудь отвратительное. Положеніе его тѣла съ задранными ногами,— одною онъ нервно трясъ,— разстегнутый воротъ рубашки, небрежность въ остальной части туалета заставили ее подтянуться, слѣдить за собою, чтобы не вышло ничего рѣзкаго, не выдать своего чувства.

— Вы меня звали?

Онъ не тотчасъ откликнулся на ея вопросъ.

— Я сяду,— выговорила она точно про себя и сѣла въ кресло, около письменнаго стола.

— Вы въ сурьезъ говорили вчера... тамъ, на сценѣ?

Онъ не назвалъ Марѳуши ни по имени, ни по фамиліи.

— А то какже?

Она сохраняла такой же тонъ, какъ за обѣдомъ.

— Что же вамъ угодно?

Ей хотѣлось крикнуть ему, чтобы онъ хоть привсталъ, принялъ бы хоть болѣе приличную позу, но она сдержала себя.

— Совершенно понятно все то, что я вчера сказала Марѳушѣ. Вы съ ней живете, и живите,— чего же больше и вамъ, и ей желать отъ меня? Живите съ ней совсѣмъ, какъ мужъ съ женой.

— Въ такое ваше великодушіе я не очень-то вѣрю.

Отъ отхлебнулъ изъ чашки.

— Какъ вамъ угодно.

— Всякіе благородные порывы кончаются обыкновенно какою-нибудь сдѣлкой.

Она покраснѣла и поднялась съ кресла.

— Василій Ѳедорычъ, нельзя ли покороче? Вы, кромѣ низости, ни въ комъ ничего признавать не можете. Это при васъ и останется.

— Чѣмъ же вы жить будете?

Въ вопросѣ не звучало ни капли участія. Обиднѣе нельзя было спросить.

— Проживу.

— Ха, ха!... на пятьдесятъ рублей! Смѣху подобно! Ужъ вы лучше скажите теперь, не доводя дѣло до окружнаго суда... Нынче, вѣдь, наша хваленая юстиція очень падка — содержаніе женамъ назначать выше всякой мѣры.

"А, ты вотъ какъ!" — воскликнула она про себя и дальше не могла вытерпѣть.

— Послушай,— глухо заговорила она, пододвинувшись къ дивану,— не ломайся, ради Бога... Если я захочу, я тебя поймаю не нынче — завтра, и свидѣтелей найду, и заставлю тебя давать мнѣ содержаніе. Небось, ты суда испугаешься! Согласись, голубчикъ, что я могла бы давно это устроить? Ты со мною не церемонился, поэтому чувствуй, когда съ тобой порядочно и честно поступаютъ.

— Скажите, пожалуйста!

— Не доводи меня до...

— До чего?

— А до того, что я тебя изъ этой квартиры заставлю выѣхать.

— Какъ это?

— Очень просто!... Ты забылъ, что квартира до сихъ поръ значится на мое имя. Я ея хозяйка, а ты — жилецъ. И нѣтъ такого закона, чтобы ты насильно у меня жилъ, если я этого не хочу.

— Ловко!

Этотъ возгласъ былъ такъ пошлъ, что она не могла не разсмѣяться.

— Вотъ это тебѣ нравится? И напрасно я такъ не поступила мѣсяцъ и больше тому назадъ. А я вотъ, видишь, такая наивная, что прошу тебя честью, перевози сюда свою Марѳушу, владѣй всею обстановкой. Я себѣ возьму только то, что перевезла сюда еще тогда, отъ себя... да Витины вещи.

— А, ты мальчика желаешь пріобрѣсти, въ видѣ заложника! Ну, это еще мы посмотримъ — на какихъ правахъ.

Онъ приподнялся и остался въ полулежачей позѣ, со свѣшенными ногами.

— Я у тебя его съ бою брать не хочу; такъ и Марѳушѣ вчера сказала, да и тебѣ повторю: зачѣмъ тебѣ сына держать при себѣ? Дома — скандально; мальчикъ все понимаетъ. Хочешь знать, онъ самъ мнѣ вдругъ говоритъ: "насъ съ вами, мамочка, папѣ совсѣмъ не надо".

— Все это чудесно, но я его отецъ и я его до малолѣтства буду вести. Отдать вамъ, а вы небось будете въ одиночествѣ обрѣтаться? Не вѣрю я; разумѣется, тутъ есть кто-нибудь, какой-нибудь "Луи", какъ итальянцы говорятъ. Такъ чѣмъ же это чистоплотнѣе будетъ, позвольте спросить, ежели мальчикъ въ этотъ возрастъ останется въ вашей новой семьѣ?

Она была близка къ припадку слезъ. Всѣ свои силы напрягла она, чтобы выдержать до конца.

— Какъ же это я, Василій Ѳедоровичъ, съ вами-то жила въ послѣдніе два года? Что-жь, у меня интриги были? Ужь если отъ васъ не завела никого, то одна, любя мальчика, какъ я привязалась... только вамъ и могло придти такое гадкое подозрѣніе.

— Расчудесно! И, все-таки, правъ у васъ никакихъ нѣтъ на него; отдать вамъ — стало быть, давай и содержаніе? Я буду на него работать, а вы педагогіей заниматься... Ха, ха, ха!...

— Ничего я отъ васъ не требую для себя. Если вамъ жалко давать на содержаніе мальчика — не давайте.

— Чтобъ онъ тюрей питался и въ лохмотьяхъ ходилъ?

— Мнѣ тяжело будетъ на первыхъ порахъ, но это уже мое дѣло. Василій Ѳедоровичъ...— голосъ ея дрогнулъ,— къ чему вы ломаетесь? Вы не можете же не знать и не видѣть, что я на сына вашего смотрю какъ на роднаго. Соблюсти приличіе, скрыть отъ него, на меня все свалить — вамъ не удастся. Мальчикъ все отлично понялъ, хотя я, передъ Богомъ, никогда передъ нимъ ни однимъ словомъ васъ не выдала.

Въ головѣ ея мужа уже давно сложился выводъ: спустить обоихъ — сына и жену — и остаться безъ этой обузы. Выгоднѣе будетъ платить за мальчика пятьдесятъ рублей, чѣмъ жить на два дома.

Но онъ не могъ сказать просто: "согласенъ" — безъ ломанья. Всѣ его извѣстныя выходки противъ женщинъ, ихъ дрянности и пригодности только для утѣхи мужчины, его защита безусловныхъ правъ мужа — заставляли его тянуть. Еще два-три горькихъ слова жены и онъ крикнулъ бы, что онъ ничего знать не хочетъ, что все пойдетъ, какъ оно стоитъ теперь, въ его семейной жизни, что она обязана терпѣть, что она съ сыномъ будетъ сидѣть въ этой квартирѣ тихо и смирно, пока ему такъ хочется.

Дверь въ кабинетъ немного скрипнула.

Марина Игнатьевна первая обернулась.

Въ полуотворенную половину она увидѣла стриженую голову Вити.

— Сейчасъ приду!— крикнула она ему.

Но голова не исчезла. Половинка двери распахнулась. Витя вошелъ въ комнату такимъ шагомъ, точно его кликали.

— Ты зачѣмъ?— рѣзко и полунасмѣшливо далъ на него окрикъ отецъ.

Витя подошелъ близко и сталъ между мачихой и отцомъ.

— Папа,— началъ онъ и не опустилъ рѣсницъ, а глядѣлъ отцу прямо въ глаза,— ты мамочку обижаешь.

29

— Это еще что?... Ступай вонъ!

— Я пойду...— губы Вити побѣлѣли и вздрогнули.— Вы жить вмѣстѣ не будете. Мамочка уходитъ отъ насъ. Ты имѣешь на меня права; только вотъ что, папа: насильно меня никто не заставитъ оставаться здѣсь. Я тебя любилъ и не хотѣлъ никогда дурно о тебѣ думать, но я не могу. Будешь держать силой — я въ первый же день изъ гимназіи не приду, и никто меня не осудитъ!

Слезъ не было въ послѣднемъ возгласѣ мальчика.

Отецъ его не нашелся въ первую минуту. Онъ бы вытолкалъ его двумя минутами позднѣе. Марина Игнатьевна взяла Витю за шею и поцѣловала.

— Табло! Если это только не подстроено!

И гнусавый хохотъ разнесся по всей квартирѣ.

— Мамочка,— сказалъ Витя, отвернувшись отъ отца и держа ее за талію,— уйдемъ отсюда! Уйдемъ... Больше тутъ нечего говорить.

И онъ увелъ мачиху. Ему тоже захотѣлось плакать, но онъ не заплакалъ.

— Съ Богомъ!— раздалось имъ вслѣдъ.— Скатертью дорога!

Въ корридорѣ Витя пожалъ руку Маринѣ Игнатьевнѣ и почти весело проговорилъ:

— Ничего, не пропадемъ!

Она разсмѣялась и поцѣловала его въ темя.

— Пора и за латынь, Витя, а тамъ и укладываться будемъ.

30

ЗА КРАСНЕНЬКУЮ

I

— Полина! Где вы?.. Пора вести детей гулять.

— Сейчас!

Полина прихорашивалась перед зеркалом, приставленным к стене, над умывальником, пудрила себе щеки и подбородок, прошлась пуховкой и по челке, спускавшейся до бровей.

Эта челка, или "холка" — она ее и так называла — придавала Полине особенный вид. Барыня уже говаривала ей:

— Неужели вы не можете расстаться с вашей прической?

Раз Полина услыхала, как барыня назвала ее холку: "порочная челка нашей бонны".

Эти слова рассмешили ее.

Порочная, так порочная, но холка к ней идет, а это — главное.

— Полина! — раздался опять оклик барыни.

— Приспичило! — ворчливо прошептала молодая девушка.

Ей уже пошел двадцатый год с Покрова, но по фигуре и лицу никто не даст больше шестнадцати, несмотря на ее "порочную" челку. Волоса у нее дымчатые, тонкие и довольно жидкие. Вот еще причина, почему она держится за свою прическу. Она густо помадит волоса на лбу и умеет пышно их класть грядкой; издали кажется, что они у нее густые-прегустые.

Торопливо приколола Полина высочайшую шляпку длинной бронзовой булавкой с матовым кубиком на конце. И шляпка — она это замечала — также не очень-то нравится барыне. Мало ли что!.. Не ходить же ей кикиморой?.. Пожалуй, и цвет пальто, голубовато-зеленоватый, тоже находят слишком ярким... Так ведь на свой счет ее одевать не будут? А жалованья всего красненькая! — стыдно признаться!.. Горничные, а тем паче кухарки, получают сплошь и рядом гораздо больше. Хорошо еще, что она может добывать себе разные туалетные вещи. В том-то и "гадость", что она не то горничная, не то бонна; начала жить у этих господ в услужении и переименована в бонны, жалованья прибавили три рубля и обещали через год — шутка, сколько ждать! — еще пять рублей.

В зеркальце Полина в последний раз взглянула на свое овальное личико с извилистым носиком и двумя ямочками... Она отлично знает, что может нравиться, если б ей даже никто этого и не показывал из мужчин.

— Полина!.. Что же вы?

После третьего оклика Полина кинулась из своей комнаты в детскую, откуда дверь была полуотворена на площадку.

31

Там дети дожидались, наполовину одетые, для прогулки. Около них хлопотала сама барыня, высокая, очень худая особа с седеющими волосами и добрыми серыми глазами, в темной блузе.

Детей было трое: старшая девочка Маша, лет восьми, похожая на мать, бледнолицая, с голубыми, длинными глазами, шаловливая, размашистых движений. На голову нахлобучила она белый вязаный берет с кистью и дергала за эту кисть, пока мать натягивала ей на слишком долгие руки кафтанчик из темно-серого сукна, скроенный по-мужски. Вторая девочка, лет пяти, Шура, стриженая, с золотистыми вихрами и немного горбоносая, — нос у нее был "комический", по определению отца, — весело оглядывала всех темными глазами и подпрыгивала на месте, сложив ноги, точно через веревочку... На нее еще ничего не надевали из верхнего платья, и полуголые ее ножки в цветных коротких чулках, обутые в открытые козловые башмачки, подгибались немного при каждом прыжке.

— Шура! Перестань! — сейчас же остановила ее Полина, взяла поперек тельца, посадила к себе на колени и начала натягивать вязаные длинные штиблеты.

Шура смеялась грудным, отрывистым смехом и кричала:

— Кока, а Кока!.. Ты бутуз! Ты бутуз!..

"Бутуз" на полтора года моложе Шуры. Между ними большая дружба, но он ее уже начинает "тузить", когда она к нему чересчур пристает. Кока — его гораздо реже зовут Колей — считается в семействе "философом". До двух лет он все молчал и смотрел на всех своими огромными, выпуклыми глазами, ни к кому особенно не льнул, не требовал, чтобы его занимали, сидел по целым часам в своем кресельце и о чем-то все думал... Боялись, что он будет косноязычен: но когда он накопил запас слов, то заговорил, и опять на свой манер.

Шура прибежит в гостиную, попрыгает, то сядет на кресло, то поегозит около гостя и "представляет комедию", по выражению ее матери. Или среди разговора, ни с того, ни с сего, разразится:

— А у нас сегодня трубочки со сливками!..

Совсем не так заявляет себя Кока. Когда его приведут из детской, и он подойдет к кому-нибудь, подставит свои большой, крутой лоб или сочные губы, то он продолжает думать вслух и произносит целый монолог картавым голоском и с очень милым вытягиванием губ. Вздернутый его носик с большими ноздрями дает тому, что он лепечет, забавный оттенок...

Маша отошла к окну и начала уже обдергивать застежки у своего кафтанчика. Мать принялась одевать Коку. Он за этим процессом о чем-то начал рассуждать и силился находить самые настоящие слова. Некоторые ему решительно не давались. Вместо "л" он произносил "уо" и вместо "р" — "л". Но мать старалась его понять. Кока был ее тайный любимец, и Шура это пронюхала своей ревнивой "женской" природой... На днях она все отталкивала брата от колен матери, чуть та его прижмет к себе, совершенно как завистливая собачка. В детской она сама то и дело принимается целовать Коку, и в лоб, и в губы, и в "загривочек", так что он иной раз и тукманкой ответит на эти неистовые ласки. Но "мама" больше ласкала его, чем ее. Дошло до того, что она прибежала к матери, села к ней на колени, залилась горючими слезами и, всхлипывая, начала просить:

— Не ласкай Коку! Не ласкай! Он чужой! Он чужой!..

— Какой чужой? — чуть не с ужасом спросила мать.

— Чужой! Ты моя... Я твоя!.. ю он чужой!..

Так и нельзя ее было сдвинуть с того, что Кока чужой и целовать его при ней нельзя.

Но сегодня Шура слишком занята предстоящей прогулкой и не заводит свои ревнивые глазки в сторону матери; а та, одевая Коку, раза два прикоснулась губами к его щеке и милому вздернутому носику с большущими ноздрями...

Дети готовы, обдернуты, упакованы и припряжены: Маша все "вихляется" и задевает нарочно за мебель, Шура подпрыгивает по-козьи, Кока молчит и посапывает. Полина повела его за руку. На нем такой же берет, как и на девочках, но красный.

— Пожалуйста, — останавливает барыня бонну, когда та была с детьми в передней.

— Чего-с?

— Пожалуйста, не ходите вы на Невский! Там слишком большая езда. Можете побыть в саду Аничкова дворца, если сегодня пускают, а потом пройдитесь по набережной к Летнему саду...

— Хорошо!..

Тон ответа Полины не особенно хмурый, но и не очень довольный.

Она знает, почему барыня запретила вести детей по Невскому. Вовсе тут не дети и не лошади на Невском; совсем другое...

Недели три тому назад, Полина вела старшую девочку из Фребелевского сада, и дорога самая ближняя по Невскому. Шли они по солнечной стороне, и на углу Садовой, где кондитерская Баллэ, повстречался с ними один "топограф", унтер-офицер из топографской школы, Булочкин, "великолепный" брюнет, приятель ее брата; остановился, щелкнул шпорами, приложил руку к гербу барашковой шапки и попросил позволения пройтись до Литейной.

Она, конечно, позволила. Что же в этом худого? Он не солдат; да и солдат-то нынче множество из гимназистов и студентов... А у Булочкина какие манеры! Разговор ведет он тонкий и совершенно приличный. Даже очень полезен, при детях: если на какого-нибудь извозчика прикрикнуть, он может и шашку поднять!.. Шли

33

они тихо; только он такие смешные вещи стал рассказывать и лицо у него серьезное при этом, жилка ни одна не дрогнет — разумеется, она смеялась, и Маша тоже прислушивалась и то и дело прыскала.

Вот ведь и все "преступление". Они и не заметили барыни, ни Полина, ни девочка... А та ехала на дрожках, как раз около Аничкова моста пересекла Невский и отлично их узнала, говорит даже, что окликнула их, да они ничего не слыхали... Она видела, как их провожал "юнкер" с саблей и провел их до самой Литейной. Так оно и было, довел до Литейной, опять стал во фрунт, шпорами щелкнул, отдал рукою честь и сказал:

— До зобаченья, панна Паулина!

Булочкин так зовет ее всегда, уверяет ее, что в ней русского ничего нет; даже стыдит немножко тем, что она по-польски выражается с грехом пополам... А он, даром что чистый москвич, живал в Вильне, на съемках, и так и "режет" по-польски.

Какое же преступление во всем этом? И все-таки, вечером того же дня, она удостоилась выговора. Барыня спросила ее:

— С вами юнкер шел? Родственник ваш?

Хотела она прямо солгать, почему-то — дура! — застыдилась и ответила только:

— Приятель брата!

— Прошу вас, на Невском, не заговаривать с мужчинами.

— А ежели старый? — вырвалось у Полины.

— Вообще с посторонними... Вы исполняете свои обязанности, вы при детях...

"Обязанности"...

Выносить она не может, что барыня употребляет такие важные слова... "Исполнять обязанности". За красненькую, при своей одежде?..

— И Невского вообще прошу вас избегать.

— Да ведь, иначе, большой крюк?

— Нужды нет...

Вот что значило наставление не водить детей по Невскому.

Когда же на него попадешь? С детьми нельзя, а ее пускают не больше одного раза в неделю, да и то еще каждый раз позволение дается с гримасой.

Не то чтобы барыня была зла, или придирчива, или гордячка; да все у нее на уме надзор за поведением... подозревает ее в чем-то... и прямо не говорит... чуть что — и давай разные "важные" слова нанизывать, точно проповедь читает...

На лестнице Маша начала скакать через ступеньку и чуть не "расквасила" нос. Коку Полина взяла на руки. Щура побежала за старшей сестрой и считала столбики перил:

— Пять, шесть, семь! Кока!.. Ты бутуз!

У нее такие дни бывают! Как выдумает, вот как сегодня: "ты —

бутуз", так и будет до ночи повторять, и на улице, и за столом, и в детской, пока Кока не догадается, не хватит ее кулачком по маковке или по спине... Его только Шура и боится.

Что может быть тошнее возиться с детьми? Особенно если к этому и не думаешь себя готовить, как она вот, Полина. Конечно, лучше называться "бонной", чем горничной. Хорошо еще, что такое слово нынче употребляют. Прежде просто говорили: нянька. Да и за "бонну" вряд ли ее считают "стоющие" мужчины, у кого есть вкус...

Чем же она не гувернантка? Сколько есть учительниц, до шестисот рублей получают, не то что из русских, а даже из француженок и англичанок, которые "выглядят" — Полина постоянно употребляет это петербургское слово — хуже всякой "замухрышистой" бонны. Ни манер, ни одеться не умеют, ни причесаться. Так, какие-то "замусоли".

Внизу, на площадке, швейцар снял у нее с рук Коку, она опять взяла его за руку, девочки пошли вперед, но каждая сама по себе. Маша "презирала" Шуру, а Шура или приставала к ней, или на нее дулась.

Тротуар выдался узкий, Полина крикнула детям:

— Идите поодиночке, а не за раз!

Шура побежала вперед и стала стукать ножками по плитам тротуара, надавливала на каблуки и считала шаги свои:

— Семь, восемь, девять...

— Finissez! — крикнула Полина, и ей стало полегче оттого, что у нее так звонко и, как ей показалось, "шикозно" вышло это французское слово.

Отчего ей и не пускать в ход тех французских слов, какие у ней остались в памяти? Ее учили не на медные деньги.

И тут барыня тоже умничать стала. Она не прочь ее подучить и по-французски, и другим предметам, но с детьми не позволяет употреблять иностранные слова.

— Вы делаете ошибки!.. Вы можете приучить их ухо к неправильным оборотам и нечистым звукам.

Ведь дается же кому такой разговор: "неправильные обороты", "нечистые звуки" — точно профессор.

Полина не сознавала того, что барыня серьезно заботилась о "развитии" своей бывшей горничной, а теперь бонны. Муж подсмеивался над ней и частенько говорил:

— Да оставь ты ее... ничего из нее не выйдет; у нее на уме "Зоологический сад" да "Орфей", а ты ее развивать задумала. Смотри, чтобы она детей где-нибудь не растеряла дорогой или не приучила их к каким-нибудь пошлым выходкам.

Но барыня не сдавалась. Ей Полины было жалко, искренно жалко. Перед нею стояло молодое женское существо, миловидное, смешноватое, но, кажется, еще не испорченное, выброшенное судьбой из жизни почти барышни. А у Ольги Павловны — так звали барыню — даже и забота о троих малолетних детях не отбила охоты "развивать".

Она делила свое время между детской и всевозможными лекциями; в промежутках читала все, о чем только говорилось на последней лекции. Сначала ходила на курсы по естественным наукам, уже матерью семейства, выдержала выпускной экзамен, хотела было пойти в "медички", да расхворалась, и муж не допустил.

После того у нее не прекращалась тоска по лекциям. Соляной Городок сделался для нее чем-то вроде клуба. С осени, по крайней мере раза по три, бывала она там; даже и не справлялась иногда по газетам, кто читает, а прямо шла к восьми часам, платила сорок копеек и слушала, в антрактах переходила от одной приятельницы к другой, все узнавала про них, охала над неудачами, радовалась удачам, спорить не любила, но сочувствовала постоянно кому-нибудь из лекторов, кто делался героем сезона.

Не проходило ни одной благотворительной лекции, ни одного чтения в клубе, в Кредитке, в зале Кононова, куда бы Ольга Павловна не попадала или, по меньшей мере, не стремилась. Если пропускала — значит, кто-нибудь из детей прихварывал.

Муж немало потешался над ней, но жили они очень согласно, и он в воспитание ребятишек не вмешивался.

Проводив детей с бонной, Ольга Павловна задумалась о Полине, по поводу замечания, сделанного насчет Невского.

Девушка могла обидеться. Ведь это подозрение — намек на то, что она — легкая особа, заговаривающая с мужчинами.

Но разве можно было не напомнить о Невском? Бонна с ее детьми идет и хохочет, у Аничкова моста; рядом — юнкер, гремит саблей и врет какие-то пошлости!..

И сдается ей иногда, что муж ее прав... Пробует она до сих пор приучать Полину к чтению, даже говорит с ней по-французски и поправляет ее, дает ей задачник Евтушевского и приохочивает к решению задачек, самых простеньких, выправляет ее письменные упражнения.

Орфография ей лучше всего дается, и даже она может недурно построить фразу, хотя и с ошибками против русского языка.

И над этим муж подтрунивал.

— Ты ее выучишь, наверно, любовные записки писать, но до тройного правила не дотянешь ее; поверь мне, гораздо раньше она сбежит с каким-нибудь юнкером из берейторской школы.

"Жалкая девочка!" — повторила про себя барыня и пошла читать статью о солнечных затмениях.

II

Обидно Полине то, что у нее такая плохая комнатишка. Главное — очень узка. И свет не попадает на ту стену, где висит зеркальце. На другую стену нельзя его повесить: мешает большущий шкап, где половина вещей господских. И все не знает она, что лучше: быть горничной или бонной. Комната у нее та же, теперешнюю горничную поместили в темном чуланчике, где передняя. Подавать кушанье, выносить и подметать было для нее "низко"; зато возиться беспрестанно с детьми — тоже немалая каторга.

Не к тому ее готовили.

Нужды нет, что отец ее вышел из вольноотпущенных, но он управлял богатыми имениями в западном крае. Он всегда жил как барин, ездил в фаэтоне, играл в карты с исправниками и судебными приставами, женился на шляхтянке. Мать ей передала свое миловидное личико, и манеры, и говор. По-польски Полина много забыла в последние пять лет, как отец перебрался после смерти матери в Петербург; русский выговор у нее порядочный; но она до сих пор не замечает того, что у нее то и дело выскакивают разные польские и южнорусские обороты. Она еще говорит: "з Варшавы", или: "я скучала за вами", или: "провинциональный", и многое в том же роде. Но общий склад ее речи петербургский, и барыня хорошенько еще не заметила всех этих ошибок: иначе она взволновалась бы, как бы бонна не передала их детям.

Отлично помнит Полина житье в господских усадьбах, где ее отец — управляющий — помещался как настоящий барин. Имения принадлежали всегда большим господам, которые в них сами не живали.

Она помнит даже, — ей тогда было лет шесть, семь, — что мать езжала с ней кататься в коляске, на четырех лошадях, по две цугом, в шорах; кучер был одет в ливрею и хлопал предлинным бичом. Звук бича никогда не испарялся из ее памяти... Это хлопанье бича, передняя уносная пара рыжей масти с лисьими хвостами на хомутах — по венгерско-польской моде, соединялись в ее памяти с простором полей и зелеными дубовыми рощицами обширных барских "маетностей"...

Мать умерла, отец потерял место, "проворовался", как говорили дворовые, — и это их слово Полина слышала не один раз. Брат учился в гимназии, его взяли и перевели вместе с нею в Петербург. Сначала кое-как перебивались, одно время даже и порядочно жили. Но среди этой, все еще полубарской обстановки, случилось дело...

Отец попал в "шайку", которую всю, почти до одного человека, переловили. В ней были и шантажисты, и даже подделыватели чужих подписей. Он векселей не фабриковал, но в вымогательстве по каким-то постыдным похождениям одного богатого барина действовал, хотя и не явно; его все-таки привлекли, сначала засадили, потом выпустили на поруки, потом опять засадили, и так до трех раз; кончили тем, что сослали его, за неимением явных улик, административно...

Полине пошел тогда четырнадцатый год. Она выучилась читать и писать красивым почерком, могла бойко повторять несколько заученных французских слов и на фортепиано играла по слуху два вальса, цыганские песни и вошедшие в моду у мелких актрис и кокоток опереточные фразы и куплеты...

Услали отца — и с тех пор он как в воду канул. Она и до сих пор не знает, жив он или умер. Брата взял в приказчики в суровскую лавку один еврей из Перинной линии, а в ней приняли участие две дамы, патронессы одного общества, хотели поместить в фельдшерицы, да она оказалась слишком слабой в "русских предметах", и после разных поступлений, на два, на три месяца, в школы кройки, во "фребелички" и другие профессии, она попала в услужение. Брат ее Адам — так его назвали при крещении, по желанию матери — перешел на жалованье получше в модный магазин, на Литейной, стал рослым, красивым малым, широким в плечах, большим франтом и тайным кутилой. Она его всегда боялась, и он ей нравился всем. Считала она его за умницу и даже за "ученого". Он относился к ней насмешливо, иногда с покровительством. Когда она поступила в услужение, он почти перестал к ней ходить, срамил ее, чуть не прибил, как могла она унизиться до положения "холопки"? Потом явился к ней раз, под вечер, по заднему ходу, слегка выпивши, приласкал ее; потом занял у нее два рубля, конечно без отдачи, и стал ее подбивать, всячески доказывая, что жить в боннах, на жалованье горничной, совершенная нелепость.

— С твоей мордочкой, — говорил он ей, — с манерами, да не найти хорошего места?

Чего-чего ни перечислил он по части одной продажи: и парфюмерный магазин в Гостином, где только "один женский пол", и несколько буфетов, где таких "пумпусиков", как она, с радостью примут, и магазины готовых дамских вещей... Кончил он тем, что сказал:

— По-моему, лучше уж в булочную, в продавщицы идти, чем состоять на положении полухолопки!

Выражение "полухолопка" резало ее по коже и заставляло краснеть во всю щеку.

— Достань, Адам, достань! — повторяла Полина, расстроенная и сильно возбужденная словами брата.

— И достану!..

С того раза он не приходил больше десяти дней. Да она

отчасти и рада была этому, потому что у себя в комнате принимать ей не совсем удобно; барыня, кажется, до сих пор подозревает, что это не брат ее родной, а так молодой человек из ухаживателей! Голос к тому же у Адама зычный, низкий баритон, и шепотом он не согласится говорить. В нем от матери сидит "шляхетский" гонор, обидчив он выше всякой меры, и если рассердится, то способен произвести скандал, где угодно, особенно после лишней бутылки пива.

О месте что-то, однако, не было помину, иначе Адам написал бы ей по городской почте.

* * *

Полина присела к столику, где у нее стоит ящичек, оклеенный голубым атласом, отперла ключиком, который носила на шее, и вынула оттуда несколько записочек.

Вот уже второй месяц, как у нее завелся в доме маленький "интересец".

По воскресеньям приходит племянник барыни, кадет Миша, уже на выходе. У него смешной нос, вроде как у собак, с раздвоением между ноздрями, зато щеки румяные, курчавые каштановые волосы и светло-карие глаза. Они у него загораются каждый раз, как Полина около него...

Во второй же приход кадета, он всунул ей в руку записочку... Не могла же она не прочесть ее!..

В записочке стояло:

"Душечка Полиночка, вы не знаете, что вы для меня. Пожалуйста, отпроситесь хоть один раз, в те дни, когда я прихожу к тете; но с утра, чтобы не возбудить подозрения".

Записочку Полина нашла дерзкой... Как мог этот "мальчишка" сейчас же просить у нее любовного свидания?.. Надо бы было хорошенько проучить его, показать записку его тетке.

Но это сейчас же показалось ей "неблагородным"... К чему вмешивать господ? Она и сама сумеет справиться с кадетиком, "осадить" его, так что он будет знать, с кем имеет дело. Однако, Полина, ложась спать в тот же день, перечла еще раз записочку Миши, и слова: "вы не знаете, что вы для меня", вызвали на ее пухленьких губах усмешку. Слово "что" было подчеркнуто, и это заинтересовало ее... Ведь он не мальчуган, у него усы пробиваются, он барин и, кажется, богатеньких родителей.

Ведь если он сразу влюбился в нее, разве можно на это сердиться?

Но все-таки надо ему было показать, что она видит его насквозь, и самой не заговаривать.

В следующее воскресенье Полина нарочно не отпрашивалась

и была неотлучно при детях. Миша пришел в детскую, поздоровался с нею, детей начал сажать к себе на колени, вскакивал, подбегал к ней, хотел было делать ей намеки, потом не выдержал, стал всячески к ней подслуживаться... Но она сухо с ним обращалась и глазами раза два ему показала, что за его дерзость следовало бы ему уши надрать.

Кадет это понял, и начал даже краснеть, опускать глаза... Полину очень смешило и еще больше льстило ее самолюбию такое волнение.

Вот она, значит, какова! Одним взглядом может дерзкого мальчика осадить. Вперед будет знать, как записочки всовывать в руку в таком тоне... Но она огорчилась тем, что Миша в это воскресенье другой ей записочки не всунул в руку и даже не положил на ее столик. Дверь она не запирала. Он мог это сделать во всякое время...

Вместо одного, она в следующие дни получила три письма по городской почте.

"Полина! — писал кадет красными чернилами. — Вы поступаете со мною так, что мне остается одно — исчезнуть".

И так, на четырех страницах первого письма, и строки, крест-накрест, шли на второй и третьей страницах.

Разумеется, она не испугалась. Подчеркнутое слово "исчезнуть" значило, что, мол, я с собою покончу. Кто же нынче не пугает самоубийством?.. Она так ему и написала в ответ, по городской почте, в почтовое отделение на Остров, до востребования:

"Пугать меня не надо".

И больше ничего. А руку свою немного изменила.

Собою она была довольна.

Кадет стал писать чуть не каждый день. Почтальону (и не одному, а троим) Полина наказала отдавать письма, адресованные ей, в кухню, с заднего крыльца. Она боялась, как бы барыня не обратила внимания... Руку свою Миша тоже немного изменял; но все-таки можно было узнать его почерк.

Накопилось у нее больше дюжины писем и записочек. В них Миша просил свидания или возможности, когда придет к родным, "улучить минуту" и "выслушать выражение его страсти".

Но Полина все еще уклонялась. Оп целый день торчал в детской. Она глядела на него ласковее, несколько раз сделала ему глазки, позволила, невзначай, когда Миша поднял что-то с полу, около низкого кресла, где она сидела, пожать ей кончики пальцев. Но кадет делался все предприимчивее и в темном уголке хотел прижать ее...

Она кинула ему почти негодующе:

— Что за дерзость!..

Но внутренно не рассердилась на него. Положим, можно было

объяснить его бесцеремонный порыв тем, что он на нее смотрит как на бывшую горничную, которую он застал в том же доме. Любовные записки говорили о большом увлечении. Миша, нужды нет, что кадет, уже на возрасте; на несколько месяцев старше ее, выйдет в офицеры, наверное, в кавалерию... И теперь бы он ей нравился, да его кадетское пальтецо смешило ее. Он полный, пальтецо короткое и кушак, точно на женщине: все вместе как-то ее не настраивает...

На его записки она отвечает редко и очень сдержанно: два-три слова и непременно измененным почерком. Ей и хочется иногда написать побольше, выразить не любовь свою, а разные чувствительные вещи, вспомнить детство, высказать, как ее "благородные чувства" страдают от теперешнего положения, дать ему несколько советов насчет любовных влечений и показать ему, с какой девушкой он вступил в тайную переписку.

Миша провожал ее, когда она пошла гулять с детьми. Это было при его тетке. По лицу барыни Полина могла заключить, что та еще никаких подозрений не имеет.

Дорогой кадет не переставал надоедать ей своими нежностями и даже так приободрился, что предложил зайти "куда-нибудь" в кофейную или кондитерскую.

Полина отказала, хотя ей ужасно захотелось зайти...

На возвратном пути повстречался с ними ее брат Адам. Он шел такой франтоватый, в пальто с мерлушковым воротником и в высокой зимней шапке московского фасона.

Они поговорили. Полина "представила" ему кадета. Миша почему-то затруднился первым протянуть руку Адаму, скорее всего из нерешительности; а тот обиделся, — Полина это заметила, — глаза его зло заблестели, и он так строго спросил:

— А вы, господин кадет, позволение имеете гулять с моей сестрой от вашей тетки?

Миша сначала сконфузился, но тотчас же обидчиво ответил:

— Для этого я не обязан просить ни у кого позволения...

Адам возразил одним словом:

— Однакож!

И, кивнув головой только сестре, пошел, помахивая тростью.

Через два дня Адам пришел к ней, и не задним ходом, а через парадное крыльцо, прямо в дверь, скрипел и стучал своими заграничными ботинками на толстых подошвах, и вызвал ее сейчас же через горничную из детской.

Он сидел у нее на кровати в шапке и пальто.

— Достал место? — радостно спросила его Полина шепотом.

— Не так это легко!.. А вот что ты мне скажи...

Адам встал, подошел к двери, затворил ее плотно и начал ей производить формальный допрос: давно ли этот кадет увивается за нею и не желает ли она с ним "амурничать"?

Полина захотела было войти "в амбицию", но струсила.

— Я тебе заместо отца! — говорил Адам, и так громко, что она должна была его упросить — говорить потише.

— Наверно с записочек любовных начал? — уже шепотом спросил Адам.

Полина не сразу на это ответила, а стала говорить, что это "ни с чем несообразно" думать о ней, точно о какой дурочке... Разве можно "увлечься" кадетом, хотя бы у него и румяные щеки и усики?..

Но Адам плохо ее слушал, а прямо подошел к столику, взял атласный ящичек, который, на беду, не был заперт, точно чутьем догадался, что там любовная корреспонденция.

Он вытряхнул на подушку все письма и записочки Миши... Полина хотела было не допустить, даже рассердиться или заплакать, но брат отвел ее рукой, сел опять на постель, стал перечитывать, делать из них пачку.

— Его собственной рукой писано? — спросил он уже не суровым, а скорее ласковым тоном.

— Его!

— Переиначено?

— Нет!..

— Ладно!

И он засунул пачку в карман пальто.

— Этого ты не смеешь, Адам! — почти вскрикнула Полина.

— Дурочка ты!.. У тебя это сцапают и вытурят вон со скандалом, а у меня это будет в сохранности!.. Поняла?

И он щелкнул ей большим, мясистым пальцем по лбу.

Полина рассмеялась и тотчас же сообразила, что Адам — "не промах"; что держать эти письма и записки опасно. Даже у нее мелькнула у самой мысль, что пачка любовных излияний, просьб и нежностей кадета "пригодится".

III

Стала задумываться Полина. С детьми она нервна и придирчива. Кока с ней заговаривает, но она дает на него окрики. Мальчик обидится, уйдет в угол и вымещает свою обиду на Шуре. Та его ревнует, егозит около него и добьется-таки тукманки от брата. Старшая девочка вся искривлялась. Мать недовольна, но, по своим "принципам", не может сделать энергического выговора бонне. Она уже советовалась с мужем. Тот сказал:

— Делай, как знаешь! Что же тебе стоит расчесть ее?..

— Она очутится на улице! Разве ты не видишь, какая у нее натура... и наружность?!

42

Барин не хотел разубеждать барыни. Он ее очень любил, но про себя и въявь подтрунивал над ее "идеями" и "гуманной чувствительностью".

Влюбленности кадета тетка еще не замечала, и по характеру не была подозрительна. Но, против своей воли, она начала приходить в беспокойство и раз, войдя в детскую, когда Полина дергала Шуру за руку и, кажется, сбиралась дать ей "шлепс", она прочла ей длинное нравоучение.

Оно было весьма сдержанное и даже благожелательное, но Полине показалось нестерпимо обидным и унизительным. В этом нравоучении она признала намек на ее кокетство с кадетом, чего на самом деле не было. Она сначала слушала с разгоревшимся лицом и часто моргала, вдруг начала возражать, и таким тоном, какого барыня еще не слыхала от нее...

Когда она слушала барыню, то в воображении ее встал брат Адам, с пачкой писем кадета в руках, и это ее наполнило чувством силы, точно будто у нее против барыни есть что-то такое очень веское и решительное; не только она не боялась быть уличенной, а, напротив, готова была даже кинуть барыне такой возглас:

"Вам-де следовало за племянничком построже надзирать, а не мне читать нотации".

Если бы барыня не смолкла, Полина наверное бы "выпалила" ей эти именно слова.

В возбужденном настроении вернулась Полина к себе в комнату, и ей захотелось вдруг укладываться. Она подошла к своему сундуку, покрытому пледом, сняла плед, отперла и даже откинула крышку.

Укладываться она, однако, не стала.

Куда же она денется, сейчас же?

Да барыня и не пригрозила ей ничем. Но вся эта "канитель", т. е. положение няньки при детях сделалось пошлым донельзя.

"Нянька?! Ну какая она нянька?!" Перевод французского слова "бонна" на русское рассмешил ее. Полина вслух расхохоталась, но тотчас же опять выпятила свои хорошенькие губки и легла на постель, что она делала редко, из боязни помять прическу.

Опять мысль ее перешла к Адаму. Брат пугал ее, и привлекал.

Куда же ей до него? Положим, он и "нахвастает" многое, и до сих нор не мог ей предложить никакого порядочного места, только все соблазняет разговорами. Но она знает, что у Адама "чертов" характер. Когда он разозлен, он волка схватит за горло. Ну, волка — не волка, а на человека, на любого, кинется, будь хоть там генерал или какой угодно важный сановник. И если Адам все еще "торчит" в мелких приказчиках, то оказии не вышло ему пробиться и получить "полный ход".

Полина вслед за тем подумала:

"А что он сделает из пачки писем кадета?"

Не отвечая себе на этот вопрос, Полина задала и другой:

"Жалко ей или нет Мишу? Нравится он ей, серьезно?.."

Не противен, потому что нет около нее в доме никакого другого молодого и красивого мужчины — больше ведь и ничего. Но жалеть его она не жалеет. Чего жалеть такого балбеса? Письма он умеет писать, да и то чересчур уже распространяется и пишет связно, каракульками, так что ей трудно разбирать. В первых записочках, когда он изменял свой почерк, разбирать было легче, а потом и пошло все хуже и хуже.

"Зато почерк настоящий".

Она мысленно произнесла эти слова и не испугалась, не застыдилась их. "Настоящий почерк" — это улика. Из нее Адам что-нибудь такое да устроит. Он неспроста взял к себе письма.

В первый раз в мозгу Полины поднялся вопрос: "Что называть хорошим поступком и что бесчестным, и можно ли от себя требовать разных тонкостей перед господами?"

Ведь она все-таки живет у "господ", а сама шляхтянка, ну, хоть дочь шляхтянки.

Ее совесть подсказала далее, что барыня добрая, принимала в ней участие, пробовала учить ее, наставить на хороший путь.

Но ведь все это — "одна канитель". Учись, корпи, изнывай над шаловливыми детьми и дальше двадцати рублей жалованья не пойдешь. Да и двадцати никогда не получишь. Гувернантки из нее не сделают. Может, по-французски будет побойчее болтать, а "русским предметам" ни в жизнь она не научится! Нынче с педагогических курсов идут на четыреста рублей, а это выходит всего-то по тридцати рублей в месяц с небольшим. Попроще гувернантки живут за двадцать рублей, а то так "из-за пищи", за стол и квартиру, хуже, чем "она грешная".

По ее происхождению и воспитанию она из того же "звания", как и ее господа, но к ним она не может чувствовать то, что следовало бы быть благодарной, не замышлять ничего против них.

"Если из-за этого толстощекого Мишки, — она так уже звала его про себя, — выйдет хоть самомалейшая неприятность, она сейчас Адама за бока, и пускай он из всего извлекает что-нибудь выгодное для нее".

Полина не подумала о том, как это будут звать хорошие люди... Слово не пришло ей на ум. Да разве — и то сказать! — она стала сама первая делать глазки кадету или завлекать его? Нимало! Это она "хоть на духу" скажет. Как же его можно сравнивать с ее знакомым из топографского училища, из-за которого тоже ведь досталось ей от барыни. Вот из-за того стоило бы "пострадать" и нотацию выслушать.

Все эти вопросы дали ее душе оборот, неожиданный для нее самой.

Она задумалась о жизни "вообще".

Злиться на других, хотя бы и на теперешних своих "господ", по правде сказать, — ей не хочется... У нее характер легкий. Если бы она жила в своем семействе так, как ее воспитывали, она бы ни с кем не ссорилась, все бы распевала, да приятные книжки читала, да наигрывала бы на фортепианах или ездила бы по соседям-помещикам.

Но может ли она смотреть серьезно на свое теперешнее дело?

На свете так ведется, что одни богаты, другие бедны, или разорены, впали в нужду — вот как она с отцом. Почему одни блаженствуют, а другие должны к ним прислуживаться, от них обиды терпеть, весь век подачками их кормиться?.. Почему?

Она не могла на это ответить, но сердце ей нашептывало, что никакого на все это нет хорошего резона. Так все делается, зря, на этом свете. Никакой "правды" нет, да и быть не может.

"Все дело, — думала Полина, — в случае, в удаче. Сумел улучить минуту, вот и хорошо, вот и жить будешь припеваючи... Отец ее поймался... А если бы удача повернулась к нему лицом, он, наверное, был бы теперь сам помещик или крупнейший арендатор, а ее бы с большим приданым отдали за эскадронного командира, в драгунском полку, в том, что стоял около них, в жидовском городе. Жаль только, что мундиры-то нынче у всех такие ненарядные. То ли дело было, когда она девчонкой, по девятому году, сиживала на коленях у этих самых драгун; но они тогда носили гусарский мундир, зеленый с золотом, и фуражки с голубым изумрудным околышем.

К таким выводам подталкивал ее и возраст.

Полина, вот уже больше года, как перешла от тревоги, слабостей, головных болей, страха по ночам — к другому настроению. Теперь ей вдвое тяжко сидеть взаперти или прохаживаться на прогулке с детьми. Она хочет жить, а жить — значит рисковать, значит идти навстречу всякой случайности и всякой удаче... Кто же знает? В кадете Мише "сласть" небольшая, но он может очень и очень пригодиться... Да и не урод он, его усики и пышные щеки, и даже неустановившийся теноровый голос, нет-нет да и запрыгают перед нею, когда она лежит утром, ленится, кутается в одеяло и жмурит глазки, как кошка...

Главное дело — ловко вести всякое знакомство, ухаживание, пользоваться тем, что само идет к тебе навстречу. Ведь без того же кадета ей еще тошнее было бы жить в боннах.

А от всякой глупости ее удержит брат. Он — "башка" как его назвал и отец; лучше и не придумаешь для всякого казусного житейского случая, где придется постоять за нее и выудить что-нибудь от "простофиль" или осадить нахала и заставить загладить свою вину.

* * *

Полина села к столику и начала писать записку Мише. И на этот раз она не забывала переиначивать свой почерк. Она отпросилась на целый день и рассчитывала уйти со двора. Миша придет к завтраку и прочтет ее записку. В ней она скажет только, что часу в третьем она будет в Летнем саду, на большой аллее; но оставаться в саду не станет, а только пройдется взад и вперед.

Но как передать записку? Оставить у швейцара? Он, пожалуй, разболтает. И без того у него есть наклонность обо всем расспрашивать... Полина подозревает, что швейцар из "жидков-перекрещенцев"... Нет, швейцару отдать нельзя. Разве горничной?.. С нею она не в ладах. Горничная на нее начала дуться, узнав, что Полина была прежде на ее месте. Они с кухаркой довольно громко ругали ее и не один раз называли "выскочкой", "барской барыней" и другими прозвищами, грубили ей на каждом шагу, особенно горничная. Надо было даже пожаловаться барыне, чтобы заставить эту "дрянь" выметать из ее комнатки. Та вслух говорила:

— Не велика фря! И сама может прибирать у себя.

Раза два Полина из-за нее всплакнула. Нет! И горничной нельзя оставить записочки... Кому же?

А из детей кому-нибудь? Сначала она подумала: старшей девочке? Она не по летам смышленая и даже с разными порочными наклонностями, "все отлично понимает" — так ее аттестовала сама Полина.

Но потому-то именно и не безопасно будет отдать ей записку для передачи Мише. Не Коке же?.. Он еще ничего не разумеет порядком, пожалуй, разорвет или начнет мусолить конверт или запихивать его в рот. А Шуре?

На Шуре Полина остановилась. Почему же нет? Ей не надо и долго растолковывать. Просто сказать: "Вот, Шурочка, здесь лежит записка; когда Миша придет, отдай ему".

Записку положить в детской на столе, под какую-нибудь игрушку. А вдруг как Шура, во весь голос, объявит это при матери!..

Между Кокой и Шурой Полина долго колебалась... Ни разу ее не остановила мысль, что она — "бонна", как же это она делает маленьких детей посредниками своих "шашней", ведь так назовут это кухарка, горничная, а то и сама барыня.

И все-таки она выбрала Шуру.

Уходя, Полина отвела ее в уголок — остальных детей не было — и сказала:

— Слушай, Шура, ты видишь вот это?

И она показала ей книжку.

— Вижу, Поля! — весело пролепетала Шурочка и протянула ручку.

— Я положу сюда, под твой картонный домик... Когда Миша придет, отдай ему...

Полина рассудила, что будет совершенно безопасно вложить записку в книжку.

— Только ты не трогай книжки!.. Картинок тут нет...

— Не буду!

— То-то! Я узнаю, если будешь мусолить листки.

— Не буду! — повторила Шура.

Полина положила книжку под картонный домик. Шура сама ей помогала. Книжку домик прикрыл, так что никто бы и не догадался...

На этом Полина успокоилась и ушла, совершенно довольная своей комбинацией. Но случилось не так, как она мечтала...

Шура исполнила ее поручение. В детскую вошел Миша в ту минуту, когда там никого, кроме нее, не было.

Она сейчас же подскочила к нему, взяла его за руку, с серьезной миной подвела его к столику, где стоял картонный дом, и сказала таинственно:

— Подыми!

Он поднял.

— Возьми книжку!

— От кого? — спросил Миша, и весь зарделся.

— От Поли!

Он схватил книжку порывисто и развернул ее на том месте, где виднелась закладка.

Как раз в эту минуту вошла в детскую его тетка.

Миша захлопнул книжку, но так неловко, что из нее выпала записочка.

Шура запрыгала вокруг нее и закричала:

— Уронил! уронил!

— Что это? — спросила тетка не строго, но пытливо. — От кого?

— Я не знаю, — ответил кадет.

И опять Шура подскочила к записке, подняла ее и поднесла Мише.

— Тебе! Тебе!

— Почему же мне?

Он уж догадался, в чем дело, и так рассердила его эта нелепая девчонка, что он чуть было, при тетке, не дал ей "леща", как говорили у него в корпусе.

— Подай! — крикнула строже мать.

Шура подала.

47

— Кто тебе отдал книжку?

— Поля!

— Для кого?

— Вот для Миши.

— А-а!..

Вышла значительная пауза. Кадет хотел было отвоевать себе записку и начал возражать:

— Однако, позвольте, ma tante... это... вероятно... Полина...

— А вот увидим...

Но она не распечатала конверта, только положила себе в карман.

— Когда Полина вернется, я при тебе и при ней раскрою письмо и увижу, кому оно написано.

Миша чуть не заплакал.

IV

В магазине, где брат Полины состоял приказчиком, еще только начинали торговать. Адам смотрел в окно на мокрый тротуар, на пешеходов, на проезжавшие дроги с покойником. Утро, стояло мокрое и немного туманное. Хозяин сделал ему выговор за прогул.

Адам на него злился и кусал себе губы. Ему хотелось выместить на ком-нибудь свое сердце. Одного мальчика он уже толкнул в загривок, рискуя, что тот пожалуется хозяину. Он сам был младший приказчик, и драться ему еще не полагалось.

Когда он взбешен, у него сердце сжимается и бледность делается такая, что вот-вот сейчас в обморок упадет. Но это только кажется; напротив, у него силы прибывает и дерзости, всех он может сокрушить в такие минуты.

Дверь с улицы растворилась широко и шумно. Адам быстро повернул голову.

Вошла, почти вбежала, Полина.

И она казалась бледной. Ее челка не так старательно была расчесана. Шляпка сидела немного назад, что к ней шло.

— Адам!..

Полина кинулась к брату, и он сейчас же заметил, что у нее заплаканные глаза.

— Что такое? — спросил он строгим голосом.

— История!.. Меня гонят!.. Заступись!..

Слезы уже подступали ей к горлу.

Брат отвел ее в угол, за выступ арки, где навалена была целая кипа материй.

— Ну, говори!..

Она заплакала, но нервное движение головой брата остановило ее слезы.

Вчерашняя "история" приняла в пересказе Полины совсем другие формы и краски. Выходило, что барыня гонит ее "со шкандалом" и "осрамила" ее перед прислугой, на весь дом, что барин тоже наговорил ей "всяких обид" и что "так этого оставить невозможно".

Она передавала все это порывистым шепотом, глотая слезы, и краснела постепенно. Адам слушал ее нетерпеливо и сморщил переносицу.

— Окончательно гонят? — перебил он ее.

— Дали четыре дня сроку и жалованье до первого числа; а мне до восьмого следует... Адам, приди!..

— Ладно!.. Мы им покажем!..

Его рассерженность находила себе исход.

— Куда же я денусь? — пролепетала Полина. — Ты ничего не нашел?..

— Здесь нельзя распространяться. Приходи в кухмистерскую против памятника... в обед... Мы там разберем.

— Хорошо!

— Только смотри, чтобы у тебя чего-нибудь не сцапали в комнате.

— Я на ключ заперла дверь.

— То-то! А мы этих буржуев приструним!

Полина поднялась на цыпочки и прикоснулась губами к бледной щеке Адама.

— Нечего!.. Без нежностей...

Она сконфузилась и пошла, но вернулась и самым низким шепотом спросила:

— Письма у тебя, Адаша?

— Какие?

— Ах ты, Господи!.. Да того... кадета?

— Еще бы!.. Иди!..

— Так в пять часов, в кухмистерской?

— Против памятника.

Из магазина Полина вышла более спокойной походкой и держала все голову вниз, не смотрела то на вывески, то на встречных... Она была немного смущена тем, что Адам встретил и выслушивал ее сурово, не, сказал ей ни одного утешения, не приласкал ее ничем.

Ну, да что же делать, коли у него такой нрав! Зато, так он этого не оставит, добьется того, что ей заплатят до восьмого, извинятся перед ней, да и еще что-нибудь с них Адам "сдерет".

— Непременно, — вслух выговорила Полина, когда поворачивала с Литейной в Малую Итальянскую.

Как можно, чтобы он не воспользовался теперь пачкой писем

кадета? Да она сама — будь они у нее — сейчас же бы не так осадила барыню. Да и того на первый раз было довольно, что она ей ответила...

Записочка выпала из книжки. Книжку Шура получила от нее.

"Как будто уличили ее с повинным!" Но ведь мало ли что врет эта девчонка. Она — "сочинительница". Это и матери ее известно. Если даже поверят девчонке, то ведь всего-то на все и есть, что передача книжки кадету. Записочка могла быть, заложена в нее в виде закладки...

Отпереться от своей руки она не успела, когда барыня стала перед ней "судейшей"; но это можно будет сделать. Почерк не ее — это первое, а второе то, что на конверте не было никакого адреса.

Сама "судейша" проговорилась:

— Положим, адреса нет и подписи нет, и рука как будто не ваша, но вы назначили свидание в Летнем саду именно на такой час, к которому Михаил Петрович мог поспеть в Летний сад.

На это обвинение у нее хватило рассудка ничего не ответить.

Не разрюмилась она и после, когда барыня стала ее стыдить материнским тоном, хотела от нее добиться покаяния, раскаяния...

Как бы не так!

Положим, не очень мудрено было и притвориться кающейся, попросить прощения и, не сваливая ничего на кадета, взять всю вину на себя. Это наверное удалось бы с такой "ученой дурехой", как барыня. Но ничего такого Полина не сделала, и теперь хвалила себя. Очень уж ей тошно в боннах, и такая "история", так или иначе, да поставит ее на другую дорогу.

Она не стала "ябедничать" на Мишу, по сказала с достоинством:

— Вы, мадам, лучше бы за племянником вашим присматривали. Я его не соблазняла... и если я захочу, то его же на свежую воду выведу...

Больше ничего она не прибавила. Она тогда в один миг сообразила, что ей будет выгоднее приберечь пачку записочек и "большущих" писем кадета и выпустить с ними Адама.

Вот это-то ее поведение, за которое всякий ее "умницей" назовет, и взорвало барыню. Она чуть не со слезами начала говорить ей, какая она испорченная девочка, как она не заслуживает снисхождения.

— Повинись вы чистосердечно, я бы вам простила!..

Этакое "блаженство" жить у нее, в чуланчике, за красненькую, и возиться с тошными ребятишками!

Чем ближе подходила Полина к дому, тем она больше убеждалась в том, какая она умная и ловкая, сколько у нее характера и каких "делов" можно наделать с таким братом, как ее Адам.

Она жила у господ, но должности своей не исправляла. Ей дали трое суток сроку. Она их "освободит" и раньше.

Вошла она с парадного подъезда, хоть и знала, что горничная встретит ее с хмурым видом; "вот какая фря — ее прогнали, а она звонит в электрический звонок и заставляет выбегать в переднюю". Но если эта "бестия" скажет ей грубость, она должна смолчать, чтобы не подать самомалейшего повода к чему-нибудь "такому" вплоть до прихода брата.

Дверь отперла кухарка и впустила ее без ворчания. Кухарка была добрее горничной, и ей стало жаль Полину тотчас после ее сцены с барыней. Она даже говорила в кухне:

— Еще бы, такого балбеса племянника завели, да чтобы шашней не было!..

Полина прошла тихо, но с достоинством, мимо отворенной двери в гостиную, не снимая своей шубки, и начала, без шума, укладываться. Она уже знала, что после господского обеда может выйти такая сцена, с участием ее брата, после которой придется сейчас же выезжать и вывозить свои пожитки.

В чемодан все не вошло. Она долго соображала, из чего сделать узел и что оставить для помещения в верхнем отделении чемодана.

Это укладыванье взяло у нее около двух часов. Добра набралось столько, что на одном извозчике она не уедет, а двух брать дорого. Лучше припасти на всякий случай ломового. Об этом позаботится Адам.

И тут, в первый раз, ее легкая голова остановилась на вопросе: где она будет сегодня ночевать?

У брата?

Но у него комнатка узенькая, в одно окно.

"Где-нибудь", — ответила себе Полина, и в пятом часу ушла в кухмистерскую, что против памятника.

* * *

Господа обедали в шесть часов и на этот раз без старшей девочки. Ее послали к детям присмотреть за ними. При ней мать не хотела говорить с отцом о Полине.

Муж, по обыкновению, слегка подсмеивался над женой.

Он ей сказал в начале обеда, по-французски, чтобы не понимала горничная:

— Так и должно было случиться!.. Кадет в любовном возрасте...

Но она не могла смотреть на эту историю, как он, только юмористически. Она возмущалась и чистосердечно была огорчена испорченностью молодой девочки, отсутствием в ней "нравственного инстинкта". Муж опять подтрунил над ее

51

склонностью к "психологическим тонкостями, а потом стал говорить серьезнее.

Надо поскорее отправить бонну и позаботиться о хорошей иностранке. Он стоял за недорогую англичанку, которая, по крайней мере, будет вести меньших детей в привычках опрятности и гигиены.

Барыня не очень восторгалась англичанками. Они бывают грубоватые, дают детям "эгоистический" склад настроения, да многие из них, — те, что подешевле, — и тайно попивают.

Обед кончился, впрочем, тихой беседой. Одно только смущало барыню — и она не скрыла этого от мужа — как бы не вышло еще чего-нибудь "такого"?

— Да чего же? — спросил лениво муж, закуривая сигару.

— От этой испорченной личности всего можно ждать...

Только что были сказаны эти слова, как в передней — дверь в столовую оставалась отворенной — затрещал звонок.

Один раз, два раза, три раза, звон был сердитый и требовательный.

— Боже мой!.. Что это такое?..

С этим возгласом поднялась барыня. Из детской выскочила старшая девочка. Горничная бросилась в переднюю.

Поднялся и барин с сигарой в зубах.

В передней раздался мужской, низкий и твердый голос.

Барыня вышла в переднюю первая, за ней муж, несколько позднее.

Ближе к вешалке стоял, посреди прихожей, Адам и держал Полину за руку.

Он не снял своей круглой фетровой шляпы и опирался другой рукой на палку. Полина стояла в возбужденной позе, грудью вперед. Щеки ее рдели. Брат ее был бледен, и только глаза его злобно блестели.

В кухмистерской он выпил рюмку водки и две бутылки пива, из которых дал стакан сестре.

— Да-с, пожалуйте мне сюда самое хозяйку!

Эти слова встретили барыню. Она внутренно очень испугалась, но, запахнувшись в свой вязаный платок, остановилась около двери и довольно спокойно спросила:

— Что вам угодно? И кто вы?..

— Я — брат Полины... И мне угодно, мадам, чтобы вы и ваш муж дали мне объяснение — почему вы выгоняете со скандалом честную девушку?

Он говорил, расставляя широко слова и не меняя тона, точно он предварительно выучил вступительные слова своей речи.

Барыня хотела ответить поблагороднее и поосторожнее, но ее предупредил муж; он выдвинулся из-за нее и сказал:

— Снимите, прежде всего, шляпу.

Адам обнажил свою красивую, курчавую голову.

— Шляпу я сниму; но я жду ответа. Девушка — моя сестра. Я — ее защитник.

Барин рассердился сразу, как многие флегматики, принужденные действовать, взорванные чем-нибудь неожиданным и дерзким.

— Мы вас не знаем и знать не желаем. Если вы брат, то внушите вашей сестре лучшие правила... Она может съехать от нас... Жалованье ей заплатят; а вас мы покорнейше просим не вмешиваться и не начинать здесь сцен.

— Что-о-с? — с дрожью в голосе спросил Адам, оставив руку Полины, — она тоже начинала трусить, — и сделал шаг вперед.

— Ступайте вон! — крикнул барин.

— Paul, de grâce!.. — шепотом хотела удержать его жена.

— Ну, это аттанде! — ответил Адам. — И если вы посмеете дотронуться до меня, вы будете раскаиваться.

Барыня вся обмерла. Ей показалось, что карман пальто Адама топырился... там револьвер...

Она схватила руку мужа и стала его отпихивать к двери, повторяя:

— Va-t-en!.. Va-t-en!

Но муж ее дал приказание горничной послать за дворником.

Адам сообразил, что его могут вытолкать, переменил позу и, обращаясь к сестре, сказал:

— Полина, ничего не бойся!.. Иди в свою комнату и выноси свои вещи... Я отсюда не выйду, я должен тебя защищать!..

— Вашей сестре ничего не сделают дурного! — вскричала барыня. — Ее жалованье она может сейчас получить...

— Меня не смеют гнать! Я — брат! — повторил Адам и сел на ясеневый стул, около зеркала.

"Зачем же он не покажет пачку писем? — думала Полина, оправившись от смущения. — Теперь-то бы и надо!"

— Идите в вашу комнату, — сказала ей барыня, которой удалось уговорить мужа не посылать за дворником.

— Я не могу одна все вынести... — проговорила Полина почти кротко. — Брат мне должен помочь.

И на это согласилась барыня. Дети выбежали было в переднюю, но их выпроводили...

Когда чемодан, узел, картонки Полины были вынесены на площадку, Адам в растворенную дверь крикнул:

— Вы еще про нас услышите!..

V

Через три-четыре дня господа получили повестку от мирового судьи.

Это их расстроило гораздо больше, чем они сами, быть может, ожидали.

За завтраком сидели они опять друг перед другом. Старшую девочку отвели в школу; с меньшими пошла гулять новая бонна, из немок, пожилая и довольно суровая.

Барыня стояла, однако ж, за то, чтобы судиться... Барин не хотел разбирательства и видимо боялся скандала...

В первый раз они серьезно поспорили.

— Ничего, кроме грязи, из этого не может выйти! — говорил барин.

— Мы ни в чем не виноваты...

— И это не совсем верно, — возразил муж. — Миша наш родственник. Записочки нашли от него...

— Но Миша отрицает.

— Ах, мой друг! — перебил барин. — Разве ты не видишь, что он лжет?! Я не знаю, кто из них испорченнее: он или она...

Барыня баловала своего племянника, но ей горько было сознаться, что, пожалуй, муж и прав...

Кадет заперся, думая, должно быть, что он все письма и записочки Полине писал измененной рукой.

— У брата этой девицы, — продолжал свои доводы барин, — в руках коллекция любовных писем... Он с ними явится к мировому, и его адвокат этим как нельзя лучше воспользуется... Сейчас все это явится в репортерских отчетах!..

— И пускай!

"Трусить" перед "гласностью" считала барыня верхом малодушия.

— Ты напрасно хорохоришься!

Это слово "хорохоришься" показалось жене очень обидным и вульгарным.

Но муж продолжал свои доводы... Выходило, по его рассуждению, что они ни в каком случае не правы. Их "нравственная" и прямая обязанность следить за тем, чтобы молодая девушка, почти "ребенок", не попадала под развращающее влияние в их доме; а соблазнять Полину начал их племянник!.. Стало быть, идти на разбирательство — по крайней мере, вредить молодому человеку. Лучше довести его самого до сознания своей вины, а не выдавать его.

Этот оборот доводов начал действовать на барыню. Ей жалко стало Мишу. Она подумала и о том, что процесс и в Полине вызовет чувство дешевой победы, если приговор судьи будет в ее пользу... Тогда она, при таком брате, превратится в закоренелую авантюристку и шантажницу...

В конце их разговора состоялось молчаливое соглашение, хотя ничего не было сказано решительного.

Каждый из них остался с неприятным чувством предстоящей истории; но и барыня склонилась к тому, что "разбирательства лучше избежать, не из малодушных, а из порядочных и гуманных мотивов..."

Надо было действовать.

Разбирательство у мирового назначалось через неделю...

Но и брат с сестрой также ждали и рассчитывали.

Адам обдумал план; но сразу он его не объявлял сестре. На женщин вообще он смотрел с большим презрением. Полина, поместившись почти в "углу", за перегородкой, у тех самых жильцов, где квартировал и Адам, почувствовала себя гораздо хуже, чем у господ. Тесно, темно, с грязцой, заброшенно... Брат целый день в магазине, обедать ходит в трактир или в кухмистерскую; вечер проводит в пивной и возвращается очень поздно... В театр ни разу не предложил ей сходить... Она бы согласилась и на верхи, но он гордец, "фордыбака", ему непременно — в кресла... Даже места амфитеатра в Александринском он считает "ниже своего достоинства".

У нее оставалась всего одна красненькая — ее месячное жалованье. За квартиру, за неделю, она отдала хозяйке вперед полтора целковых, ела она дома, кое-что, ходить в кухмистерскую было дорого, особенно с братом; он непременно потребует что-нибудь особенное, а платить заставлял ее половинную долю.

По утрам она ходит в контору справляться — не требуют ли на место. И за это пришлось еще заплатить. Она рекомендуется на несколько должностей: продавщицы, кассирши, за буфет; бонны она не поставила. В конторе она видит, какая "пропасть" ищущих мест, и не таких, как она, недоучившаяся, а настоящих — ученых, с курсов разных... Бывшие педагогички едут в губернию, на двадцать рублей, а то так берут места сельских учительниц, за "три синеньких", в глушь, куда она "ни за какие орехи" не поехала бы... Лучше умерла бы здесь, с голоду...

Адам что-то замолчал о хорошем месте. Только что она об этом заикнется, он даст на нее окрик. Характер у него "дьявольский", и она не стала бы с ним жить, если б даже у них были средства.

Думала Полина и о кадете. Прошло дня четыре — она начала ждать записочки от Миши, хотя и не признавалась себе в этом. Но он струсил — так решила Полина; вероятно, мальчишески разрюмился; а если и заперся, все-таки же теперь не станет ее разыскивать.

Да и какой в нем "интерес"?

Денег у него нет, в офицеры — еще когда-то выпустят; Адам из него ничего не извлечет. Надо его бросить. Она к нему и не имела никогда склонности.

И все-таки Полина заикнулась Адаму о кадете. Он на нее прикрикнул:

— Дура ты! Дура! И больше ничего! Когда они теперь в наших руках, а ты хочешь им опять все козыри в руки отдать!..

И она себя самое дурой назвала.

Ведь ясное дело, что теперь надо добиться "отступного", выставляя себя жертвой соблазна... Что бы там ни говорил кадет, как бы ни запирался, а письма налицо.

До разбирательства оставалось только три дня. Адам зашел к ней, утром, отправляясь в магазин; она еще лежала в постели.

— Что валяешься? — дал он на нее окрик.

В руках у него была пачка писем и записок кадета.

— Я сейчас! — всполошилась она.

— Ну, лежи!..

Он сел на край постели и положил пачку на одеяло.

— Вот что ты сделай, — начал он полушепотом. — Разбери хорошенько, отложи к стороне большие цидулы, где он уж настоящей своей рукой писал; а записочки, которые вначале были и рука где изменена, особо отложи и перевяжи тесемочкой. И чтоб все было готово... Я после завтрака отпрошусь — и пойду...

— К ним?

— Известное дело!

— Лучше от них подождать...

— Засылать они не будут, а что теперь трусят — я пари подержу; а главное, ты не суйся!.. Не с твоим куриным мозгом это все рассудить!..

Она не возражала и внутренно очень обрадовалась: Адам своего добьется и с пустыми руками не придет. Она хотела даже обнять его, да он таких "миндальностей" не терпел.

Как только она осталась одна, Полина поспешно умылась, и в кофточке принялась разбирать записочки и письма, разбила их на несколько пачек, отделила большие от маленьких, и те, где Миша пылче всего выливал свои чувства, положила отдельно. А потом начала в каждой кучке отбирать то, что писано без изменения почерка, и класть особо. Так же и с записками, где кадет еще старался писать чужой рукой.

К приходу Адама все было приготовлено. Полину несколько раз разбирал тихий смех, когда она раскладывала кучки и потом собирала их в две пачки. Каждую пачку она перевязала "фавёркой". У нее нашлась и голубая тесемочка из-под конфет, и красная ленточка, которой уже был первоначально перевязан пакетик с саше и парой еще ненадеванных перчаток.

Голубым она перевязала записки с измененной рукой, более

скромные и невинного содержания, красным — остальные; там стояли самые пылкие любовные слова. Красный цвет прямо подходил к такому содержанию. Она видела, в одной пьесе, переводной с французского, как любовник возвращает своей возлюбленной пачку ее писем. И она отлично помнит, что они были перевязаны крест-накрест ленточкой, так аккуратно и красиво, как вот теперь она все подобрала и увязала.

Часу в двенадцатом пришел Адам.

Полина приоделась. Она была уверена, что он возьмет ее с собою. Ей даже представлялась сцена в гостиной... Ее непременно посадят на кресло, и она будет сидеть с опущенными ресницами, в то время как брат приступит к объяснению... Она умеет, где нужно, и покраснеть. Вмешиваться она не станет. Вот они и посмотрят, какие у нее манеры и как она себя держит... Пускай поищут: какую такую бонну найдут они на десять рублей!

В этих мыслях Адам застал ее. Она была уже в шляпке.

— Ты куда? — отрывисто спросил он.

— С тобой, Адаша.

— Остроумно!..

— А разве я лишняя?

— Ты-то?.. И очень! У тебя никакого апломбу нету, а тут нужно мужское давление... Можешь и снять шляпу...

— Все равно... Выйдем вместе... Я в контору пройду!..

— То-то в контору!.. Не начни по Пассажу прохаживаться!

— Что это, Адам!

Она чуть не расплакалась!.. Как мог он ее подозревать в такой "гнусности"?! Да и с какой стати выставляет он себя таким строгим гувернером?.. А сам-то он разве не кутит? Но ей строгость Адама все-таки скорее нравилась. Он, стало быть, стоит за "ндравственность", как она произносила, с буквой "д"

— Ну, хорошо, — кротко произнесла она, — ступай один!

— Подай письма! — приказал Адам.

Полина подала обе пачки.

— Которые писаны с подделкой?

— Вот эта связка, поменьше...

Адам взял ее и засунул в боковой карман пиджака.

— А эти ты не возьмешь? — с удивлением спросила Полина и держала в руках пачку побольше.

— Нет, не возьму.

— Да это ж главные...

— Запри их в сундук!.. Они пригодятся; только не сразу.

Он усмехнулся на особый лад.

В его усмешке Полина могла прочесть:

"Ты дурочка — ничего не понимаешь!.."

С тем он и ушел. Полина отправилась в контору после него. Она еще попудрила себе нос и немного челку. Перед зеркалом —

оно было еще меньше и плоше, чем у господ — раздумалась она еще раз: почему Адам взял с собою только одну пачку записок? — и решила, что он "будет держать за пазухой камень".

Она заперла оставленную ей связку в свой сундук и почувствовала, что из всего этого что-нибудь и выйдет.

В это время Адам уже звонил у парадной двери той квартиры, откуда его хотели выпроводить с дворником. Усмешка не сходила с его сухого и властного рта. Как только горничная отворила ему, он вошел очень смело, шляпы не снимал и велел передать карточку барыне.

— Я по делу, — прибавил он басом.

— Барыня вышедши, — доложила горничная и карточки не брала.

— А барин дома?

— Дома-с...

— В таком случае отдайте карточку ему.

Барин прочел на карточке: "Адам Ардальонович Нышковский", и не догадался, что это брат Полины; ее фамилию он плохо помнил.

— Это тот... скандалист, — шепотом доложила ему горничная.

— Какой скандалист?

— Брат Поли...

"Полиной" она не желала называть бывшую горничную.

— Позовите! — приказал тотчас же барин.

В просторном кабинете свет падал из окон прямо на входную дверь.

Адам вошел, остановился у самой двери и оглянул кабинет. Барин сидел за письменным столом, прямо против него, но на большом расстоянии.

— Садитесь, — сказал ему барин вежливо и, как ему показалось, с улыбочкой.

Эта улыбочка могла значить: "я тебя, милый мой, не очень боюсь".

— Вы брат Полины?

— Нешто не узнали меня? — довольно бесцеремонно спросил Адам.

— Узнал-с, — оттянул барин. — Вы пришли, вероятно, предложить нам мировую...

Отпираться было бы глупо.

— Ежели подходяще, — процедил Адам почти сквозь зубы.

— Что же вы желаете?..

— Да вот... у нас есть фактические доказательства...

Адам вынул пачку писем и держал их двумя пальцами правой руки.

— Записочки?

— Вашего племянника. Помимо всего прочего... как вы прогнали девушку, со срамом и без всякого повода.

Тон Адама поднялся.

— Вы сколько же хотите за эти записки? — перебил его барин, и на лице его опять заиграла усмешка.

— Извините... я не шантажист какой-нибудь.

— Мы это оставим...

Барин вышел из-за письменного стола и сделал два-три шага к тому креслу, где сидел брат Полины.

— Ежели соответственно обиде...

Слова выходили у Адама с задержкой, и это начало его бесить. Он слегка покраснел.

— Тут все записки моего племянника?..

— Обязательно! — ответил Адам и прибавил: — Положим, в некоторых подделана рука. Но господин кадет не очень искусен по этой части... В том случае, как он будет запираться... есть ведь на это и эксперты...

— Конечно! — весело ответил барин.

Его брат бонны занимал, и он уже видел, что дело кончится "отступным".

— Подделка самая немудрая...

— Позвольте поглядеть...

Брат Полины повернулся в кресле.

— Да как же я с вами на сделку пойду, если я не ознакомлюсь с этими... документами?..

— Уж будьте покойны... А впрочем, я к вам пришел в надежде на благородное обхождение... Извольте... Просмотрите! Вот я здесь кладу.

И Адам положил пачку на маленький столик, около его кресла.

Барин подошел, развязал и подержал в руках несколько записочек.

— В сущности, это вздор! — выговорил он.

— А ежели вздор, то из-за чего же вы сестру мою со шкандалом выгнали? В чем ее преступление? В том, что она, как ваша супруга уверяет, ответила ему?

— Преступления никакого нет, а бонна назначила свидание в Летнем саду, что не желательно было для нас, вот и все...

— Превосходно-с, а желательно ли будет для господина кадета, если, например, его начальство известится о его похождениях?

Вопрос Адама звучал так уверенно, что барин сказал мысленно:

"Какой молодой, но чистокровный негодяй!"

Ему захотелось вытолкать Адама, но он воздержался.

— Хорошо, — выговорил он, кладя записки на столик. — Чего

вы желаете?.. Если ваша цифра будет нелепо высока, извольте являться к мировому.

Адам поторговался, но не очень; в сундуке Полины лежали остальные письма, поценнее этих записочек, и барин так был прост, что удовольствовался ими.

От него потребовали расписки в полном удовлетворении. Когда он спускался с лестницы, в кармане у него лежало две "беленьких", но он их не отдал сестре, а сказал, что половину он положил для нее "на текущий счет".

VI

О Полине в доме ее бывших господ стали забывать. Кадета простили. Новая бонна не могла, по своему виду и летам, вызывать в нем любовного влечения. Но у его тетки остался на душе точно дурной вкус от того, что с братом Полины пошли на сделку и заплатили отступное. Напротив, муж ее был очень доволен и ни в чем себя не упрекал.

Ранним послеобедом, барина не было дома, барыня сидела в детской и показывала Шуре картинки из книги "Степка-Растрёпка". Хотелось ей также заставить ее выучить наизусть сентиментальные стишки. У Шуры память становилась очень цепкой, и она то и дело передразнивала отца с матерью, свою бонну, старшую сестру и братишку. Она знала и куплетики из "Малютки":

Публика отборная
В зале собрана:
Комната просторная
Уж полным-полна!

Горничная доложила, что с заднего крыльца пришел какой-то пожилой господин и говорит, что у него до барыни дело. Фамилии своей не называет.

— На бедность?
— Должно полагать, что так...
— Попросите в гостиную...
— Да к нему и в коридор бы можно...
— Попросите в гостиную! — с ударением сказала барыня и спустила с своих колен Шуру.

В гостиной стояла полутемнота. Горничная зажгла две свечи на одном из дальних подзеркальников.

У камина стоял высокий человек, седой, с длинным, смешным носом, бородатый, обвязанный шарфом, в плохой черной паре.

Всего скорее было принять его за "просящего", каким его и сочла горничная.

Он раза два кашлянул хрипло и глухо и переминался с ноги на ногу. От него по гостиной пошел запах плохого табаку и неопрятного, старого платья.

— Вам угодно? — спросила барыня, прищуриваясь от близорукости.

"Проситель" — так она его уже окончательно определила — пододвинулся, нагнул на особый лад голову и спросил:

— Вы одни изволите быть?

Тоном он напоминал дворецкого или управителя из отпущенников.

И вдруг барыне стало немного жутко, почти страшно. Он мог броситься на нее и зарезать.

Она позвонила.

— Зажгите лампу, здесь темно.

Горничная хлопотала около лампы, поглядывая на барыню.

И ей делалось жутко. Больше никого, кроме детей, не было в доме. Бонна и кухарка отпросились со двора.

— Вам угодно? — повторила барыня, когда горничная ушла.

Старик осмотрелся и сделал два шага от камина.

— Моя фамилия Пышковский... Вам не безызвестна?..

— Пышковский?..

— Отец девицы Пелагеи, что жила у вас при детях...

— А-а!..

Ей сейчас представилась вся история с Полиной.

"Опять шантаж!" — подумала она и поглядела тревожно на этого отца "девицы Пелагеи". Он уже выделялся при свете лампы гораздо отчетливее. Его длинный нос тревожил ее, — она еще так недавно читала книгу Ломброзо о преступном человеке, и там говорится, что у всех воров и грабителей длинные носы. Но глаза с красноватыми веками и унылым взглядом вызвали в ней чувство жалости.

"Зачем оскорблять подозрением?" — спросила она.

— Вы позволите присесть? — спросил отец Полины.

Ей сделалось опять совестно за себя: почему она раньше не пригласила его сесть.

Он сел и опять закашлялся.

— Извините — беспокою вас... Катар привязался... А в Петербурге, при таком климате...

Слово "климат" он выговорил с ударением на "а".

Барыня припомнила, что ей Полина рассказывала про отца своего. Он управлял большими поместьями, жил барином, "пострадал" и скитался неизвестно где.

"Может быть, он беглый преступник пли каторжный?"

Этого вопроса она опять застыдилась.

— Сударыня, — продолжал он и повернул вбок свою голову с приплюснутым затылком и с лысиной на маковке, — про свои

61

мытарства я вам рассказывать не буду... зачем же лишать драгоценного времени?.. Пострадал!.. Детям хотел дать надлежащее воспитание... Сами изволите видеть... Пелагея кое-чему училась... и на фортепьянах, и по-французски... девочка она не дурная... только характером вышла легкая... Надо снизойти...

— Что же вам угодно? — перебила его барыня.

— А собственно так, позвольте изъясниться...

"Опять что-нибудь кляузное", — подумала барыня и стала жалеть о том, что мужа ее нет дома.

— Она загладила свою глупость... Вот я теперь вернулся... Почти что с волчьим паспортом, — он опустил голову, но голос его пошел ей в душу, — пить, есть надо, а кто же может, хоть на первых порах, поддержать. Дети — сын не задался... Черствого сердца. Пелагея не в пример добрее... И вот, сударыня, от вашего милосердия будет зависеть...

— Я ничего не могу!.. — стремительно выговорила барыня.

— Весьма многое, прошу извинить меня...

— Мы и без того...

— Я знаю-с, — докончил отец Пелагеи, — что в вашем помещении вышло не совсем пристойное препирательство. Девочка обиделась... хотя за ней, без сомнения, была вина. Позвольте, как родителю, и свое суждение сказать. Допустить себя до получения любовных записочек и даже пространных, писем ей, ни в каком разе, не следовало. Ежели ваша добрая воля была прекратить все дело...

— Вам известно, какую роль во всем этом играл ваш сын?

— Известно-с... И я, сударыня, одобрения моего не даю... Это, некоторым образом, как бы вымогательство...

— Вы сами сознаете?

— Всенепременно. И будь я здесь, ни до чего бы такого не допустил, хотя бы и при полной денежной крайности.

"Он, кажется, честный", — поторопилась подумать барыня, и ей уже не было жутко от присутствия этого человека с волчьим паспортом и длинным "преступным" носом. Ведь один нос не может же быть несомненным признаком порочности?.. Вон и у Шурочки какой уже большой нос, хоть и "комический".

— Это очень похвально, — выговорила барыня и опять опустила голову: ей показалось, что она не имеет права учительствовать.

— В настоящем же обстоятельстве обращаюсь униженно к вашему великодушному сердцу и прошу убедительно вникнуть...

Она чуть заметным жестом остановила его на несколько секунд.

— Дочери моей выходит очень хорошее место. И меня, через нее, могут призреть. Люди богатые... У них усадьба под

Петербургом... без надлежащего надзора. Меня бы пустили приютиться во флигеле для надзора за зданиями и экономией...

— Очень рада, если ваша дочь опять на хорошей дороге.

— Но, сударыня, без личной рекомендации ничего теперь невозможно получить...

Барыня начала понимать.

— Вам угодно, стало быть?..

— Вашего благородного содействия... Не пускайте и девочку мою с волчьим паспортом... Она вам, сударыня, да, полагаю, и детям вашим зла не могла сделать...

— Конечно, — ответила барыня, — но если Полина поступает на место педагогического характера, я не могу рекомендовать ее... у нее нет никакой подготовки... и вы сами знаете, что натура у нее... легкая...

— Ах, матушка!..

Голос старика дрогнул.

Он вдруг полез рукой в боковой карман сюртука и вынул оттуда какой-то пакет.

— Приношу вам убедительное доказательство... моих шляхетных чувств. У сына вытребовал я эти письма вашего племянника, уже подлинной рукой писанные... Они могли бы подать повод к новому разбирательству... Я вытребовал, сударыня... вот они... Прошу нескольких строк вашей многоуважаемой руки...

"Вот оно что!" — подумала барыня, и вся вспыхнула.

Она сообразила, что ее муж промахнулся, а племянник опять может быть привлечен к щекотливому делу...

— Извольте!..

Через пять минут, после нескольких прочувствованных фраз, с рекомендацией в руках, отец Полины удалился.

* * *

В столовой кончали обед. И барин, и барыня все еще находились под впечатлением недавней второй истории. Она кончилась благополучно. Письма кадета сожжены. Хотя в них и не было ничего опасного, даже если б отец Полины донес начальству Миши; но он без выкупа не возвратил бы их, неприятность вышла бы непременно.

Обоим дышалось легче, но минутами и муж и жена сознавали, что оба они "сглупили": один чересчур испугался, другая перепустила своего гуманизма. Им хотелось забыть про всю эту глупую историю. Главный повод к ней — Миша — чувствовал свою вину, сидел теперь за "зубреньем" к экзамену и приходил реже.

Обедал у них товарищ мужа по службе, моложе его, очень

франтоватый и ласковый к детям. Он, почти каждый раз, возил им сласти, против чего восставала мать.

И сегодня он привез им московского лакомства. Кока, в детской, сосредоточенно доедал свою розовую палочку абрикосовской пастилы. Старшая девочка обедала с большими. Шура, тоже полакомившись пастилой, выпорхнула в столовую, прильнула к гостю и кончила тем, что села ему на колени и трогала его бакенбарды, лацканы сюртука, булавку на галстуке и воротнички.

Мать несколько раз останавливала ее.

— Мы друзья!.. — успокаивал гость.

— А у тебя нет того, что у папы...

И она показала на манжеты отца. У гостя они подошли под обшлага рукава.

— Нет, есть!.. — ответил гость.

— Покажи!

Гость вытянул обе манжеты, они блестели, и на каждой было по золотой запонке с жемчужиной посредине.

Шура все это осмотрела, и ей неприятно было то, что она ошиблась. Манжеты налицо и запонки богаче, чем у папы.

Она даже наморщила кожу своего "комического" носа.

— А вот у тебя, — сказал гость, — так нет никаких манжет...

И он прошелся двумя пальцами по коже ее полненькой и голенькой ручки.

Шура задумалась — примолкла более чем на минуту.

— Зато, — с торжествующим выражением и громко выговорила она, — у тебя нет крахмальной юбки!

Все большие рассмеялись.

Но матери показалось, что в этом ответе звучали ноты недавней бонны, Полины. Шура начала обезьянить ее манеру говорить... У той были также быстрые ответы, не лишенные остроумия. И та способна ответить чем-нибудь вроде этой "крахмальной юбки".

С искренней грустью подумала мать:

"Шура все-таки похожа на птицу, никаких идей она не приобретет".

Но тотчас же, схватив веселые и добрые взгляды мужчин, обращенные на нее, утешилась мыслью:

"Зато ее будут любить!"

* * *

Прошло целых три года. Шура выучила наизусть все стишки из "Степки-Растрёпки"; Коку водили в Фребелевский сад. Старшая девочка начала тосковать по длинным платьям.

Мать их стала болезненнее, еще похудела, но все так же

читала книжки, интересовалась "вопросами" и посещала лекции. Вообще она мало ходила пешком.

Раз, на углу Невского и Садовой, около Пассажа, с ней раскланялась изящная молодая дама, в бархатной кофточке с бобром и высокой шляпе с перьями. Красноватая вуалетка прикрывала верхнюю половину лица.

Барыня ответила на поклон. Они обе остановились разом.

— Как я рада! — воскликнула молодая дама и протянула ей руку.

"Кто это?" — спросила себя барыня. Лицо знакомое, но назвать она не может.

"Должно быть, на лекциях встречала", — успокоила она себя и спросила:

— Давно вас не видать! Как поживаете?

— Я замужем.

— А-а!

— Уж второй год... Мой муж имеет контору. Мы живем хорошо. Он много зарабатывает. Детей у нас нет...

Показалось барыне из-под вуалетки, что щеки молодой дамы слегка подбелены. Голос тоже знакомый, даже очень; но ничего она все-таки не может пришпилить к личности этой дамы.

— Очень рада...

— Вы позволите зайти к вам? — спросила вкрадчиво дама.

— Пожалуйста! Мы все там же.

— В Надеждинской? В угловом доме?

— Да!

Они опять пожали друг другу руку.

По дороге домой, барыня раза два-три спросила себя: "Да кто же это, наконец?" И так и решила, что какая-нибудь соседка по лекциям Соляного Городка.

Подают ей карточку дня через два. Стоит неизвестная ей фамилия.

— Просите!

Горничная пропустила в дверь гостиной даму в бархатной кофточке с бобром.

— Все у вас по-прежнему? — начала гостья, оглядываясь на стены. — А дети где? Кока, я думаю, большой! И Шура?..

— Извините, — конфузливо сказала барыня. — Я все припоминаю...

Гостья поняла.

— Да вы, кажется, не узнали меня?.. Поля, Полина!

— Ах, вы — Полина?

Первой мыслью барыни было: "Да как же это у вас, после попыток шантажа, хватило смелости разлететься к нам?"

Но ее принципы взяли верх.

— Вы извините, — заговорила Полина, и сквозь белила начала

65

слегка краснеть. — Я обрадовалась, когда встретила вас... Что было, то прошло! Мне и детей хочется повидать... Позвольте подарочек им принести...

И так все это было сказано безмятежно, добродушно, что барыня почти растрогалась.

Полина чувствовала свое полное торжество: ее приняли сразу за настоящую даму, и она будет вхожа в дом, откуда ее прогнали с историей.

— Благодарю вас! — еще сконфуженнее пролепетала ее бывшая барыня.

"МОРЗ" И "ЮЗ"

I

...Пахнет керосином в тесной комнате, куда надо проникать через темную переднюю, где почти так же холодно, как и в сенях. Три коротких окна, какие бывают в нижних этажах московских домов, все обледенели. На дворе — лютый мороз. Девятый час на исходе. Телеграфная станция доживает последний день старого года.

Ясеневая перегородка с балясинами разделяет комнату на две неравные части. По сю сторону — стол с синими листками и чернильницей, да географическая карта на стене; по ту сторону — два аппарата, конторка и стол для приема корреспонденций, весь покрытый разным служебным добром. Кружки бумажных лент лежат тут рядом со счетами и шнуровыми книгами. Лампа висит над столом и распространяет запах дешевого керосина. Над этим столом наклонила голову дежурная. У одного из аппаратов доканчивает отправку депеш телеграфист.

Девушка нагнулась низко, проверяет квитанцию и кладет на счетах. Свет лампы падает прямо на ее голову с густыми русыми волосами, заложенными на маковке, по моде. Ее товарищ — бледнолицый молодой человек, в сюртуке новой формы, со стоячим воротником, торопливо стучит ручкой аппарата и откидывает одну депешу за другой. Его лица не видать.

В комнате раздаются слитые в непрерывный пестрый звук: чиканье стенных часиков, щелканье счетами, тут-тук аппарата...

Сегодня день задался тяжелый. Завтра будет еще тяжелее, но и накануне нового года многие шлют депеши к ночи. Таких поздравлений было доставлено до пятидесяти, да и всяких других пришлось чуть не вдвое против обыкновенного. Новогоднее возбуждение уже сказывалось на обмене депеш.

Через десять минут прекратится прием, а сидеть надо будет еще с добрый час, если не больше. Когда телеграфистка кончит подсчитывать все, что уже принято, она должна еще помочь своему товарищу; он без нее не управится.

Ей холодно. В квартире во всех углах дует из полов. Она кутается в белый вязаный платок. Начальство скупится; за эти деньги и нельзя иметь порядочного помещения. Еще две комнатки, где живет начальница станции, потеплее, а эта из рук вон холодна.

— Прицелов! — окликнула девушка, не поднимая головы.

Никто не показался в дверке, откуда обыкновенно входил курьер. Один ютился при кухне, другой нанимал угол поблизости.

— Опять в Сибирь уехал... — полушепотом выговорил молодой человек, повернул голову к барьеру и усмехнулся.

— В Сибирь? — серьезно, почти строго спросила телеграфистка, и чуть-чуть повела головой.

— Это у нас... на центральной, товарищ один... когда его разберет сон... в ночное дежурство... он и говорит: "Прощайте, господа, я в Сибирь уехал!"

Он рассказал это несмело, немного заикался и сдерживал смех. Девушка продолжала щелкать на счетах и морщить белый лоб, на который прядь подстриженных и завитых волос набрасывала тень. Она прослушала то, что рассказал ее товарищ, но даже не улыбнулась. Этот телеграфист, приходивший дежурить через день, сам вызвался помочь ей. Начальница станции покормила его обедом — и только. Он помогал не начальнице, а ей, Надежде Львовне Проскуриной.

— Степанов! — окликнула она, почти такой же нотой, как звала курьера, — потрудитесь разбудить Прицелова. Я тут не могу найти одного пакета. Да и пора ему идти. Сколько у вас готово?

— Да штук больше десяти, Надежда Львовна. Мразин должен скоро вернуться.

— Он совсем замерзнет, я думаю.

Телеграфист встал, прошел мимо нее на цыпочках и юркнул в дверку. Он был большого роста, худощавый, с овальным лицом народного типа и курчавыми светлыми волосами. Чуть заметная бородка пушком легла вокруг подбородка; маленькие и ласковые, робкие глаза придавали ему детскую моложавость. На ходу он гнулся. Форменный сюртук сидел на нем неловко. Сапоги издавали легкий скрип.

Она его с трудом выносит — этого сверхштатного "телеграфиста", и сама не знает, почему именно его. Степанов перед нею рта открыть не смеет, исполняет половину ее работы, часто дежурит за нее, за ничтожную плату, по рублю в день, да и ту иногда отказывается брать, а жалованья получает меньше ее. На него она изливает, вероятно, общее пренебрежительное чувство своих товарок к мужчинам-"телеграфистам". И он — ее "товарищ", но все телеграфистки "из благородных" или с воспитанием, знающие языки, смотрят на мужской персонал немного лучше, чем на курьеров.

В Степанове раздражает ее простоватость, говор с северным мещанским произношением, его детски-ухмыляющееся лицо, его приниженность перед нею. Она знает, что он родом из крестьянских детей, сирота, что его пригрел один начальник станции, в уездном городе, выучил грамоте, держал полувоспитанником, полурассыльным, привязался к нему и, умирая, выхлопотал ему перевод в Москву. Она знала и то, что Степанову с великим трудом далась и грамота, и телеграфная выучка, что он страстно желает выучиться "как следует" (одно из его мещанских выражений) хоть одному иностранному языку, что сердце у него доброе и поведение образцовое. И все это еще больше отдаляет ее от него.

— Сию минуту, — доложил Степанов, показавшись в дверке.

— Да что ж он делает? — нервно окликнула девушка.

— Оправляется от спанья.

Степанов опять чуть слышно усмехнулся. Эта привычка к смешливости от собственных "пошлостей" (такими считала она все шуточки Степанова) постоянно коробила ее.

Вслед за ним вошел в комнату курьер, заспанный, с плохо бритым, помятым лицом, посреди которого торчали рыжеватые усы щеткой. Во всей фигуре Прицелова было что-то очень забавное, к чему Степанов не мог еще приглядеться, хотя работал на этой станции больше полугода.

Курьер застегивал верхние пуговицы сюртука одной рукой; пальцами другой причесывал сбившийся на лоб вихор неподатливых волос.

— Прицелов, — строго заговорила телеграфистка, — где тут пакет, такой большой, из синей бумаги? Я его не найду. Вам его не отдавали?

— Пакет? — спросил Прицелов и прищурил глаз, причем одна ноздря у него отдувалась сильно кверху. — Какой такой пакет?

— Ах, Боже мой! Из синей толстой бумаги?

— Мадель Андревна куда ни на есть прибрали...

Степанов рассмеялся громко.

Прицелов, с тех пор, как состоял курьером при этой станции, не иначе звал начальницу, как "Мадель", вместо "Адель". Его отучали от этого, но он все-таки сбивался и, кажется, про себя, находил, что так и следует произносить. Слова "Адель" он не признавал, а "Мадель" — было ему хорошо известно.

Телеграфистка даже не улыбнулась. И Прицелов, с его шутовской физиономией и невозмутимым юмором пьянчужки-резонера, не забавлял ее, а также раздражал. По тому, как Прицелов говорил со всеми, даже и с начальницей — Аделью Андреевной Кранц, можно было чувствовать, что он считает этих "барышень" — так чем-то вроде не то гувернанток, не то экономок, допущенных начальством "побаловаться". Когда он был навеселе, — а это случалось частенько, — Прицелов громко рассуждал в кухне. Он находил, что "мамзелям" совсем не следует быть на "царской службе", что они заедают только мужской заработок, и что начальство очень хорошо поступает, отказывая им в пенсии. В нем жило сознание своего мужского превосходства, и он его доказывал тем, что начальница не жаловалась на него, хоть и стращала не раз. Но он умел ее разжалобить, становился даже на колени и говорил разные смешные, жалобные слова.

— Так вы не знаете? — еще суровее спросила телеграфистка.

— Ни Боже мой!

— Отправляйтесь. Мразина нечего дожидаться. Степанов, у вас готовы все квитанции?

— Готовы, Надежда Львовна, — кротко откликнулся телеграфист.

Прицелов, стуча своими смазными сапогами, с запахом ворвани, долго возился у стола, за которым сидел Степанов.

— Как вы копаетесь! — дала на него окрик телеграфистка.

Чем ближе минутная стрелка приближалась к двенадцати, тем несноснее ей было в этой низкой, холодной комнате, с постылой казенной обстановкой, с запахом керосина и сапожной ворвани от сапог Прицелова. Он, наконец, убрался.

Опять тишина со щелканьем счетов и стуком также ненавистного ей аппарата "Морза"; она и его презирает; ведь она "морзистка", только "морзистка", т. е. самая обыкновенная телеграфная работница, не сумевшая даже подняться до звания хорошей "юзистки". Все умеют тукать на этом банальном "Морзе", вплоть до бездарного, малограмотного Степанова.

Не так чувствовал Степанов... Ему ужасно хотелось спросить ее, где она встречает новый год. Наверно, танцевать будет. Она "настоящая барышня", и знакомых у нее должно быть много. Вот она встанет, кончит счеты, пойдет домой одеваться на вечер. Как бы ему хотелось видеть ее в бальном платье!..

— Надежда Львовна! — тихо окликнул он ее.

— Что надо?

— Адель Андреевна где встречают новый год? Никак в клубе?

— Я не знаю.

Ответ Проскуриной был такой отрывистый, что Степанов замолк.

Она, как раз, и думала о том, что ей не с кем встречать новый год. Приглашали ее к одной учительнице, в городскую школу — поломалась; в клуб Адель Андреевна, ее не взяла, они с ней не очень ладят. А этот "идиот" со своими расспросами... Пойдет к себе на гитаре играть или в трактире спросит стакан чаю и будет слушать машину — и доволен!

Она покраснела от горьких и злостных мыслей.

II

Наружная дверь звякнула. Кто-то дернул ее очень сильно, и из темноты передней раздался женский, высокий голос:

— Проскурина! Вы тут? Дежурите?

В комнату вбежала, вся закутанная пуховым платком и

напустила с собой морозного воздуха, маленького роста женщина в суконной ротонде. Она начала перебирать ногами, когда остановилась у балюстрады.

— Вот анафемский холод! Ноги совсем окоченели... Да и у вас хоть тараканов морозь! Здравствуйте, душечка.

— Здравствуйте, Копчикова!

Проскурина оторвалась от работы, немного привстала и протянула руку своей товарке, с которой сидели они рядом, еще не так давно, на центральной станции. Руку ее пришедшая "юзистка" потрясла сильно и сейчас же сказала ей, низко наклонившись через перила:

— Хотите со мной закатиться?

— Куда это? — неохотно ответила Проскурина.

Копчикова оглянулась в сторону телеграфиста, прищурила на него свои близорукие, выпуклые глаза и окликнула:

— Степанов! Это вы?

— Я-с! — отозвался телеграфист и поклонился с места. — С новым годом вас!

— Марш! Извольте пройтись туда... посмотреть, нет ли меня там? Или заткните уши.

— Позвольте лучше уши заткнуть.

— Нет, нет! Я вас знаю. У вас любопытство дьявольское... Проскурина! Чаю у вас не водится?

— Мы недавно пили.

— Вот и прекрасно. Степанов, марш за чаем!

Телеграфист усмехнулся и, добродушно тряхнув головой, встал; проходя мимо Копчиковой, он еще раз поздоровался с нею и протянул ей руку.

— У вас руки холодные! Я знаю. А я и без того застыла.

Когда Степанов скрылся, юзистка вошла за балюстраду, подсела к столу с другой стороны и начала быстро спрашивать:

— Махнем? У вас вечер свободный? Никуда не званы встречать новый год?

Проскуриной не хотелось признаться, что она рискует встретить новый год у себя, после дежурства, которое может сегодня затянуться до полуночи. Она промолчала, но в глазах ее, темно-серых, с длинными ресницами, умных и горделивых, вспыхнуло любопытство.

Эта Копчикова всегда навязывалась ей на дружбу, но ее считают непорядочной даже и самые снисходительные. Бог знает, какого она происхождения. Лицо у нее с дерзким выражением, курносая, с рябинками, а постоянно около мужчин и, по-своему, имеет успех. Но какой успех!.. Удивительно даже, как ее терпят на службе. Еще сильнее щемило Проскурину и то, что "такая" Копчикова — "юзистка", считается дельнее ее и жалованья

71

получает больше. Двум языкам выучилась настолько, что употребляется даже для заграничных сношений.

— Так свободны? — переспросила Копчикова и начала скидывать с головы платок.

Движения ее были резкие и некрасивые. Все в ней отзывалось бесцеремонною вульгарностью.

— Вы видите, — выговорила Проскурина, — сколько дела! Должна корпеть здесь, а потом Степанову надо помочь. Он один будет копаться.

— А началка где?

— Уехала.

— Куда?

— В клуб, кажется.

— В какой?

— В докторский, вероятно.

Все ответы Проскуриной продолжали звучать неохотой вести разговор, но гостья не обращала на это внимания.

— Вот что, милая, — она заговорила еще быстрее и потише, — не хотите ли со мной в маскарад?

— Куда это?

— В дворянский!

— С какой стати!

Брезгливая черта прошлась по свежим, но узковатым губам девушки, и она выпрямила стан.

— С какой стати!.. Полно вам недотрогу-царевну из себя изображать! У меня домино есть. Я сама себе из черного сатинета сшила. И как лихо вышло — точно шелковый. А себе выберете напрокат. Вот отсюда бы прямо на Большую Дмитровку... Там выберете себе у немки и домино, и маску. Можно наладить что-нибудь или ленточку пришпилить. Ко мне завернем, чайку напьемся, и к самому началу угодим.

Она так скоро говорила, что даже захлебывалась. Проскурина слушала ее, и брезгливая черта не сходила с ее губ.

— Так валим? — почти крикнула Копчикова.

— Нет, я не могу.

— Да полноте, голубчик! Вот вы всегда так! Это — не по-товарищески! Ведь какая же сласть у себя, в номере, завалиться спать, на веселье глядя?

— В маскарады я не езжу, — выговорила Проскурина, и снова нагнула голову и спину.

— Соблюдаете себя? А мы, грешные, ездим. Как же можно с нами якшаться!..

Копчикова вскочила со стула и заходила между двумя столами. Она и от холода была красна, а теперь еще сильнее покраснела от задорного чувства, охватившего ее. Ей захотелось отделать эту "важнюшку" Проскурину. Она знает, что "порядочные" чураются ее.

— Сами не понимаете своего интереса! — вырвалось у нее с подергиванием плеч.

— Какого интереса? — переспросила Проскурина.

— Какого! Какого!.. Точно будто я ничего не знаю и не вижу! Намедни, на Пречистенском бульваре, с кем я вас встретила? Небось, мы шикарей-драгунов привлекаем!..

Проскурина чуть не крикнула ей: "Как вы смеете!" — но только закусила губы и начала краснеть.

— Я не сплетница. Что ж! Офицерик джентльменистый! И мордочка у него смазливая. Желаю всякого успеха. Вот он наверно там будет. Если где и пляшет на званой вечеринке, то позднее явится. Прямой интерес — ехать. А не он, так другой!

— Бог знает, что вы говорите! — остановила ее Проскурина и сердито взглянула на нее, недовольная в особенности тем, что покраснела, и что Копчикова заметила это.

— Так вы решительно отказываетесь? Ну и шут с вами, коли так!

Копчикова схватила платок, брошенный на балюстраду, и начала его расправлять. На голове ее надета была баранья шапочка набекрень и с кистью.

Аппарат защелкал. Кто-то звал.

— Ах, Боже мой! — встревожилась Проскурина. — Зачем вы услали Степанова!

— Экая важность! Постойте... Это с какой-то станции спрашивают.

Копчикова присела к аппарату и взялась за ручку.

— Что такое? — окликнула Проскурина.

— Ха-ха!.. С вами разговор... по соседству! Да это Карпинский!.. Ведь так его зовут?.. Того, с усиками в колечки, как яблочко румян?.. Большой ходок по женской части и воображает, что все от него млеют. Я за вас отвечу.

— Не смейте! — крикнула Проскурина.

— Фертиг!.. Готово!.. Он думает, что это вы.

— Не смейте, Копчикова!

Проскурина встала с места.

— Нечего, нечего... Чудесно!.. Да он тоже насчет маскарада!..

— Я говорю вам... Пустите меня!..

Сильным движением руки Проскурина устранила юзистку и начала действовать ручкой — нервно и отрывисто. Она должна была браться за ручку аппарата, чтобы прервать этот разговор по телеграфу, строго запрещенный служебными правилами.

— Вот вы какая! — заговорила Копчикова, увязывая свой платок. Вздернутый ее нос смотрел дерзко и насмешливо. — Со мной не желаете в маскарад, потому что у вас с таким фификусом, как Карпинский, интересец есть!

— Ничего у меня с ним нет! — почти гневно перебила Проскурина, повернувшись лицом к гостье. — Он мне надоел донельзя. Я собиралась жаловаться, если он не прекратит своих глупых ухаживаний.

— Ябедничать хотели — некрасиво!

— Не ябедничать, а отвязаться от него.

— Так на это есть простое средство. Отрезали ему по аппарату: вы такой-сякой! Небось, кто с кем не желает хороводиться — сумеет сдачи дать... Ну-с, коли так, желаю всякого успеха на новый год. Чаю я дожидаться не буду. Пускай ваш дурачок сам его выпьет. Я теперь знаю, Проскурина, какие у вас ко мне чувства. А я за вас всегда горой, когда про вас судачат. Теперь не буду такой дурой!

Юзистка запахнулась в свою ротонду и шумно вышла, дернула обмерзлую дверь и хлопнула ею. Звонок задребезжал.

Не сразу перешла Проскурина от аппарата к столу, за которым работала. Она посидела с опущенными руками. На лице ее — оно быстро бледнело — застыло выражение почти физической боли.

Но она не расплакалась. Ее стало душить. Эта "ужасная" юзистка сумела, в каких-нибудь четверть часа, перевернуть в ней все внутри... Да, она прошла по боковой аллее бульвара, и Проскурина узнала ее сзади, когда гуляла с тем драгуном. Но ведь это вовсе не было свиданье, а случайная встреча. Она надеялась на то, что юзистка не заметила их. И теперь этот разговор с телеграфистом на аппарате! Хуже ничего нельзя было и придумать. Вся центральная станция будет теперь "судачить".

Она мысленно повторила и пошлое выражение Копчиковой: "хороводиться" — это еще лучше! Сметь так выражаться о ней, подозревать ее в любовном "интересе" с таким ничтожеством, как этот Карпинский, от которого она не знает, как отделаться?!

— Они ушли? — спросил Степанов, стоявший у балюстрады со стаканом чаю.

— Они ушли! — передразнила его Проскурина. — "Они" — так по-лакейски выражаться, да еще про личность вроде Копчиковой!..

— Вам не угодно? — кротко вымолвил телеграфист.

— Нет, не угодно! Извольте садиться. Мы до полуночи не кончим.

И опять в комнате началось щелканье счетов и стук ручки аппарата. Лицо молодой девушки приняло суровое выражение. Степанов чувствовал, как она гневно настроена. Он сдерживал дыхание и желал провалиться сквозь землю.

Нет, он не посмеет поднести ей подарок на новый год, как

рассчитывал, отправляясь сюда на дежурство. В ящике стола лежала красивая коробка с бумагой и конвертами. Нечего и думать!

Бедный малый не мог сдержать вздоха, и тотчас же усиленно заработал правой рукой.

III

"Как жить на тридцать пять рублей в месяц?"

Этот вопрос представлялся Надежде Львовне Проскуриной каждый месяц, при получении жалованья. Теперь, на праздниках, он встал перед нею еще назойливее.

За квартиру она платит девять рублей. Дешевле платить невозможно. У нее маленькая комнатка, правда, теплая, но окном на двор, рядом с кухней. Как она ни старается придать ей приличный вид, все-таки это — дрянная, студенческая "горница" — так называет ее и хозяйка-съемщица. За соломенными ширмами железная кровать — тоже студенческая койка. Там же, под коленкоровой простыней, висят ее платья. Обедает она на столе, покрытом красною ярославскою скатертью; за ним пьет и чай, за ним же и работает. Ей часто приходится шить, чистить и штопать. На это идут ее свободные дни. Она могла бы наниматься дежурить за других и добывать себе в месяц от десяти до пятнадцати рублей. Но телеграфная служба утомляет ее — больше своей скукой и механическим однообразием, чем физической истомой.

Собиралась она заняться стенографией, купила самоучитель, но из этого ничего не вышло. Языки она знает кое-как, по-французски довольно бойко говорит, но писать не может без ошибок, по-немецки и того хуже.

Не туда она готовила себя. Было время — и так еще недавно — она стремилась на педагогические курсы. В гимназии училась она усердно. Был у нее маленький капитал, оставленный теткой, старой девой. Вот на него и докончила бы она свое образование. Но вышло по-другому.

Постоянно гложет ее эта роковая, непростительная глупость.

Надежда Львовна попадает на эту зарубку, как только останется у себя в комнате, начнет ли шить или читать книгу. Локтя не укусишь! Увлечение "девчонки", сентиментальность и рисовка! Вообразила себя призванной принести жертву. Теперь она ясно видит, что никакой жертвы тут не было, а просто влюбленность в смазливого и лукавого мальчика, уверившего ее, что у него талант, что перед ним великая будущность, что ему надо ехать за границу, откуда он вернется вторым Мазини. И отдала все почти свои деньжонки. "Мазини" сгинул. Он сам предложил ей вексель — она и того не хотела брать! Ведь он рос с нею, приходился троюродным братом. Она верила в него как в идола.

И кончилось службой на телеграфе — тридцатью пятью рублями, которых не хватает и на житье в обрез. Одеваться — не из чего. Она донашивает то, что у нее было, из старого туалета барышни-сироты, воспитанной если не в роскоши, то в довольстве.

Вот это-то "воспитание" и дальнейшие мечты об "интеллигентном труде" и делают ей теперешнее положение все тошнее и тошнее. Она и рада бы окоченеть и навек примириться, но не может. В ней пропало всякое профессиональное честолюбие. Одно время она хотела быть отличной юзисткой, учиться по-английски, сделаться самой дельной и достойной служебного поощрения из всех своих сверстниц.

И это прошло. Вон там, на центральной станции, есть одна пожилая девушка, которая ведет корреспонденцию на четырех иностранных языках, чего только не знает, чего только не читает — и все-таки жалованья ей пятьдесят рублей и пенсии не будет. Начальницей станции — не то назначат, не то — нет. Стоит ли!

Есть у нее еще капитал — наружность. Она не красавица, но редко какой мужчина не поглядит на нее, когда отдает депешу, или на улице, в церкви, на бульваре. Три года назад, она не терпела любезностей, думать о выгодном замужестве считала "пошлостью", усвоила себе суровый тон с мужчинами, ничего не считала выше свободы и умственного труда, и так хотела прожить всю жизнь.

И в этом она была глупа. Ей пошел двадцать пятый. Первая свежесть отлетела. Тогда водились у нее и кое-какие туалеты, а теперь она донашивает старые платья и не на что ей одеться так, чтобы не стыдно было принять приглашение на плохенький танцевальный вечерок. Новый год встречала она у себя, лежа на своей железной койке, и горько плакала, в первый раз. Повеселиться запросто, как приглашали ее к начальнице одной городской школы, не пошла — тоже из ложного стыда: хотелось быть лучше одетой. Ехать в маскарад с такой особой, как Копчикова — значило приравнивать себя к тем, кто ездит в маскарады искать легких похождений. Да и не то — у нее нет лишней копейки заплатить за маску или дешевое домино.

Копчикова будет честить ее, пустит сплетню о драгуне. До сих пор она всего три раза виделась с этим поручиком Двоеполевым. У нее есть подруги по гимназии, семейство Старковых, помещичья семья, проводящая зимы в Москве — не очень модная, но и у них ей почти неловко бывать из-за туалета.

Там она танцевала с ним. Потом совершенно случайно встретились они в Голофтеевской галерее — она ходила купить иголок и черного шелку, на четвертак. Он был с ней у Старковых очень любезен, пошлостей не говорил, держался милого тона, как с девушкой "из общества"; у него выразительное лицо крупного брюнета, с бледными щеками и глазами, которые смотрят на вас ласково и с тихой усмешкой. Он носит тонкие усы, падающие вниз, и бреется. В нем ничего нет армейского, отзывающегося "корпусятником".

Потом он зашел на станцию, подал депешу весьма прилично. Это было при начальнице станции; спросил о здоровье, как знакомую, что-то рассказал про Старковых и ушел, но, уходя, его взгляд доложил ей, что депеша — один предлог: лишний раз видеть ее.

Ей это польстило. Через два дня они встретились на Пречистенском бульваре, когда Копчикова видела их.

Было ли это свидание? И да, и нет. Она вспомнила, что в Голофтеевской галерее драгун спрашивал ее, в какие часы она гуляет, и назвал именно Пречистенский бульвар, как самый приличный, барский. Кажется, она сказала, что около трех... И вдруг ее потянуло туда — и они встретились. Его профиль особенно ей нравился, когда они шли рядом. Она уже чувствовала, что этот красивый, статный брюнет, хорошей фамилии, начинает сильно интересоваться ею... Во время прогулки она раза два подумала: "Да почему же ему в меня и не влюбиться?" — подумала это не как бедная телеграфистка, а как барышня из того "общества", где она с ним познакомилась. Говорила она с ним весело, по без всякого смущения, тоном бывалой, светской девицы, знающей себе цену.

Драгун не позволил себе ничего лишнего. Они говорили о разных городских новостях, об итальянской опере в театре Газетного переулка, об увлечении двумя певцами-братьями — тенором и баритоном.

— А вы которым увлечены? — спросил ее Двоеполев.

— Ни которым, — отвечала она.

— Быть не может!

— Я их еще не слыхала.

Она сказала это просто, не застыдилась того, что у нее не было денег идти в кресла, а "верхов" она не любила.

— Скажите! — добродушно вырвалось у офицера.

Он хотел что-то еще прибавить, поглядел на нее быстро и отвел лицо; кажется, даже немного покраснел.

"Выдумал, кажется, предложить мне билет", — сказала она про себя и хотела обидеться, но драгун перешел к чему-то другому.

Вернувшись домой, она нашла, что обижаться было не чем. Он ничего ей не сказал, и почем она знает, что у него было на уме?.. Ее не покоробило и то, что Двоеполев проводил ее до самых Тверских ворот и на прощанье спросил:

— Когда же и где мы увидимся?

— Как-нибудь... — ответила она, чуть-чуть стесненная.

— У Старковых?

Но глаза офицера спрашивали о другом. Ему, конечно, хотелось попросить позволения посетить ее. По теперешним нравам, в этом не было ничего неприличного или особенно смелого. Трудовые девушки все принимают у себя. Он, однако, этого не сказал, и его сдержанность очень ее тронула.

Отказать ему она не желала, а принять — совестно в такой комнате, какую она нанимала, рядом с кухней, на дворе, даже без дивана, с ширмами, из-за которых глядела железная койка.

Надежда Львовна подшивала шелковый лоскутик под локоть рукава. Еще два-три раза надеть этот лиф — и локоть прохудится... У нее всего одно приличное платье, но его знают у Старковых больше двух лет. Скопить на цветную кофточку, которую можно было бы носить с той же юбкой, она до сих пор не смогла.

Она сделала быстрый, нервный стежок, думая опять о Копчиковой, о телеграфисте Карпинском, о курьере Прицелове и о неизбежности сплетен на ее счет, — явственная морщина перерезала ее белый, высокий лоб.

— Барышня! — громко шепнул кто-то из-за двери.

— Что нужно? — откликнулась Проскурина таким же строгим звуком, как она откликалась на вопросы телеграфиста Степанова или курьеров.

— Посыльный к вам.

Проскурина быстро положила лиф на постель и оправила прическу.

— От кого посыльный? — спросила она в дверь.

— Говорит — вам записка.

Кухарка была простоватая. Проскурина не стала дальше расспрашивать ее, приотворила дверь и увидала в темноте передней посыльного с бляхой на пальто.

— Войдите! — пригласила она его к себе в комнату.

Посыльный напустил с собой холоду и подал ей конверт, с адресом, написанным неизвестным ей почерком, красиво и старательно. О квартире ее, видимо, справлялись в адресном столе: обозначены были часть и квартал.

— Это вам, сударыня? — спросил ее посыльный.

— Мне. Ответ нужен?

— Никак нет-с. Офицер отдали на Кузнецком. Об ответе они ничего не сказали.

— Вы получили, стало быть? — краснея выговорила Проскурина.

— Так точно.

Она все-таки дала ему гривенник и сама выпустила его из сеней.

Разрывая конверт, она уже знала, что это от Двоеполева.

Из конверта выпал на стол розовый театральный билет. Она думала, что записку она уронила под стол. Никакой записки не было. Билет — кресло итальянской оперы и афиша на тонкой бумаге. Шел "Севильский цирюльник". Оба брата — любимцы женской публики — участвовали в спектакле: один в роли Альмавивы, другой в роли Фигаро.

Краска не сходила со щек Проскуриной. Она долго читала афишу и вертела в руках розовый билет. Разные чувства боролись в ней. Но она уже видела себя в театральной зале рядом с драгуном.

IV

Первое действие оперы кончилось. Проскурина пришла рано, когда зала, очень холодная, с пониженным светом электрических лампочек, стояла еще пустой. И к увертюре публики набралось не особенно много. Она ожидала совсем не того. На верхах виднелось несколько молодых женских голов; и в местах за креслами сидело десятка два дам, старых или молодых — она не могла рассмотреть.

Ее кресло было в пятом ряду и стоило дорого. Когда она в него села и оглянулась с тревогой по сторонам — ее уколола мысль:

"А ведь так не посылают билетов, от неизвестного, порядочным девушкам".

Ей случалось бывать приглашенной в ложу, по даровых кресел она от мужчин еще не принимала. Если б Двоеполев очутился рядом с нею — ей это было бы крайне неприятно.

Она не смотрела больше по сторонам, на ложи и кресла. В этот театр она попала в первый раз. Веселого возбуждения что-то не являлось. Рядом, справа и слева, места оставались пустыми.

"Неужели он не придет, — спрашивала она себя. — Что это: деликатность или невнимание?"

Но мысли ее получили вдруг другой оборот.

"Что ж тут такого особенного? — думала она под звуки увертюры, — Принять билет от знакомого? С какой стати делаю я из себя какую-то недотрогу-царевну? Да из моих товарок по службе ни одна не откажется. Где же тут соблюдать светскую чопорность, когда нам и на место в раек трудно сэкономить из наших тридцати пяти рублей!.. Одна глупая гордость и чванство".

Игривая, мечущая искрами южной веселости, прогремела увертюра. Проскурина повеселела и от нее, и от своих, более светлых, мыслей. Она захлопала вместе с другими и улыбнулась итальянцу-капельмейстеру, когда он привстал с своего высокого кресла, обернулся и раскланивался... Ей очень нравилась его сытая фигурка, взгляд лукавых глаз сквозь pince-nez и очертания его маленькой головы с круглой лысиной на самой маковке.

Но за ходом первого действия она следила рассеянно и то и дело сдерживала желание повернуть голову к проходу между креслами... Садились и в ее ряду, но Двоеполев не показывался. Она нашла, что братья-певцы — им сильно аплодировали и с верхов и снизу — не стоили такого приема. Тенор показался ей женоподобным и манерным; баритон понравился как актер, но "интересного" она в нем ничего не нашла. Лица их обоих заставляли ее думать о лице драгуна. Она находила его гораздо "значительнее". В нем было что-то действующее на нее сильнее, чем их овальные лица, даже и не итальянского типа: она не знала, что братья родом португальцы.

Смолкли вызовы: из залы потянулась публика в буфет и фойе. Она знала, что фойе в первом ярусе. Ей хотелось пройти туда. Что-то ее тянуло, нечто большее, чем простое любопытство.

У входа в залу фойе, справа, ее окликнули.

— Здравствуйте, Надежда Львовна!

Это был драгун. Он отвесил ей низкий поклон. Глаза его улыбались. Протягивая ей руку, он еще раз нагнул голову и чуть слышно проговорил:

— Как это удачно!

Его фраза должна была значить: "какая удачная для меня встреча!"

"Неужели кто-нибудь другой прислал мне билет?" — спросила себя Проскурина.

Глаза Двоеполева продолжали улыбаться с особенным выражением.

"Хитрит!" — подумала она, и не знала, приятна ей или нет эта хитрость.

Он играл свою роль превосходно.

— Вы в креслах? — громко и уверенно спросила она его, когда они стали ходить по фойе.

— Я зашел в ложу к знакомым.

Даже и усмешка глаз исчезла.

Он держался тона доброго знакомого; голос его звучал просто и непринужденно.

"Если он прислал, это очень, очень мило", — решила она, после первого оборота по зале.

— А вы в креслах? Я видел, — сказал Двоеполев и в первый раз заглянул ей в лицо. — Кажется, там пустое место сбоку?

— Целых два, — ответила она все так же бойко и уверенно.

— Вы позволите?

Эту хитрость сочла она уже чересчур тонкой. Наклонив голову, она выговорила однако:

— Пожалуйста! Мне одной скучно.

И тотчас они перешли к опере, к братьям, к тем "пассиям", которые тенор вызывал в некоторых московских барынях и девицах, особенно в купеческом обществе.

— Я думала, что они дают полные сборы, — заметила Проскурина.

— В этом году с ними не так ходко, — сострил Двоеполев.

Он соглашался с тем, что она говорила про их наружность, особенно про тенора.

— Я вперед знал, — тихо и вкрадчиво сказал он, — что вы найдете его именно таким...

Они стояли в одной из арок, ведущих к чайному буфету. Проскуриной ужасно захотелось чаю, но она не сказала ему: "сядемте", чтобы не заставлять его платить, и он не предложил ей присесть — что ей опять-таки очень понравилось.

Вниз они сошли после звонка. Офицер поздоровался с двумя статскими и мимоходом сказал одному военному с лацканами на воротнике того же цвета:

— Я в креслах останусь.

Она шла впереди, и ей не было неловко. Все выходило совершенно прилично, не имело вовсе вида любовной интрижки драгуна с телеграфисткой.

Сел он рядом с нею очень просто, как будто это вышло случайно, и во время действия не разговаривал; тоже раза два обернулся к ней в пол-лица и спросил:

— Не угодно ли бинокль?

Опера все меньше и меньше захватывала ее. Но под музыку ей приятно думалось... Она чувствовала себя молодой дамой, только что вышедшей замуж. Вот рядом с нею сидит ее муж, офицер, хорошей фамилии, красивый и воспитанный; у него небольшое состояние, и он на виду у начальства. Они держат экипаж; бывают часто в театрах и всегда в креслах. Ей известно, что в том "кругу", где его считали хорошей партией, немало злословят, удивляются, что он женился на простой телеграфистке. Но она этим не смущается. Между нею и девицами Старковыми нет никакой разницы. И она барышня, и у нее бывали гувернантки, и она может вести с грехом пополам французский разговор. Она знает также, что мужчины — за нее, нисколько не удивляются тому, что Двоеполев влюбился в такую красивую и видную особу... Многие уже начинают ухаживать за нею. У них есть дни; полковые дамы полюбили ее, кроме одной эскадронной командирши. Та не может помириться с тем, что Двоеполев женился по любви. Может быть, между ними и было что-нибудь... У всякого романы водятся до женитьбы.

"А реверс?" — вдруг спросила она себя почти с испугом и покраснела.

Она знала, что "реверс", это — сумма денег, которую надо

внести в полковую кассу в случае женитьбы. Ведь она бесприданница. Какой же реверс могла она принести с собою жениху!..

"Он сам внес", — успокоила она себя и продолжала мечтать под музыку "Севильского цирюльника".

Двоеполев смотрел в бинокль на хорошенькую Розину. Это ее не смущает. Она верит в его любовь. Зачем же бы он и женился на ней?.. Пускай смотрит. Ведь на то и существуют актрисы, певицы и танцовщицы... Вот они поедут домой. Дорогой, он заботливо спросит ее:

— Надя, хорошо ли ты укуталась?

На ней — дорогая ротонда из тибетских баранов и оренбургский пуховый платок. Муж нагнулся к ней, поправил платок и тихо прикоснулся горячими губами к ее щеке.

— Не хочешь ли поужинать к Тестову? Свежей икры?

— Нет, лучше домой.

Свой рысак мчит их по Театральной площади; снежинки залетают ей под платок, и ощущение быстрого поцелуя продолжается...

Проскурина очнулась при взрыве рукоплесканий и вызовов. Но рядом сидел красивый офицер и спрашивал ее:

— Поднимемся в фойе?

Фраза была такая же, какую он мог сказать, если бы она была его женой.

— Мне хочется чаю, — сказала она и не удивилась крайней простоте своего тона. Так будет она говорить и тогда.

И это "тогда" вдруг представилось ей близким и возможным.

Разве не к тому шло дело? Он ухаживает — это ясно. Он обращается с нею так почтительно, как только можно желать, если быть даже богатой невестой из дворянского круга. Остальное зависит от нее. Как она поведет дело, так и будет.

"Дело"! Она не хочет смотреть на это, как на дело. Двоеполев ей нравится. Он, кажется, не блестящего ума, но не глуп, с большим тактом, прекрасного тона и выказывает к ней положительный "интерес".

Она думала словами, и слово "интерес" ей также не понравилось. Оно отзывалось юзисткой Копчиковой. Надо просто отдаваться течению, не отталкивать его, не кокетничать с ним, а сближаться постепенно, не забывая девичьего "себе на уме", испытывать его, помнить, что если она позволит ему что-нибудь лишнее на первых же порах, — девица порядочного круга исчезнет и останется заурядная телеграфистка и офицер, имеющий на нее нехорошие виды.

В фойе они сели к столу около прилавка. Она стала пить чай с большим аппетитом.

— Вас не беспокоит? — спросил он, вынимая серебряную папиросницу.

— Пожалуйста!

Он даже не прибавил: "Вам не угодно?" Стало быть, считает ее слишком хорошо воспитанной, чтобы курить, хотя у Старковых все гостьи курят: дамы открыто, барышни тайно, даже затягиваются.

Ни разу не пришел ей вопрос, пока они сидели в буфете, как посмотрит на нее, пьющую чай с драгуном, кто-нибудь из знакомых. Она испытывала необыкновенное спокойствие и уверенность в том, что тут ничего не было "дурного".

Когда Двоеполев позвал человека расплатиться, у нее мелькнула было мысль сказать: "Я плачу за себя", но она тотчас же поправила себя: "Это мещанство, в обществе ни дамы, ни девицы не платят за себя, да еще за такие пустяки, как чашка чаю с сухарем".

И она встала, тихо-веселая, уверенная в себе. Фойе опустело. Из залы уже доносились звуки оркестра.

Вниз сошли они под руку.

V

Им пришлось надевать верхнее платье за одной и той же вешалкой, сбоку от главного подъезда. Много столпилось на проходе. Из дверей в сени, то и дело отворявшихся, тянуло морозной струей.

Надежда Львовна нетерпеливо ждала. Двоеполев прикрикнул на служителя:

— Поскорее, братец!

Ей подали ее старенькое пальто на вате с котиковым воротником, вязаный платок и барашковую муфту. Двоеполев помогал служителю и держал муфту с платком, пока она застегивала пальто. Он мог хорошо рассмотреть, какое все это старенькое. Но она не стыдилась своей бедности. В другое время ей было бы невыносимо неловко, а теперь — нет, нисколько! В душе она уже считала его выше всякой подобной суетности. Он не осудит, поймет, и его чувство к ней получит больше теплоты; ее наружность, тон, манеры выиграют только от такого контраста.

Вот она одета, платком покрыла шапочку и закрывает половину лица. Вряд ли кто бы и узнал ее, да она и не боится никакой встречи.

И он в шинели с пушистым бобровым воротником. Яркий цвет сукна на околыше фуражки и довольно большой козырек делают его тонкий профиль еще красивее.

Только что они отошли от прилавка вешалки, и Двоеполев, чтобы защитить ее от толкотни, взял ее под руку, у другой, противоположной вешалки выплыли перед нею, неожиданно и резко, две фигуры: юзистка Копчикова и Карпинский, тот самый, что пристает к ней с своими пошлыми нежностями и беспрестанно переговаривается по телеграфу. Она даже закрыла глаза, до такой степени ей была неприятна эта встреча.

"Ах, ты, Господи!" — вырвалось у нее про себя.

Копчикова, в красной кофте, с бантом из порыжелого тюля, в пестрой юбке и боа, с шапочкой набекрень, Бог знает на кого похожа; Карпинский, напомаженный, с челкой на лбу, с усиками и в новом форменном сюртуке со стоячим воротником.

— Проскурина! — резко окликнула ее Копчикова.

Не поклониться нельзя. Надежда Львовна сделала чуть заметный кивок и тихо сказала Двоеполеву:

— Лучше станем в угол, пока пройдут.

— Мадемуазель Проскурина! — окликнул ее и Карпинский и снял ухарским жестом свою фуражку телеграфиста. — Изволили сидеть в креслах, а мы вот с мадемуазель Копчиковой в парадисе, демократично.

— Аристократка! — воскликнула Копчикова, натягивая на себя шубку и чуть не задела Проскурину рукавом по лицу.

В глазах ее и Карпинского блестела злобная и нахальная усмешка. Они оба готовы были наговорить ей чего-нибудь до крайности неприятного. Завтра же по всей центральной станции и по всем городским будет известно, что ее поймали в театре с драгуном, что она сидела на его счет в креслах, что они выходили вместе и даже под руку.

Все это толпилось в голове Проскуриной. Она надвинула на лицо конец платка и невольно прижалась к плечу своего кавалера.

Он как будто ничего не слыхал и не видал, даже головы не повернул в сторону той вешалки, где одевались Копчикова с Карпинским. Если это было сделано с намерением, то показывало, какой он тонкий и воспитанный человек.

— Нет! Здесь ужасно дует! — вырвалось у нее, и она закрыла муфтой лицо, больше для того, чтобы не видеть противной пары. Сквозь вязаный платок она, к счастию, хуже слышала их голоса и бесцеремонный смех.

Двоеполев повернул назад и провел ее быстро, держась боком, так что защищал ее от толчков, и от необходимости пройти опять мимо пары сослуживцев.

Они скоро спустились вниз, взяли в узкий проход, через который выходило меньше народу, и очутились на тротуаре, в ярком электрическом свете. Снежок мелькал и смягчал морозное дуновение ночи.

Надежда Львовна громко перевела дух.

— Наконец-то мы на вольном воздухе!

Она не отнимала руки. Двоеполев провел ее влево, пропустил мимо несколько пешеходов и взял к углублению, около ворот театра.

— Сию минуту! — быстро проговорил он.

Он позвал посыльного и приказал ему вполголоса:

— Кучер Феофан, с Патриарших прудов! Там, на самом углу Дмитровки!

Вернувшись к ней, Двоеполев стукнул шпорами и запахнулся в высокий бобровый воротник шинели.

— Сейчас подадут!..

Она даже не спросила, что подадут: карету или сани, и чей это будет экипаж? Ей хотелось одного — поскорее уехать и не наткнуться еще раз на Копчикову с Карпинским. Они могли пройти в эту сторону и опять узнать ее, заговорить, позволить себе шуточки, показать ее кавалеру, что она "их брат" телеграфистка, играющая в воспитанную барышню... Ничего она не боялась, никакой неловкости не чувствовала от этого ночного выхода с офицером.

Подъехали щегольские сани. Офицер отстегнул полость. Надежда Львовна села молча. Кучер повернул и поднялся на Дмитровку. Ей было не по дороге, но она ничего не заметила. Она видела, что это его лошадь, кучер одет франтовски, полость медвежья.

— Славная ночь! — сказал Двоеполев, и его глаза блеснули из-под козырька. — Хорошо бы прокатиться.

— О, да! — вырвалось у нее, и она подставила щеки под приятный снежный ветерок.

Сквозь молочную дымку проглядывал месяц и снежинки кружились в воздухе. Рысак, темной масти, похрапывая, понесся вверх по Дмитровке, к бульвару.

Проскурина подумала:

"Мы проедем Страстным и Тверским бульваром, а от Никитских ворот два шага и до меня".

Опять она ушла в мечты, охватившие ее в театре, когда Двоеполев сел рядом с нею, во втором акте; и теперь ей было еще слаще; на нее нападало детское забытье вроде того, когда, бывало, везут ее, в возке, с детского вечера, и в дремотных глазах всплывают огни елки, игрушки, золотые яблоки, пряники с глазурью...

То, что ей представлялось в театре, перешло в действительность. Они возвращаются из театра вдвоем, на своей лошади; он с заботой и нежностью в красивых глазах заглядывает... Ей кажется, что на ней богатый салоп и оренбургский платок, а руки лелеет соболья муфта, подбитая атласом, ласкающим руки.

85

— Направо! — крикнул он кучеру и запахнулся. — Трогай!

Рысак наддал рыси, и они полетели вверх по бульвару, к Тверским воротам. У нее стало захватывать дух, и чувство детского страха заставляло браться за ободок сиденья саней. Снежная пыль слепила глаза; на ухабах она раза два чуть слышно вскрикнула. Но бешеная езда не мешала ее мечтам.

"Ведь все может сделаться настоящей правдой в эту зиму, на масленице. На масленице бывают последние свадьбы".

Они мчались и мчались. Сперва мелькнул мимо нее памятник Пушкину, со снежными полосами на складках плаща; бульвар стоял безлюдный, с инеем на деревьях. В этом катанье было для нее что-то совсем новое, и она хотела бы продлить его на всю ночь.

Так промчались они до Никитских ворот. Она молчала; переулок остался далеко позади, потом и Арбатские ворота. Пречистенский бульвар показался ей очень длинным. Кучер дал передышку лошади, и они ехали потише.

— Назад! — скомандовал Двоеполев и тем же звуком прибавил опять: — Трогай!

И они понеслись назад.

Мечты куда-то исчезли. Ей захотелось смеяться, даже петь на морозе. Ветерок крепчал. Конец ее платка развевался, и то открывал перед ней снежную даль, то закрывал. Она обернулась к Двоеполеву всем лицом. Их глаза встретились. Вдруг она почувствовала быстрый поцелуй, который ожег ее и заставил вздрогнуть. Но она не отодвинулась, а замерла... Несколько ощущений разом налетели на нее: первое было приятно своею неожиданностью и быстротой; оно отвечало ее мечтам, но длилось две-три секунды: его заменили не то обида, не то страх, не то стыд. Щека сильнее зарделась под румянцем от мороза, и кровь ударила в уши и виски. Так прошло не больше одной минуты.

— Феофан, — приказал драгун сдержанным звуком и нагнулся немного к кучеру, — в "Эрмитаж"!

Слово "Эрмитаж" точно ударило ее по голове, в самое темя. Она вся выпрямилась, закинула голову и крикнула:

— Как вы смеете?

— Что такое? — с искренним изумлением спросил офицер.

— Вы, вы...

Она не могла говорить. Ее губы дрожали и по всему телу пробегала струйка нервной дрожи. Глаза офицера уже переменили выражение. Они улыбались на новый лад.

"Я понимаю, — увидала она в его взгляде, — вы хотите, милая, проделать комедию и соблюсти свое достоинство".

Разом она поняла весь характер ухаживания драгуна, поняла, как он взглянул на нее, с отвращением сознала и то, что она сама кругом виновата: приняла даровой билет, держала себя с ним в театре, как держат на любовных встречах, пила его чай, села в его сани, поехала ночью кататься. И ее мечты о замужестве наполнили ее едким стыдом и обидой за самоё себя.

"Поделом, поделом!" — повторяла она про себя.

— Помилуйте! — донесся опять до нее голос офицера. — Надо же поужинать! Вы должны быть голодны?

— Стой! — крикнула она кучеру.

Он не расслыхал. Сани неслись по Никитскому бульвару.

— Стой! — крикнула она во второй раз и схватила кучера за кушак.

Он остановил рысака.

Проскурина отстегнула полость и выскочила из саней.

— Надежда Львовна! Что вы? Это смешно!

Двоеполев захохотал горловым сдавленным смехом.

— Оставьте меня!

Бранное слово чуть не слетело с ее горячих губ, но она сдержала себя и бросилась к тротуару.

— Mademoiselle! — доносился до нее хриповатый басок драгуна. — C'est impossible!..

В ушах ее стоял звон, в груди сперлось, она все ускоряла шаг, слезы дрожали на ее длинных ресницах. И не на ком было вымостить свою обиду, кроме самой себя. Ей было бы легче, если бы она разрыдалась, тут же, на тротуаре; но и этим она не могла облегчить своей нестерпимой душевной боли...

VI

Рука действует машинально; глаза рассеянно разбирают слова депеши, которые переходят все в тот же надоедливый ритмический стук. Надежда Львовна хотела бы погрузиться в работу, ни о чем не думать — и не может. Вот уже вторые сутки, как она хочет забыться и по собственному желанию дежурит два дня сряду.

Вчера, под вечер, она должна была вынести новую обиду: Карпинский успел наговорить ей пошлостей, по аппарату, и она вместо того, чтобы сейчас остановить его, ответила длинной тирадой, где было несколько бранных выражений. На центральной все теперь говорят про ее "интригу" с драгуном. Копчикова сегодня утром ввернула ей два-три шутливых вопросца, тоже по аппарату. Тон их показывал, что отныне с ней никто не станет церемониться — из таких, как эта неприличная юзистка.

Она так была раздражена этим, что хотела идти жаловаться на другой день. Пускай ее считают ябедницей и доносчицей, но она не желает выносить дольше подобного обращения.

— Проскурина! — окликнула ее из внутренних комнат начальница станции. — Придите на минутку, когда кончите.

Перед тем, минут за пять, ушел со станции контролер, добродушный малый, заведующий счетною частью в одной частной типографии. Он с ней побалагурил немного, спрашивал о каких-то служебных пустяках, и когда пошел к начальнице, то сказал с усмешкой:

— У вас часто в ушах звенит, Надежда Львовна?

Она не обратила внимания на эту фразу. Начальница, бледная женщина, с седеющими волосами, в сером платье с такой же пелеринкой, попросила ее затворить поплотнее дверь и заговорила с нею вполголоса:

— Что вам за охота с Карпинским переговариваться? Контролер сейчас просил предупредить вас. Вчера Карпинского поймали. Целая история вышла. И мне неприятность.

Проскурина, вся вспыхнула и чуть не расплакалась.

— Я буду жаловаться! — вскричала она. — Это ни на что не похоже!

Она рассказала начальнице станции, как этот телеграфист приставал к ней уже больше полгода, делает ей разные признания в любви и получает от нее самые резкие ответы.

— Нет, вы уж лучше не делайте этого; сами не ездите жаловаться, — сказала начальница и наморщила лоб. — Я от себя доложу.

Между ними не было дружбы. Адель Андреевна, болезненная и неровная в обращении, не располагала к приятельству, но и не обижала ее, не наваливала на нее работы и не позволяла себе бесцеремонного тона.

— И контролер говорил еще, — продолжала она потише, — про эту Копчикову... Она болтает Бог знает что...

Начальница не кончила и стала закуривать папиросу.

— Копчикова! Это ужасная скандалистка! — вырвалось у Проскуриной.

Плакать ей уж не хотелось; злость ее разобрала на весь этот телеграфный мир, на свою постылую службу, нищенское жалованье, необходимость переносить подобные истории, рисковать быть выгнанной с должности из-за сплетен и мстительной интриги таких ничтожеств, как Карпинский и Копчикова.

В то же время почувствовала она еще острее ту, главную обиду — историю с офицером, из-за которого вся центральная станция считает ее теперь легкой особой, и где она так постыдно обманулась.

И некому постоять за нее, отплатить этому драгуну, с его вкрадчивою, коварною порядочностью и дерзким цинизмом. Да будь у нее и брат, разве она могла бы требовать через него удовлетворения за обиду! Она сама виновата, сама вела себя как тщеславная авантюристка, возмечтавшая, что она, как и быть следует, невеста-приданница, из хорошего общества...

Все эти чувства распирали ей грудь, но она не могла излиться начальнице. Да и некому ей изливаться. У нее нет ни одной подруги. Со всеми товарками по телеграфу она держалась всегда как горделивая барышня, ни одну из них не подпускала к себе, а в обществе у нее всего-то один дом Старковых. Но там ее принимают как бедную подругу по гимназии — не больше, да и недолюбливают, потому что она красивее их обеих и бойчее на разговор.

Драгун способен и у Старковых повредить ей, да и кто поручится: может быть, кто-нибудь из их близких знакомых видел ее в театре, посмотрел, как они пошли вместе с Двоеполевым, и как она села, в его сани. Жаловаться на поведение драгуна у Старковых она не может. Это было бы слишком глупо и опасно.

Проскурина почти не слыхала того, что ей говорила еще Адель Андреевна.

Из аппаратной раздался треск призывного звонка.

— Завтра я поеду, — сказала ей начальница успокоительным тоном.

— Благодарю вас! — почти рассеяно бросила ей Проскурина и выбежала.

Будь что будет! Ей так противно на службе, что пускай выйдет какая-нибудь крупная история и она очутится в необходимости взяться за другую профессию. Это взвинтит ее, придаст энергии, заставит испробовать еще раз свои силы, узнать доподлинно, какая ей цена, может ли она требовать больше тридцати пяти рублей в месяц и добиться более независимого положения.

Она торопливо присела и начала разбирать ряд депеш, одна другой скучнее и банальнее: поздравления с именинами, любовные свидания, вопросы, будут ли сегодня дома и получено ли письмо от Ивана Кузьмича из города Чухломы?

Сколько раз ей хотелось вместо этих текстов поставить от себя всякого вздора и отослать с курьером Прицеловым, отдаться озорству, в котором бы можно было отвести душу и отплатить постылой службе.

Но вот что-то другое передают ей с центральной станции. Она ощутила точно укол в сердце. "Госпожу Проскурину просят пожаловать завтра, в одиннадцать часов, для служебных объяснений".

Ее рука вздрагивала, пока она дотянула кусок бумажной ленты, где стояли значки этой депеши. И пот выступил у нее на висках.

Она встала и побежала к начальнице доложить. Ее захватил страх, она это сознавала и не совестилась такого чувства.

— Надо явиться? — спросила она, и звук ее голоса был детский.

Так спросила бы провинившаяся девчонка. Ей стало тотчас же обидно за себя, но она не смогла овладеть собой, вернуться к своей обычной гордости, к тем мечтам о смелой и новой борьбе с жизнью, которые наполняли ее каких-нибудь пять минут перед тем.

— Хотите, я сейчас поеду. Меня примут. Я могу сделать это, как будто я ничего не знала о депеше? — вызвалась начальница.

— Голубушка!

Проскурина прильнула к ней и обняла.

Она почувствовала даже желание поцеловать руку, но успела удержаться.

"Какая подлость!" — внутренно крикнула она самой себе.

Начальница приняла в ней участие, а может быть, соблюдала свой интерес, хотела заявить себя перед высшим начальством бдительной женщиной с тактом и добрым сердцем.

Но не все ли равно, из каких побуждений будет она действовать! Проскурина видела в ней защитницу и не могла освободиться от чувства подчиненности, нашла в первый раз, что она не в силах рисковать "крупной историей", которую призывала сейчас, что она — маленькое колесо машины, что вне этой машины колесо это будет валяться, как нечто бесполезное и дрянное.

— Обойдется, обойдется, — почти материнским тоном говорила начальница. — Только вы, завтра, не возражайте ему резко, не оправдывайтесь... Лучше было бы явиться в форме. У вас есть ли мундир?

— Нет. Ведь ни у кого нет...

— У меня есть. Примерьте. Он это любит. Вы разве не видите, что на нас теперь гонение? Нас только терпят... Прежде принимали и в контроль, и на таможню, и в другие места. » теперь только в телеграфе и держимся! Не надо это забывать, Надежда Львовна. Знаю, что таким, как вы, вдвое тяжелее. Вы иначе были воспитаны, не на то готовились. Все это прекрасно, понимаю. Что ж делать!.. Кусок хлеба. И я не к телеграфу себя готовила. А и за то Господа Бога благодарю, что станцией заведую, пока силы позволяют.

Начальница говорила с ней в первый раз искренно. Ее слова западали в душу Проскуриной, точно слова духовника на исповеди. В них не было ничего нового и разительного. Сколько таких же приниженных рассуждений наслушалась она с тех пор, как служит, и считала их постыдными, презирала всех, кто впадал в "крепостную зависимость от жалкого куска хлеба... » в эту минуту она всем своим существом сознавала глубокую и роковую правду очевидности.

Нечего хорохориться! Надо держать крепко всякий честный заработок. Постыднее мечтать о драгунах и делаться предметом позорящих сплетен, по собственной вине.

Она испытывала ощущение, какое переживала в дальнем детстве, когда, бывало, мать или гувернантка разъяснят мягко и вразумительно, как она ошиблась и от какого зла и несчастия они ее избавили.

— Так хотите примерить мой мундир? — спросила ее начальница с тихой улыбкой.

— Примерю, — кротко выговорила Проскурина.

— Лучше будет. Ничего! Обойдется; только не возражайте ему, пожалуйста.

Опять раздался призывный аппарат. Проскурина побежала к аппарату и с новым чувством, почти радостным, начала вытягивать бумажную ленту и разбирать текст все таких же скучных депеш.

VII

На дворе опять лютый мороз. Курьер Прицелов, уже к полудню, отморозил себе левое ухо, сильно выпил и валяется в кухне на лежанке. Другой курьер не возвращался еще, а депеш накопилось множество.

День был праздничный, с именинницами. К седьмому часу вечера Надежде Львовне разломило спину. Она не ожидала такой работы. Дежурила она одна; начальница обедала у родственников.

То и дело звякала входная дверь и впускала подателей. Морозный воздух так и гулял из передней в тот угол, где стоит аппарат. Как она ни кутается в платок, не может настолько согреться, чтобы не чувствовать змеек вдоль спины. Несколько раз принималась она пить чай, но и чай не греет.

В голове у нее нет ни каких мыслей. Она не жалуется самой себе на тягость и тоску дежурства. Ей хочется одного: успеть управиться со всеми депешами. Никто ей не поможет. Она не сердится и на то, что начальница проводит приятно время в гостях. Одной ей легче. Были бы только лишние разговоры и помеха в службе.

Протянулась всего неделя, а она уже не прежняя Надежда Львовна Проскурина, гордая барышня, свысока смотревшая на всех своих сослуживцев, не желавшая мириться со своей тусклой долей.

Ничего особенного не произошло. Начальство ограничилось отеческим внушением. Карпинскому был сделан строгий выговор. Но на нее иначе стали смотреть. Сплетня о драгуне пришлась всем по сердцу. Она знает, что у нее теперь репутация не лучше, чем у Копчиковой. Да вдобавок ее ругают все за "ябедничество". Выговор Карпинскому разнесся. Этого телеграфиста считают "порядочною дрянью", а все-таки называют ее "шпионкой".

Разом она смирилась, и чувство опасности быть выгнанной, остаться без верного заработка еще сильнее овладело ею. Визит к Старковым показал ей, что и там как будто о чем-то пронюхали. Она решила больше не бывать у них.

Дежурить она стала с новым рвением, не возмущалась, не рассуждала, не дразнила себя, а цеплялась каждый день все сильнее и сильнее за свою работу, которую еще так недавно звала "идиотской".

Дверь из сеней звякнула робко.

Проскурина не подняла голову. Она скоро, но отчетливо писала карандашом текст депеши: "Соня поправляется, доктор обещает, что экссудат"...

На этом слове она немного остановилась и перечла его еще раз на ленте аппарата.

"Что экссудат, — повторяла она беззвучно губами, — скоро всосется".

Кто-то чуть слышно кашлянул. Она повернула голову и карандаш остановился.

— А! Это вы, Степанов!

Он снимал с себя шарф и клал его вместе с фуражкой на стол. Полудетское лицо его, румяное от мороза, с капельками слез на ресницах, улыбалось ей робко и выжидательно.

Она поглядела на него ласковее обыкновенного.

"Этот предан мне", — подумала она, и ей стало его жаль и совестно за то, как небрежно и горделиво обращалась она с ним.

— Хотите чаю? Озябли? — спросила она все еще строговатым голосом, но глаза смотрели на него приветливо.

— Не откажусь, если имеется.

— Вы откуда?

— Шел поблизости, Надежда Львовна; зайду, думаю, нынче день страдный. Помогу немножко.

— Вот как!

"Добрая душа, — подумала она, — не мне чета, а я его не лучше Прицелова третирую!"

— Позволите? — спросил он, заходя за перила.

— Пожалуйста! У меня спину разломило совсем.

Он обтер платком глаза, высморкался и сел на ее место, подобрав тихеньким жестом полы своего форменного сюртука.

Она вся потянулась, прошлась раза два по комнате широким шагом, потом сходила на кухню распорядиться чаем и посмотреть, не выспался ли Прицелов настолько, чтобы отправить его в разнос.

Степанов сидел и старательно передавал депеши.

— Пустите меня! — сказала ему Проскурина. — Не все депеши переданы. Сядьте сюда.

Он так же тихо продолжал свою работу и на другом месте. Им подали чаю. Оба молча отхлебывали, и одна стучала ручкой, другой заделывал пакеты.

— Надежда Львовна! — первый заговорил Степанов.

Голос его слегка дрогнул.

— Слушаю, — откликнулась она весело, почти дурачливыми звуками.

— Вы, пожалуйста, теперь не извольте беспокоиться.

— О чем?

— Да вот насчет этого самого... прохвоста!..

Он покраснел и остановился.

— Извините, — поправил он себя. — Слово у меня вырвалось нецензурное, но, право, я иначе выразиться о нем не могу.

— О ком это?

— Да о Карпинском...

Брови ее быстро сдвинулись. Он это заметил и стал тяжелее дышать.

— Я не мог выносить всей их пакостной болтовни...

— Зачем вы мне это говорите? — прервала она его.

— Простите... только я для успокоения.

Она заслышала слезы в его голосе. Это ее тронуло.

— Ну-те, ну-те... расскажите толком.

Степанов приободрился, поднял голову и отер лицо платком.

— Простите, что я позволил себе, не доложив вам, действовать; но вы меня, Бог милостив, и оправдаете.

Это "Бог милостив" очень ей понравилось.

— Зачем такое предисловие, Степанов?

Ей захотелось даже рассмеяться, но лицо у него было страдальческое и выражало такую беспредельную преданность, что, сделай она жест, — он стал бы целовать следы ее ног.

"Этот умеет любить. Этот не изменит", — думалось ей.

— Я слыхал, — порывисто заговорил Степанов, — какие он позволяет себе рации там, на центральной, и в приятельской компании. Также и госпожа Копчикова. Ну, да та — особа женского пола... С ней я не могу так... А к этому я пошел прямо и, зная достаточно, какая в нем душонка... Мне — вы не изволили слышать — выходило хорошее место в губернию... Я ему и говорю: уступаю, мол, тебе, и чтоб духу твоего не было на Москве! Ежели на это не согласишься, так будешь дело иметь со мною, за все твои гадости. Нужды нет, что я смирный, из крестьянского сословия, а я тебя доеду!..

— И что же он? — вырвалось у Проскуриной.

Она приподнялась, и глаза ее стали мягче.

— Согласился. Вот и все! — громче выговорил Степанов и тряхнул головой. — Как я рассчитал, так оно и вышло. Еще бы!

Степанов поднял и сжал кулак. Лицо его проявляло несокрушимую волю.

"Убьет, скажи я только слово!" — подсказала себе Проскурина.

— Теперь одним пакостником меньше. Я бы не сказал вам ни слова, Надежда Львовна, если б не затем, чтоб вас успокоить. А за мою смелость простите.

Голова его низко была опущена над столом. Он ждал ее слова и затаил дыханье.

Каким лучом нежданного счастия озарила бы она его, если бы поцеловала в голову!

Разве он не стоил такой ласки?

— Спасибо, Сергей Павлович! — выговорила она, впервые назвав его по имени и отчеству.

— Вы не будете гневаться на меня?

Детские глаза, боязливые и блаженные от прилива затаенной страсти, умильно глядели на нее.

Ей захотелось плакать.

— Что вы! — прошептала она и протянула ему руку приятельским жестом.

Он порывисто схватил эту белую, крупную руку и жарко поцеловал ее; слезы брызнули из его глаз.

Она прикоснулась губами к его волосам.

Ни одной секунды не подумала она о том, что все это, может быть, подход, игра в преданность глуповатого, но хитрого ловеласа, такого же — кто его знает! — испорченного, как и офицер Двоеполев. Она почувствовала, как Степанов замер от нестерпимого счастия.

— Ничего мне не надо, — шептал он, — кроме одного вашего взгляда. Я знаю себе цену... вижу — кто вы и кто я.

— Вы гораздо лучше меня!

И ей неудержимо захотелось рассказать ему свою историю с драгуном, покаяться ему в чванстве, бездушии, глупой и черствой фанаберии обеднелой барышни, презиравшей всех, кто вместе с нею, на одной и той же службе, добывал себе кусок хлеба.

Степанов тихо плакал, отвернув от нее голову. Он не мог сразу взяться за работу. Но через десять минут они оба действовали около аппарата, улыбались друг другу, и их разговор часто прерывал задушевный, молодой смех.

"Что ж!.. — думала девушка, — от меня зависит еще больше осчастливить его. Он может быть моим мужем; я не потеряю места, — напротив, вдвоем, будет гораздо лучше. Я сделаюсь хорошей "юзисткой"; Адель Андреевна утомится, лет через пять; на этой станции меня могут назначить начальницей... Сорок пять рублей, квартира, дрова, освещение, два курьера"...

И рука ее, твердо стуча ручкой аппарата, как бы ощущала прочность своего дела и цеплялась за него из всех сил.

ТРИ АФИШИ

I

— Господи! Куда я их заложила?..

Нервные руки шарили в ящике комода, лицо еще не старой, худой и поблеклой женщины наклонилось над ящиком и глаза перебегали от одной вещи к другой.

Там валялись разные тряпки, пустые картонки из-под папирос, газетные листы. Там же должны были лежать перевязанные шнурком три старые афиши. Но она их не находила. Без этих афиш и фотографической карточки из той же эпохи Надежда Степановна Строева не отправлялась на поиски места.

И сегодня, она оделась в свое единственное, не изношенное платье с шелковой отделкой, сшитое больше пяти лет назад, уже перекрашенное в прошлом году. На лбу у ней подвитые кудерки, густая еще коса положена на маковку. В темных волосах пробивается седина.

— Ах ты Господи!

Афиши исчезли из ящика. Строева перешарила еще раз все, что там лежало — и с тоскливой тревогой в лице заметалась по комнате. Темный и узкий номерок в двенадцать рублей был так тесен, что она беспрестанно задевала за что-нибудь: за кровать, за комод, за убогий умывальный стол, облезлый и кривобокий.

Потерять эти три афиши и карточку из того времени, когда Строева занимала в провинции первое амплуа — было бы для нее чем-то зловещим. Она держалась за них, как за реликвии. Они только и говорили про ее сценическое прошлое, служили ей вещественным доказательством ее карьеры. Без них она сейчас почувствует себя в пустом пространстве, без имени, без всяких даже прав на кусок хлеба.

Она не могла найти, выбилась из сил, села на кровать и тихо заплакала.

Суеверное чувство наполнило ее всю: без трех афиш и карточки она считала себя совсем потерянной. А положение было тяжкое. Она еще не переживала такого, никогда и нигде: ни в провинции, в долгие уже годы своих скитаний, ни в Петербурге, ни здесь, в этой Москве, куда она стремилась, как в обетованное место. Столько театров, такие жалованья, бешеная конкуренция, огромный спрос на актеров, всяких: и больших, и маленьких, тысячных и рублевых.

И вот скоро наступит хмурый октябрь, а у ней ничего нет

ничего — ни обещания, ни задатка, ни ангажемента в провинцию — ничего!

Строева тихо плакала и обтирала глаза смятым, заношенным платком. Ей хотелось зарыдать и хоть сколько-нибудь облегчить свое горе. Но рыдания не вырывались из груди, спирались в горле, а слезы все текли — неудержимо. Глаза, краснели, нос также, все лицо. Она всхлипнула один раз и вдруг перестала плакать, поднялась с кровати, остановилась у комода, отерла глаза и щеки.

Ее проницала мысль: "Как же я с таким лицом пойду просить об ангажементе?"

Слезы иссякли вдруг. И снова она принялась искать на полу, во всех закоулках, под комодом; зажгла свечу, искала и под кроватью.

Ни афиш, ни карточки нигде не было.

Выбившись из сил, Строева присела к окну и беспомощно опустила голову в раскрытые ладони рук.

— Бесталанная я, бесталанная! — прошептала она, и это слово "бесталанная" вышло у нее так глубоко трагическим по звуку, что она невольно прислушалась к нему и еще раз повторила его, уже как актриса.

Разве у ней нет дарования? Откуда бы взялся такой звук? Ведь она и на сцене может пустить его! Стоит только вспомнить настоящее житейское горе — и сейчас вызовешь в себе настроение и найдешь точно такую интонацию.

Да, талант у ней есть, и был всегда. Не бездарность гнетет ее, а неудача — вот больше трех лет, что-то роковое и жестокое, с чем не хватает сил бороться.

Вчера еще она держала в руках три афиши и карточку, перехваченные каучуковым кружочком, когда ходила в театр и дожидалась режиссера. Так и не дождалась. Но пачку она не выпускала из рук. Прежде она носила ее в маленьком кожаном мешочке, с металлической ручкой, в виде кольца. Мешочек был из шагреневой кожи, заграничный. Ей подарили когда-то, на юге, в Ростове-на-Дону. Но мешочка уже давно нет. Он ушел к закладчику, вместе со всеми ценными вещами, и лисьей шубой, и хорошими туалетами.

Время близилось к полудню. Пора идти... А как идти без всего?

Режиссер выслал ей сказать, что сегодня она застанет его, но не позднее часа. Он ее не знает. И она не служила с ним нигде, даже фамилии его не помнит. Будь с нею афиши — она сейчас бы показала ему, в каких ролях выступала — еще не так давно. Но не о таком амплуа мечтает она теперь. Где уж!.. С одним платьем, без шубы, в потертой тальме, в старомодной шляпке...

Мысль о шляпке заставила Строеву обернуться к комоду, где, около зеркальца, приютилась шляпка с отделкой из поблеклых лент, в виде щитка. Года два назад она была модная, а теперь никто уже не носит таких.

Она схватилась рукой за шляпку и встряхнула ее. Под тульей, на цветной пыльной салфетке, покрывавшей комод, лежала пачка из трех афиш и карточка, с приклеенным к фотографии листком чайной бумаги.

— Ах ты Господи! — звонко, с досадой и радостью крикнула актриса и сжала, пачку в нервных тонких пальцах.

Совсем из головы вылетело у ней то, что она вчера, вечером, положила пачку под шляпку, именно с тем, чтобы не забыть, чтобы всего легче было взять ее с собою, когда будет надевать шляпу.

— Господи! Господи! — повторила она и ее охватило чувство детской радости, точно будто она нашла какой-то талисман с чудодейственной силой, открывавший ход всюду.

Она опять присела на кровать, сняла каучуковый ремешок с пачки, бережно положила его на подушку, потом — таким же бережным жестом — и карточку, и стала развертывать афиши, как будто не была уверена в том, что их тут три.

Все три были налицо.

Она стала развертывать их, гладила рукой, любовалась... А на сердце у ней сладко щемило, на глазах опять навертывались слезы, но уже не слезы острой горечи.

Первая афиша была бенефисная, на большом листе тонкой глянцевитой бумаги. Спектакль, на летнем театре, в одном из волжских городов, был в пользу артистки Строевой. Ее имя стояло двухвершковыми буквами. Она играла Катерину в "Грозе"... Вторая афиша — тоже бенефисная — на розовой бумаге и поменьше размером, три года назад. Большой пьесой шли "Ошибки молодости"... Она играла княгиню Резцову. Тогда у ней были платья, целая дюжина дорогих шелковых и бархатных туалетов и костюмов. Она считалась и хорошей "grande coquette", и в драме занимала первое амплуа.

Третья афиша — узенькая, обыкновенная, какие продают капельдинеры. Она играла на юге с плохой труппой; но считалась все-таки гастролершей. Давали "Бешеные деньги".

Она не могла оторваться от них, гладила бумагу, всматривалась в большие буквы заглавий, проникалась сознанием, что это не сон, что она, действительно, держит их в руках, что она, на самом деле, играла все эти роли — и Катерину, и княгиню Резцову, и героиню "Бешеных денег".

Ярко, почти с отчетливостью мозгового видения, представляла она себе эти три фигуры в костюмах — Катерину, в расшитой кичке, белом крепоновом платке и сарафане — букетами по глазетовому фону, и зеленое шелковое платье второго акта с купеческой "головкой" — из двуличневой шелковой косынки; в

98

княгине Резцовой — в трех разных туалетах — черное шелковое платье с бархатной отделкой она носила вплоть до прошлого лета и продала старьевщице еврейке... А какое оно было когда-то модное, как облекало ее тогда еще пышный стан... И героиней "Бешеных денег" видела она себя, в том акте, что происходит в увеселительном саду. На ней был белокурый парик, локоны падали по спине, на лбу — завитая челка, рукава в прошивках, сквозь них белелись руки — полные и красивые. И как она любила эту роль!.. В ней она чувствовала себя так легко, как дома. Ей не нужно было подделываться под барские интонации. Они у ней выходили естественно. Слышалось, что она и в жизни умела, говорить точно также. Ее не смущало то, что роль не симпатична. Сколько можно в ней было показать оттенков женского кокетства, смелости, демонической грации, шельмовства, блестящей испорченности! Она не была такою в жизни, а любила роли в этом роде; они ей удавались лучше, чем слезливые и романтические, которых приходилось играть гораздо чаше.

Долго Строева не могла оторваться от трех афиш.

— Господи, что это я!.. — вслух выговорила она, и начала торопливо их складывать, сделала опять узенькую пачку, взяла с подушки карточку и поглядела на нее еще раз.

На карточке она была снята молодой женщиной с косой, положенной в виде короны, на темя, с эполетцами на плечах из толстых шелковых шнурков. Снималась она в Казани, после бенефиса, где в первый раз играла в "Завоеванном счастье".

И почему именно эта карточка уцелела? Сколько раз она снималась, и в скольких городах, и в скольких костюмах!.. Те все раздала или затеряла, а эта вот уцелела и прошла вместе с нею через всю ее сценическую жизнь.

Каучуковый ремешок обхватил пачку. Строева подумала, не положить ли за корсет... Так было бы вернее; но вынимать неудобно. Лучше держать просто в руке, плотно сжать... Из кармана юбки может выпасть...

Она поднялась с кровати бодрая. Улыбка появилась на поблеклых губах... Перед зеркальцем поправила она волосы, бережно надела шляпку — пачка все еще лежала на подушке — свою старенькую драповую накидку и с верой в удачу, после такой хорошей приметы, фальшивой тревоги, вышла в коридор, заперла дверь, ключ взяла с собой и прошла мимо комнаты хозяйки не на цыпочках, а твердым шагом; не боялась того, что та станет приставать за неплатеж квартирных денег.

II

— Обождите... Семен Захарыч сейчас не могут... заняты... — говорил Строевой дежурный служитель в коротком, пиджаке, вечером превращавшийся в капельдинера.

Она стояла в коридоре, совсем почти темном, около входа на сцену. Где-то вдали мерцал огонек лампочки, поставленной на лестницу, которая вела в ложи.

— Где же обождать? — тихо, почти просительно выговорила Строева. — В фойе?..

— Можно и в фойе... А то пожалуйте в режиссерскую.

— Куда же пройти?

Она еще не бывала за кулисами этого театра и не знала, где помещается режиссерская.

— Пожалуйте!..

Служитель провел ее через проход, мимо литерной ложи и около закуты, где помещался газовщик во время представления, указал на крутую узенькую лесенку.

— Там и подождите, — сказал служитель, и куда-то юркнул.

На сцене шла еще репетиция. Строева остановилась у кулисы. Запах, особый, не разложимый и не передаваемый, запах кулис, опять обдал ее... Больше, полугода она им не дышала. Как ни ужасна была ее теперешняя доля, как ни предательски обошлась с ней сцена, она не могла еще чуять этот запах без сердцебиения, скорее приятного, чем болезненного.

Из-за павильона, отнимавшего свет от этого угла, доносился гул голосов и громкий шепот суфлера. Один голос, глухой и вздрагивающий, врывался в реплики репетирующих. Она узнала окрики режиссера.

— Нет-с! Нельзя! Марья Сергеевна! Этак невозможно. Вы у него перед носом уходите... Короче возьмите. Извольте повторить!

— Ушла! — раздался молодой женский голос.

— Ушла! — повторила про себя Строева, и в первый раз подумала: "Почему актеры и актрисы, в таких случаях говорят: ушла, а не ухожу, или села, а не сажусь?"

— Вот это десятое дело! — пронесся возглас режиссера.

Строева зажмурила глаза и облокотилась о край кулисы.

Женский голос — она сообразила сейчас, что это первый сюжет, — опять зазвучал звончее других. Выдался монолог.

"Какая же это читка?" — думала Строева и стала, поправлять интонации.

"Не так, не так!" — повторяла она, и в голосе ее слышались совсем другие звуки: гораздо умнее, правдивее, не с такими избитыми приемами поднятия и опущения тона.

"Сколько получает? — спросила она, приходя в волнение. — Наверно не меньше пятисот в месяц, если не все шестьсот".

Шестьсот рублей!

А у ней нет в портмоне и трехрублевки... Останься она теперь без ангажемента, "хоть на выход" — в первый раз мелькнуло в ее голове — и нищета полная; два-три платья снесет к закладчику, и останется нищей. Ехать в провинцию, поздно, пропустила время, понадеялась "Бог знает на что", не уехала в Нижний, на шестьдесят рублей.

Все также жадно продолжала она прислушиваться к читке первой актрисы.

Голос был уже не очень молодой, женщины за тридцать. Строева сообразила, кто это может быть. Имена двух первых актрис театра были ей известны; но она с ними нигде не служила...

— Вам кого? — спросили ее сбоку.

Она боязливо обернулась с фразой извинения на губах.

Спросил ее какой-то молодой малый, в обшарканном сюртуке и рубашке с шитым косым воротом, что-то вроде бутафора или машиниста.

— Я к режиссеру, — шепотом выговорила она.

— Он занят.

— Я знаю. Они приказали мне подождать в режиссерской.

— Так вы туда и подите... Здесь нельзя постороннему народу.

Все это было сказано довольно грубо. Она покраснела, промолчала и на цыпочках отошла от кулисы.

— Не туда, не туда!.. Левее, — крикнул ей малый в обшарканном сюртуке.

Щеки зарделись у нее и сперло дух. Чувство беспомощности проникло в нее, нищенской и щемящей... Она и про режиссера сказала уже "они", точно прислуга.

В режиссерской она присела на диванчик и огляделась. Над овальным столом, откуда не прибрали подносика с пустой полубутылкой сельтерской воды, горел газовый рожок. Стены были оклеены афишами, покрыты фотографическими портретами и рисунками. Из-за перегородки виднелся письменный стол. Там тоже горел газ. Было очень душно. Строева расстегнула верхние пуговицы тальмы левой рукой, а в правой держала пачку из трех афиш и карточки.

И справа, на стене, афиша на ярко-зеленой бумаге потянула ее к себе. Большим жирным шрифтом выделялось заглавие пьесы "Ошибки молодости". Она сочла это за добрую примету.

Когда она заслышала быстрые мужские шаги, внизу, по направлению к режиссерской, она перекрестилась... Но шаги повернули в сторону выхода в коридор нижнего яруса. Протянулось томительных четверть часа... Она была в нерешительности: снять ей свою тальму, делалось нестерпимо жарко, или остаться в ней. Тальма смотрела менее заношенной, чем платье. В плохо освещенной режиссерской не так легко было разглядеть изъяны.

Репетиция кончилась. Строева слышала, как прокричал что-то режиссер. Она могла схватить только слово "господа". Потом кто-то запел, проходя за кулисы, прокатился женский смех, плотники зашагали тяжелыми сапогами, убирая павильон, и стали переговариваться между собою.

Она встала и подошла к двери... Щеки горели, в глазах точно насыпали песку... На сердце защемило. Вся тяжесть ее положения, вся ее артистическая доля давили ее в эту минуту и стояли перед нею нестерпимым укором самой себе, печальной и глупой затеей, выбившей ее из колеи. И возврата назад не было. Ей за тридцать, молодость прошла, здоровье подорвано, в волосах седина, опоры нигде и ни в чем. Каторжной цепью прикована она к этим кулисам, выхода нет!..

Опять зеленая афиша привлекла к себе ее взгляд. Неужели, в самом деле, она играла как "гастролерша" роль княгини Резцовой, и ей подавали венок, и на шелковой юбке ее платья были нашиты кружевные воланы?..

А теперь?..

По лесенке вбежала в режиссерскую маленького роста актриса, с лицом девочки четырнадцати лет, в красной бархатной шляпе, сидевшей на ее голове в виде соусника, и в зимней кофточке, обшитой перьями. Запах аткинсоновских духов наполнил тесную комнату.

Актриса, с засунутыми в карманы руками, повернулась на каблуке и закинула голову жестом комической ingenue.

— Никого! — звонко протянула она и вбок поглядела на Строеву.

Она заглянула и за перегородку.

— Репетиция кончилась? — спросила ее Строева.

— Я не занята в большой пьесе. Водевиль сейчас будут репетовать... А вам кого?

— Господин режиссер должен сюда прийти...

— Господин режиссер!.. — повторила актриса с дурашливой миной. — Это кто же? Прокофьев?

— Семен Захарыч, кажется, их зовут...

— Вы, значит, по делу?

Актриса достала из кармана юбки папиросницу и закурила.

— На выход?.. — кинула она тотчас же второй вопрос.

"На выход" отдалось в душе Строевой.

Значит у ней такой вид, что никто и не подумает о чем-нибудь другом, кроме "выхода". Ей стало так обидно, что она отвернула голову, чтобы актриса не заметила слез.

Та, не дожидаясь ответа, повернулась опять на каблуке и затянулась дымом.

— У нас народу набрано всякого. Вряд ли вы чего-нибудь добьетесь... У нас, знаете, порядки строгие. Когда нужно — и настоящих артисток наряжают на выход. Кто меньше полутораста рублей получает — не имеет права отказываться. Так и в контракте стоит.

Строева промолчала. Она, не хотела говорить о себе и своей доле без сильного душевного волнения, боялась расплакаться. Разве такая вертлявая девочка с подкрашенными глазами может дать ей добрый совет или войти в ее положении? Только лишнюю обиду придется проглотить.

— Я скажу режиссеру, что вы дожидаетесь, — крикнула ей актриса на пороге дверки и кивнула ей своей бархатной шляпой. — Он теперь наверно закусывает, а сейчас мы водевиль будем репетовать...

Она сбежала се лестницы, скрипя своими высокими ботинками на высочайших каблуках.

Раздался ее голосок. Она кого-то остановила на пути, рассмеялась и крикнула:

— Ах вы урод!

Как все эти звуки, манеры, слова были ей знакомы, даже скрип ботинок и размер шагов, искусственная походка, какая приобретается на подмостках. Она сама не приобрела этих фасонов. В ней и опытному глазу трудно распознать актрису, иначе как по тону, когда она разговорится.

— Семен Захарыч!.. — крикнула ingИnue. — Семен Захарыч!

— Что еще? — отозвался из глубины глухой мужской голос.

— Вас ждет в режиссерской какая-то мадам... Вы ей приказали там побыть.

— Дайте мне хоть бутерброд проглотить. Эк приспичило! Мало их тут шляется...

Голос режиссера ничего хорошего не обещал Строевой. В нем звучал отказ. Но просить надо, жизнь не ждет... Она отерла глаза, встала, подошла к зеркалу, висевшему по другую сторону стола, и поправила шляпку. Пачку с тремя афишами не выпускала она из левой руки... Без них она была бы еще беспомощнее.

— Иван Андреич!.. Донесся до нее глухой голос режиссера... Начинайте... Я сейчас вернусь!..

III

Строева встала и оправилась. В коленях у нее сразу ослабли ноги. Легкая дрожь проползла вдоль спины.

— Прошу извинить... — раздался глухой голос режиссера. — Я вас просил после репетиции... Я чертовски занят...

Худой, с небритыми щеками, и недавно запущенной бородой, с плотно остриженными волосами на голове, небрежно одетый, он, близко подойдя к ней, оказался на целую голову выше ее. Его широкий рот, с желтыми зубами, повела косая усмешка; серые глаза вглядывались в нее строго.

Она начала извинение.

— Вам, собственно, что же угодно?

— Моя фамилия, по театру, Строева. Вы меня не знаете? — тоном робкого вопроса выговорила она.

— Не имею удовольствия.

Садиться он ее не просил.

— Я около десяти лет служу... Занимала...

— Извините... госпожа Строева... Вы покороче пожалуйста... Вы сами знаете, какова наша служба...

— Вот эти афиши....

Она сорвала с пачки резиновый ремешок, отделила карточку от трех афиш и подала их режиссеру.

— Что это такое?

Он еще сильнее скосил свой широкий рот.

— Вот, — заговорила она, нервно и стремительно, и начала развертывать листы и класть их на стол.

— Старые афиши? — иронически спросил режиссер.

— Да... старые афиши.

Она сдержала внезапно нахлынувшие слезы, выпрямилась и заговорила совсем другими звуками. В них заслышалась женщина, получившая хорошее барское воспитание. Актриса, с заученными интонациями речи, слетела с нее.

— Эти три афиши — мое единственное достояние... На них стоит мое имя... как артистки, занимавшей первое амплуа...

— Да, я вам верю... Теперь и фамилию вашу припоминаю...

— Позвольте мне досказать... — остановила она его. — Я играла и гастроли, как видите вот здесь, на афише... и это было так еще недавно... Вы — артист. Вы знаете, как легко потерять положение... Беда ждет за углом... Болезнь... потеря свежести. Я не затем это говорю, господин режиссер, чтобы вас разжалобить. Я хотела только познакомить вас с моим недавним прошлым. Но мои желания самые умеренные. Я хочу быть полезной... какую угодно работу...

И дальше она не пошла. Доводов у ней не хватило... Да и какие доводы?.. Он видел, что она доведена до крайности, что она просит о куске хлеба.

— Труппа у нас в полном комплекте... А дублюр нам на каждое амплуа нельзя держать...

Режиссер поглядел на нее боком и выразительно скосил рот... Она поняла в этом взгляде оценку того — могла ли она быть "дублюрой".

— Я и не предлагаю, — проговорила она сразу спавшим тоном.

— На выход, — продолжал режиссер, нам тоже не требуется лишнего народа... Мы обстановочных пьес не любим ставить... Это не наш жанр... и насчет Шекспира, мы не просаживаемся.

Она молча поглядела на него продолжительно и печально... Слишком тяжко сделалось ей — нищенски повторять все одно и то же.

Он зажмурил правый глаз — у него это был род тика и прокашлялся.

— Если вас и примет дирекция, так на самый маленький оклад.

Она хотела спросить "на какой" — и воздержалась.

— Я всем буду довольна, — пролепетала она.

— Сегодня я вам все-таки ответа дать не могу... Так как вы долго служили и держали первое амплуа, опытность у вас должна быть... Посмотрим. Зарекомендуйте себя, когда случай выпадет. Только у вас гардероб вряд ли есть подходящий...

Взглядом, без слов, она ответила ему: какой же мог, быть у ней гардероб?..

— Ну-с, — заторопился режиссер, — дело не ждет. — Голос его стал помягче и глаза не так строго пронизывали ее. — Маленький оклад, на выход, я вам добуду... рублей на тридцать, на сорок не больше.

Он был уже на первой ступеньке лестницы. Строева быстро подалась к нему.

— Я согласна, — стремительно выговорила она.

— Ну, так завтра наведайтесь. Только пораньше, перед началом репетиции. Меня с десяти часов здесь найдете... Мое почтение.

Длинная фигура исчезла.

Строева повернулась к столу и, вся разбитая от волнения, присела с опущенной головой. На столе лежали развернутые ее три афиши... и карточка на одной из них.

Она подняла голову и долго смотрела на эти афиши. Примета не изменила. Ей обещано место, у ней, на зиму, есть пропитание... Сорок рублей!.. В ее положении и это огромный оклад... А там — кто знает — выпадет случай, сколько ролей знает она наизусть, может сыграть без репетиции, только бы кто-нибудь поделился туалетами. Если случится перед самым спектаклем это — найдется и платье.

Внизу, на сцене, кончилась репетиция водевиля, а она все еще сидела у стола, точно прикованная, и глядела на свои афиши...

Медленно принялась она свертывать их и складывать в пачку, вместе с карточкой. Не сразу нашла она и каучуковый ремешок... Более спокойно положила она пачку за корсет — теперь она их уже никому не будет показывать — широко вздохнула и, уходя, оправила прическу перед зеркалом. Собственное лицо показалось ей не таким поблеклым, устаревшим и жалким, как полчаса перед тем.

С гримировкой она еще могла сыграть княгиню Резцову... Нужен только туалет, да парик... Но где уже мечтать о таких ролях!.. Хорошо, если дадут и бытовую, где можно обойтись ситцевым платьем и кацавейкой... Та, прежняя Строева, которой подносили венки и браслеты, уже умерла...

В зеркале в эту минуту, отразилась только тень ее...

"Что же это я?.." — подумала она и испугалась, как бы режиссер не поднялся еще и не дал на нее окрика.

На сцене сделалось шумнее... Опять раздались перекрикивания плотников, начавших прибирать декорации.

Тихонько начала она спускаться по лесенке, боясь, чтобы ступени не скрипели.

Между двумя кулисами она остановилась, ей загородил путь бутафор, несший скамейку... Она должна была обождать, а потом взять правее, к выходу в коридор, мимо литерной ложи.

Ее слегка толкнул уходивший с репетиции актер, в мягкой шляпе и длинном пестром, пальто, небольшого роста толкнул и тотчас же обернулся.

Она узнала маленькое лицо с удлиненным, краснеющим носом, очки, плохо сидевшие на носу, красноватость щек, в особенности пучки волос, смешно торчавших на висках.

— Здравствуйте, Мишин! — окликнула она его тихо и неуверенно.

Он сначала воззрился на нее близорукими глазами, поправил очки, откинулся назад и рассмеялся.

— Батюшки! Надежда Степановна!.. Вы ли это?.. Сколько зим... Вот встреча... Скон апель истуар!.. Куда? Откуда?.. К нам на службу? А в настоящий момент — идете, или вам кого надо?..

Встреча с комиком Мишиным обрадовала ее чрезвычайно. Она крепко пожала ему руку и весело оглядывала его маленькую фигурку, забавный нос, клоки волос на висках.

— Я выхожу... Вы также?

— Всенепременно... Только как же это так? Надо бы покалякать. Неугодно ли в буфет?.. Там мы чайку спросим... Вот встреча!..

Он уже успел разглядеть, как была одета Строева, и в его добрых, подслеповатых глазах промелькнула жалость.

— Вы здесь служите? — спросила она, когда они перешли в коридор.

— Самолично.

— Как же я об этом не знала... милый... Сергей...

По батюшке она забыла, как его зовут.

— Ардальонов сын, Мишин.

— И на афише не видала что-то...

— А произошло это оттого, что я только на той неделе объявился. У Макария на ярмарке проваландался до первых чисел сентября; да случилась семейная одна история... вытребовали меня на родину... в город Елец... Там я вместо трех-то дней три недели прожил, да еще схватил лихорадку... Пожалуйте сюда... вон лампочка горит. Это в буфет дорога.

IV

По буфету расползлись сумерки. Около стойки никого не было, кроме буфетчика. Мишин и Строева сели за столик, вправо, за угол.

— Я, Надежда Степановна, сейчас чайку спрошу; вы с лимончиком или со сливками?

— Я без всего.

— Сию минуту.

Комик подошел к стойке, заказал чаю, выпил водки, сильно поморщился и закусил килькой.

— Вот судьба-то, — говорил он, вернувшись, и положил оба локтя на стол. — Я думал вы меня не узнаете. Тогда я мальчуганом смотрел. Помните, в Ростове-на-Дону? А теперь уж и седина пробивается... Ужасно я рад видеть вас...

Он переменил тон и, смотря на нее поверх очков, спросил потише:

— К нам служить?

— Не знаю... Обещал режиссер.

— На какой оклад?

Ей сделалось нестерпимо стыдно сдавать, что ее, да и то еле-еле принимают "на выход".

Но она поборола это чувство... Мишин — добрый малый, понимающий, из студентов; он не будет тайно злорадствовать, что вот госпожа Строева, бывший "первый сюжет", когда служили вместе в провинции — теперь клянчит грошового жалованьишка, на выход.

— Оклад!.. — повторила она и покачала головой. — Какой уж оклад, Мишин... Все возьму...

Мишин сделал печальную мину, которая у него вышла комической.

— Такие времена, — выговорил он, и вскинул бровями, от чего выражение стало еще забавнее. — Да ведь вы, Надежда Степановна, — как бы спохватился он, — могли бы с честью держать амплуа... ну хоть бы гранд-дам?

107

Он поправил очки и ему бросились в глаза ее потертая тальма и старомодная шляпка.

— Где уж?.. Вы лучше вот что скажите, Мишин, — она стала говорить шепотом, — режиссер у вас всем орудует?..

— Ес, — ответил Мишин и повел губами на особый лад. — Кормило в его руках.

— А сборы как?

— Пока ничего. Но — между нами, — он наклонился к ней через стол, — я чую, что у нас без междоусобия не обойдется... Вы меня чуточку помните по этой части, Надежда Степановна, я всегда от всякой дипломатии сторонился и никаких особых прав себе не выговаривал. Контракт всякий подпишу, только двух вещей не могу: роли в стихах и гишпанцев изображать...

Строева тихо рассмеялась.

— Да-с, гишпанцев не могу... Здесь их, по всем видимостям, изображать не в обычае; а насчет стихов я прихожу в некоторое смущение... Говорят, собираются пройтись слегка по Мольеру...

— Для меня теперь, Мишин, все равно, только бы продержаться до поста. А там, уж и не знаю как быть...

— Плохие, плохие дела везде, до безобразия плохие. Антрепренерская повадка — одна: задатком приманил, а на второй месяц и настраивает лыжи; или соберет всю труппу в фойе, черный двубортный сюртук застегнет доверху и произнесет некоторый дискур: милорды, мол, и господа, сборы, как изволите видеть, какие, в кассе чахотка, я запасным капиталом не обладаю... И выходит следующая альтернатива: или закрыть двери в сей храм муз, или вы сами уже выпутывайтесь из беды — составьте между собою сосьете — он произнес слово умышленно русским звуком, — играйте, голубчики, на марках, это расчудесное учреждение и вы на него очень, по теперешнему времени, падки; меня же, джентльмены, не благоудно ли взять в главные распорядители с жалованьем, приличным моему прежнему директорскому званию...

Комик не мог воздержаться от прибауточного тона; привычка брала верх над его чуткой и добродушной натурой... Ему хотелось расспросить ее, по душе, о том, как она дошла до теперешнего положения, сказать ей что-нибудь ободряющее, но он стеснялся.

Она это поняла.

— Вы женаты, Мишин? — спросила она, отхлебнув из стакана.

— Оборони Боже! Один, как перст. И даже гражданского сожительства чураюсь.

— И не скучно?

— Мало ли что!.. Да и где скучать!.. В нашем амплуа это не полагается.

Неожиданная мысль промелькнула в голове Строевой.

"Мишин холостяк, ни с кем не связан если не скрывает. Оклад

108

у него, наверно, не меньше двухсот рублей... Для нее — и поддержка такого актера была бы находкой!.."

— По женской части, — продолжал Мишин, в том же тоне, — у нас есть специалисты. А главный Дон Жуан на днях явится... Его перетянули с неустойкой в полторы тысячи...

— Кто это? — спросила Строева.

— Свирский... Семьсот рубликов оклад.

— Свирский! — вырвалось у нее. Она тотчас же смолкла и поглядела, вбок на Мишина.

"Нет, он ничего не знает".

— Вы с ним служили?

— Не приводилось... Слыхал, что гусь лапчатый...

Это имя "Свирский" — наполнило ее волнением, которое она силилась подавить.

— Который Свирский?.. Известный, по провинции, первый, любовник?..

— Он самый!..

Да, Мишин мог не знать про ее прошедшее с этим Свирским. С комиком она служила всего одну зиму, и тогда уже, когда Свирский бросил ее.

— И его ждут... сюда?..

— Должен выступить на, будущей неделе. И анонсы уже сделали.

Она должна будет служить в одной труппе с Свирский... И состоять выходной актрисой на нищенском окладе, в то время, когда он получает семьсот рублей и за него платят полуторатысячную неустойку...

Что она для него? Старуха, статистка!.. И какая нестерпимая обида — видеть успех этого человека, после всего, что она пережила с ним и из-за него!..

— С кем же он теперь живет? — спросила Строева сдавленным звуком.

— Приедет он сюда с некоей госпожой Перцовой... Какие у ней таланты — я не знаю... Оклад тоже и ей рублей двести никак... Выдает он ее за жену; но, кажется, вокруг ракитова куста они венчались. Наши дамы будут отбивать его, взапуски...

Слушая Мишина, она несколько раз спросила себя: "Неужели поступлю?" И была минута, когда она решалась бежать к режиссеру и сказать ему, что на выход она не согласна, что ей не нужно больше никакой службы в Москве...

Но ведь она очутится, через неделю, на улице! О провинции думать нечего... У ней нет ни одного, мало-мальски, сносного туалета. Никто ей не даст задатка — на проезд... Безумие — не схватиться за сорок рублей!.. Будь что будет!

— Так мы, значит, сослуживцы, Надежда Степановна. Контракт подписали?

Мишин поднялся.

— Какой контракт, — выговорила она и также поднялась. — Что положат, то и возьму. Вы видите, Мишин, я убитый судьбой человек... Другому я бы не стала так говорить, а вы — с душой. Что ж!.. Была на первых ролях, а теперь на выход.

— На выход?.. — протянул Мишин и поглядел на нее поверх очков. — Что вы, голубушка!..

— На сорок рублей, — чуть слышно промолвила она и усмехнулась.

— Здесь, в Москве?.. Да как же прожить?..

Он опустил свою смешную голову с двумя пучками на висках.

— Надо прожить!..

— А потом?

— Не знаю... Да, Мишин, исковеркал театр всю мою жизнь... Одно спасенье — беспечность... Вперед глядеть не хочу и не умею.

— Да нет, — заговорил он, пожав ее руку, — это никак невозможно!.. Режиссер вас не знает. Ведь вы можете быть полезнейшим членом труппы... Я поговорю... Вам надо к самому принципалу обратиться... Такая артистка в труппе, как вы, — приобретение. Жаль, принципал-то нездоров... Да я с Прокофьевым поговорю, сегодня же, на спектакле... Я, знаете, всегда в стороне держу себя, чужд всяких интриг и домогательств чураюсь не меньше, чем гишпанских ролей. А на этот раз, я поговорю!..

— Спасибо, спасибо!

Слезы навернулись на ее ресницы.

— Вам завтра хотел дать ответ режиссер?

— Завтра.

— Ну, и прекрасно! Как же это можно — на выход?.. Ну, положим, если меньше ста рублей жалованья, так в контракте будет стоять — на выход, а все-таки же не в статистки...

— Я согласилась на сорок рублей.

— Хоть красненькую еще накинут. Помилуйте... обидно за вас!

Мишин еще раз пожал ее руку и свободной рукой взъерошил волосы.

Оба вышли молча из буфета и внизу молча же попрощались. Им не хотелось, чтобы кто-нибудь из театральных услыхал их разговор. Он дал ей свой адрес.

Мишин жил на Тверской, в меблированных комнатах "Ливадия".

V

— Свирский, Свирский!..

Она выговорила это имя вслух и закинула голову, сидя на кровати, в своем номере.

Вчера ее приняли с жалованьем в сорок пять рублей. Мишин не выпросил полных пятидесяти; но он говорил с режиссером — этому она верила. Сегодня она пришла в театр так, без дела... На сцене репетировали "Блуждающие огни" — но она не знала, что за пьеса идет... И первое лицо, мелькнувшее перед ней, между двумя кулисами — было лицо только что приехавшего первого любовника, который вечером должен был явиться в своей лучшей роли.

Он немного изменился. Тот же красивый профиль с довольно крупным носом, те же глаза, большие и глубоко сидящие во впадинах и не отцветший еще рот; только бритые щеки стали пополнее, и в стане он пополнел и слегка гнулся. Ростом он показался ей ниже... Курчавые волосы глядели еще черными. Лицо интересное и живописное, голос звучал искренно, с теноровыми нотами.

И это интересное лицо, этот грудной вибрирующий голос и благородство тона чему служат, какой пошлости? На них ловилось столько женщин, поймалась и она.

Но не он первый затянул ее в театральную тину. Вот перед ней — вся ее десятилетняя карьера. Через две недели ей минет тридцать пять лет; двадцати пяти сбежала она от мужа и очутилась в актрисах.

Как это случилось? Внезапно, после катастрофы, выбившей ее из колеи? Нет... Еще до выхода замуж, барышней, невестой с воспитанием, с языками, в довольно строгом и почтенном дворянском доме — она бредила славой, известностью. Тогда уже ее глодал червяк актерства — "каботинства" — как нынче начали говорить. И тогда она была уже "каботинкой". Замужество подвернулось само собою — недурная партия, нестарый и неглупый человек, из местных дворян, занятой, мягкий, скучноватый, любивший почитать хорошую книжку. Детей не было. Она заскучала скоро, порываясь куда-нибудь, где можно себя показать, проявить свои таланты, во что-нибудь поместить женскую нервность и суетность. Муж не мешал искать свое призвание, даже поощрял. Началось самым обыкновенным образом — с чтения стихов на любительских вечерах, на эстраде, подносились букеты и венки. Каботинство росло. Понадобились и более острые сценические успехи... Весь город кричал, что у Надежды Степановны Лаптевой фамилия ее мужа — такая читка стиха, какой нет и у столичных знаменитостей. В первый раз, все еще с благотворительной целью — выступила она в сцене у фонтана и успех в Марине Мнишек затуманил голову. Яд разлился по всему ее тревожному существу: жажда рукоплесканий, трепет перед выходом на сцену, огни рампы, опьяняющие сразу... Через месяц она уже играла с актерами, на афише печаталось в широкой рамке: "при благосклонном участии Надежды Степановны Лаптевой"...

Приехала новая труппа. Антрепренер Дарьялов занимал сам первое амплуа. О нем уже шла молва: рассказывали, что он учился в одном из петербургских барских заведений, служил потом в гвардии, проиграл состояние в рулетку, быстро прогремел по провинции, три, раза банкрутился, как содержатель театра. В нескольких городах увлекал он на сцену даже и девушек из общества, бросал их; доводил до самоубийства. Легенда окружала его. Не прошло и двух-трех недель с его приезда, как он уже был вхож в их дом, слушал ее декламацию, провозглашая ее "готовой артисткой", устроил ей овацию, когда она согласилась играть в его бенефисе — встреча градом букетов и разноцветных бумажек с ее именем, стон стоял от криков и вызовов... Голова, ее совсем пошла кругом.

Он увлек ее так быстро, что она не спохватилась, между двумя ролями, в воздухе душной уборной, даже без фраз и страстных уверений, а точно так и быть следовало. Она жадно впитывала в себя этот особенный напиток из славолюбия, греха, деланных чувств и театральных фраз. То, что она играла переплелось с жизнью, полной нервного возбуждения и уже ненасытной жажды все новых и новых успехов... Любительницей она не могла, не желала оставаться... Но она не пошла к мужу, не сказала ему серьезно и прямо:

— Пусти меня в актрисы... Я не могу жить без сцены...

Она уверила себя, что муж не отпустит ее, что она будет вечно маяться в безвкусной доле барыньки губернского города.

И она сбежала.

Через какую школу провел ее этот совратитель провинциальных любительниц! Даже теперь, по прошествии десяти лет, краска проступает у ней на щеках. Соблазнитель не давал себе труда хоть немножко прикрыть грязь своей душонки, показал себя сразу; а она превратилась в его вещь, как-то совсем перестала сознавать себя личностью, свою страсть к сцене перенесла целиком на него, готова была на всякую жертву, на всякое унижение; только бы ей как можно больше играть, идти вперед, видеть, что он доволен ею, что она нужна ему, как актриса его труппы.

Добровольно делалась она его сообщницей во всем, что он заставлял ее проделывать с мужем, от которого она принимала денежную поддержку. Эти деньги он проигрывал в карты, отбирал все до копейки, отказывал в необходимых туалетах... Потом пошло еще хуже... С женщиной он перестал церемониться, заводил новых любовниц, и у себя в труппе, и на стороне, заставлял ее присутствовать на своих оргиях.

Она продолжала быть в чаду... Он давал ей играть — это было главное. Из любительницы она превращалась в актрису, публика отличала ее... Но и тут начались страдания... Чем она больше развивалась как артистка, тем жестче и несправедливее относился он к ней, кричал на репетициях, задергивал и передавал ее роли мелким актрисам, попавшим в его одалиски... Это, всего больше убивало ее...

Вот тогда — пошел уже третий год их сожительства — в труппу принят был начинающий актерик, красивый, тихонький, с грудным голосом. Это был Свирский... Про него рассказывали, что известный на юге антрепренер заметил его в каком-то ресторане, во фраке, с салфеткой официанта, был прельщен его профилем, жестами, манерой говорить... Через год он уже играл маленькие рольки, а когда стал с ней служить, то на нем уже лежал некоторый лоск и прикрывал и его малую грамотность, и недавнюю службу по ресторанам.

Всем было известно, как сладко ей жилось дома. Свирский тронул ее своим глубоко-почтительным тоном. И тогда уже он умел сочинять о своем прошедшем небывалые истории и рассказывать их задушевными и наивными словами. Он выдавал себя за "сына любви" большого барина, побывавшего, в сербских добровольцах. Она ему верила. Издевательство Дарьялова над этой сентиментальной хлестаковщиной только вызывало в ней особенную жалость к "бедному мальчику".

Он же преклонялся перед ее талантом. Играя с ней, он шептал ей восторженные фразы, уже от себя, называл ее "божеством" и "жертвой", трепетал от негодования, когда она стала полегоньку разоблачать ему свою жизнь с антрепренером. Пылкое признание, захватившее ее врасплох, с истерическими слезами и клятвой убить Дарьялова, даже если она и не бросит его, только за низкое его поведение, подействовало. Вместе с жалостью к "бедному мальчику" закралась страсть к красивому, молодому и даровитому юноше. Дарьялов овладел ею как циник-соблазнитель, властно увлекший ее на сцену... Свирского она впервые полюбила и ушла с ним уже не тайно, а защищая свои права оскорбленной и настрадавшейся женщины. "Мальчик" к концу сезона выдвинулся так, что антрепренер жалел о нем гораздо больше, чем о своей возлюбленной... Они вместе получили выгодный ангажемент... В любви ее к Свирскому, с первых же месяцев их связи, было беззаветное увлечение и мужчиной, и артистом... Она бредила его успехами столько же, сколько и своими. С ним она почувствовала себя застрахованной на долгие-долгие годы от всякой актерской невзгоды. Только бы им играть вместе. Это чувство перешло скоро в какой-то суеверный культ. Потерять его значило загубить в себе актрису, пропасть безвестно... И она говорила ему это сама, раздувала его и без того непомерное тщеславие, перестала замечать, его хвастовство, его смешную рисовку, его неразвитость и малограмотность. Так пролетело два сезона...

И теперь еще, сидя в сумерках на кровати, она оплакивает те два сезона не потому, что кается, — нет. Но никогда уже она не жила так на сцене. Страсть к театру, страсть к красивому актеру, двойное увлечение и своей, и его славой!

И ее бросили в первый раз. Она возмутилась, не стала гоняться за ним, переломила нервную болезнь, налетевшую на нее, играла больше года одна, совсем на другом конце России, — Свирский, — на юге, где он выдавал, за свою жену маленькую опереточную актрису, она — на севере. Вот в этот перерыв их связи и служила она в одной труппе с комиком Мишиным. Тогда она почувствовала под собою другую почву. Публика продолжала "принимать" ее, но ей самой казалось, что это непрочно, что без Свирского она не пойдет вперед. Суеверно связывала она свою судьбу с его карьерой и к концу года затосковала по нем до припадков нервного расстройства. Они встретились на гастролях в одном из больших южных городов, летом. Он протянул ей руку на репетиции и почтительно раскланялся. Прощенья он не просил, да она и не требовала. При нем не было уже его опереточной актрисы... Она опять сошлась с ним, и на несколько лет. Но это сожительство протянулось для нее, как одна сплошная обида... Свирский только позволял обожать себя. В нем не было цинизма и дерзкого разврата антрепренера Дарьялова, но он весь ушел в мелкое запойное женолюбие, в глупую, смешную рисовку, в хлестаковщину самого последнего сорта. Все это она видела и не замечала, не хотела замечать. Ее страсть перешла в обожание матери, в постыдное баловство, в преклонение перед талантом, не знающее себе пределов. А Свирский делался только развязнее в своих приемах; дела не любил, ролей не учил, выезжал всегда; на двух-трех тирадах, где пускал свой задушевный голос и нервный пыл. Но успехи его в провинции все росли... Жалованье шло в гору... Около него она была уверена в себе, не завидовала ему, играла все, что ей давали, ночи напролет учила роли, с одной репетиции являлась в новых пьесах, мечтала о больших сценах. Умер ее муж, оставив ей, по завещанию, маленький капитал. Свои деньги, приданные, давно были прожиты Дарьяловым. Свирский и не подумал предложить ей брак. И он не хуже антрепренера-обольстителя обошелся с капитальцем, оставленным ей покинутым мужем. Он делал долги — походя — заставлял ее поручаться за себя, ее жалованье забирал вперед и прокучивал, хлестаковщина его росла, обращение с нею делалось невыносимым по своей пошлости.

И он начал бить ее... Она не вынесла, серьезно заболела, пролежала половину сезона и очутилась одна, без ангажемента. Свирский поехал на гастроли и с тех пор они больше не сходились.

114

Он бегал от нее, обращался даже к властям в двух губернских городах, чтобы его избавили от ее преследований... Не могла она не гоняться за ним... Для нее со Свирским уходила вся ее будущность... Страсть к мужчине перегорела; но актерство держало ее в своих когтях. Как только Свирский окончательно ушел от нее — она стала спускаться под гору.

Два сезона сряду она служила почти даром... Антрепренеры банкрутились. Сбережений у ней не было. К концу третьего сезона она схватила плеврит, оставивший после себя долгие следы. Послали ее в Крым. Там она, на кое-какие крохи — прожила зиму, пробовала играть с любителями, опять заболевала, жить стало окончательно не на что...

И пошли отказы от ангажементов... Лицо поблекло. Туалетов нет... Она попадала в маленькие труппы, в "сосьете", только бы играть первые роли. Еще долгое нездоровье — и подползла голая, нищенская доля. Она невзвиделась как пришлось в Москве искать места на выход... Актерство все съело, как жадный клещ, выпило кровь, бросило на большой дороге, в канаву — и нет ни в душе, ни в теле сил — уйти от него, искать пропитания другим трудом, пойти в горничные, в сиделки, в бонны...

Надо издыхать в воздухе крашеного холста.

VI

Шла репетиция. В глубине сцены, позади павильона, две актрисы в меховых тальмах и шапочках пили чай за небольшим столом. Стоя между двумя, кулисами, Строева прислушивалась к тому, что происходило на сцене. Ей надо было улучить минуту и переговорить с режиссером насчет перемены фамилии. Она не хотела, если ее поставят на выход, чтобы имя ее попалось на глаза Свирскому. Ее наполняло какое-то детское чувство, точно будто она сбирается играть в прятки. Как можно дольше хотелось ей остаться незамеченной. В наружности своей она так изменилась, что вряд ли он узнает ее сразу. Ей надо будет попросить сегодня же комика Мишина ничего не говорить о их знакомстве, о том, что они когда-то служили вместе. Если столкнется она со Свирским и он узнает ее — она притворится, что никогда с ним не встречалась, и всем своим поведением покажет ему, что желает совсем стушеваться.

Но как отвечать за такого человека? Ее фигура будет все-таки же колоть ему глаза. Он способен выжить ее из труппы, даже зная, что она дошла до нищенского оклада в сорок пять рублей. Довольно и того постоянного приниженного чувства, с каким она

115

будет оставаться в этом театре, беспрестанно видеть перед собою в лице Свирского свою жалкую судьбу как женщины и как артистки.

И вместе с тем ее влекло туда, за павильон, к рампе... Точно желая ее поддразнить там репетировали "Ошибки молодости". Она прислушивалась жадно к репликам героини и героя. Княгиню Резцову играла Миловзорова — главный женский сюжет труппы, женщина уже не первой молодости, с картавым дребезжащим голосом и с остатками красоты. Строева, не различая ясно каждого слова, схватывала каждую фразу и повторяла про себя. Она до сих пор знает роль наизусть. Реплики свои Свирский давал небрежно, чуть слышно, шел по суфлеру, как и всегда.

— Надежда Степановна! — назвал ее кто-то сзади.

Это был Мишин, в бараньей шапке и каком-то тулупчике, с запотелыми стеклами очков.

Она быстро отвела его в темноту, к тому месту, где помещался гром.

— Ради Бога, Мишин, — начала она шепотом, — не говорите вы никому про меня...

— То есть в каких смыслах? — дурачливо спросил он и начал вытирать платком стекла.

— Да просто не называйте меня по фамилии. Я хочу просить режиссера дать мне другую фамилию...

— Да ведь это от вас, голубушка, зависит. В нашем звании можно какую угодно кличку взять. Даже это теперь в большой моде... Непременно двойная фамилия: Астраханцев- Незванцев, Сергеев-Пронский, Ларионова-Самарская...

— Пожалуйста про меня никому не говорите, что вот я прежде служила с вами и на каком амплуа была, когда и где...

— Да что же вам скрывать?.. Разве вот то, что теперь...

Он затруднился и не досказал, не желая ее обидеть.

— Ну да, ну да, у каждого своя амбиция...

— Понятное дело. Однако, режиссеру-то ведь известно... И вы ему, конечно, говорили про свою прежнюю службу, да и я намеднись...

— Ну, режиссеру уже нельзя было не сказать, а вот другим...

Она видела по его глазам, что он не догадывается о настоящем мотиве ее просьбы. Ее даже удивило, что Мишин не знал ее прошедшего со Свирским, удивило и очень обрадовало.

— Вы сегодня разве заняты? — спросил Мишин.

— Нет... Где же?..

— Дайте срок, вот бенефисы пойдут...

— Я и боюсь... Если понадобится платье какую-нибудь гостью изображать в светском салоне... Лучше уже в прислуге состоять...

— Да, нынче такое франтовство пошло, и Боже мой!.. Вон посмотрите, — Мишин указал головой на двух актрис, распивавших чай, — какие ротонды-то!.. Вы знаете, кто та толстушка-то, вон та, с угла сидит и булку уписывает, с двойным подбородком. Это морганатическая супруга господина Свирского.

Строева сделала движение в сторону кулис и быстро оглядела полную блондинку в бархатной шубе с куньим воротником. Та жевала булку и запивала чаем с особенным аппетитом.

— В каких супругах она состоит? — переспросила она.

— В морганатических.

— И фамилию его носит?

— Двойное у ней прозвище: Долина-Свирская... Только представляет он ее всем как законную жену и поговаривают, что эта толстуха прибрала его к рукам. Разумеется, он охулки на руку не положит насчет женского пола, но с опаской начал действовать... побаивается... А она, говорят, в разъезде с мужем, дворяночка и свои деньги есть. Талантов у ней, кажется, нет никаких; однако, чуть ли не двести рублей получает... Главный же талант — ест до чрезвычайности. Вон видите как уписывает булку, а дома уж, наверно, и чай пила, и кофе, и завтракала. Ест-то она ест, но своего капитальца не проедает. И фиктивному муженьку — когда он профершпилится, забравши жалованье месяца за два вперед — карманных денег выдает только на папиросы, да на цветные галстуки.

Она слушала Мишина и ее прошедшее всплывало перед ней еще ярче и обиднее, чем вчера, когда она сидела на кровати и против воли перебирала свою жалкую судьбу. На другом конце сцены, у столика, жирная блондинка продолжала пить чай и доедать булку. Ее пухлые, свежие щеки издали так смешно двигались от жеванья. Котиковая шапочка сидела на белокурой голове вбок и придавала всему ее виду что-то очень провинциальное, ухарское, глуповатое...

"И у тебя был капиталец, — думала Строева, — и ты была образованная барыня, считалась умной, даровитой, из ряду вон; а вот эта толстуха только ест и сумела прибрать его к рукам... Быть может совсем бездарная, а получает вчетверо больше тебя и считается его женой. А ты дрожишь как бы он не узнал тебя и не выжил из труппы, не лишил оклада в сорок пять рублей"...

— Может быть авансик хотите попросить? — выговорил шепотом Мишин.

— Авансик? — переспросила она, не поняв хорошенько, о чем он говорит.

— Малую толику?

Она об этом не смела думать, а прожить целый месяц не знала как...

— Опасно... Сразу могут из-за одного этого прогнать.

— Это точно...

Мишин замолчал... Если бы она воспользовалась его словами и попросила у него взаймы рублей десять, двадцать — он, вероятно, дал бы. Но в ту минуту она отдавалась совсем другим чувствам. Ею опять овладевала тревога и горечь несносного жданья. Лучше уж сейчас же встретить Свирского, самой остановить его, уверить в том, что она вычеркнула из своего прошлого их прежние отношения и просить его не обращать на нее никакого внимания, как будто бы она не существовала.

— Вон режиссер, — торопливо сказал ей Мишин. — Перехватите его, а мне надо в уборную, взять тетрадку. Насчет авансика-то бы все-таки же сделали подходец... Всего хорошего, Надежда, Степановна.

Она была почти рада, что он ушел. Еще две-три минуты — и она бы не выдержала и стала бы изливаться.

В дверях павильона показался режиссер и стал кричать на плотников:

— Живоглоты вы! Что я вам говорил вчера! Как у вас камин прилажен?

Он долго бы на них кричал, но что-то такое вспомнил, махнул рукой, круто повернулся и пошел в режиссерскую, как раз мимо Строевой.

— Я к вам...

— Что нужно?

Он не сразу узнал ее.

— Вы меня приняли...

— Знаю, знаю. Вы госпожа Строева?

— Вот именно об этом я и хотела просить вас. Я желала бы служить здесь под другим именем.

— Сделайте ваше одолжение... Не все ли это равно? Ха-ха! Мне от этого ни тепло, ни холодно: Иванова — вы, Сидорова, Строева или не Строева.

— Конечно, конечно, — лепетала она, чувствуя, что слезы готовы брызнуть у ней из глаз. — Но, вы понимаете, еще так недавно я занимала амплуа...

— А! Это ваши три афишки, что вы мне показывали намедни?

— Прошу вас, — почти с мольбою в голосе заговорила она, — забудьте, что я вам их показывала... Вы, как артист — поймете мое чувство...

Режиссер усмехнулся и отвел, взгляд в сторону.

— Как вам угодно... Разумеется, у каждого своя амбиция... Как же вы желаете прозываться?

— Ларина.

— Из Евгения Онегина, значит? Не громко ли? Это ведь девическая фамилия Татьяны.

— Поставьте какое угодно имя.

— Нет, уж извините... И это все?

Ей показалось, что он ее жалеет, что сквозь его резкий и угловатый тон пробивается некоторое сочувствие.

Мысль об авансе промелькнула в ее голове, но она не решилась.

— Имею честь кланяться! — крикнул режиссер и побежал в свою комнатку,

Строева присела около лесенки. Ей вдруг сделалось все равно: будет на афише стоять фамилия Строевой, или нет, прочтет эту фамилию Свирский, столкнется она с ним... Она уже не боялась этой встречи. Ничего ей не нужно. Все, что она сейчас говорила, с чем пришла — казалось ей так глупо, бесцельно, бессмысленно... Хуже ничего не может случиться того, что она теперь переживает.

VII

— Маруся! Ты кончила пить чаи?

Голос заставил Строеву встрепенуться. Она подняла голову и быстро встала.

— Сейчас, сейчас. Надевай пальто, я тебя догоню.

Свирский должен был пройти мимо нее: пальто его висело около лесенки, ведущей в режиссерскую. Она застыла на месте.

— Виноват! Позвольте мне пройти.

Он остановился, взглянул на нее, прищурил глаза, откинул голову актерским жестом назад и немного вправо, и развел руками.

— Мадам Строева? Надежда Степановна? Какими судьбами?

На его бритом, уже изношенном, но еще красивом лице лежало ухмыляющееся выражение и когда он перестал жмуриться, то в глазах она прочла не досаду или страх, а снисходительное самодовольство.

Она сейчас поняла, что он все забыл, кроме ее наружности, что он даже и не подумал о возможности каких-нибудь счетов между ними.

Надевая шляпу, Свирский выговорил небрежным тоном:

— Если вам нужно кого-нибудь здесь, то я буду очень рад...

Она не дала ему досказать.

— Мне ничего не нужно, благодарю вас. Беспокоить я вас не буду, поверьте... Я не знала, что вы здесь служите...

— Ах Боже мой, Надежда Степановна, — перебил он ее в свою очередь, — я душевно рад быть вам чем-нибудь полезным.

Он оглянул ее и снисходительная усмешка перешла в мину явного сожаления.

— Где вы служите?.. Или оставили сцену?.. Послушай, — окрикнул он плотника, — подай мне пальто, вон там, крайнее.

Строева готова была сказать ему:

"Оставьте меня... я вас не трогаю... Идите своей дорогой..."

Но тон Свирского на особенный лад смутил ее. Она не знала — обрадоваться ли ей или почувствовать себя униженной таким обращением.

Плотник подал ему богатую бекеш на стеганой атласной подкладке с дорогим бобром.

— Я поступила сюда на службу, — выговорила она довольно твердо и посмотрела ему прямо в глаза. — Только пожалуйста не называйте меня Строевой. Я взяла другую фамилию.

— На какое же вы амплуа, Надежда Степановна?

— Ни на какое. Просто на выход...

Она это произнесла с опущенной головой, но с таким выражением, которое должно было показать ему, что и в ней все их прошедшее уже перегорело и она желает одного: оставаться в тени.

— Быть не может! Как же вам не стыдно было не обратиться ко мне! Вам, вероятно, говорили, что я буду служить именно здесь. Я мог бы вас отрекомендовать. Да и теперь это дело еще поправимое...

Он застегивал свою бекеш и покачивался, переминаясь с ноги на ногу.

Она молчала. Что ей было ответить на все это? Сначала она подумала, что он играет комедию и искусно притворяется... Потом все ей стало ясно: хлестаковщина Свирского была опять перед ней на лицо, закоренелая актерская рисовка. Он уже драпировал себя в костюм великодушного товарища, которому жаль бедной женщины, пострадавшей от ударов судьбы на театральном поприще. О своей роли в этой судьбе он окончательно забыл или вспоминал, как об одном из своих романов, промелькнувших в его прошедшем. Вероятно даже, что он считал себя ее избавителем, когда-то спасшим ее от цинического тиранства антрепренера Дарьялова. Он первый начал лелеять ее дарование. С ним она познала упоение истинной страсти...

— Вот я и готова! — раздался голос блондинки, докончившей жевать булку.

Она подошла к ним, запахивая свою богатую меховую ротонду.

Строева сделала невольный шаг назад и не поднимала глаз ни на Свирского, ни на его сожительницу.

— Маруся! Какая встреча! Моя старая сослуживица и добрая знакомая — Надежда Степановна. Мы сейчас вот столкнулись здесь...

И указывая на блондинку, Свирский твердо и отчетливо выговорил:

— Жена моя!

Та подала ей пухлую руку со множеством колец и с некоторым

недоумением поглядела на ее потертое пальто и старомодную шляпку.

— Ты знаешь, Маруся, — продолжал Свирский, застегнув последнюю пуговицу своей бекеши, — ты помнишь из моих рассказов... Надежда Степановна первая когда-то оценила мое дарование.

Маруся поглядела на него вопросительно.

Вместо неприятного стеснения, Строева вдруг почувствовала нечто совсем другое. Свирский был так неожиданно хорош в своей новой роли, импровизованной им тут же, что она как-то отрешилась от самой себя и только слушала и глядела.

— Да, — продолжал он и откинул голову назад, — есть вещи, которых не следует забывать...

— Вы где же служите? — спросила блондинка.

— Да Надежда Степановна сообщила мне сейчас невероятную вещь. Она у нас в театре, но совершенно в неподходящих условиях...

Свирский приподнял плечи и сделал выразительный жест правой рукой.

В глазах его подруги, Строева ничего не замечала, кроме желания идти домой.

— Да что же мы здесь стоим? — продолжал Свирский. — Идемте. Маруся, у тебя нынче, надеюсь, хороший обед?

Маруся раскрыла свой сочный рот с мелкими белыми зубами и вкусно выговорила:

— Будет московская селянка на сковородке.

— И еще что?

— Пожарские котлеты с белыми грибами.

— Превосходно!

— И оладьи с яблоками.

— Надежда Степановна, — обратился он к Строевой, — разделите нашу скромную трапезу... Я вам скажу, у Маруси особенный талант по кухонной части. Будете довольны... Побеседуем, вспомним старину.

Изумление Строевой уже прошло. Свирский вошел в роль и теперь нельзя уже было сбить его с тона. Она могла, конечно, прервать такой печально-шутовской разговор гораздо раньше, еще до появления этой толстухи, и сказать ему, что он обязан щадить ее женское достоинство, не напуская на себя тон благодушного покровителя, что она дает ему право не кланяться с собой, совершенно не замечать ее присутствие в труппе.

А теперь ей казалось, что так лучше, как выходило по той роли, в которую ведался Свирский. Разумеется, лучше. Он, конечно, рассказывал про нее своей теперешней названной жене; но уже, разумеется, не так, чтобы смущать ее, если она, действительно, держит его в руках; рассказывал что-нибудь сочиненное им в одну из своих импровизаций хвастовства и актерской рисовки, может быть выдавал за жертву непонимания публики или за несчастную женщину, увлеченную негодяем, которой он, Свирский, протянул руку и спас на краю пропасти, или что-нибудь в этом роде.

"Так лучше", — успела она решить про себя. Он боится своей толстухи и даже от лишнего стакана вина в ее присутствии не будет глупо проговариваться, а с глазу на глаз с нею — Строевой — он уже показал свой тон. Будь это пять лет тому назад, встреться он с нею, когда она еще считалась, и была недурна собою и при туалетах, — он бы захотел ее "осчастливить", а теперь ничего подобного даже и ему не придет в голову.

Если он будет выдерживать свою роль старого товарища и великодушного покровителя "несчастной женщины", дошедшей до того, что она должна была поступить в фигурантки — будет ли ей хуже в труппе? Ведь он для нее жалкий продукт актерского быта, человек, обобравший ее, осквернивший ее первую беззаветную страсть. А здесь, в театре, Свирский — особа, получает чуть не тысячный оклад... Строева ничего не ответила на приглашение к обеду, но поклонилась в знак согласия. Свирский взял свою подругу под руку и поправил шляпу, от которой шел лоск. Строева пошла за ними по полутемному коридору. На крыльце Свирский стал надевать перчатки и оглядывал улицу какими-то торжествующими главами. Он очень был доволен собою, тем, как он обошелся с "несчастной женщиной", сознавал в эту минуту все свое мужское и артистическое превосходство. Под руку держал он молодую бабенку с роскошным телом и при капитале, знал, что она от него не уйдет, а, напротив, будет все вцепляться в него, про себя смеялся над нею: он ее, когда ему вздумается, проводит и смотрит на свои грешки, как на необходимую принадлежность своей артистической карьеры, как на ту дань, какую женщины во всех городах приносят ему.

Тут же стоит и та, кто первая распознала его большой талант и положила на него все свои душевные силы. Счеты их покончены; он ее любил, когда она была молода, красива и непритязательна. А теперь судьба позволяет ему оказать ей покровительство, как бедной женщине, незаслуженно доведенной до крайности. Это обтрепанная тальма, эта шляпка показывают прямо, что она в нищете. Он готов предложить ей временную поддержку. Она всегда была горда и не нужно оскорблять ее подачкой милостыни. Он сделает это гораздо ловчее... конечно при случае.

Строева шла по узкому и неровному тротуару, позади нарядной, чисто актерской четы. Все на них блестело: цилиндрическая шляпа, бекеш с бобром, шуба, бриллиантовые серьги в грубоватых, но розовых ушах блондинки.

Они что-то такое между собою говорили вполголоса. Он

наклонял к ней свой актерский профиль и улыбался, точно такой же улыбкой, какую когда-то состроил себе, когда в первый раз играл Армана Дюваля, а Строева — Маргариту Готье. Да, он за ней ухаживает, побаивается ее, имеет почтение к ее деньгам. Но они — пара. Оба счастливы тем счастьем, какого ей никогда не выпадало на долю.

Свирский с своей дамой перешли через улицу и остановились под навесом углового дома с вывеской виноторговца.

Он обернулся в пол-оборота и крикнул отставшей немножко Строевой:

— Надежда Степановна, пожалуйте сюда! Вы пойдете с Марусей, а я забегу на минуту. По случаю нашей товарищеской встречи устроим маленький фестиваль. Бутылочку холодненького.

— Зачем же? — вырвалось у нее.

Ей показалось это не то издевательством, не то шутовством.

Но опять, она себя поправила и мысленно проговорила:

"И пускай"!

Свирский приподнял шляпу, освободил свою руку, улыбнулся им обеим с прищуриванием глаз, которое у него выходило особенно красивым, и вошел в магазин.

— Пойдемте, — протянула ленивым звуком блондинка, — немножко поможете мне. Мы еще не совсем наладились с кухаркой. В Петербурге, да и на юге, в Одессе, в Киеве — все гораздо удобнее и, по-моему, дешевле. А муж мой любит, чтобы все было как следует.

Строева промолчала и пошла с толстухой в ногу.

VIII

Был в исходе седьмой час. По уборным уже начинали гримироваться. Сцена стояла совсем почти темная. Бутафор с помощником вносили мебель и, не спеша, расставляли ее. Глухих и сердитых окриков режиссера не было еще слышно.

По двору театра, держась около стены, пробиралась Строева к боковому входу, на сцену. Выпал снег и морозный ветер резко дул в лицо; она куталась в свою старенькую драповую тальму и уцелевший от прежних времен пуховый оренбургский платок.

Сегодня она не занята; да и всю неделю не будет занята, но сидеть дома, в постылом своем двенадцатирублевом номерке, или лежать на постели, чтобы не тратить ничего на освещение — чересчур тяжело. Театр ее тянет и утром, и вечером. Она давно помирилась с закулисным убиваньем времени, с этим шляньем из уборных на сцену и обратно и кочеваньем между кулис. Прежде, при всей страсти к театру, она тяготилась бессмысленной потерей времени на репетициях и на спектаклях. Теперь хождение в театр помогает убивать томительные досуги, а главное — уходить от себя, от своих дум, от перебирания все тех же итогов актрисы-неудачницы.

Сегодня она побежала бы, даже если б ей и нездоровилось. Давали "Ошибки молодости". Княгиня Резцова была когда-то ее коронная роль. И утром, на репетиции, она выстояла в кулисе все действия, про себя повторяла все тирады и реплики главного женского лица. Актриса, игравшая княгиню Резцову, не нравилась ей. Она находила, что у ней слишком приподнятый тон, напыщенность в манерах, беспрестанное подчеркивание. Собою она была видная и одевалась роскошно. Эта пьеса точно дразнила Строеву. Она вспомнила, что и в режиссерской, когда приходила просить о месте, зеленая афиша заставила ее обернуть голову и прочитать заглавие пьесы. Это были все те же "Ошибки молодости". Стоя за кулисой, около двери павильона, она закрывала глаза и уносилась мечтой в прошлое, чувствовала себя героиней пьесы, внутренно играла и находила новые звуки, какие прежде не давались ей.

Строева повернула от боковой дверки влево и тихо, держась железных перил, стала подниматься в уборные. В коридоре женских уборных она присела на окно. Ей приятно было тут, после холода и резкого ветра улицы. Мимо проходили портнихи и актрисы. Она почти никого еще не знала; но о ней уже шли толки в труппе. Кто-то видел, как с ней разговаривал первый актер. Некоторые считали ее впавшей в бедность барыней из общества, взятой "на выход". С лишними вопросами к ней никто не обращался; в общей уборной, где одевались мелкие актрисы, ей еще не привелось сидеть перед столиком и гримироваться. Режиссер ни в чем еще не выпускал ее.

В коридоре Строевой сделалось жарко; она сняла свою тальму и положила тут же на окно. Наискосок от того окна, где она сидела, приходилась дверка в уборную первой актрисы. Но уборная стояла еще пустая, ярко освещенная газовыми лампами около большого трюмо.

— Никак Миловзорова-то еще не приехала? — спросил кто-то с лестницы.

Строева подумала:

"Пора бы ей начать одеваться".

И ей как будто бы было приятно, что Миловзорова еще не приехала, точно будто она смутно хотела какой-нибудь истории, тревоги, отмены спектакля.

Свирский играл, разумеется, главную мужскую роль. Когда-то она сама просила своего сожителя Дарьялова выпустить в этой роли "симпатичного мальчика" — Свирского. Она помнит, как, после спектакля, этот симпатичный мальчик приниженно, почти благоговейно, благодарил ее, в восторженно-льстивых выражениях. Сегодня утром он репетовал роль небрежно и будет в ней гораздо ординарнее, казеннее, чем семь и восемь лет тому назад.

А свою роль с нею он уже отыграл: покормил обедом, сказал, что она может всегда найти за их столом "лишний прибор", но, конечно, режиссеру о ней не говорил и при встречах с нею на сцене здоровался с оттенком приятного покровительства.

Для нее так лучше. Сытная еда толстухи колом стояла у ней в груди целые сутки после того. Сделаться их прихлебательницей она не была в состоянии.

В коридор вбежал маленький человечек — помощник режиссера, заглянул в уборную Миловзоровой, повернулся вправо и влево и крикнул:

— Портниха! Кто там есть!

В одной из дверок показалась женская голова.

— Марья Сергеевна разве не приезжала еще? — спросил помощник.

— Нет, Иван Павлыч... И горничной их нет. Корзину тоже не присылали.

— Что за оказия!

И помощник побежал к лестнице.

"И корзины не присылала", — повторила про себя Строева, встала и начала ходить тихими, короткими шагами по коридору; ходила и прислушивалась к голосам внизу, на сцене.

Раздался возглас режиссера:

— Вот так пакость! Это чёрт знает что такое! За двадцать минут до занавеса сказываться больной!..

"Так и есть", — почти радостно подумала Строева, и начала тихонько спускаться с крутой лестницы.

Внизу она нашла тревогу в полном разгаре. Режиссер бегал позади павильона, уже совсем приготовленного к первому акту, ерошил волосы, делал своими длинными руками раскидистые жесты и без устали кричал:

— Ведь это живоглотство! — донеслось до нее. — Живоглотство чистейшей пробы! Что я теперь буду делать?..

Помощник назвал должно быть какое-нибудь заглавие пьесы.

— Вот выдумали! — крикнул режиссер. — Какой она сбор сделала в последний раз? Трехсот рублей не дала. За двадцать минут! Штраф предлагает взять! Что мне в ее штрафе? Вчерашний спектакль повторить нельзя. Мишина нет. Я его сегодня в Коломну отпустил на какой-то дурацкий благотворительный спектакль.

"Предложу я себя!" — пронеслось в голове Строевой. Она стояла уже внизу, но все еще держалась рукой за железный прут, служивший перилами.

Режиссер продолжал браниться и бегать по сцене, повторяя свое любимое. слово:

— Живоглоты!.. живоглоты!..

Точно что ее толкнуло вперед и она, смелой поступью, пошла к нему навстречу.

— Что вам угодно? — накинулся он на нее.

— Семен Захарыч! Я знаю роль наизусть, играла ее десятки раз. Угодно вам выпустить меня с анонсом?

— Вас?

Он подался всем корпусом назад.

— Если вы мне не верите — спросите господина Свирского. Он меня видал в этой роли.

Она не побоялась назвать Свирского. Что-то ей подсказало: "Он поддержит тебя, из рисовки, или из желания сделать неприятность первой актрисе. С нею он не в ладах"...

— Да помилуйте, — заговорил режиссер, несколько смягчая тон, — где же у вас туалет?

— Платьев у меня нет... Это уже ваше дело, Семен Захарыч...

— Да и Свирский не согласится играть. Он и без того ведет эту роль через пень-колоду. Он будет ужасно рад... Какое всем им дело до интересов театра? Кто им предан, кроме дурака Прокофьева?

— Спросите его.

Режиссер быстро взглянул на нее; должно быть ему показалось, что она еще по фигуре, по лицу, и по манере говорить может она взяться за роль княгини Резцовой.

— Пойдемте, — крикнул он ей и зашагал в мужскую уборную. Она шла за ним, без всяких колебаний. Она даже не подумала, лишний раз: поддержит ли ее Свирский или сделает гримасу, и может ли вообще это случиться, через каких-нибудь двадцать минут, чтобы она очутилась в главной роли, в "Ошибках молодости". Да еще здесь...

— Вы одеваетесь? — спросил режиссер Свирского, просунув голову за занавеску, которой было прикрыто отверстие дверки. — Слышали, какой супризец поднесла нам наша Раиса Минишна Сурмилова?

— Слышал! — ответил Свирский из уборной.

— Вы, небось, рады?

— Почему же?

— Да ведь вы, кажется, не любите этой роли?

— Кто вам сказал? Напротив...

— Ну, на репетиции...

— Мало ли что? Из-за чего же я буду играть в полную игру?

— Ну, это дело десятое; а вот в чем штука: госпожа, — режиссер обернулся в сторону Строевой, остановившейся в простенке между двумя дверками, — как вас прикажете звать? Вы, ведь, меня просили о перемене фамилии...

126

— Как угодно...

— Так Строева, что ли?

— Да, Строева.

Ее бодрое возбуждение не проходило.

— Так вот... госпожа Строева вызывается спасти нашу ситуацию, говорит, что много раз играла княгиню Резцову, между прочим и с вами.

Свирский не сразу ответил.

"Не посмеет, — уверенно подумала она, — будет играть".

— Вызывается? — переспросил Свирский.

— Да, коли вам, батюшка, говорят русским языком. Разумеется, с анонсом... и все такое...

— Надежда Степановна, действительно, играла эту роль, — начал отчеканивать Свирский.

— Говорит, что наизусть знает ее...

— Не сомневаюсь, — протянул Свирский. — Что ж? Судя по тому, что у меня сохранилось в памяти — она справится с ролью не хуже, чем наша Раиса Минишна.

— Так вы, значит, отвечаете за нее?

— Руку на отсечение не дам, но рискнуть можно...

— Ну, ладно.

Режиссер обернулся к Строевой и крикнул:

— Извольте идти в уборную.

— А туалет? — спросила она, чувствуя, что этот вопрос — лишний, что она должна играть и платья откуда-нибудь да возьмутся.

И платья нашлись. Был сделан анонс. Пьесу начали десятью минутами позднее. Публика не потребовала назад денег, но сделалась злая. При появлении Строевой послышалось шиканье. Оно ее не смутило. И в уборной, за гримировкой и одеваньем, и перед выходом на сцену, и под огнем рампы она ничего не боялась. Что могла она потерять? Если б даже сыграла она и плохо — а роль она знала наизусть — и сердитый режиссер не стал бы мстить ей за это, а в случае хотя маленького успеха она сейчас же бы заняла другое положение.

Свирский захотел быть до конца великодушным, шепотом говорил ей, между репликами, одобрительные фразы, играл старательно, ей в тон. Минутами ей казалось, что она, там, в провинции, играет свою коронную роль с симпатичным мальчиком, которого так искренно хотела поддержать. Она сама чувствовала, что читает хорошо, совсем не так, как Миловзорова — проще, значительнее, местами с настоящими барскими интонациями. Но публика не сдавалась. После падения занавеса с верхней, галереи раздались было вызовы и были прерваны дружным шиканьем. Кресла и ложи не мирились с тем, как она была одета, с ее поблеклым лицом, которое гримировка не могла уже сделать моложе и эффектнее. Как она ни старалась, ничего не помогало. Но смелость ни на минуту не оставляла ее. Роль довела она до конца уверенно, в том же тоне, с той же искренней и умной читкой.

И вдруг, после пятого акта, ее вызвали без протеста. Кресла не хлопали, но и не шипели. Свирский выходил с нею и, держа ее за руку, прошептал все тем же актерски-покровительственным тоном:

— Поздравляю вас, мой друг.

Когда она кланялась и глядела в полутемную зрительную залу, все было забыто, вся пережитая обида, горечь, весь срам, доставшийся ей в удел от этой не умирающей страсти к подмосткам. Она опять жила, как хотела бы жить до смерти, и была обязана этим самой себе, своему таланту.

— Ну, спасибо! — крикнул ей режиссер, вдогонку, когда она поднималась в уборную. — На четыре с плюсом играли барынька.

IX

В фойе раздавались громкие голоса. Туда сошлась вся почти труппа, кроме выходных. На репетиции вдруг разнесся слух, что спектакля не будет. Общество не отпускало больше газа. Вся последняя неделя прошла в глухом волнении между влиятельными членами труппы: платеж жалованья затягивался, сборы падали. Если придется сегодня из-за газа отменить спектакль, это убьет репутацию театра.

На сходке в фойе говорили все разом, горячились, перебивали друг друга. Режиссер предлагал составить товарищество и с ним многие были согласны; но другие колебались и хотели, прежде всего, добиться получения жалованья. В это время сцена стояла совсем темная. Газовым рожков, освещающих репетицию, не было, видно. В коридоре бельэтажа, где стояла одна керосиновая лампочка, скучилось несколько женских фигур. Это были выходные актрисы, в том числе и Строева. Они не шли в фойе, где кричали и спорили главные сюжеты труппы. Они тревожно ждали только, чем все это кончится, будет ли вечером, спектакль, как поведется дальше дело, есть ли надежда на получение жалованья...

Строева служила уже около месяца, но жалованья еще не получала. Она заняла у Мишина; но эти взятые в долг деньги были уже прожиты.

— Галдят, галдят, — заговорила шепотом одна из выходных актрис, — а мы все-таки ни при чем останемся...

— Режиссеру да первачам хочется захватить все в свои лапы.

— Слышите, сосьете хотят... по крайней мере на марках будем играть...

— Нам-то какие марки? Первым делом сокращение расходов, и нас по шапке!

Эти слова были как раз то, о чем думала в эту минуту Строева.

Разумеется, выходных уволят. Но ведь она теперь не выходная? Режиссер говорил ей, что будет держать ее "про запас". В одной одноактной комедии он назначал ей новую роль.

А теперь все рухнет! Гул голосов стал потише. Долго что-то доказывал режиссер, потом говорил Свирский, и потом еще один из крупных актеров.

Должно быть на чем-нибудь решили стоять.

— По шапке нас, по шапке! — прошептала та же выходная актриса. — Что ж, господа? — обратилась она к остальным. — Мы, нешто, бессловесные? Пойдемте и мы спросим: заплатят ли нам двадцатого числа и кто теперь будет на больший?

И в этой группе женщин вдруг все вполголоса затараторили, охваченные новым наплывом тревоги и недовольства...

Строева ничего не говорила.

На нее этот переполох действовал не так, как бы следовало. Жалованье она вряд ли получит, отдать долг Мишину — нечем. Лишний народ будет, конечно, удален, в том числе и она, но слезы не подступают к глазам, точно будто даже ей так лучше, и какая-то смутная надежда мелькает перед нею.

В широких дверях фойе, откуда свет падал полосой на пол коридора, показался Мишин. Он был в меховом пальто и надевал шапку; вероятно, уходил уже совсем.

— Сергей Ардальоныч! — окликнула она его.

Комик оправил очки и стал разглядывать в темноте, кто его окликает.

— Уходите?

Он узнал голос Строевой.

— Ухожу-с, Надежда Степановна, ухожу-с... Для этих парламентских препирательств я никуда не годен. Знаете, такая древняя русская поговорка есть: от мира не прочь, а миру я не челобитчик.

— Уходите совсем из труппы?

— Пока нет; только я всех этих препирательств терпеть не могу. Уладят они сосьете — я готов буду остаться. Наши первачи только о своей утробе заботятся, а не о мелкой сошке. Первым делом надо подумать о тех, кому животы-то совсем подвело. Я не про себя говорю; без места я не останусь, могу сейчас настроить лыжи; но я этого не сделаю; как мир, так и я.

К ним подбежала та выходная актриса, что говорила громче других.

— Ну, а нас-то как, по шапке?

— Это будет большая гнусность!

— Откуда же возьмут жалованье?

— Наработаем на марках. Это, знаете, универсальное средство. Других не выдумали.

— А сегодня как же с газом-то? — спросил кто-то из женщин.

— Делегата пошлют; авось уладит. Если не будет газа, так сальные свечки зажжем. Где-то я читал, что и великий Мольер с товарищами так играл. Вместо ламп-то горели сальные свечи и их во время действия снимали щипцами. Такая и должность была...

— Господи! Как же нам быть? Ведь это ужасно! — заговорили женщины, все, кроме Строевой.

Она отвела Мишина подальше к лестнице.

— Сергей Ардальоныч, — шепотом начала она, — я, ведь, вам должна... Но теперь, где же получить жалованье?

— Полноте, Надежда Степановна.

Мишин махнул рукой.

— А если вы не останетесь здесь... когда все распадется... куда вы поедете?

— Да меня в два места приглашают — в Казань и в Орел.

Она хотела было сказать:

"Увезите меня с собою! Будьте благодетельны до конца".

Мишин пожал ей руку, нахлобучил шапку и торопливо стал спускаться с лестницы.

— Бог не выдаст — свинья не съест! — крикнул он, и побежал вниз, по ступенькам.

Тем временем группа выходных актрис подошла ко входу в фойе и остановила режиссера, выглянувшего оттуда в большой ажитации, с побурелым, перекошенным лицом.

— Семен Захарыч! Семен Захарыч, — раздались женские голоса, — как же вы решили? Чего нам ждать? Скажите, ради Бога. Мы соскучились здесь...

— Мишин ушел? — крикнул режиссер.

— Ушел, ушел, — ответили ему.

— Что за пакость! Когда нужно действовать, — сейчас наутек.

— Скажите, нам что-нибудь насчет жалованья. И как нынешний спектакль?

— Господа, — остановил их режиссер, — завтра будет собрана вся труппа, до последнего выходного актера. Мы вырабатываем проект товарищества. Кто войдет в него, тот будет, разумеется, нести риск...

— А как же мы-то останемся?

— И об вас позаботятся... А надо спасать дело...

— А спектакль будет сегодня?

— Будет или нет, вы это узнаете, коли явитесь вечером. А затем имею честь кланяться. Я должен идти туда. Вас всех оповестят.

И он убежал.

Это их мало успокоило. Кто-то из них предложил пойти в фойе и там дожидаться конца совещания.

Но Строева не пошла. Она сознавала бесполезность лишнего жданья и лишней тревоги. Тихо спустилась она с лестницы и вышла на улицу с таким чувством, точно будто она возвращается с обыкновенной репетиции. Если и сладят они там свое сосьете — сущность останется та же. И на "марках" будет тот же захват первыми сюжетами больших окладов и та же нищенская доля батраков... Они там кричали в фойе, возмущались поведением содержателей театров, вопили об эксплуатации и грабеже... А всякий из них только и думает о том, как бы хапнуть куш, с каждым сезоном набивает себе жалованье, оклады растут, растут, антрепренеры перебивают друг у друга всех этих первых любовников и любовниц, резонеров, наивностей и кокеток, платят за них неустойки и банкрутятся...

А на что идут эти оклады? На беспутное транжирство мужчин, на непомерное франтовство женщин. Разве какой-нибудь Свирский стоит семисот рублей жалованья в месяц? Эти первачи проигрывают по ста рублей в винт, пьют семирублевый лафит, должают у портных на тысячи рублей — и никакой великодушной мысли, никакого понимания общих товарищеских интересов.

— "Живоглоты!" — повторила она про себя любимое слово режиссера.

Вот она никогда не думала о кушах, брала, что ей предлагали, была жадна только к одному: к игре, к искусству, к славе! Но и себя она не могла оправдать: и в ней эта страсть к сцене выела настоящую жалость к батракам актерского труда... Вот и в эту минуту она не может болеть душой за целый десяток своих товарок и товарищей, которые рискуют остаться до будущего сезона без ангажемента, а стало быть и без куска хлеба. Она не может их жалеть больше, чем самое себя, а себя она устала жалеть и там, на самой глубине души, есть что-то, заставляющее ее искать и надеяться...

В шестом часу Строева шла опять, из дому в театр. Дома она не спрашивала обеда, напилась только чаю с хлебом. Чаю еще оставалось немножко в четверке, но сахар весь вышел. Она пила не торопясь, легла потом отдохнуть, не раздеваясь, проспала около часа и, когда в темноте проснулась, то удивилась даже, как в ней нет никакой тревоги насчет того, будут ли сегодня, играть или театр окажется темным и запертым. Она вышла от себя все с тем же отсутствием тревоги, чувствовала только в своей осенней тальме, как мороз пробирается ей за спину. Она подумала о Свирском всего один раз, без злорадства, представила себе его возлюбленную, вспомнила обед у них. Они и сегодня также хорошо ели и будут долго так жуировать. Антрепренеры еще лет десять будут перебивать его друг у друга, платить огромные задатки и такие же неустойки. А она будет мерзнуть под своей тальмой, пробираясь в театр, где у ней, конечно, пропадет ее трехнедельный труд: и тогда надо или идти просить подаяния, или покончить с собою каким-нибудь дешевым способом: веревкой, головками фосфорных спичек.

Но мысль о самоубийстве не проникала ее. За корсажем у ней лежала пачка с тремя афишами. С нею, как с каким- то талисманом, она не расставалась, никогда не оставляла ее у себя в номере... Она ощущала ее на груди. Мало ли что может быть? Разве она думала, что через несколько дней по поступлении в труппу на выход сыграет роль княгини Резцовой? И об ней писал один рецензент, встал решительно на ее сторону, сделал резкий выговор публике за шиканье, нашел талант, искренность, большое благородство и даже про наружность сказал, что она совсем еще не так стара.

Кто знает?!

Строева повернула за угол. Театр стоял неосвещенным. Она подошла к крыльцу и прочла анонс под фонарем: в нем говорилось, что спектакль, по непредвиденным обстоятельствам, отлагается на послезавтра.

Когда она повернулась, на груди своей почувствовала она легкое шуршание пачки с тремя афишами.

Талисман напомнил о себе. Она не хотела падать под ударами судьбы. Сцена влекла ее. Этот или другой театр, здесь или в провинции — все равно. Она должна умереть на подмостках.

ТРЕТИЙ ЗВОНОК

I

Театральная портниха, Афимья Егоровна — полуседая, пожилая девушка, в очках, в темном люстриновом капоте и со множеством иголок, воткнутых в грудь капота — побежала на зов.

Она прислуживала только в той уборной, где одевалась первая актриса, и знала, что та сегодня "и рвет, и мечет".

К ее нраву она давно, привыкла. Она с ней почти одних лет. Когда та сделалась сразу любимицей публики, Афимье шел уже двадцать шестой и она была года на два, на три постарше Лидии Павловны. Ее имя и отчество еще до прошлого сезона — произносились за кулисами с особым выражением.

И скоро наступит двадцатипятилетний ее юбилей. Стало быть, ей сильно за сорок пять.

— Афимья Егоровна! — дала на нее окрик первая актриса и, сидя перед зеркалом, повернула назад голову. — Куда вы провалились?

Сколько лет портниха слушает этот властный и, нервный голос, глуховатый и вздрагивающий, для ее слуха совсем неприятный, и удивляется — почему это публике так полюбился этот голос, и читка, и все прочее. И больше двадцати лет шли приемы. И ни перед кем она не пасовала, вплоть до прошлой зимы.

Портниха приноровилась к ней, как никто, и прежде Лидия Павловна всегда балагурила с ней, частенько делала ей подарки, особенно когда в духе, после вызовов и подношений.

Теперь — не то. Виданное и слыханное ли это дело, чтобы Лидия Павловна сидела по целым месяцам без новой роли? А теперь выходит так. Подходил второй месяц сезона, а она сыграла только одну новую роль, да и то пьеса еле-еле тащится и сборов она не дает.

Афимья Егоровна, застегивая крючки и оправляя юбку первой актрисы, с сжатыми губами и ртом, полным булавок — вспомнила то время, когда Лидию Павловну принимали, как только она появится на сцене. И длилось это не один год. Потом такие приемы как-то притихли незаметно. Но не дальше еще годов на шесть, на семь — публика "валила"; без Лидии Павловны не обходился ни один новый спектакль; за кулисами она была "как царица", браковала пьесы, отказывалась от ролей, всех держала в струне — и режиссера, и авторов, и высшее начальство, манкировала, на репетициях никогда не играла "в полную игру", делала выговоры кому ей вздумается. И никто не давал ей сдачи — из женщин. Мужчины, случалось, выступали против нее и один даже, при всех, на репетиции — прозвал ее "Раисой Минишной Сурмилиной", за что она с ним пять лет сряду — ни одного слова не сказала, была как вроде истукана для него; а чуть не каждый день играла с ним, и обнималась, и целовалась по пьесе.

Одевание кончилось. Лидия Павловна бросила портнихе две-три фразы, таким звуком, точно она больная. Да и лицо у нее сегодня все вытянулось и под гримировкой утомленное и трепаное. Только глаза не потеряли блеска и глядят то печально, то сердито.

— Егоровна, — отрывисто проговорила первая актриса, — попросите мне сюда Сидорова. Он приехал?

— Приехали... Должно, у себя... в режиссерской.

— Ступайте. Вы мне больше не нужны.

Портниха — беззвучно, в башмаках без каблуков — скрылась за ширмами, прикрывающими полуоткрытую дверь из уборной, куда ведут две ступени вверх.

Лидия Павловна отодвинула стул от зеркала и, подойдя к трюмо очень близко, начала всматриваться в свое лицо — уже совсем готовая к выходу перед рампу подмостков.

Она — по пьесе — должна была надеть маленький "front" на переднюю часть головы и мертвые волосы, в виде двух коков, показались ей слишком редки, не молодили, а, напротив, старили ее.

Но менять прическу нельзя. Так она играла эту роль и несколько лет назад. Пьеса идет сегодня в первый раз "по возобновлении". Тогда, при первой постановке, она произвела "фурор" созданием этого лица. Но тогда она была моложе чуть не на восемь лет и ей не нужно было ни особенно гримироваться, ни составлять себе прическу из мертвых волос. Она помнит, как на последней репетиции сказала автору:

— Я сделаю себе порочную челку, и вы будете довольны.

И эта "порочная челка" — тогда они были в моде — была из собственных волос.

Ей надо быть очень молодой женщиной, которую взяли замуж — "за красоту".

И теперь эта фраза точно прыгала у ней в голове; а проницательные, все еще красивые, глаза докладывали, что такую, как она в эту минуту, — даже и в театральном освещении — за красоту не берут.

Ее можжило то, что она должна была "выкопать" старую пьесу, чтобы напомнить о себе публике, показать — какая в ней, до сих пор, живет артистка, что она может сделать по части правды, и типичности лица, какую пустить в ход мимику, чем тронуть и захватить залу.

Но авторы — вот уже второй сезон — точно в заговоре против нее. Все главные поставщики сезона обходят ее, хитрят, фальшивят, уклоняются от встреч с нею. Не может же она засылать к ним и выпрашивать себе "рольку", точно какая-нибудь ученичка, изнывающая на выходных ролях.

И сегодня — как нарочно — она отвратительно себя чувствует: вся правая половина головы ноет, со стрельбой в висок, спина отбита, в правом боку сверлящая боль. Она знает, что это — зловещие признаки. Надо бы все бросить, взять отпуск и уехать на юг — купаться в волнах теплого воздуха, полного солнечных лучей и запахов роз и гелиотропов, там — по изумрудному прибрежью.

Но разве ей дадут отпуск в развал сезона? Да если б и дали, уехать теперь, на зиму глядя — значит: совсем стушеваться, без боя уступить первое место внезапно выскочившей откуда-то, точно из трапа, сопернице.

Задребезжал жидкий и раскатистый звонок. По счету — он был второй.

Этот заурядный звук, который как бы перестал уже действовать на ее слух — вдруг вызвал в ней вопрос: какой это звонок?

"Кажется, второй", — подумала она. До выхода остается еще добрых десять минут. Она совсем готова и даже слишком рано приготовилась к выходу на сцену. Тоска оставаться одной в жаркой уборной, на диване, около газовых цилиндров, от которых жжет кожу на лице.

Мысль дразнила ее злобно, цепляясь за только что пролившийся по сцене звонок.

А третий звонок? Ведь он неизбежен, не тот, что затрещит в руках помощника, а другой — звонок всей жизни, когда поезд готов и осталось всего четыре минуты до отхода.

Разве ее поезд уже не готов к отбытию? Второй звонок уже смолк и пассажиры прощаются с провожающими.

Неужели и ей осталось всего четыре минуты до отхода... Куда?

"В запас?" — почти с ужасом произнесла она беззвучно, провела по глазам ладонью правой руки и быстро отвернулась от трюмо.

— Можно? — спросил из-за ширмы густой мужской голос.

— Пожалуйста.

Вошел высокий, худой блондин. Глаза его вопросительно и тревожно остановились на лице первой актрисы.

— Репертуар уже составлен? — спросила она, стоя к нему в пол-оборота.

— Да.

Между ними чувствовалась сухость тона.

— А нельзя на среду поставить...

Она назвала пьесу.

— Извините... никак невозможно.

— Отчего?

Глаза ее сразу потеряли блеск.

— Марье Семеновне тогда придется выступать два дня сряду в огромных ролях.

— А! Марье Семеновне почему-то нельзя, — ответила она, пожав плечами, и отвернулась к зеркалу.

Режиссер без поклона вышел и неприятно усмехнулся, когда сходил вниз со ступенек.

II

Зала гремит от вызовов.

— Лидия Павловна! Пожалуйте! — приглашает дежурный помощник режиссера. — Слышите, как усердствуют. Пожалуйте!

Она выходит одна после общих вызовов, и уже в третий раз. Ее принимает такой взрыв криков и плеск ладоней, что этого заряда хватит еще на пять, на шесть появлений перед рампой.

Такие приемы бывали только в ее бенефисы и в дни прежних триумфов.

Поднесли ей и корзину искусственных цветов.

Пришлось выходить еще три раза, по настоянию главного режиссера. И долго потом еще не умолкали крики с верхних ярусов и молодые мужские голоса выпаливали, точно из ружей, ее имя и оно гулко разносилось по пустеющей зале.

Вся в испарине, разбитая, припала она на кушетку, не раздеваясь.

Никто нейдет поздравить ее с успехом.

Да, она чувствует, что талантом и мастерством может еще поднять залу, добиться признании того, — какая она артистка.

Но сегодняшняя победа более страшит ее, чем успокаивает.

Сегодня она напомнила о себе. Но это напоминание — не было ли оно похоже на поминки? Точно она этой старой ролью свезла на кладбище ту "первую актрису", которая целых пятнадцать лет держала публику в своих руках — одна и безраздельно.

И вдруг все у ней внутри, в груди и спине, — заныло. Возбуждение приема быстро прошло и тело — разбитое и нервное — докладывало, злобно и жестоко, что молодость канула и не вернется.

Она разделась, накинула на себя легкий пеньюар и прилегла. На щеках еще горел румянец. Этот шумный прием напомнил ей уже далекое время — лет десять тому назад. В жизни актрисы десятилетие — целая вечность.

Но разве так было бы тогда? Никто не устремляется что-то к ней в уборную — ни режиссер, ни товарищи. Тогда при ней состоял целый штат "амазонок". Так за кулисами звали разных "девуль" из выходных актрис, курсисток, гимназисток, находившихся на взводе постоянного обожания.

Тогда каждая из них способна была целовать шлейф ее платья, кидалась как бешеная за всяким листиком из венка, за цветочком из букета. И всей гурьбой провожали они ее на подъезд, где другие, не имевшие счастья лично ее знать, мерзли под навесом, хлопали и кричали, когда "курьер" подсаживал ее в карету.

Корзина с искусственными цветами — по последней моде — пестрела в углу, около ширм. Ее вид не радует ее.

Кто мог приготовить эту корзину?

Может быть — он?

Вряд ли он надеялся на такой прием. Вернее то, что послал за подарком, когда со второго акта уже определился ее успех.

И только что она это подумала — в дверях, за ширмами, раздался вопрос:

— Можно?

Она вся встрепенулась и нервно откликнулась:

— Можно.

Это был он — все такой же красивый, стройный и удивительно моложавый, затянутый в очень длинный сюртук, — и наполнил тонким запахом своих духов всю небольшую уборную.

Его яркие губы улыбаются благосклонно и суховато сквозь усы, зачесанные кверху. И шелковистая борода блестит в свете двух газовых цилиндров зеркала.

"Красавец-мужчина!" — выскочило у ней в голове прозвище закулисного жаргона, и чувство едкое, похожее на ненависть — схватило ее за грудь — к этому мужчине, которому "нет износа". Он не моложе ее... а если и моложе, то на каких-нибудь два года. И какая разница, и как он сам сознает эту разницу!

Он нагнулся к ней, взял руку и приблизил ее к своим благоухающим усам.

— Поздравляю! — ласковым холодком пахнул на нее его вибрирующий баритонный голос.

— Благодарю — ответила она и бросила на него быстрый, испытующий взгляд.

И внутри у ней защемило.

Он — накануне ухода. Сейчас получила она "целование Иуды". Нет в нем и тени, того, что прежде делало его "верным рабом". Еще два года, даже год тому назад, она ни одного дня не задумывалась над тем — уйдет он, или нет. А теперь — сомнение невозможно.

— Видите... какой триумф! — продолжал он, садясь на стул, в аршин расстояния от кушетки.

Она ничего не ответила на это.

Самый этот "триумф" кажется ей, в эту минуту, чем-то похожим на те торжества, после которых юбиляр заболевает внезапно и сходит в могилу.

— Вся зала оценила ваше высокое мастерство.

Он сказал это таким тоном, что она готова была бы вскочить и дать ему пощечину. Слова выговаривал он точно по заказу, с противными интонациями. Прежде она их не замечала. Для отвода глаз эта манера — самая выгодная. Ни одного простого звука! Все — фальшь и мерзкая игра в предательство.

Отчего он прямо не скажет ей: "Как женщина, вы для меня больше не существуете. Я еще свежий, опасный мужчина, а вы — старушка, цепляющаяся за свое молодое амплуа, не желая почувствовать, что ее песенка спета".

В эту минуту раздался звонок к водевилю. И его дребезжанье опять заставило ее подумать, что третий звонок ее поезда сейчас раздастся.

— Некоторые детали были особенно оценены... около меня.

Все также выговаривал он слова, качаясь на стуле, а лицо оставалось без выражения, глаза без блеска. Он только старался до конца доиграть свою роль "lБcheur'a".

Это жаргонное французское слово пришло ей на намять, вместе с лицом и фигурой другого, изумительно сохранившегося холостяка иностранца-банкира, вот уже более десяти лет живущего здесь.

Вот с кого он обезьянит и в туалете, и в прическе, и в манере говорить, ходить, улыбаться и ухаживать.

Тот известен своей специальностью: каждая новая актриса, ангажированная на первое амплуа — делается его подругой на все время, пока она здесь.

Ангажируют другую француженку — он опять состоит при ней, в качестве непременного друга и покровителя.

И как ей захотелось крикнуть ему в эту минуту:

— Что ж вы теряете время? Ведь у нас новая любимица публики и начальства... Идите к ней и заключайте контракт, как делает ваш банкир, с которого вы обезьяните.

Если б она еще царила здесь одна, как в прошлом сезоне — он бы не замечал ее лет, она бы продолжала быть для него все та же. Не женщина, не человек был ему нужен, а ранг, реклама, высший спорт театрального сноба.

Тогда он все переносил: капризы, оскорбления, помыкание собою, как собачонкой — все. Ему надо было все перенести. Он не мог не считаться самым близким человеком к Лидии Павловне.

И как верно распознал он, что ее звезда скоро померкнет. Это было на представлении новой пьесы, где та ноющая дурнушка, которую главный режиссер называет теперь с особым почтительным придыханием "Марьей Семеновной", в первый раз захватила публику так, что при выходе, в третьем акте, после "галденья" в антракте, вся зала встретила ее аплодисментами.

Этого она уже лишилась много лет назад.

И он сейчас же отметил такой симптом и решил, про себя, что к будущему сезону ему надо состоять в том же качестве при новой звезде.

Ей стало так тяжко, что она чуть не расплакалась, когда он, с какой-то слащавой фразой, удалился, как только кто-то из своих вошел в ее уборную.

III

Идет второй акт новой пьесы, где рядом с Лидией Павловной играет новая любимица залы.

Марья Семеновна сидит в своей уборной. Они у них рядом. У ней единственная, во всей ее роли, крупная сцена в конце третьего акта; а во втором она не занята. И в этой сцене она имела, в последний раз, "фурорный" успех.

Роль Лидии Павловны — главная; но она сначала не хотела брать ее, узнав, что с нею в одной пьесе выступит и эта "потихоня" — так она прозвала свою соперницу. И ее предчувствие сбылось. На первом представлении, до выхода "потихони", она владела публикой и после второго акта ее шумно вызывали. И одна сцена, в конце третьего — все убила; и вечер был триумфом не исполнительницы главного женского лица, а той, у кого всего-то одна "выигрышная" сцена.

"Потихоня" в белом пеньюаре прилегла на диван. Голову ей освежала примочка, повязанная платком, который охватывал правый висок. Ей нездоровилось. Сильнейшая боль над правым глазом туманила ей голову. Если не пройдет к третьему действию, она не в состоянии будет вспомнить ни одного "предречия".

Марье Семеновне двадцать пять лет. Она высока, худа, с удлиненным овалом, очень благообразного, как бы библейского лица. В эту минуту ее темные, недлинные волосы выбились из-под повязки и рассыпались по плечам.

Ей прислуживает девочка лет двенадцати, со стриженной белокурой головой, в пелерине и чистеньком фартуке, похожая на мальчика.

— Туся, — окликнула Марья Семеновна девочку. — Скажи там кому-нибудь, чтобы принесли мне сельтерской воды. Ты не перепутаешь?

— Нет, балисьня, — прошепелявила девочка, и ее светлый затылок мелькнул по направлению к портьере, которой была завешана дверь

У Марьи Семеновны не одна эта Туся. Девочку зовут Наталья — из Натуси вышла Туся.

Она ее подобрала на улице. И еще у ней есть мальчик в приюте и другой дома — по пятому году. Это ее дети. Наверно, закулисные кумушки считают ее "девицей-матерью". Пускай! Да если бы это и случилось — она бы не стала скрывать. С какой стати? Ребенка она бы хотела иметь. Разве не все равно? Было бы только кого любить. Туся — умненькая девочка, очень привязанная к ней. Ведь не подбери она ее — та бы была нищей или хриплым голосом пела бы под шарманку, по дворам, в трущобных домах Сенной. А теперь у ней целых трое детей: девочка и два мальчика. И в прошлом никакой гадости. Ни бездушной страсти, ни измены, ни ненужных страданий. А они были бы наверно. Счастливых связей и супружеств нет... в этом она давно убедилась.

Она не боится любви; но не хочет ее... Страсть грязнит. И никто не поверит, что она теперь "на линии премьерши" и не обязана этим ни одному мужчине,

Слова "на линии премьерши" долетели до ее слуха за кулисами. Это их курьер говорил главному плотнику.

Она и сама не понимает как она сделалась актрисой. Не к тому она себя готовила. Была народной учительницей, и теперь способна забиться в какую-нибудь деревенскую дичь и глушь и возиться там с чумазыми.

Стала устраивать спектакль в пользу своих земляков по губернскому городу. Она северянка. У ней остался легкий акцент в звуке "о" и в окончаньях прилагательных. Слово "милая" она — если прислушаться — все еще произносит "милаа".

Это любительство открыло ей что-то новое в душе и затянуло. На сцене она в хорошей роли, в такой, где бьется душа женщины, как-то преображалась для самой себя. Вроде гипноза. И она уходила совсем от самой себя и того, что вокруг, и неслась, неслась в лирически сильных местах. Ее слабый обыкновенно голос крепчал и звуки — сочные, трепетные выливались из ее не роскошной груди, а лицо становилось точно прозрачным и жест приобретал удивительную выразительность.

Но все это делалось само собою. Над "нутром" принято смеяться, а она в него верит.

Остальное шло тоже не потому что она добивалась своего, а как бы само собою.

Надо было помогать тем, кто бился в железной клетке жизни. Можно — когда у вас объявился талант — заработать больше, чем на всяком другом женском труде.

И вот она в провинции — "первым сюжетом". Служила два сезона, прославилась, вызывала восторги и овации. О ней писали и в столичных газетах. Дебют состоялся без всяких интриг и домогательств. Опять само собою, здесь, с каждой новой ролью, она все сильнее захватывает огромную залу, где полторы тысячи человек принимают ее, как никого, не исключая и первой актрисы, Лидии Павловны.

Она не может этого не видеть, но как только выйдет на сцену, ее куда-то уносит. А за кулисами, у себя в уборной, она только одного и желает — чтобы все сошло хорошо, чтобы не было никаких интриг, ссор, подходов, неприятностей, особенно из-за нее.

До нее уже доходят сплетни и шушуканья из-за кулис. Все шепчутся о том, что начальство стало за ней "безумно" ухаживать. Старшего режиссера все считают влюбленным в нее и премьерша Лидия Павловна на всю сцену кричит об этом, когда принесут недельный репертуар и она увидит, что ни разу не занята.

Но Марья Семеновна все это пропускает мимо ушей. Ей только горько — и не за себя, а за свою соперницу. Если б она не боялась ее нрава — какой-нибудь злой и оскорбительной выходки — она бы сейчас пошла к ней в уборную, обняла ее и сказала:

"Ничего я не хочу у вас отнимать. Сделаемте так: я готова играть только те роли, от которых вы сами откажетесь".

Она уже несколько раз говорила это главному режиссеру и авторам.

Режиссер слышать не хочет. Он слишком уже жесток к "Раисе Минишне" — так он зовет Лидию Павловну — и повторяет чуть не каждый день, что пора "взяться за ум бабе под пятьдесят лет" и что ей следует теперь же переходить на другое амплуа — характерных ролей в комедии и "не старых матерей" в драме.

Как будто легко на это решиться той, кто двадцать слишком лет безраздельно царил как первый сюжет на молодое амплуа.

Можно было бы еще ладить, если бы не авторы.

Они все отвернулись от прежнего "кумира". Что ни новая пьеса — непременно ее просят взять главную роль. Как же тут быть? Отказывать нельзя без серьезной причины. Да и не хочет она сразу позволять себе такие "фасоны". Не способна она ни на какую "игру" вне сцены. И каждый раз, как она скажет автору:

— В труппе есть актриса старше меня... Это ее роль...

Ей ответят:

— Не надо мне ее. Старшинство Лидии Павловны пускай при ней и остается. Она выдохлась. Она скучна и наводит уныние одним своим тоном. Она отзывается пятидесятыми годами.

И вот у ней в руках тетрадка. Если лицо хоть чуточку живое — хотя бы и не "выигрышное" — она еще дома, в своем тесном кабинетике, уйдет совсем в душу этой девушки или молодой женщины, ей сейчас же делается ее жалко, она начинает читать вслух, входить в ее душу, воображает себе так ярко ее наружность, тип, обстановку, ход сцены, видит лица своих партнеров и слышит их голоса.

Самое неприятное для нее — это тайное ухаживанье того красавца, который считался так долго другом Лидии Павловны.

Он держится с ней особой тактики — не заходит в ее уборную, не сталкивается с нею за кулисами. Может быть, многие из театральных и не предполагают, что они знакомы.

Избежать этого знакомства она не сумела. Такой друг "знаменитостей" слишком опытен.

До сих пор он является к ней с визитом раза два в неделю, подарков себе не позволяет, держится самого глубокопочтительного тона и ни одним словом не упоминает о Лидии Павловне.

Но его глаза говорят ей, что он готов пасть к ее ногам и от нее зависит одним звуком заставить его бросить навек ту женщину, при которой он слишком долго "состоял".

И она знает, что корзины с цветами — живыми и искусственными — подносят ей из оркестра неизменно от него. На лентах всегда надпись одного и того же типа и стиля.

Но он для нее тошен, больше того, она чует в нем что-то глубоко фальшивое и тщеславное. Он и Лидию-то Павловну никогда не любил, а состоял только другом первой актрисы.

Она сравнивала его как-то с котом, который привык к дому, к квартире, к месту, к лежанке, а привязанности ни к кому в нем нет.

И сегодня — после ее сцены в конце третьего акта — ей поднесут корзину и на ленте будет золотыми буквами отпечатана какая-нибудь фраза в его вкусе.

Из-за портьеры показалась стриженная голова Туси.

— Сейчас, балысыня! — просюсюкала она.

Марья Семеновна только что приподнялась, как за кулисами пронзительно кто-то крикнул.

За криком следовали громкие стоны. Заслышались беготня и глухой шум голосов.

— Что такое? Поди, Туся, узнай.

Девочка бросилась к портьере. И Марья Семеновна встала.

Шум и стоны не утихали.

Как была, в пеньюаре, она сбежала по ступенькам лесенки. В эту минуту, к уборной, рядом — где одевается премьерша — вели Лидию Павловну две выходные актрисы, портниха, помощник режиссера и еще кто-то.

— Что такое? — спросила она у кого-то.

— Припадок!.. Боли! — успел ей кинуть помощник и сейчас же крикнул кому-то из прислуги: — Скорее доктора!.. Беги в партер.

За глухими стонами опять рванулись крики и Марью Семеновну охватила жалость.

Она вбежала в уборную, когда Лидию Павловну укладывали на кушетку.

На ней был бальный туалет, в котором она должна вести последнюю сцену второго действия. Только что подошла к "павильону" со стороны боковой, левой от зрителя двери — ее схватили сильнейшие боли.

IV

На кушетке Лидия Павловна металась и, закусив губы, стонала. Острым и недобрым взглядом поглядела она на "потихоню". Та, наклонясь над ней, расстегивала ей корсаж, вместе с портнихой. Она делала это ловко и быстро, но руки ее вздрагивали от волнения.

Доктор замешкался.

— Аптеку принесите! — распорядилась первая Марья Семеновна, продолжая ухаживать за больной.

Та вдруг ослабла от болей, мертвенно побледнела и глаза стали закрываться.

— Господи! — крикнула Марья Семеновна и сама вся побледнела.

В уборную набралось много народу; но никто не умел ухаживать за больной так, как она.

Пришел и доктор, в вицмундире с медалью, молодой еще человек, с важным лицом чиновника.

Когда Лидия Павловна раскрыла глаза и облегченно вздохнула — нервные схватки в почках унялись, — она оглянула свою соперницу, стоявшую на коленях у ее изголовья, и первая ее мысль была:

"Спектакль отменен! Не будет приема в конце третьего акта!"

Но она протянула ей руку и проныла:

— Благодарю вас!

Третий день лежит Лидия Павловна "пластом" в постели. Припадки не проходят, и сегодня она совсем ослабла, голова и шея в холодной испарине. Болезненно отдается в боках и пояснице малейшее движение.

Доктор — другой, не тот дежурный, что подавал ей первую помощь, а старинный поклонник и приятель — потребовал полнейшей неподвижности и тишины, запретил принимать кого бы то ни было, "даже его" — прибавил он с игривым подмигиваньем, предлагал прислать сестру милосердия, но она не согласилась, говоря, что она "этих девуль не выносит".

При ней ее прислуга — горничная и швея, живущая у ней помесячно — ловкая молодая полька, из обедневших шляхтянок.

Напрасно доктор беспокоился. "Он" заходит и оставляет слащавые записки. Из театра присылают справляться. Кое-кто зашел из товарищей в первый день.

Сегодня — не было "ни одной собаки".

Лежит она на широкой металлической кровати и перед ее глазами выступает все тот же вырез окна, с опущенными сторами и шпюром, где вышиты сцены из Пушкинской сказки о "Золотой рыбке".

В первый раз, в самый первый, с тех пор, как она здесь, на сцене — испытывала она такое одиночество.

Злобное чувство переходило в горечь и обиду. И она сознавала, что все это бессильно.

Небось! Случись с нею это, хотя бы три года назад, за ней бы ухаживали все, начиная с того, кто тогда жил с нею в одной квартире.

Он считался ее "мужем". И ушел, предательски бросив. Сколько он унес с собою ее силы. Никто никогда из тех женщин, кто ненавидит и ругает ее походя — не знал такой страсти. Но разве мужчине нужно что-нибудь, кроме потехи и вывески тщеславия? Выгорело в ней все за эти годы, когда она с ним "маячила".

Она мысленно употребила это слово, по своей привычке к жаргону и простонародным словечкам.

И все у ней выгорело в душе. С тех пор мужчина — только подробность ее карьеры. И того, кто вот уже более двух лет состоит при ней — она не могла полюбить, а только терпела.

Но и он предательски начал "отлынивать". Она знает, что он уже прикомандировал себя тайно к той "потихоне". Ему нужна премьерша, хотя бы она была рожа и "кожа да кости".

И едкая ненависть к потихоне резнула ее по сердцу. Она сделала сильное движение всем телом и тотчас же заныла от боли.

Та разлетелась в уборную помогать ей. Что твоя сестра милосердия! Побледнела, кажется всплакнула.

— О! Поганка! — прошептали ее ссохшиеся губы.

"Дай срок! — продолжала беззвучно говорить с собою больная. — Дай срок! Посмотрим, куда уйдет вся твоя елейность и мягкосердие. Будешь ты царить после меня два, три, положим 10 лет. И с каждым годом сцена станет вытравлять из тебя все твои высокие чувства и христианскую незлобивость. Узнаешь и ты — голубушка — какой ценой достается первое место! Твоя бескорыстная любовь к театральным подмосткам перейдет в безумную страсть, в запой, и ты утратишь все, кроме твоего актерского "я" и готова будешь растерзать соперницу; а она явится... непременно, непременно, когда ты, как говорят псари — "сойдешь с поля".

И новая болезненная усмешка повела рот Лидии Павловны. Но она боялась сделать малейшее движение, чтобы не разбудить опять болей.

Голова ее, в эту минуту, ясная и возбужденная — продолжала работать все в ту же сторону.

Она знает, что ее все ненавидят и радуются — подлые — тому, что вот-вот раздастся третий звонок и она должна будет сесть в тот вагон поезда, где сидят матроны, которым давно пора поступать в дуэньи.

Что-то у ней внутри екнуло не физически, а душевно. Зашевелилось нечто, похожее на уколы совести.

С кем же она осталась в ладу, кого не оскорбила из своих товарок, с каким актером из первых не имела историй? С некоторыми не говорила, вне своих реплик, по целым годам.

Вереница ролей, репетиций, спектаклей проходит перед нею. Головы режиссеров, авторов, партнеров — мужчин и женщин — мелькают. И схватки с злобными запросами и шипеньем воскресают в ее памяти.

Ну да, она знает все те прозвища, какие ей давали в течение двадцати лет. Она никого не щадила, ни перед кем не пасовала, добивалась своего упорно — не мытьем, так катаньем. Но зато не лебезила ни перед кем, не подделывалась ни к начальству, ни к авторам, репетировала и играла, как она желала, не слушалась команды, сама выбирала всегда "места", на пробах никогда не играла в "игру", а как ей вздумается, бормотала скороговоркой и даже перед первым спектаклем новой пьесы не желала показывать ни автору, ни режиссеру — как она будет вести ту или иную сцену.

И все терпели; а кто верил, кто выступал против нее открыто, или под шумок интриговал, того она отрешала от своей особы и не мирилась никогда первой.

— Так и следует! — прошептала она и сделала попытку лечь выше головой на туго взбитую подушку.

Вот сейчас кольнет, как острием, и зажжет и заможжит, пойдет по всему крестцу, вправо и влево, захватит и то место, где печень.

Обманывать себя наивно и нелепо. Болезнь — не просто припадок, а органический недуг, говорит о том, что оба внутренних органа давно поражены. В них обращаются минеральные отложения и долгие годы предстоит ей корчиться от адских болей — пока не пройдут камни.

А вдруг вот теперь разольется желчь и лицо будет все лимонно-желтое и краска эта останется. Или от почек пойдут бурые пятна. Никакая гримировка не спасет от предательских складок, вдоль крыльев носа, от осунувшихся мышц и провалов в щеках и узлов на высыхающей шее.

И это она — Лидия Павловна, которая еще пять лет назад не употребляла ни румян, ни белил, и славилась своим румянцем и белизной кожи.

Она закрыла лицо, подавленная и устрашенная всем этим. И в темноте глазных орбит всплыл перед ней овал лица "потихони" — прозрачный и трепетный, дышащий молодостью и беззаветным порывом.

V

— Кто же может создать это лицо, если не вы, Лидия Павловна?

Молодой автор — худой блондин с пепельными волосами и кротким, просительным взглядом, сложил руки просительным жестом.

Он в прошлом году только что выступил — в ее же бенефисе. К ней обратился он прямо и она, прочтя пьесу, стала хлопотать. Надо было отстоять ее. Но она таки добилась своего и пьеса имела успех — конечно благодаря ее игре.

И вот теперь он принес свою новую вещь. Эта гораздо лучше прошлогодней. Сравнения нет! Точно совсем другой человек написал ее. Фабула живая, действие отлично развито, отдельные сцены сильны и эффектны и несколько превосходных ролей — три мужских и две женских.

Пьесу берет на бенефис ее товарищ — единственный, с кем она в давнишних хороших отношениях.

— Какой же ответ прикажете передать Александру Петровичу? — спросил автор и его впалые глаза уставились на нее с выражением кроткой мольбы.

— Дайте мне вчитаться в пьесу.

Лидия Павловна принимала его, лежа на кушетке, в халате. Она еще не выезжала. Доктор не позволяет вернуться на сцену раньше будущей недели.

На репертуаре не стоит ни одой пьесы, где она "занята". Там, на сцене, обрадовались ее болезни и если она сама усиленно не напомнит о себе — она не получит ни одной новой роли до конца сезона.

— Извините, я вас утомил. Александр Петрович будет просить вас лично.

— Время еще терпит, господин автор — выговорила она шутливо.

— Простите.

Автор поспешно поднялся.

— Когда же позволите завернуть еще?

— Я вам напишу. Теперь мне надо еще раз хорошенько вдуматься. Только вы напрасно так настаиваете. Пьеса — выигрышная, от первого слова до последнего. Успех верный. И роль, которую вы просите взять, может исполнить и другая.

— Кроме вас никто, Лидия Павловна.

— Спорить не стану. Дайте мне хоть два дня сроку. Я напишу вам.

— Не лишайте меня надежды.

Молодой человек ушел, а Лидия Павловна полузакрыла глаза и оставалась на кушетке еще с четверть часа.

Рукопись новой пьесы лежала на столике, у ее изголовья.

Она взяла ее и отыскала первую сцену, где она должна выступить, если согласится сыграть эту роль.

Лицо — новое, совсем еще небывалое на сцене. Оно не слащаво, не сантиментально; но и не противно. Симпатии залы будут на стороне этой женщины.

Но она — мать героини, молоденькой женщины, несчастной в супружестве. И эту многострадальную героиню будет играть потихоня.

Все она, и везде она, и никуда не уйдешь от нее!

Артистическая совесть подсказывала ей, что кроме нее, Лидии Павловны, никто в труппе не создаст этого лица. Да и просто нет сколько-нибудь выдающейся актрисы на это среднее, переходное амплуа — нестарых матерей, или покинутых жен, или типов, характеров женщин известных лет, в драме и комедии.

Наконец, ее могут заставить взять роль. Времена переменились. Тогда она могла пригрозить; а теперь — "уходи, матушка!" Все будут очень рады; у публики есть новая "цаца"! Зала влюблена в потихоню. Если она, Лидия Павловна, хочет держаться — надо теперь каждую роль превращать в "перл создания", чтобы вся пресса повторяла, что такой артистки, как она, нет другой, что никто не имеет ее гибкого дарования и огромного художественного опыта.

"Огромный опыт!" — мысленно проговорила она фразу. Разве он мыслим в молодости? И она прошла — не только физическая, но и фиктивная молодость рампы гримировочная молодость.

И опять представилась ей картина поезда... Вот сейчас прозудит третий звонок и поезд тронется. А ее втолкнут в тот вагон, где сидят почтенные матроны. У них целое отделение, салон с триповой мебелью. Их окружают всяким уважением. Они все заслуженные. У них брошки с цифрами их службы. Они носят почетные звания и титулы.

И если силы не изменят им, через десять-пятнадцать лет они еще будут стоять на своем посту и театралы станут повторять:

— Как вы у нас, Лидия Павловна, еще молодцом!

Ее рука, державшая рукопись, вздрогнула.

Вот он момент — неизбытный, как смерть. Лучше добровольно проститься с тем, что было, чем дойти до того, что тебя силою устранят.

Тетрадь упала на колени.

В ушах ее, точно и в самом деле, раздавался звонок. И поезд тронулся.

ПОСЛЕДНЯЯ ДЕПЕША

I

Раздавалось только прерывистое дыхание в полутемноте покоя, где лежал тяжелобольной. Лампочка с абажуром, скрытая в углу, вбок от кровати, завешанной шерстяною материей, еле досылала свет до лица девушки, следившей за дыханием больного. Она стояла у нижней спинки кровати и облокотилась на нее одним локтем.

Сквозь окна без двойных рам и спущенные гардины глухо доносился гул людной улицы огромного города. В камине тлел кокс. По углам комнаты начинало холодеть.

На ночном столике склянки, пузырьки, коробочки, стакан, ложечка — все перепуталось и говорило о быстрой смене средств за какие-нибудь три-четыре дня.

Не раньше, как в среду, — шел четвертый день, — отец этой девушки вернулся вечером с публичной лекции, на бульварах, был возбужден, много и оживленно разговаривал, — как всегда; у них сидели гости, и только, к самому концу вечера, сказал, что на лекции была ужасная духота и его немного прохватило при выходе.

Ночью открылся сильный жар. На другой день утром стало мучить колотье в правом боку. Кашель, удушье, а потом и бред указывали на воспаление. Как раз приехал днем тот доктор, большая знаменитость, что заезжал, раз в неделю, к ней. Она только что оправилась перед тем от нервного расстройства. Доктор был знаменитостью собственно по нервным и душевным болезням. Он стал лечить и отца.

Опасность сказалась с первого же утра. Доктор не произнес еще названия болезни, но она уже догадывалась, что это воспаление легких, или, по крайней мере одного правого, где было самое сильное колотье.

Дома никто головы не терял. Две ее меньшие сестры: постарше — от одной с нею матери, а другая — девочка — от мачехи, хотели чередоваться с нею и с мачехой около больного, но он их усылал.

Маленькая сестра с первого дня была недовольна тем, как знаменитый доктор начал лечить отца.

— Он не должен был браться! — строго говорила она. — Он знает хорошо совсем другие болезни. Что он такое сделал? Сейчас поставил банки! Разве ставят банки? Это при Мольере так лечили: пускать кровь!

И старшая сознавала, что это — правда, хоть и двенадцатилетняя девочка так негодовала. Но отказать доктору никому не пришло в голову: ведь он — знаменитость и лечит от всяких внутренних болезней. У нее скребло теперь на сердце оттого, что так сделалось по ее вине.

Ведь доктор навещал их только для нее. Не будь ее — он не приехал бы с визитом, и лечение пошло бы иначе. О консилиуме она было заикнулась, но ей самой стало ужасно страшно. Вчера отец лучше себя чувствовал; весь день не впадал в забытье, меньше кашлял, говорил со всеми, шутил. Они все обрадовались. Сегодня, с утра, пошло хуже да хуже. Доктор был два раза: но его лицу, ужимке губ, по взгляду, точно тайком брошенному сегодня вечером на больного, она поняла всю глубину опасности.

Доктор, уходя, произнес слово: "кризис", — слово, ничего не говорящее и страшное. Кризис должен произойти в ночь или к утру. А ночь уже началась. Она знает, что если к утру отцу лучше не будет, тогда все уже поздно. И тогда-то и пригласят на консилиум еще двух-трех знаменитостей.

Строгое, красивое, не очень уже молодое лицо девушки вытянулось от двух ночей без сна. Нос с горбиной передал ей отец, и большие голубые глаза, и широкие темно-русые брови. Она смотрит в полутьму, силится, в совершенной темноте полога, разглядеть дорогие черты. Овал головы выступает; густые волосы с проседью разметались. Голова лежит навзничь, но обернулась немного влево, к стене. Ворот мягкой рубашки поднялся и резко отделяется от темноты полога. Теперь она видит, что глаза только полузакрыты и рот — также. Дыхание идет ртом, тревожно, с особым звуком, хватающим ее за душу.

Одеяло плотно, как всегда во французских постелях, покрывает грудь больного до подмышек. Одна рука — правая — выбилась наружу и, нет-нет, поднимается и делает жесты.

Это опять начало бреда.

"Неужели его не станет завтра, послезавтра? — думает дочь. — Еще в среду его разговор так искрился!.. Кто бы сказал тогда, что ему уже под шестьдесят? Да и какой это возраст для людей, как он?"

Она думала об этом почти спокойно. Мысль о смерти не вставала еще перед нею, как холодящее ощущение, а только как смутная возможность.

Ее мучило гораздо более то, что "из-за нее" "специалист совсем по другим болезням" начал лечить и его; и ни у кого не достало духу или ума, находчивости отстранить его. На маленькую ее сестру прикрикнули даже за ее "умничанье" за то, что она нашла банки "допотопным лечением".

Кризис назревал. Что-то делается в этом правом легком? Нет ли в нем и теперь уже нарыва? Тогда — конец.

150

II

Больной сделал движение. Девушка нагнулась.

— Что такое, что такое?..

Он спросил испуганно и поднял голову в полузабытьи.

— Это я.

— Депеша есть?

— Не принесли еще.

— Ну вот, ну вот!

Он хотел, кажется, совсем выпрямиться, но сил у него недостало. Голова беспомощно упала на подушку: одной — правой — рукой попробовал он сделать неопределенный жест.

И опять впал в забытье.

Вечерняя депеша запоздала. Утром была уже одна. Как только он выходил из забытья, первый его вопрос: "Депеша есть?"

Там, на Женевском озере, лежит больной его друг. "Но у того старая, запущенная болезнь, приковавшая его к постели надолго", — почти с завистью подумала девушка.

Но ей не стало обидно ни за себя, ни за остальных домашних, что отец и в тяжкой болезни думает только о своем "Николе". Он всех их любит, — мысленно она выговорила "любил", — и брата, и ее: сколько тяжелых забот положил он на ее воспитание, болезни; чему ни учил, куда ни возил? И меньших сестер — также, особенно самую меньшую, от второй жены.

Но "Николя" — это нечто особенное! А ведь он просто приятель, чужой по крови. Такой дружбы она никогда не видывала, да и не читала нигде в книжках. Между ними встала женщина. Другие бы подставили друг другу грудь на дуэли, а тут один уступил другому права мужа. Иначе и не могло быть при таком чувстве...

Девушка, от усталости, опустилась на низкий табурет, позади кровати, но, голова ее была возбуждена.

Необычайная дружба ее отца с его "духовным" братом повела ее теперь к думе о той стране, откуда ее вывезли годовалым ребенком. Это — ее родина, а увидит ли она ее когда-нибудь? При жизни отца, конечно, нет!.. Она и не хочет этого. Пускай она никогда не вернется на родину, только бы жил он...

Но эта родина — живая, перед нею, в его лице. Отец ее приехал оттуда совсем готовым человеком, большим талантом, блестящим, несравненным писателем, и привез с собою то, чем его сделала родина, и тот город, где он родился, где учился, где с отроческих лет полюбил своего "Николю".

Все его рассказы о том времени именно теперь приходили ей на память, и всего ярче выяснялись в голове годы студенчества и первой любви, женитьбы, приятельского кружка перед давно и страстно желанной поездкой в Европу...

Быть может, никогда не попадет она туда, в старую русскую столицу, — ее что-то уверяет в этом, — а она отсюда видит все места — в городе и в окрестностях его — особенно за городом. Она видит деревенский дом на пригорке, в стороне от шоссе, — позднее там же прошла и железная дорога, — с садом, над обрывом, с живописными холмами и лощинами вокруг. Приятельская пирушка на воздухе затянулась. Справляют день рожденья... или провожали кого-то: все равно, — случаев бывало много. Какие споры, сколько идей и блеска, пыла, веселости, надежд!.. Вино пили щедро. Один из приятелей, доктор, хохочет раскатистым смехом, страшным для непривычного слуха, на всех кричит, всем командует, и все его слушаются, и всем весело от выходок чудака...

Им становилось нестерпимо в тогдашней жизни; они задыхались, страдали душой; а время, все-таки, было чудное. Беззаветная, лучезарная дружба ее отца с его "Николей" и тогда поднималась надо всем, что двое посторонних мужчин могут испытывать друг к другу...

Почему же так?

Должно быть, их "поколение" не так чувствовало, как теперешние? Где у ней самой, в ее девичьей жизни, что-нибудь похожее? А она уже пожила на свете, ей идет двадцать шестой год; еще два-три года, и она — "старая дева". Оттого-то им — этим людям "сороковых годов" — так особенно и жилось. Нужды нет, что многие поплатились за свои идеи и упования... Скольких разбросало по свету: тех сослали, эти ведут скитальческую жизнь на чужой стороне; никто не сделал карьеры.

Зато все почти, кто остался верен себе, сойдут в могилу с именем...

"Но что имя, когда живой человек перестанет дышать?.."

Она вся вздрогнула: побоялась, что ее душа перейдет в сон...

"Что — слава, когда вот тут, на этой постели, будет лежать холодеющее тело?.."

И это может быть. Неужели — завтра?

Она быстро закрыла лицо ладонями и почти зажала себе рот, чтобы не разрыдаться.

Но на душе у нее, сквозь едкую боль, смешанную с ужасом смерти отца, просвечивало что-то, вызванное теплою думой о чудной дружбе людей "того" поколения. Все переживет такое чувство: и страсть к любимой женщине, и славу, и даже кровную связь с детьми... Она не ревновала к другу за ежедневные депеши отца. С какою радостью села бы она около кровати и стала бы писать текст телеграммы, под его диктовку, как делала сегодня, уже два раза, и вчера также, если б это не было ему так вредно; а удержать его нельзя: он не может отказаться от такого высшего наслаждения...

III

Дверь тихонько отворилась. В спальню проскользнула девочка лет двенадцати, рослая, белокурая, с крупным ртом, в темной шерстяной блузе, перетянутой широким кожаным кушаком.

Она беззвучно подбежала к старшей сестре, села к ней на колени, озиралась на больного и стала расспрашивать ее так тихо, что та понимала ее больше по движениям губ.

— Спит?

— В забытьи.

— Бредит?

— Почти нет.

— О чем спрашивал?

— О депеше.

— Нет депеши: вчера пришла в четверть восьмого, а сегодня нет! — сказала девочка и сдвинула свои тонкие брови.

Она помолчала несколько секунд и начала, уже от себя, рассказывать порывисто, но отчетливо, и все таким же еле слышным шепотом.

— Я умоляла маму послать депешу брату, а она не согласилась; говорит: "Что его напрасно пугать?.."

— Она права, — строже выговорила старшая сестра.

— Надеется на кризис!..

Это слово обдало старшую холодом.

Девочка повела губами.

— Я ему не доверяю...

— Кому?

— Да доктору! Кризис! Фраза! — прибавила она совсем как большая.

Они помолчали.

— Порошок принял?

— Принял.

— Ах, хоть бы пришла депеша! Это его опять оживит...

И, отвечая на свою мысль, она сказала медленно:

— Не все его так любят... из друзей...

— А что?

— Да вот... заходил тот...

Она назвала имя старинного приятеля отца, жившего также за границей, с которым он был, одно время, в ссоре, но незадолго до болезни помирился.

— Мама при мне ему говорит, — продолжала девочка и держала свое лицо совсем плотно к лицу сестры, — говорит ему: "Послушайте, вы мне раз как-то сказали, что у вас, из русских, было только два самых дорогих человека: он, — девочка повернула немного голову к кровати, — и тот еще"... ну, ты знаешь... критик?..

153

— Знаю.

— Мама его и просила — я весь разговор слышала: "Останьтесь до завтра, — доктор объявил, что завтра — кризис, — что вам стоит подождать до завтра? Одно из двух: или он встанет, или"...

Девочка побледнела, схватила руку сестры и сильно пожала ее.

— И что же?

— Мама еще ему сказала: "Ведь вы будете упрекать себя, если вдруг вы его никогда не увидите"...

— Не говори так!

— Кажется, это на всякого бы подействовало!

— Неужели... не захотел?

— Простился!

Губы девочки сложились в горькую усмешку.

— Вот так друг! — более резким шепотом выговорила она.

— Почем знать?.. Он не мог, — сказала старшая сестра: она всегда боялась осуждать других.

— Это ясно! — решила девочка. — И пускай его! И не надо! Только вот папа, бывало, хвалит все свое, — она недолго искала слова, — свое поколение!..

Ее развитость не по летам давно приучила ее к таким словам.

— Вот тебе и поколение, и друзья!.. Кто из нас на это способен?..

Слова ее, проговоренные шепотом, вызвали в старшей опять думу о дружбе отца, о том поколений, что девочка сейчас так искренно обличала... Стало — это все было там в гостиной, полчаса тому назад? Стало — и ее отец может быть для приятелей, для тех, кто так долго шел с ним рука об руку, настолько безразличным, что не хочется даже переночевать, чтобы узнать: остался он жив, или нет?!.

"И пускай его! — повторила она слова своей сестренки — меткие слова. — И не надо!" Пусть одна, только дружба — та, про которую отец любил произносить стихи Пушкина, когда говорил о "союзе" с близкими сердцу: "Он как душа — неразделим и вечен!" — пусть дружба эта греет его, и освещает, и призовет опять к жизни!..

Слезы показались на ее ресницах.

— Мы его спасем! — страстно зашептала девочка и прижалась к ней. — Только ты пошла бы спать... милая! Оставь меня. Я насилу прогнала маму. Она на ногах не стояла... Но я прогнала!..

— Тсс!..

Больной повернулся, но не просыпался. Девочка опустилась с колен сестры, стала на цыпочках у спинки и глядела в темноту полога. Обе они притаили дыхание. В комнате слышалось тиканье часов на камине, да потрескивание догорающих углей.

Он начал бредить. Обе дочери прислушивались. Сначала они ничего не могли разобрать. Как будто он от кого-то отбивался. Он произносил слабые звуки, кажется, по-русски; но ни одного слова им не удавалось схватить.

IV

Минуты через две голос стал крепчать; произношение было уже разборчивее.

— Ты выше! — бредил больной. — Ты выше... да! Ах, Коля! — громко вздохнул он. — Нет, не говори: императив...

— Что такое? — спросила девочка.

Она не поняла слова: "императив".

Старшая остановила ее движением головы.

— Никто, никто в мире не способен... Один — ты! Простил, и все отдал, все!..

Они слушали, и каждое слово, подхваченное на лету, открывало им смысл: для одной — совсем ясный, для другой — смутно понимаемый; но и она знала если не о чем, то о ком бредит отец.

Вдруг он запел. Это их испугало. Что-то заунывное, как будто со словами. Голос вытягивался в длинную и жалобную ноту. И точно он хотел схватить напев и никак не мог сделать это сразу.

Во мгле комнаты это пение звучало и страшно, и жалко. Никогда они не слыхали, чтобы отец что-нибудь напевал, хоть и был такого живого характера. Это пение несло им с собою предчувствие близкого конца...

Пение оборвалось. Старшая дочь сидела на стуле с опущенной головой. Девочка положила ей на колени свою голову и удерживала рыдания.

— Кто здесь? — спросил больной твердо, и поднял голову.

— Я, — ответила старшая дочь.

— Одна?

— Здесь и Лили.

— А-а!

Девочка выскочила из-за угла кровати и прильнула к изголовью.

— Папа, — зашептала она.

— Ну, что... вертунья?..

Он приласкал ее, погладив по мягким и густым волосам.

— Тебе лучше... скажи?

— Лучше.

Он ответил это так твердо, что старшая, — она тоже вышла из-за кровати, — радостно вскинула ресницами.

155

— Тебе хорошо? — спросила она у кровати. — Надо еще порошок...

— Знаю.

Он поморщился. Лицо его показалось им обеим совсем здоровым, с румянцем, с блеском в возбужденных глазах.

— А депеша? — спросил он и совсем сел в постели.

Девочка подложила ему за спину подушку.

— Депеши еще нет, папа, — сказала она первая.

Ее сестра готовила лекарство.

— Как же это? — почти жалобно выговорил он и стал оглядываться. — Ему хуже?

От беспокойства его глаза потемнели.

— Дали бы знать, папа, — подсказала девочка.

— Я сам спрошу его... депешей!

Опять к нему вернулось возбуждение. Он подперся правым локтем о подушку.

Старшая дочь поднесла ему лекарство. Он, без гримасы, выпил и сам поставил рюмку на столик, улыбнулся им обеим и сложил руки на груди.

Это была его любимая поза: стоял ли он или сидел, особенно когда что-нибудь слушал со вниманием и сочувствием. Она обрадовалась этой позе, и ей не стало уже страшно за то, что он будет громко говорить ей текст депеши и утомится.

— Не диктуй, папа! Послушайся меня! Мы сейчас пошлем, спросим... и с ответом...

Старшая молчала и только просительно взглядывала на него.

— Садись, — приказал ей отец, — пиши карандашом!

Выговаривал он хорошо, без той прерывистой передышки, как во сне. Она села у лампы.

— Ты готова? — спросил он.

— Готова.

"Умру я или останусь в живых, — диктовал он ей, и голос его вздрагивал от силы чувства, — тебе шлю я свой привет, вечный, — тот, что должен пережить меня и витать над тобою всегда, согревать тебя, бесценный друг и брат мой..."

Ему недоставало воздуха. Он закашлялся.

— Папа! — звуком тихой мольбы выговорила девушка и подняла голову от бумаги.

— Пиши!

Новый прилив возбуждения овладел им.

"Твой образ, твоя ангельская доброта мирят меня со всем, что я видел среди людей и в себе в первом: мелкого, возмутительного, грязного и хищного. Мне сладко мое преклонение перед твоей святою личностью. Откликнись, хоть еще раз, на мой призыв, одним словечком откликнись! Я жду твоей масличной ветви в моем предсмертном ковчеге..."

Рука девушки летала по странице. Он диктовал по-русски; она передавала по-французски: потребность его души сказалась в этом предпочтении родного языка.

— Ты устал! Будет! — шепнула девочка, все еще у его изголовья.

"Ты один... твой голос... и способен, быть может, вернуть меня к жизни. Прощай, Николя!.."

Внезапно голос его оборвался, и голова упала на подушку. Девочка испуганно вскрикнула. Старшая дочь бросилась к кровати.

В груди дыхание вызывало хрип. Правая рука стала тянуть к себе одеяло...

Агония началась.

В ОТЪЕЗД

I

В буфете небольшой деревянной станции теснилось у стойки несколько человек. Второй звонок уже протянулся надтреснутым звуком. Поезд стоял тут не более десяти минут. Но и перед третьим звонком зала не опустела с уходом мужчин, пивших водку.

Остались пассажиры, а у двери, на заднем дворике станции, кучкой ждали извозчики: двое евреев в длинных лоснящихся чуйках и человека три белорусов; светлое сукно их свит и кудельные волосы, торчавшие из-под шапок, резко отличали их от евреев.

С этой станции пассажиры нанимали брички и телеги в местечко, лежавшее по ту сторону полотна железной дороги — верст больше пятнадцати, песками и лесом. Там были минеральные воды.

Из пассажиров выдавались: барыня, не старая, неопрятно и пестро одетая, рыхлая; худой, седеющий господин, в парусинном пальто и форменной фуражке — петербуржец; широкоплечий, средних лет, в золотых очках, блондин в соломенной шляпе; два местных помещика, бритые, усатые, оба в высоких сапогах и тирольских охотничьих куртках; еще две-три фигуры попроще.

Поодаль неторопливо пила кофе молодая особа, с обликом девушки — это сейчас можно было узнать по ясности взгляда и по цвету щек, твердых, нетронутых никакими чувственными затратами. Овал лица был закругленный, чрезвычайно правильный, брови на белом лбу точно вырисованы кистью, ресницы падали тенью на иссера-синие глаза, разрезанные с загибами к вискам и носу, что придавало их контуру горделивое изящество. На лбу ни челки, ни вихров. Две пряди темных, почти черных волос гладко лежали по обе стороны пробора, причесанные по-старинному.

Немного вбок надета была шапочка, вроде венгерской, из черной соломы, с простенькой бархатной отделкой. Она шла к девушке. Череп был таких же чистых очертаний, как и лицо. Коса, заплетенная в короткий жгут, лежала на шее свободно и красиво, и делала шею еще белее.

Темная кофточка с стоячим воротником сидела просторно и не выказывала роскошных форм. За столом девушка слегка гнулась, и это ее старило. Но свежесть щек и ясность всего облика говорили, что ей не больше двадцати двух лет.

158

В буфетной зале все еще было довольно шумно. Рыхлая барыня в полосатой длинной накидке продолжала спрашивать у буфетчика, у сторожа и даже у начальника станции: "Не прислан ли за ней экипаж от полковницы Зедергольм". Но такого экипажа не нашлось. Две нетычанки дожидались местных дворян в усах и тирольских куртках. Их кучера вынесли ручной багаж, помещики выпили бутылку пива и вышли вместе.

— Это Бог знает что такое! — нараспев повторяла барыня и с перевальцем ходила между двумя длинными столами — обеденным и чайным.

— Да я вам докладывал — фаэтон, тройка лошадей, будете довольны, ваше превосходительство!

Экипаж предлагал еврей. Его красные, воспаленные веки беспрестанно закрывались, а глаза слезились.

— Да ты заломишь, я знаю!

— Всего пять рублей, с вашей милости.

— Пя-ять? — жалобно протянула барыня. — Это разбой! За десять верст?

— Ах, как же это можно так говорить! — вскрикнул еврей, точно его ужалило в ногу. — Восемнадцать верст — по расписанию! Один песок! Боже мой!

Он произносил довольно чисто по-русски и слово "по расписанию" придумал сам, в жару разговора.

— Ни за что!

Возглас барыни заставил девушку у чайного стола чуть заметно усмехнуться.

Она подумала: "А почему бы мне не предложить себя в попутчицы? Дешевле будет!"

Но она этого не сделала. Барыня ей не нравилась. Всю дорогу в вагоне она, то и дело, заявляла всякие претензии, не позволяла открыть окно, ужасно курила.

Ехать с ней в фаэтоне обошлось бы не дешевле, да и не хотелось вступать с ней в продолжительную беседу, отвечать на неизбежные расспросы.

Однако, надо было подумать о том, как добраться до местечка. С барыней — она не поедет. Из пассажиров-мужчин никто не предлагал себя в попутчики, да она вряд ли бы и согласилась. Долгий чиновник в форменной фуражке сговорился с господином в соломенной шляпе. Белорус повез их в тележке, на дрогах... Больше рессорных экипажей не стояло у заднего крыльца станции. Барыня, после продолжительного торга, решилась ехать в фаэтоне еврея за четыре рубля.

Девушка не торопилась. Она хотела напиться хорошенько кофею и чего-нибудь закусить. Она видела, что трое извозчиков осталось без седоков. У одного было что-то вроде тарантасика, на дрогах. Она не боялась тряски и надеялась, что ее довезут за дешевую цену. И без того она истратилась. Дорожные деньги, высланные ей, подходили к концу.

Напилась она кофею, съела кусок холодной телятины и тогда только спросила, чей тарантасик, у кучки извозчиков, все еще стоявших около задней двери.

Отделился огромного роста малый, в светло-серой короткой свите. Его загорелое, веснушчатое лицо, скуластое и широкое, показалось ей мало внушающим доверие.

"Да он меня ограбит лесом", — быстро подумала она, и тут же назвала себя "трусихой". Разве она не езжала одна, ночью, в окрестностях Петербурга, и летом, и зимой, и с первым попавшим извозчиком?

— Ваша тележка? — спросила она грудным, немного тусклым голосом и поглядела на него вопросительно.

— Моя, — ответил он с трудно уловимым акцентом.

Но видно было, что он уже обруселый мужик и немало водился с приезжими господами. И торговаться стал он довольно бойко, говорил приятным тенорком, который совсем не шел к его росту и скуластому лицу.

Они поладили на двух рублях.

Больше никто не поехал со станции. Двое извозчиков остались без работы. И они, и сторож принялись таскать, класть в тарантасик и увязывать багаж одинокой пассажирки. Багаж этот состоял из нескольких мешочков, большого узла с подушкой и довольно поместительного чемодана. Укладывание взяло немало времени. Белорусы-извозчики и станционный сторож долго возились, прилаживая чемодан к задку дрог. Работа не спорилась. Выплыл откуда-то простоволосый еврейчик в нанковом балахоне и стал помогать им шумно и размашисто, но оказался толковее всех. Он сумел поставить чемодан ребром так, что он свободно уместился на задке. И мешочкам нашлось место; только громоздкий узел немного придавливал пассажирку, когда ее посадили в тарантасик, очень узкий и валкий в корпусе.

Все принимавшие участие в укладке обступили убогий экипаж, кто был в шапке — обнажили головы и начали просить на водку. Девушка покраснела. Мелочи у ней осталось очень мало, да и не могла она давать всем, хотя бы только по гривеннику. Она не просила их помогать. Уложить багаж должен извозчик. Но ей сделалось очень неловко. И в мелочах она привыкла поступать безукоризненно, возмущалась малейшей несправедливостью и скаредность считала гнусным пороком. Привычка следить за собой постоянно, как за посторонним лицом, въелась в нее, как самое прочное из ее душевных движений.

Она достала портмоне, прищурилась, чтобы рассмотреть, что в нем лежало, увидала там три двугривенных, один из них вынула и, подавая сторожу, сказала:

— Извините... вас много... Вот двадцать копеек... Напейтесь чаю.

Сказать "на водку" — было бы для нее неприятно. Она считала это выражение слитком барски-пренебрежительным.

Тарантасик, запряженный парой плохеньких буланых лошадок, двинулся и сразу покачнулся так, что пассажирка слегка вскрикнула.

II

На полпути лесом выдалась широко расплывшаяся песчаная колодобина.

Они ехали уже добрых полчаса. Жар прибывал. По сторонам запыленные и почти голые сосны высились в недвижном душном воздухе и не давали никакой тени.

Пассажирка уже натерпелась на первых верстах, до въезда в лес, от тряски тарантасика и в двух местах еле не вылетела из валкого кузова. Извозчик не заговаривал с нею, и она молчала; только в одном месте она вскрикнула:

— Ах, как трясет! Это ужасно!

Белорус повернул к ней свое скуластое, загорелое лицо и вымолвил:

— Это точно.

Это лицо все больше и больше казалось ей зверским.

Когда она поехала со станции, она ничего не боялась. Ей хотелось заговорить с этим парнем, но она не умела говорить с народом даже и в Петербурге, где протекла почти вся ее жизнь. У ней — она сама это замечала — все выходило сухо, не теми словами, отзывалось книжкой. Извозчик выговаривал по-русски довольно чисто, но вряд ли мог вполне понимать ее.

Заговорить с ним по-польски удерживало ее сложное чувство. Она знала этот язык — язык ее отца, — но выражалась на нем не очень бойко, почти как на языке иностранном.

По своему происхождению она полу-полька, полу-русская. Имя у ней настоящее русское, данное матерью в память героини Пушкина — Татьяна, но по отчеству она Казимировна, фамилия — Круковская. Мать повлияла на нее гораздо больше отца. Он бывал, по службе, в частых и продолжительных отлучках, а мать всегда при ней. По-польски выучилась она у отца и кузины, с которой ходила в гимназию. Но по религии, тону, воспитанию, идеям — она сложилась в петербургскую развитую, трудовую девушку, к тому времени, когда осталась сиротой.

Ей всегда бывало неприятно, если кто-нибудь резко или пренебрежительно говорил о нации, откуда вышел ее отец; но и за полькой она не хотела слыть, особенно не искала польского общества, даже в среде своих товарок по гимназии и курсам, куда она поступила восемнадцати лет и где просидела целых пять лет, побывав на обоих отделениях. Кончила она курс второй, на словесном отделении.

Эта двойственность расы придала ее душевному складу оттенок, не сразу уловимый, но уже залегший в основу ее характера. Она не могла отрешиться от чувства своеобразной неловкости, туго сближалась, как бы боялась, что кто-нибудь заденет в ней фибр расовой щекотливости.

По-русски она говорила с петербургским произношением; но звук голоса имел в себе что-то не совсем русское, и это она знала.

Так она и не заговорила с извозчиком по-польски, даже не спросила его — понимает ли он этот язык, что было более чем вероятно.

До леса она не думала ни о чем, кроме того, что ждет ее в том местечке, куда она поехала так неожиданно для себя.

Но на этой песчаной колодобине, среди унылых, обнаженных сосен, на нее стало находить беспокойство. Спина ямщика, пряди его желтых волос, торчавших из-под шапки, шея, побурелая от загара, запах от свиты и смазных сапог, — все это начало ее тревожить. Она распознала, что это — чувство женской боязни, и не одного того, что извозчик ограбит и зарежет ее, а еще чего-то.

Он раза два оборачивался, когда они ехали по узкой дороге — минут с десять до того — и его взгляд почему-то казался ей подозрительным.

Трусихой Татьяна Казимировна себя не считала. Но страх совсем другого рода заполз в нее.

Она была по натуре и всей своей житейской выправке чрезвычайно целомудренна и воображением чище, чем любая из ее подруг. Она любила разговоры о чувствах, но отвлеченные, с анализом нравственных вопросов и положений, навеянных литературой, психическими подробностями из того или иного произведения, с отыскиванием высшего морального идеала. Любовь, ни в виде страсти, ни в виде кокетства, почти не коснулась ее. Но она не могла не знать, что судьба дала ей наружность, перед которой редкий мужчина не останавливался. Прежде, лет пять назад, это раздражало ее и поддерживало в ней чувство, сходное с тем, какое испытывает девушка, родившаяся с явным уродством или большим физическим недостатком.

К тону ухаживания она была беспощадна, — с семнадцати лет не позволяла говорить себе самых обыкновенных любезностей; но не бегала мужчин, охотно вступала в долгие беседы и не отдавала себе отчета в том, что ее лицо, глаза, брови, волосы производили всегда особое действие на ее собеседников, совсем не отвечавшее содержанию разговоров.

Не обращала она внимания и на то, что во время спора, — а спорить она любила, — ее руки выставляют еще ярче свою красоту. Руки у ней были удивительного изящества: крупные, с удлиненными пальцами и розовато-мраморным окрашиванием. На них все заглядывались, кроме нее самой.

И вот раз один из ее собеседников, студент, вдруг зарыдал, сидя рядом с нею, и стал целовать ее колена. Она вся затряслась от испуга и негодования, а потом ей стало смешно. Студент больше не встречался с нею... Узнала она позднее, что он покончил с собою: от несчастной ли страсти — она не знала; но после того она стала вырабатывать себе суховатый тон с мужчинами, всякими, и молодыми, и пожилыми, и в ней нет-нет да просыпалась тревога, когда она оставалась наедине с мужчиной, кто бы он ни был, боясь вызвать в нем порыв романтического ли чувства, или зверского инстинкта.

Вдруг, извозчик крикнул на лошадей. Они остановились. Он слез с козел... Татьяна Казимировна закрыла глаза и почувствовала тотчас же, что бледнеет.

— Что такое? — стремительно спросила она и раскрыла глаза, готовая спрыгнуть с противоположной стороны и броситься бежать.

Белорус глуповато улыбнулся во весь рот, поправил шапку и стал что-то поправлять у переднего колеса.

— Сломалось?

— Никак нет... тяж...

Остального она не дослушала.

Извозчик вскочил опять на козлы. Она, успокоенная, постыдила себя и вступила с ним в разговор.

— Вы многих знаете... кто дачи имеет? — спросила она, держась неуклонно правила говорить всем "вы", даже извозчикам из крестьян.

— Кого знаем?

— Про господина Гарбуза не слыхали?

— Никак нет!.. Чья дача?

— Кажется, собственная.

— Про этакого господина не слыхали.

Извозчик, обернувшись, опять широко раскрыл огромный скуластый рот и спросил:

— А ваша милость на воды?

— Нет; я не больная.

Она знала, что в местечке воды, но не затем туда ехала.

То, что извозчик не знал дачи Гарбуза, как бы смутило ее.

Какая странная и смешная фамилия "Гарбуз". Разумеется, этот господин не чисто-русского происхождения: или малоросс, или из местных обывателей, может быть, поляк... Все это не совсем приятно звучало.

Тарантасик въехал в чащу леса; песок пошел еще сыпучее, колеса впивались в него по спицы, оводы кусали лошадей, жар становился все томительнее, тонкая пыль забиралась под вуалетку и ела глаза.

Татьяне Казимировне было очень не по себе.

III

— Куда же въехать, барышня? — спросил белорус, когда они въехали на поляну, спускавшуюся пологим волоком к местечку.

— Куда въехать? — повторила она. — Да в гостиницу... Есть ведь гостиница?

Въезжать прямо к "господину Гарбузу" ей не хотелось. Она это решила еще в Петербурге, на вокзале, когда шла в вагон, вслед за артельщиком, несшим ее вещи.

Что-то удержало ее от посылки депеши на имя Льва Игнатьевича Гарбуза, хотя он и просил ее об этом в последнем письме своем.

Да и вся-то ее поездка случилась так неожиданно для нее самой.

Дорогой она много думала о том, какой главный мотив двинул ее, почему она так стремительно воспользовалась первым попавшимся приглашением "в отъезд", на место гувернантки, — она, Татьяна Казимировна Круковская, блистательно сдавшая все свои экзамены на курсах, считавшаяся украшением выпуска... не по одной только наружности!

Ей нелегко было сознаться, когда она углубилась в себя и разобрала клубок душевных нитей, что главным толчком надо признать: затаенное чувство обиды, женскую суетность, хотя снаружи ничего подобного и не прорвалось и никто не заподозрил ее.

Жила она в одной квартире с своей кузиной Жозей и маленьким братом гимназистом. Обе оканчивали курс. Она давала много уроков и этим содержала и себя, и брата Колю — резвого мальчика с музыкальными способностями. Большой дружбы с кузиной у ней не было. Кузина старше ее года на два, вовсе не красива, маленького роста, вертлявая, шумная, но очень бойкая на разговоры, всегда окруженная мужчинами. Училась она неплохо; но серьезной любви к знанию не имела... Во многом они, по взглядам, привычкам и правилам, не спелись, хотя и не доходило у них никогда до ссор. Легкий, покладливый характер кузины не доводил до них.

В предпоследнюю зиму стал ходить к ним один инженер, сын товарища ее отца, довольно красивый, умный, дельный, на дороге к профессорству. Он, с первых же дней знакомства, начал выказывать преклонение перед ее личностью, не перед одной красотой, а перед всем ее нравственным складом. Это не особенно льстило ей, но она все-таки привыкла к тону его излияний, где сквозило чувство, которое не могло же обижать ее.

Так прошел целый петербургский сезон. Инженер получил блестящее место по работам на юге России, уехал на несколько месяцев, писал ей оттуда восторженные письма, говорил, что нуждается в ее поддержке, чтобы не увлечься делечеством, вернуться к науке и профессуре. Она отвечала ему, но довольно сдержанно, не хотела ни под каким видом переступить черты простого приятельского знакомства, от руководящей роли отказывалась, предоставляла его испытанию: если в нем сидит делец — он очутится в стане приобретателей; а сидят в нем порядочные инстинкты — войдет на кафедру.

Ее письма не удовлетворяли его, приводили в смущение и, под конец, стали даже задевать его, чего она, конечно, не хотела. И когда он вернулся в Петербург и пришел к ним, то перед ней был уже "подрядчик", взятый в компаньоны известным строителем, человек, окончательно расставшийся со всякой мечтой о дороге "скромного труженика".

Это ее огорчило и укололо. Она переменила с ним тон, они часто пикировались: он, полушутя, доказывал, что в его делечестве надо винить ее, а она повторяла, что делец сидел в нем и должен был, рано или поздно, всплыть наверх.

И через два-три месяца вертлявая, болтливая Жозя, ее кузина, сделалась его невестой, и до свадьбы она должна была очень часто присутствовать при их нежностях. Она взяла с ним простой, родственный тон; но ранка, незаметная и для нее самой, не переставала сочиться. Жозя сбиралась стать женой человека, уже получавшего большие деньги, кое-как сдала экзамены, отдалась шумным и довольно хвастливым заботам о найме и отделке тысячной квартиры. В ее тоне с кузиной зазвучали ноты покровительства.

— Когда вернемся из-за границы, — говорила Жозя, — ты можешь провести конец лета у нас на даче... И даже с Колей.

Все это сильно коробило ее. Гостить у них она ни в каком случае не желала. А на лето надо было деваться куда-нибудь. Жить в Петербурге, без уроков, она не могла. Семейства, где она их давала, почти все разъехались. Колю, брата, она отправила в деревню, к товарищу, и сама осталась одна, без места, о котором зимой мало думала.

Вот тогда-то и пропечаталась она в газетах, в расчете прожить лето в провинции, немного стряхнуть с себя петербургское утомление от экзаменов и беготни по городу на уроки, присмотреться к русской жизни — в усадьбе, узнать крестьянский быт. Тогда эта программа очень манила ее. А то, что составляло главный импульс — нежелание гостить у кузины и ее мужа, она хоронила от самой себя. Теперь же это ей ясно, лежит как на ладони.

Предложений, на письмах, она получила, до мая, всего четыре... И самое подходящее было от какого-то Льва Игнатьевича Гарбуза.

Он предлагал ей жалованье в семьдесят пять рублей, на всем готовом, с проездом на его счет, детей у него только двое — две девочки-подростки, лето проведет она с семейством, не очень далеко от Петербурга, на водах, а зиму — в губернском городе, еще ближе к Петербургу. Упоминалось и о том, что жена его слабого здоровья, сама детьми заниматься не может, что, скорее, понравилось Татьяне Казимировне.

Тогда у ней не было никаких колебаний, и она тотчас согласилась. Теперь ей такое скорое решение казалось почти "безумием".

Ни у кого об этом помещике — она считала его дворянином-землевладельцем — она не могла справиться, да и не рассказывала никому про свою "кондицию"; ничего не говорила и кузине, когда та уезжала после свадьбы, за границу, и только неделю спустя написала ей в Рим, что она едет в провинцию на место, и даже не дала своего адреса.

И зачем она не подождала каких-нибудь два-три месяца? Наняла бы комнатку где-нибудь, у чухон, на взморье, за десять рублей. Ей хватило бы того, что она наработала за зиму. С ее дипломом, с ее познаниями есть возможность получить место учительницы гимназии, не в столице, так в провинции.

Да, но высшие курсы никаких положительных прав не дают. Она — не "педагогична". Добиваться места гимназической учительницы — не так-то легко. Даже и городскую школу в Петербурге сразу не получишь, хотя в эту сторону у ней нашлась бы и рука.

Но ее гнало из Петербурга. Ей не хотелось, должно быть, оставаться, на зиму, в одном городе со своей кузиной, ходить к ней в гости, встречаться с ее мужем, присутствовать при зрелище их грубоватых ласк, слушать их разговоры, видеть их крикливую делеческую обстановку, принимать от них, точно подачку, приглашения на обед, в ложу, в концерт, на катанья и пикники. Резко разойтись — "из-за принципов" — она тоже не хотела; это отзывалось бы уже чересчур книжкой.

Но настоящая причина того, что она трясется в эту минуту в тележке, по колеям проселка — найдена.

Щеки Татьяны Казимировны все краснели — не от одной жары, а от обиды за самоё себя: неужели и она не свободна от таких жалких женских свойств?

Отвечать было трудно.

Лошадки пошли бойкой рысцой. И дорога стала лучше... Въехали они в местечко, расплывшееся по обоим берегам речки. Низменная часть была самая заселенная. На другом, крутом берегу белело несколько красивых дач.

Миновали площадь, в виде луговины.

— Там телеграф! — провел рукой извозчик, показывая вправо. — В гостиницу, значит, вашей милости?

— Да, да! — нервно крикнула девушка, и выпрямилась на жестком сиденье.

Ничего похожего на то, что она соединяла с представлением о "курорте", кругом не было. Тихое, безлюдное село, с чистыми домиками и широкими улицами, дремало на полуденном солнце.

IV

Гостиница стояла на углу двух проездов. Крыльцо приходилось на ту улицу, по которой подвезли Татьяну Казимировну.

Кругом та же тишина, что и в улицах, где они проезжали. Извозчик слез с козел и окликнул в полуотворенную стеклянную дверь:

— Кто там есть? Барышню привез!

Слово "барышня" заставило ее улыбнуться. Может быть, в последний раз ее так называют. Она не любила этого слова, но оно все-таки лучше, чем "мамзель", как ее будет теперь звать прислуга, с поступления ее в дом гувернанткой.

На крыльцо вышел мальчик, лет четырнадцати, в светлом пиджаке и рубашке с косым воротом, благообразный паренек великорусского типа: белокурые волосы в кружало, серьга в одном ухе, большие сапоги.

Он бойко сбежал со ступенек и начал высаживать приезжую.

— Пожалуйте, пожалуйте, — заговорил он ласковым и вкрадчивым голоском. — Номер есть и вверху, и внизу. Я сейчас доложу управительнице.

И в выгрузке багажа он помог извозчику.

В коридоре ее встретила управительница, болезненная особа с повязанной щекой, нечто вроде компаньонки, еще не старая, в бурнусе из серого люстрина и небрежно причесанная.

— На какую вам цену? — жалобно спросила она. — Вы на целый месяц или больше?

Татьяна Казимировна объяснила ей, что желает взять комнату посуточно — и самую дешевую.

— Наверху есть... в рубль... Дешевле нет.

167

И все это управительница выговаривала таким тоном, точно ее сейчас стошнит, и с местным акцентом. К такому акценту Татьяна Казимировпа была чувствительна; ей всегда казалось, что и ее русский выговор вроде этого.

— Эленка! — крикнула управительница вверх по деревянной лестнице и прибавила по-польски: — Покажи номер тринадцатый.

"Номер тринадцатый, — подумала Круковская. — Не к добру..."

У ней не было обычных предрассудков, ни русских, ни польских; по крайней мере, она усиленно боролась с ними. Но две приметы и ей были неприятны: число тринадцать и встреча со священником.

Номер показала ей горничная, совсем уже местного вида: босая, в черных косах, в пестрой юбке и ситцевой кофте, очень полная, с добрейшим выражением раскосых глаз.

Они сейчас же заговорили по-польски. Эленка бросилась таскать вещи вместе с мальчиком и раза два уже приложилась к плечику Татьяны Казимировиы.

Мальчик, когда извозчик был отпущен и вещи все внесены в номер, откашлянул в руку и сладко-сладко выговорил:

— Пачпорт соблаговолите?

— Сейчас же?

Она недолюбливала никаких полицейских подробностей.

— У нас строго... по этой части.

Его язык отзывался так большим русским городом, что она спросила его:

— Вы сами здешний?

— Никак нет-с. Я петербургский. Меня арендатели привезли.

— Какие арендаторы?

— Которые содержат гостиницу и вокзал-с... Господа наши.

Она достала свой вид и отдала ему.

— Больше ничего не прикажете? — спросил мальчик и стал у дверей в выжидательной позе.

"Какой ученый", — подумала она и спросила:

— Вас как звать?

— Владимир... Володей здесь все зовут, — немного стыдливо выговорил он.

— Вот что, Володя... Вы здесь должны всех знать...

— Которых знаю... Есть ведь немало обывателей... дачи свои имеют... тех мало видишь.

— Где живет здесь господин Гарбуз... Лев Игнатьевич?

— Гарбуз? — переспросил Володя, и наморщил загорелый красивый лоб. — Что-то про такого не слыхал. Да он из обывателей?.. Помещик? Здешний?

— Не знаю... Живет здесь. Кажется, своя дача.

— Да позвольте узнать, из себя он какой будет?

168

— Не знаю... я его не видала.

— Позвольте справиться... А вам послать нужно письмо?.. Так я могу-с...

— Нет, письма не будет. Я сама пойду. Вы узнайте, пожалуйста.

— Я мигом-с... Больше еще ничего не прикажете?

— Теплой воды... поскорее.

— Слушаю-с.

Через две минуты, разбираясь в своем дорожном мешке, она услыхала звонкий, раскатистый оклик Эленки в нижнем коридоре:

— Паненка вола на гуже! (Барышня кличет наверху).

Воду принесла ей другая женщина, в крестьянской свите. Эленка уже подмывала пол и не могла сейчас явиться.

Да ей и не нужно было услуг. Она привыкла все делать сама. Раскладывать чемодан она не хотела. Можно остаться в тех же юбке и кофте, только почиститься, переменить воротничок, надеть другие перчатки и взять зонтик.

Платье, все свои туалетные вещи держала она в большой чистоте, но не была франтихой, любила темные цвета и не тратила на вздор ни одного лишнего рубля. Да и держалась она совсем не эффектно: гнулась и на ходу, и когда сидела, отчего казалась меньше ростом. Худощавая грудь отнимала у ней величавость; но это ее не смущало, и даже талией — тонкой и гибкой — занималась она мало, носила просторные корсеты.

В четверть часа она была уже готова. Сходя, она встретила Володю, поднимавшегося наверх.

— Узнали? — ласково спросила она.

— Бегал на вокзал... у сторожа справлялся... Он говорит — это, должно быть, на обрыве... над Сливницей... Речка так у нас называется, в овраге. И крутой берег... по ту сторону. Там точно есть, на самом обрыве, дача... Только я думал, она пустая стоит. И окна с одной-то стороны, видать, закрыты ставнями.

Они сошли вместе.

— Я вас провожу-с, — вызвался Володя.

— Покажите мне дорогу до вокзала, и я сама узнаю все.

— Да это рядом... вот вправо возьмете, мимо конторы вод... и сейчас увидите крыльцо... там и сторож. Я провожу вас.

— Благодарствуйте. Я одна.

Ей хотелось идти одной. Она могла бы, конечно, послать этого шустрого паренька с письмом и дождаться визита господина Гарбуза. Но что-то ее беспокоило, и неопределенное по мотиву, и весьма отчетливое — по ощущению. Лучше она отыщет сама дачу, не предупредив никого. То, что она найдет там врасплох, даст ей более верную ноту, чем если бы она явилась после письма.

Шла она медленно, под зонтиком, по высохшей земле

дорожки, заглянула в сад и прошлась до террасы вокзала. Все это показалось ей довольно мизерным. Она не бывала за границей, но привыкла, в Петербурге, к другим размерам загородных вокзалов и прогулок.

В саду было совершенно пусто. Перед эстрадой тянулись ряды пыльных скамеек. Боковая аллея привела ее к главному подъезду, со стороны широкого проезда, такого же песчаного, как и дорога лесом.

Нашла она и сторожа, отставного унтера, старика. Он уже слышал в чем дело.

— Этого барина мы не знаем, по фамилии... А видать видали... Из себя черноватый... Не так уж, чтобы очень молодой.

— И семейство его видали?

— Семейство? Нет... что-то не приводилось... Да вам лучше всего, сударыня, в почтовую контору... Там, наверно, укажут. У них каждый обыватель на знати.

Но она не пошла в почтовую контору, а попросила только растолковать ей, как подняться к даче на обрыве речки Сливницы.

Сторож объяснил ей все очень толково.

Она спустилась и попала прямо в отрадную тень густой поросли орешника, шедшей вдоль извилистой речки густой аллеей. Так ей стало вдруг привольно, что она остановилась и в углублении пригорка села на скамью.

Против нее, через речку, тоже весь в ореховой поросли, высился крутой берег. Ей видны были, вправо, и пешеходный мостик, с жердями по бокам, и дорога вверх, по узкой балке. Вода речки искрилась, между ветвями, под лучами знойного солнца, издавая тихий рокот.

— Какая прелесть! — вырвалось у Татьяны Казимировны.

Она никак не ожидала, что будет жить над таким чудесным местом.

V

Ей не хотелось выходить из тенистой прохлады... Замедленным шагом дошла она до мостика. Солнце опять стало припекать сквозь шелковый темный зонтик. Сейчас же начинался подъем в гору.

Справа из-за того обрыва и забора не видать более никакого здания. Левее спускалась к берегу луговина и по ней, саженях в пятидесяти, целая усадьба с садом. Зеленая крыша мезонина и башенка ярким пятном лежали на фоне полуденного неба.

"Повернуть направо", — выговорила мысленно Татьяна Каземировна, когда поднялась совсем наверх. Дорожка вела к небольшой даче, с галереей, стоявшей к полю задним своим фасом. С этой стороны она была всего с один этаж, а со стороны обрыва — в два. Калитка и — дальше — ворота стояли запертыми.

Полная тишина и даже мертвенность вокруг этого дома. Он казался нежилым. Это ее немного смутило, но она все-таки пошла по дорожке твердым шагом и достигла калитки.

Прислушалась она, когда стояла уже в двух шагах от калитки, ни малейшего звука на дворе, ни шагов, ни лая собаки, ни голосов.

На задний фас дома выходило всего два настоящих окна. Их закрывали ставни; остальные два были фальшивые, с квадратами, выведенными черной краской.

Она пожалела, что не взяла с собой мальчика Володю. По крайней мере, он узнал бы все. Приходилось стучаться. Может быть, собаки есть — кинутся. Собак она побаивалась, хотя и скрывала это.

Калитку отворили изнутри. Показалась пожилая женщина, вроде кухарки, с головой, покрытой светлым ситцевым платком и в затасканной розовой кофте... Она подалась назад, увидав Татьяну Казимировну.

— Вы к кому? — спросила она и сейчас же приставила ладонь ко лбу, защищаясь от солнца.

— Господин Гарбуз... Лев Игнатьевич, у себя? — выговорила Круковская, стараясь произносить как можно отчетливее.

— Да вы кто будете?

Говорила она без местного акцента.

— Меня ждут ваши господа... Я наставница... гувернантка, — прибавила она, слово это было ей неприятно.

— А-а!..

Баба круто повернулась на своих толстых ногах, обутых в стоптанные опорки мужских сапогов, и скрылась за калиткой, не пригласив ее войти.

"Что же это, однако?" — с сдержанной досадой спросила себя девушка и закусила губу. Ей было очень жутко стоять тут, на припеке, около этой калитки, которую так негостеприимно заперли у ней под носом.

Прошло не меньше пяти минут! Никто не показывался... Хоть назад иди... Баба ничего не выговорила, кроме "а-а", не сказала даже, тут ли живет Гарбуз, или нет.

Но вот послышались быстрые шаги, калитку отворили сильным движением руки, и из нее вынырнула мужская фигура.

Быстро и чрезвычайно отчетливо схватила она наружность этого человека: хорошего роста, плечистый, немного сутуловатый, резкий брюнет, с большими синими белками глаз, загорелый, обросший волосами бороды очень высоко, не то армянского, не то греческого типа, что-то двойственное в усмешке толстых губ, нос с

171

утолщенным концом, курчавые, подстриженные волосы, слегка посыпанные сединой.

Он был с открытой головой, в парусинной домашней паре, довольно опрятной, только без галстука, в рубашке с малороссийским шитьем. На ногах вязаные туфли.

— Мадемуазель Круковская? Татьяна... Татьяна...

— Казимировна, — подсказала она.

Взгляд его изжелта-карих глаз прошелся по ее лицу, и точно искры пошли из зрачков: она почувствовала вдруг, как этот человек поражен ее красотой, и особого рода неловкость разлилась по ней. Она отвела свои глаза немного в сторону и медлила протянуть ему руку.

— Пожалуйте! Пожалуйте! — заговорил он, ретируясь к калитке, которую он надавил своим туловищем. — Как же это так!.. Не дали знать!.. Я бы выслал экипаж.

Договорил он уже на дворике, куда она вошла за ним, все тем же задержанным шагом, оглядываясь и тихо-тихо переводя дыхание.

Дворик шел к обрыву, где начинался садик, с густой листвой орешника и нескольких дубков. Вдоль всей стены тянулась галерейка. Слева род сарайчика, крашеный флигелек, где, вероятно, помещалась кухня, и навес. Больше она не успела разглядеть.

— Так вот как... вы пожаловали!..

Две жилистые, покрытые волосами руки протянулись к ней. Она должна была ответить на рукопожатие.

— Только как же это вы, барышня, не дали мне знать? Депешкой бы! Или прямо бы въехали! Ай-ай!.. Так, экспромтом!

Он говорил отрывисто, встряхивал часто головой и заглядывал в лицо. По выговору он мог быть южнорусс. Помещиком он не смотрел, а скорее управителем, и вообще разночинцем.

Встреть она его в Петербурге, хоть в пекарне Исакова, куда часто захаживала закусить между двумя уроками, она могла бы принять его и за какого-нибудь восточного человека, торгующего кахетинским, и, пожалуй, за сыщика.

Это первое впечатление не проходило.

Он повел ее на галерею, продолжая говорить отрывочными, маленькими фразами.

— Пожалуйте!.. Сюда!.. В тень... Вот какой сюрприз! Присядьте... вот на стульчик.

Они сели на галерейке, один против другого. По его губам продолжала скользить та же сладковатая улыбка, и зрачки глаз искрились на особый лад.

— Я не хотела... беспокоить вас... въехать прямо, —

выговорила Круковская более строгим тоном, чем какой она желала взять с ним.

— Не были уверены?.. А?.. Уверены не были? Думали — пуф?..

— Вовсе нет.

— Очень уж поделикатничали, барышня... Что ж... Это хорошо!.. Показывает, что вы имеете благородную душу.

Его язык отзывался чем-то и провинциальным, и лично-пошловатым; но ей не хотелось придираться к нему.

— Значит, вы в гостинице остановились?

— Да, в гостинице.

— Напрасно! Только лишний расход! Небось, рублика полтора за номер содрали?.. Мы сейчас распорядимся. Эй!.. Катерина!

Он захлопал в ладони. Из-за угла галереи показалась баба.

— Вот их вещи в гостинице остались. Так их надо сюда, сейчас же. Там кого найми привезти или в тачке... А вам следует всего рубль отдать. Можно бы и полтинник... Ты поторгуйся. Да, нет... ты все напутаешь. Вы, барышня, пожалуйте мне вашу карточку. Имеется при вас?

— Как же.

— Ну, вот и прекрасно!..

Он уже брал из ее рук карточку, которую она приготовила для него же, думая, что попадет на крыльцо с подъезда и отдаст ее горничной или лакею.

Но тотчас же всплыл в голове ее вопрос:

"Но где же семейство? Жена? Дочь, ее будущая ученица?"

— Вы здесь и живете? — недоумевающим тоном спросила она.

— Временно, временно!.. Вы ведь с той стороны пожаловали! Ход-то там, с садика. Снизу... Лесенка такая ведет... оттуда, с речки... Вы, должно быть, не приметили.

Он засуетился.

— Не угодно ли вам в гостиную пожаловать? Я мигом схожу и привезу вещи. А старуха глупая... Остальная прислуга еще не приезжала.

Катерина уже скрылась во флигельке.

— Пожалуйте!

На повороте галереи к ним выбежал огромный сенбернар. Татьяна Казимировна пугливо отшатнулась.

— Ничего! Не тронет! Днем он теленок, ну, а ночью никого не пустит! И цепной собаки не нужно.

На галерею фасада, со ступенями в садик, выходила стеклянная дверь гостиной. Она стояла в полутемноте от навеса, забранного сверху решётчатым перебором!

— Отдохните... на диванчике... Собаки не бойтесь... Кличка ему "Бой". Я мигом. И как это жаль, что вы не пустили мне депешки! Ах, милая барышня!

Он скоро-скоро повернул за угол галереи и оставил ее в дверях гостиной.

Ей вдруг захотелось крикнуть: "Позвольте! Я сама!"

Сейчас бы распрощалась она с этим странным домом, но у ней не хватило решимости.

VI

Ночь давно спустилась, звездная и благоуханная.

В комнатке мезонина, куда ее поместили, Татьяна Казимировна долго сидела у низкого и широкого окна, не зажигала свечи и не раздевалась.

Она привыкла, перед тем как идти ко сну, перебирать все пережитое в течение дня.

Этот день она прожила совсем не так, как долгий ряд дней, недель и месяцев, с тех пор, как встала на свои ноги, начала еще в гимназии прокармливать себя. Она не могла хорошенько распознаться в своей новой роли и в обстановке того дома, куда попала.

Ее выписали, чтобы быть учительницей девочки-подростка. Но ни этой девочки, ни ее матери она не нашла.

Господин Гарбуз, смахивающий не то на торговца кахетинским, не то на сыщика, только усилил к концу дня ее сомнения и жуткое чувство, от которого она не могла отрешиться и теперь, когда осталась одна в своей комнате.

Зачем она, как наивная и глупая девочка, позволила ему отправиться, с ее карточкой, за ее вещами!

До сих пор она считала себя чрезвычайно осмотрительной и дельной. Но это был нелепый промах! Следовало сразу, как только она увидала, что никакого семейства нет, сказать ему:

— Извините, я въехать к вам не могу, пока ваше семейство не приедет.

У ней достало бы смелости. Сколько раз, в щекотливых положениях, она выказывала всегда и присутствие духа, и такт. Для таких случаев она пускала в ход особый тон, твердый и внушительный.

Значит, был какой-нибудь другой мотив. Ей, должно быть, показалось мелочным и трусливым, чересчур отзывающим "барышней" — а это для нее самая высшая обида, — проявить такую осторожность. Ведь она выработала себе смелые, передовые идеи.

Но при чем тут "идеи"? Самое простое чувство опрятности должно бы ее заставить сразу занять выжидательную позицию.

Первый глупый шаг сделан и теперь уже нет повода уехать из

этого дома. Разве окажется что-нибудь явно подозрительное или скандальное.

Он повторил ей раза два-три:

— Мои позамешкались... у родных. Но я их потороплю... А вы пока, милая барышня, отдохните здесь.

Слова "милая барышня" все больше коробят ее. В тоне Льва Игнатьевича есть что-то бесцеремонное и слащавое, чего она не может переносить и должна будет дать ему это почувствовать.

Когда он ушел и оставил ее одну в гостиной, она осмотрелась и нашла обе двери во внутренние комнаты запертыми, что ей показалось странным и даже обидным.

Что это за "господин", который отпирает гостье, более того, наставнице собственной дочери, только одну комнату? Точно он боится, что она что-нибудь украдет и сбежит.

И она заметила, что Катерина поместилась на крылечке флигелька, с какой-то работой, но, то и дело, глядела в сторону балкона.

Из гостиной и унести-то нечего было. Скудная, дачная меблировка в чехлах, на окнах ни одного горшка с цветами, и как резкий контраст: дорогие бронзовые часы, под стеклом, массивные, на мраморной тумбе.

И потом, по возвращении Льва Игнатьевича, каждая подробность обстановки, тон его, разговор не переставали смущать ее, вызывать в ней недовольство, смешанное с досадой, на свое, слишком быстрое решение взять место в отъезд.

Когда привезли ее багаж, надо было отворить двери и в другие комнаты. Заднее крыльцо стояло заколоченным, и вещи понесли наверх, в мезонин, через террасу и гостиную. Вид комнаты, где жил хозяин, — она приходилась рядом с гостиной, — привел ее также в недоумение. В ней нагромождено было множество всяких вещей: бронзы, картин, шкатулок, ценной посуды в шкафчиках.

Кровать, железная и довольно неопрятная, помещалась в проходной темной каморке.

И другого хода не было, в коридорчик и на площадку, как через эти две комнаты, что ей совсем уже не понравилось.

— Разве на заднее крыльцо нет хода? — спросила она его позднее, когда сошла вниз.

— Для безопасности заколотил я его... для безопасности. Вот мои приедут... тогда и прислуги больше будет. А если вам неудобно, есть ведь дверка на террасу, из коридора. Можно пройти террасой.

— А остальные комнаты? — спросила она уже настойчивее.

— Там еще три... Я их, до приезда моих, не открываю.

Обилие ценных предметов в его кабинете — там она заметила и письменный стол — отзывалось чем-то ростовщическим.

175

Должно быть, ее удивленный взгляд, когда они проходили через эту комнату, не укрылся от него.

За обедом, сытным, но грубо приготовленным, он заговорил как раз об этом.

— У меня тут, — они обедали в гостиной, — в кабинете... складочный магазин... знаете. На зиму мы собираемся переехать в другой город, — он назвал известный город одной из западных губерний, — и надо было все перевезти временно сюда. Вот и нельзя оставлять заднее-то крыльцо без запора. Хе-хе!

От его смеха ее поводило. И никак она не могла себя настроить так, чтобы начать разговор о предстоящих ей обязанностях, расспросить об его дочери, какого она характера, с кем занималась, что родители хотят из нее сделать: светскую или более серьезную трудовую девушку.

А он, за тем же обедом, немало узнал от нее про ее прошедшее. Ей неприятно было отвечать на его довольно наянливые, хотя и слащавые вопросы. Но она не могла же отделываться односложными: "да", "нет".

И опять, сидя теперь у открытого окна и всматриваясь в темноту июньской ночи, она обвиняла себя: зачем допускала эти расспросы.

Все это тщеславие, желание выставить себя образцовой личностью, ученой девицей, которая не только себя самоё поддержала на курсах, но и стала воспитывать, на свои заработки, брата.

— Так, так, — повторял господин Гарбуз и его синие белки неприятно мелькали перед ее глазами, — вон вы какая. Ах, милая барышня! С вашей-то... такой наружностью. И сами себя в жертву приносили.

И зрачки его глаз искрились, и толстые губы как-то особенно причмокивали.

Под конец ей стало просто тошно от этих выспрашиваний, и она, вставая из-за стола, сказала уже совсем не мягко:

— Обо мне довольно, Лев Игнатьевич, я бы желала знать что-нибудь про семейство ваше и мою будущую ученицу.

— Это успеется! Это успеется! Хе-хе! Поотдохните. Погуляйте. Воздух у нас чудесный и прогулки кругом. Я к вашим услугам... Я ведь ничем здесь не занимаюсь. Хотел было пить воды; да это все одна глупость. Только докторам за советы зелененькие бумажки совать.

Так она ничего и не узнала, за целый день, кто в сущности такой этот "господин Гарбуз", какой расы и происхождения, отставной чиновник, помещик или купец, где учился, и учился ли где-нибудь.

В разговоре он ни на чем не выказал безграмотства, говорил тоном бывалого провинциала, но о себе очень уклончиво, почти исключительно о ней. Развитого университетски она в нем не чуяла, но не могла утверждать, что он разночинец, даже и по образованию.

В последние годы сложился в Петербурге, и вероятно и повсюду, средний пошловатый тон, покрывающий всякое прошедшее. И студентов, учителей, даже профессоров знавала она с очень неблестящей манерой говорить, часто совсем простоватых. Но в нем не было никакой простоватости. Она не любила вульгарных выражений, а не могла не назвать его мысленно "жохом".

На музыку, к вокзалу, он не предложил ей идти, говоря, что играют дрянно, что она еще успеет там побывать.

— Лучше пойдемте в дубовую рощу, по той стороне речки! Чудесное место!

Там они гуляли и сидели на траве, почти до сумерек.

Опять он довел ее до рассказов про себя и незаметно придал беседе оттенок отечески интимный, повел речь о том, как трудно такой "красавице", как она, "соблюсти себя", в бедности.

Это заставило ее резко прекратить разговор, под тем предлогом, что темнеет и пора домой.

Все давно смолкло. Татьяна Казимировна прислушивалась... Под нею, в спальне хозяина, как будто кто ходил.

Раза два проворчала собака на террасе.

Надо было ложиться...

"Утро вечера мудренее!" — энергически подумала девушка, зажгла свечу, заперлась на крючок и стала раздеваться.

Откуда-то, с луговины, доносилось фырканье лошадей, выпущенных в ночное.

VII

Неделя подвигалась к концу. Четвертый день живет Татьяна Казимировна на даче господина Гарбуза.

Ей и тоскливо, и неловко. Время проходит глупо. Она распаковала свои книги, но не читается что-то. Утром проснется она рано и не знает, что ей делать.

Идти гулять? Внизу еще тишина. Хозяин спит. Спускаться по лесенке и проходить по галерее мимо его комнат ей не хочется, а заднее крыльцо так и осталось заколоченным. Она лежит на кровати в тревожном настроении.

Целый день должна она проводить в разговорах и прогулках со своим "принципалом", как она его, про себя, называет. Раза два ходила она одна на музыку. Ей было бы еще неприятнее в публике с этим человеком... Публика показалась ей такой же невзрачной, как и все воды; познакомиться с кем-нибудь не являлось никакого желания.

Ее заметили. Какой-то блондин в белом картузе, вероятно, из местных обывателей, провожал ее до самой речки, шагах в двадцати. Она присела на скамейку и так строго на него взглянула, что он дольше не стал ее преследовать.

Видела она вперед, что лето пройдет у ней совсем не так, как ей хотелось бы... Кто могла быть супруга господина Гарбуза? А вдруг какая-нибудь ревнивая кумушка, грубая и вздорная? И жизнь в этом местечке потечет однообразная и пошловатая, хуже, чем в деревне. Там она, по крайней мере, видела бы крестьян.

Она, в Петербурге, мечтала о настоящей великорусской деревне, хотела проверить свои чисто теоретические взгляды на мужика, узнать его быт, отрешиться от чего-то напускного, что она сама подмечала в своих идеях и в своем языке, когда речь заходила о народе, а заходила она очень часто.

Здесь же ничего этого нет. Окрестные крестьяне, из-за большой реки, приходят сюда; но в деревни их она не попадет. Мимо же их дачи и дороги-то нет. Это отчуждение давило и смущало ее.

Два вечера прошло в чтении вслух газет. Господин Гарбуз сам предложил почитать их, жалуясь на слабость глаз, чему она с трудом поверила, но рада была хоть чем-нибудь наполнить время.

Это житье с глазу на глаз с нестарым еще мужчиной, неизвестно в каком качестве, поднимало в ней с утра неиспытанное никогда нудное чувство. С ночи, засыпая, она говорила себе:

"Да что ж я волнуюсь?.. Дело самое простое... Ну, приедет его семейство на будущей неделе. А если это обман, пуф, — она минутами начинала это допускать, — ну, я положу пределом неделю — и тогда уеду"...

Но уехать так, ни с того, ни с сего, было также не очень-то исполнимо. Он мог и не пустить ее. Она получила от него и деньги на проезд. Еще вчера, после ужина, он взял ее за руку и сладко, отеческим тоном, сказал:

— Если вам угодно вперед, за месяц... Может, кому послать... брату или бедной подруге?.. Я к вашим услугам.

И при этом начал восхищаться ее "ангельской" душой, приводить факты из ее жизни, выспрошенные у нее же. Эти похвалы были ей довольно противны, и она, лишний раз, выбранила себя за, то, что пускалась в разговоры о своем прошлом, точно напрашивалась на льстивые одобрения пошловатого женолюбца.

А женолюбца она начала в нем чуять со второго же дня. И то, что он сам предложил ей месячное жалованье вперед, показалось ей подозрительным. Уж понятно, не из сердечной доброты сделал он это. В нем она распознавала характерные черты, если не скряги, то хищника: напряженность линий лица, складка чувственного рта, звуки, какие прорывались у него, когда он говорил про деньги. Он употреблял уменьшительное "рублик" и цифру "сто рубликов" выговаривал с какой-то своеобразной нежностью. И вся обстановка дачи указывала на скопидомство; так скудно не были бы отделаны комнаты помещика или вообще человека с достатком. Прислуга его сводилась к одной Катерине, туповатой, забитой бабе, исправлявшей все должности: ни мальчика, ни водовоза. Провизию покупал он сам и ужасно торговался с бабами из-за каждой полушки.

Наконец, эта комната, переполненная всяким ценным добром, она все больше и больше убеждала ее, что хозяин — ростовщик или что-нибудь вроде того.

И с таким-то коренным свойством своей натуры — он делался чрезвычайно сладким под вечер; в передышках между чтением передовой статьи, телеграмм и фельетона, он подсаживался к ней, брал ее за руку — она каждый раз отдергивала — и начинал восторгаться ее душевными качествами, а под конец и наружностью, и пускать фразы, вроде таких:

— Скажите мне, милая барышня, неужели вы так и хотите всю свою жизнь положить на обучение детей? Ведь это просто — преступление. Уж лучше бы вам подыскать что-нибудь... знаете, поавантажнее. По-моему, право, уж лучше чтицей быть... у стоящего человека.

И сегодня вечером он повел речь о том же.

Она сначала промолчала, а потом сказала с ударением:

— Мою профессию я люблю...

Однако, он не унялся и, когда газетный номер был весь прочитан и она встала, говоря, что ужинать не будет, господин Гарбуз удержал ее за руку и почти силой посадил на стул.

Разговор происходил на террасе, при лампе.

— Ах, красавица моя, — заговорил он вполголоса, глаза его искрились и он поводил синими белками, особенно ей неприятными, — вы, я вижу, очень уж в большой суровости жили. Книжки, да книжки, лекции, умные разговоры... С такой-то наружностью! А настоящего-то смака жизни и не знали. Все, ведь, это уж, позвольте вам сказать, по-старому, все это выспренность. Теперь молодежь за ум взялась, ни от чего не открещивается, хе-хе!.. Дело — делом, а утеха — утехой. Так-то! И барышни, которые стриженые ходили, в мужских шапках и чуть не сапогах, — теперь как себя обряжают! Любо-дорого смотреть!

Ей захотелось прервать его возгласом:

"С какой стати вы мне все это говорите?"

Но она предпочла сделать вид, что не понимает его и сидела с неопределенной, блуждающей усмешкой:

— Вы, ведь, тоже, я замечаю, не имеете этой фанаберии — насчет стрижки волос и прочего. Только... очень уж вы держитесь, как бы это сказать, скромницей большой... Хе-хе!.. Мало уж очень обращаете внимания на свою собственную особу...

В словах его не было ничего особенно дерзкого, но тон и игра лица договаривали остальное.

Татьяна Казимировна встала и отдернула руку, которую он удерживал в своих обеих, влажных и обросших рыжеватыми волосами.

— Куда же так скоро?

— Поздно... пора спать.

— А ночь-то какая! Вся в звездах. Месяц скоро взойдет. Погулять бы теперь, к речке спуститься.

— Мне не хочется, — сухо вымолвила она.

— Вы, стало быть, не любите, так сказать, поэзию?

Он выговаривал "паезию" — и слово выходило у него совсем по-лакейски.

— Люблю.

— А не хотите пользоваться... Кто это сказал... Лови момент? Какой писатель?

— Я не знаю, — ответила Татьяна Казимировна с нахмуренными бровями и повернула к углу террасы, мимо которого она возвращалась к себе, в мезонин.

— Бог с вами!.. Вон вы какая строгая... Или, быть может, утомились, раскисли... от воздуха?.. Хе-хе!

Он пошел было проводить ее, но она обернулась и сказала все так же сухо и значительно:

— Покойной ночи! Я знаю дорогу.

— А посветить вам?.. Лесенка крутая.

— Не надо.

Быстрыми шагами дошла она до дверки.

VIII

Луна выплывала медленно из-за деревьев. Ночь, все такая же теплая и слегка влажная, входила в комнатку мезонина, где Татьяна Казимировна опять сидела у окна.

У ней было настолько светло, что она, без свечи, переменила туалет, надела блузу из легкого кретона. В платье ей сделалось жарко в этой душной комнатке...

Она сидела, облокотись обеими руками о подоконник, выставляла голову в окно, ища прохлады, и усиленно думала.

Дольше завтрашнего утра она не останется тут, в этом подозрительном доме, одна с мужчиной, от которого веет самыми хищными инстинктами. Все ее девичье существо было настороже. Нервы напряжены; боязнь, смешанная с брезгливым чувством к мужчине вообще, к его плотоядности, наполняла ее. Она вся испытывала то состояние, когда молодая, чистая в помыслах и здоровая женщина, не знавшая ни знойной страсти, ни спокойных чувственных отношений, сознает себя предметом плохо скрываемого влечения.

И прежде, когда ей случалось вызывать взрывы страсти, она или возмущалась, или уходила в себя, замыкалась, и всегда это вело за собою жуткое, почти болезненное ощущение, высший предел физической гадливости.

Сегодня вечером, там, внизу, когда господин Гарбуз говорил свои пошлости и брал ее за руку, это ощущение было так сильно, что она с большим трудом сдерживала себя и досидела только до одиннадцатого часа.

Для нее во всяком мужчине, будь он даже красавец и умница, было что-то животно-низменное, как только она делалась для него предметом желаний. Она до сих пор ни разу не спросила себя серьезно: "Неужели так всегда будет?" — потому что никто еще не нашел доступа к ее сердцу.

Эта "бессердечность", многие определяли так ее натуру, не смущала ее, хотя она смутно и догадывалась, что, быть может, в основе лежит ее гордость, тайное тщеславие, сознание своей красоты, о которой она никогда особенно не думала, и своих нравственных свойств.

Но она еще не жаждала встречи с "ним", не любила разговоров о мужчинах и очень часто, когда жила с кузиной, преследовала ту за ее единственную заботу: вызывать к себе в мужчинах "интерес", по ее любимому выражению.

"Как я допустила его до таких разговоров со мною? — гадливо спрашивала она себя, глядя в прозрачную ночь. — Это просто постыдно!"

Завтра же она переедет в гостиницу, и даже вовсе уедет. Деньги за проезд она ему возвратит — у ней хватит. Не может же он запереть ее!.. Да она и не доведет дела ни до каких историй. Всегда она умела выходить из всяких щекотливых положений. Есть же здесь, в местечке, какое-нибудь начальство. Она отправится и заявит.

Щеки ее бледнели, чуть-чуть освеженные воздухом, от быстрой смены мыслей. Она так была поглощена работой головы, что до слуха ее не дошел сразу легкий стук в дверь.

Секунды через три-четыре опять постучали.

Она встрепенулась и встала. В груди у ней вдруг похолодело.

Стук она, во второй раз, расслышала отчетливо.

Кто мог к ней стучаться, кроме самого хозяина? Катерина спала во флигельке, она это знала.

В то самое мгновение, как она зажгла свечу, стоявшую у кровати, на табурете, дверь отворили.

Крючок не был еще спущен. Она это делала, когда совсем ложилась.

— Вы? — спросила она изменившимся голосом, и сейчас же подалась назад, за спинку кресла.

Он стоял в дверях, без свечи и в халате, в сером халате, с красными отворотами.

Кровь бросилась ей в лицо. Она хотела что-то крикнуть, и у ней ничего не вышло... Страх сразу овладел ею, так что колени подгибались и дыхание перехватывало.

— Извините... Татьяна Казимировна... Я слышал снизу, что вы у окна. Знаете... подумал... вы как будто ушли недовольная мною... Хотел пожелать вам еще раз покойной ночи... и просить... не сердиться на меня... если я что-нибудь не так сказал.

И он приближался к ней. Голос был еще слащавее обыкновенного, но в глазах мелькал особый огонек, с упорством и напряжением, которое она схватила всем существом своим.

— Вы меня не чурайтесь... красавица моя. Я ведь готов для вас на какую угодно...

Его руки уже коснулись ее плеч.

Дикий крик вырвался в окно. Она сама не узнала своего голоса. Из глаз у ней посыпались искры.

Никогда еще не испытанный ужас наполнил ее мгновенно, с прикосновением рук этого мужчины. Она метнулась от него в угол и там, с дрожью во всем теле, еще раз крикнула:

— Что вы? Что вы?.. Татьяна Казимировна!.. Зачем так кричать? В уме ли вы?

— Пустите меня! Пустите!

Он не пустил ее к двери, схватил одной рукой за руки и, тяжело дыша, выговорил:

— Отсюда вы не выйдете, барышня... Это уж будьте благонадежны... Кричите, не кричите — никто не придет... И старуху я отпустил... до завтра.

Выговаривая это, он улыбался, и в голосе не слышалось ничего сладкого.

Припадок ужаса уже миновал. Она навалилась на него, сильная и трепетная, и хотела оттащить от двери... Но его руки держали ее крепко и губы искали ее лица.

Она вырвалась молча, пробежала мимо кровати, задула свечу резким движением воздуха и вскочила на подоконник.

— Уйдите! Или я брошусь!..

— Хе-хе!.. Не броситесь, барышня!.. Шалите!..

Ни одной секунды колебания не задержало ее. Идея опасности, смерти даже не мелькнула перед ней. Все было бы для нее лучше, чем то, что мог с ней сделать этот человек.

Она ринулась вниз, не разбирая, куда она упадет и с какой высоты.

Мезонин шел над углом террасы. Под окном приходилось крылечко и навеса не было... Но в падении своем девушка зацепилась платьем за косяк, стремительность падения была задержана, и она ударилась о пол крылечка обоими локтями, не почувствовала ничего, кроме сотрясения, и бросилась через террасу к лестнице в сад.

Раздался злобный лай. Бой кинулся за ней и, когда она была уже внизу, над обрывом, у забора, укусил ее за ногу.

Но и этого она не почувствовала в натиске своего бегства. Довольно высокий частокол перелезла она, — как — этого она не могла потом припомнить, — спустилась по крутой тропинке к мостику, перебежала его и упала без памяти у того самого тенистого орешника, где в день приезда в местечко любовалась этим уголком.

Очнувшись, она мгновенно все вспомнила и хотела бежать куда-нибудь дальше от проклятого дома, и тут только жжение около щиколки правой ноги и в обоих локтях дало себя знать.

Руки были в крови, просочившейся сквозь рукава капота, и нога укушена в кровь. Она с усилием встала и все-таки бросилась дальше, по берегу речки, к другому большому мосту, откуда спуск шел к следующему холму.

Она успела уже сообразить, что ближайшее жилье — та красивенькая дача с башней, что виднелась слева. А до вокзала было далеко, с полверсты.

Боль в ноге делалась все назойливее. Бежать она больше не могла. Поднимаясь по кочковатой дороге в темноте от обвалов, не допускавших лунного света, она споткнулась и долго не могла встать. Кровь сочилась из обоих локтей и из ноги и остановить ее нечем было. Но она сознавала, что руки и ноги целы, нет даже вывиха.

Почти ползком добралась она до верху и перед ней, в двух окнах красивой дачи, замелькал огонь. Там еще не спали. Да и час был еще не очень поздний — в начале первого.

Кто там жил, она не знала... Но примут ее или не примут, она добредет до крыльца и ляжет, больше не хватит сил.

До дачи было гораздо дальше, чем ей казалось издали, когда она ходила гулять или смотрела из окна своей комнатки.

Боль в ноге все прибывала. Взобравшись на луговину, Татьяна Казимировна почти упала на землю, измученная тяжелым подъемом. Жажда начала томить ее, и в висках лихорадочно бились жилы... Коса распустилась, волосы падали на влажный лоб.

В эти пять минут, от речки до верху, она, после ужаса, охватившего ее там, в мезонине, испытывала беспомощность, горечь и натиск беды, настоящей, приравнивающей барышню, ученую девицу, курсистку, кого угодно, ко всякой женщине, к крестьянской бабе, которую изверг-свекор или озверевший от водки муж, избив до полусмерти, оставляет ночью где попало — в лесу или среди безлюдного пустыря.

Ее положение — все-таки лучше. Она ползет к дому, где жили господа. Они должны же принять в ней участие. В этом она не могла сомневаться.

И голова ее уже работала. Она не боялась своих ушибов, кровью она не изойдет... И когда сцена в мезонине промелькнула перед нею, она глубоко обрадовалась. Ведь то было хуже всяких страданий, хуже смерти. Если б она сделалась жертвой того зверя — она, все равно, покончила бы с собою — так говорило все ее существо.

Голова продолжала работать. Кто же виноват во всем этом диком происшествии? Она, она сама. Никто больше. Ни боль, ни разбитость тела и всех нервов не помешали ей, в маленькую передышку, сидя на голой земле, прийти к такому выводу.

Но надо тащиться дальше. На правую, раненую, ногу еще больнее ступать; но она пересилила себя и дошла в несколько минут до ворот.

Из-за них поднялся лай цепной собаки; она различила звук цепи. Но это ее не остановило. Светлая ночь позволяла разглядеть калитку, цветник и террасу. Дверь на террасу стояла полуотворенной... Свет шел из гостиной.

Туда она и пошла, все ускоряя шаг, тяжело дыша, без всякого чувства неловкости или стыда: не принять ее не могут, кто бы там не жил.

Поднялась она, так же стремительно, на несколько ступенек, на обширную, крытую террасу и прямо двинулась к двери.

Только в комнатах силы оставили ее, и она упала на кресло, около входа. Смутно выплывали перед ней предметы: две картины по стенам, пианино, лампа на столе, много мебели и три-четыре человеческих фигуры.

При ее появлении раздался крик девочки-подростка:

— Мама! Кто это? Господи!

Потом все вскочили с мест и бросились к ней. Она ослабевала, но не хотела падать в обморок, внутренно боролась с тем облаком, которое застилало перед ней всех, и с холодящей слабостью членов.

Женский голос, старше и ниже, спрашивал ее:

— Откуда вы? Что с вами?

И мужчины говорили что-то разом.

Потом она впала в бессознательное состояние, но помнила свою последнюю мысль. Она успела спросить себя:

"Да не в это ли семейство она ехала, а попала к тому злодею?"

Пришла она в себя на постели, за ширмами, в просторной комнате, где было свежо и пахло уже каким-то лекарственным спиртом.

И первое лицо, ясно рассмотренное ею, было лицо дамы, еще не старой, очень худой, с глубокими впадинами глаз, в шелковом платье. Волосы на висках седели. Она вспомнила тотчас, что видела ее мельком, у вокзала, вместе с девочкой, лет четырнадцати, и они ей понравились больше всей остальной публики.

— Как вы себя чувствуете? — спросила ее дама певучим голосом.

На голове ее лежала примочка, руки были перевязаны, и нога также.

— За доктором послали. Не беспокойтесь. Не говорите ничего. Это вам вредно будет.

"Я у хороших людей", — подумала она и радостно вздохнула, но не заплакала.

IX

И когда, больше месяца спустя, в подгородной усадьбе того самого семейства, куда она попала в ужасную ночь бегства от господина Гарбуза, Татьяна Казимировна спрашивала себя: "Неужели все это было?" — ей не верилось.

А все это несомненно было, и разыгралось в целую историю.

Братцевы, помещики, у кого она теперь живет, были так возмущены ее "историей", что начали дело. Муж, Леонид Павлович, кинулся в ближайший губернский город к прокурору. Жена, Марья Христиановна, стала ухаживать за нею, как за родною, пока она не оправилась от ушибов и нервного потрясения. И дочь их, Наташа, сразу прильнула к ней, прибегала, по несколько раз на дню, и даже затрудняла ее своими расспросами.

— Душечка, Татьяна Казимировна, расскажите мне, как этот ужасный человек вас оскорбил. И что он с вами хотел сделать?

Мать ее останавливала и часто высылала из комнаты. Оба — и муж, и жена — держали все в секрете, щадя ее девическое чувство.

Но дело началось.

Когда Братцев явился к Гарбузу с местным полицейским чиновником, тот принял их очень дерзко и не хотел выдавать вещей гувернантки, доказывая, что за ней пропали высланные им на дорогу деньги.

— Вот эти деньги! — сказали ему.

Но он не унялся и требовал неустойки, грозил сам начать дело.

Тогда и пришлось обратиться к прокурору. Хлопоты велись так энергично, что судебному следователю предписало было начать следствие. Вещи отобрали у Гарбуза.

В первые дни Татьяна Казимировна испытывала сложное настроение: и негодовала на "злодея", и боялась грязи, неизбежной с разбирательством по такому делу. Она была и жертвой, и единственной свидетельницей. Она сама не подавала жалобы, но, когда Братцев пришел к ней, после посещения дачи Гарбуза, и вызвался сейчас же ехать в губернский город, она не стала удерживать его.

Тогда свое поведение она не считала только личным делом... Подобного человека надо было обличить и удалить из общества. Что ж делать, что ей пришлось играть роль обличительницы! Себя она чувствовала выше предрассудков и фальшивого стыда. Смутная боязнь скандала уступила место решимости действовать "на пользу общую". Иначе она сама будет не жертвой, а какой-то полусообщницей или сумасшедшей, или вздорной, нечестной девчонкой, убежавшей из дому, куда приехала по доброй воле и на известных условиях.

Первая очная ставка с Гарбузом, — его задержали в домашнем аресте, — совсем подавила ее. Она и от него не ожидала такого цинического нахальства.

Он, с поворачиванием белков, стал клясться жизнью своих "кровных", что никогда ничего не замышлял "против этой мамзели" и даже у ней наверху не был ни разу, с тех пор, как она там поселилась.

Эта наглая ложь так взорвала ее, что она стремительно начала рассказывать все подробности ночной сцены. Ее тон мог бы подействовать и на самого скептического судебного следователя: а этот сразу стал на ее сторону.

— Чем же вы объясняете то, — спросил он Гарбуза, — что порядочная особа, ночью, должна была перелезть через забор, была укушена вашей собакой и, чуть живая, прибежала в чужой дом, к посторонним людям?

— Истеричка, больше ничего-с! — ответил Гарбуз со скверной усмешкой. — Ей представилось... знаете, такие всегда воображают, что все в них влюблены... и покушения производят.

Была минута, когда она чуть не дала ему пощечину.

— Да вы извольте объяснить доподлинно, — сказал он ей, и в глазах его она прочла зверскую, чисто-разбойничью злобу, — что же собственно я с вами такою неподобное производил, ежели предположить, что я к вам попал наверх, в непоказанный час? Ну, примерно, хоть поцеловал что ли?

Вот тут она чуть было не кинулась к нему, и сама ужаснулась этого порыва.

Но с какою горечью и гадливостью должна она была еще раз повторить все, что уже рассказывала и у себя, Братцевым, и следователю, и в начале очной ставки.

— Только-то? — возразил Гарбуз. — Помилуйте. Да все это выеденного яйца не стоит. Опять же мамзель эта не малолеток какой, а по паспорту ей двадцать третий годок пошел. Достаточно узнала жизнь.

И тут она впервые заметила в глазах следователя выражение досады на то, что прямых улик никаких нет, и "злодей" может отвертеться.

В запасе были, однако, косвенные улики, и немало. Быстро веденное дознание, — начальник губернии принял в ней участие, — выяснило, что господин Гарбуз вдов, имеет взрослого сына, но ни жены, ни дочери у него нет, владеет домом в одном из ближайших великорусских губернских городов, считался там ростовщиком и уже имел историю, вроде этой, с выпиской, по газетам, конторщицы в магазин, которого у него не было.

Припертый к стене следователем, он с той же злобностью во взгляде ответил:

— В гувернантки к дочери госпожу Круковскую я не нанимал. Этого доказать нельзя.

Она так уже была удручена его наглостью, что даже не издала никакого возгласа.

Но за нее говорил следователь.

— Вы слишком неосторожны, — сказал он ему, — ваше письмо приобщено к делу, то, где вы соглашаетесь на условия госпожи Круковской и извещаете о высылке денег на проезд.

— Плохо вы изволили читать это письмо, — возразил он, — в нем ни одного слова нет о гувернантстве... А когда мамзель приехала, я ей предложил быть у себя чтицей, и моя прислуга, хоть под присягой, покажет, что она и утром, и вечером читала мне газеты.

Схватились за его письма к ней. Их было счетом три, но ни в одном не значилось слов "гувернантка" или "наставница", и согласие на ее условия стояло в общих выражениях.

— Но ведь в объявлениях госпожи Круковской, — возражал следователь, — прямо говорится о месте наставницы, а не чтицы?

— Позвольте мне текст объявлений, — потребовал подсудимый, точно зная, что номеров газеты, где они печатались, она не сохранила.

Надо было их подыскать, что задержало течение следствия.

В этот антракт следователь вызывал ее раза два и сам старался о том, чтобы обставить улики чем-нибудь более веским; выражал ей свое полное сочувствие и доверие, но не скрывал, что "фактических данных" мало, чтобы привлечь Гарбуза к уголовной ответственности по такому преступлению, которое грозило ему "каторжными работами".

Когда она услыхала эти слова "каторжные работы", Татьяна Казимировна пришла в новое душевное настроение. Половина ее негодования на "злодея" сразу упала. Ведь он только покушался сделать что-то гнусное... Ей даже стало приходить на мысль: полно, не испугалась ли она без настоящей фактической причины? Но ей опять совершенно отчетливо представилась вся сцена в мезонине. Она чувствовала на своей щеке его горячее дыхание. Он боролся с ней. Он крикнул ей с гадким хихиканьем:

— Шалите!

Это "шалите" осталось в ее слухе, точно он его выговаривает опять перед нею. И слова его насчет бесполезности криков, так как никто не придет ей на помощь, а Катерину он отпустил на всю ночь...

Но это не улики. Во второе посещение следователя она должна была выслушать и еще нечто. С разными деликатными оговорками он дал ей понять, что такой человек, как Гарбуз, потребует таких отрицательных доказательств своей невиновности, которые для нее, как для девушки, будут крайне тягостными.

Она, в первую минуту, даже не поняла его намеков. Но когда все сообразила, то на нее нашел ужас, сродни тому, какой вырвал у нее дикий крик в начале ночной сцены.

А косвенные улики, тем временем, не давали добрых результатов. Номер газеты с ее объявлением был предъявлен Гарбузу, но он и на это возразил, что госпожа Круковская могла предлагать себя в гувернантки, а потом согласиться на роль чтицы при одиноком, пожилом человеке. Он напирал на то, что ему сорок шестой год.

Ее душевное состояние становилось крайне тревожным, и она решила сбросить его с себя. До разбирательства на суде, она уже не хотела, ни под каким видом, допускать, и сама обратилась с этим к прокурору. Да вряд ли бы и можно было дать ход обвинительному акту на основании таких бедных фактических данных.

До дела она не допустила, но Гарбуз был выслан куда-то в дальние места, на жительство, с воспрещением въезда в обе столицы.

Она узнала об этом без всякой радости. Напротив, в ней зашевелилось чувство досады и даже стыда. Из-за нее человек лишен на неопределенное время свободы. Он — гадкая, отвратительная личность, она в этом не сомневается, но ей все-таки было жутко от сознания, что все это случилось из-за нее.

Братцевы предложили ей поехать с ними в подгородную усадьбу, в соседнюю губернию, и заняться их дочерью, хоть до осени, а если ей понравится у них, то и довести Наташу до университетского диплома; в гимназию они не хотели ее отдавать. Она сейчас же согласилась. И через шесть недель после "ужасной ночи", то, что было, казалось ей иногда кошмаром, а не пережитым итогом своего гувернантства.

X

Утро в усадьбе "Поддубное" начинается у Татьяны Казимировны довольно рано. Стоят первые дни сентября, ясные, с легкими заморозками по ночам, теплые, до шестнадцати градусов в полдень.

Усадьба похожа больше на дачу, всего три версты от города, под дубовым лесом, оттуда и прозвище, рядом хутор с большим хозяйством. В город езды минут двадцать, проехать лощиной, а там тянутся кирпичные сараи, каменная ограда женского монастыря, и пойдут выселки, новые улицы.

Место красивое, высокое, виден нагорный берег судоходной реки; на склонах ее и стоит город, большой и старинный. Но они живут совсем тихо, в город ездят мало, и гости оттуда бывают редко.

Там, на водах, ее поместили наверху, в той башне, что виднелась издали, когда она жила у Гарбуза, — как только прошел первый переполох, — и она, в первые две недели, еще поглощенная судебным следствием, не могла хорошенько разглядеть своих новых хозяев. Уроки с дочерью начались еще там, но больше в виде общих бесед. Девочка пользовалась каникулами. Настоящее учение отлагалось до переезда в имение, до сентября.

Первое впечатление Татьяны Казимировны держалось еще, когда она переехала с ними в усадьбу Поддубное.

Да, она попала к "хорошим людям". Трудовая жизнь уже сталкивала ее с разными семействами, и она могла накопить в себе порядочную долю скептицизма, но по принципу она признавала в людях склонность к добру, только засоренную всяким вздором и малодушием. А Братцевы согрели ее таким человечным приемом, какого она не ожидала даже от очень добрых людей.

Всего трепетнее и горячее была, в первые дни, Мария Христиановна. Она точно сама прошла чрез такое же испытание, говорила о "злодее" с глубоким омерзением; без всякой задней мысли предложила Татьяне Казимировне самое широкое гостеприимство, первая спросила ее, по прошествии двух недель, не хочет ли она остаться у них, и ни за что не согласилась на то, чтобы эти две Недели житья у них, и даже с расходом на лечение, были ей зачтены; она — ее гостья в качестве наставницы.

Марья Христиановна, еще не очень старая дама, рожденная в полунемецком богатом семействе, от русской матери, нервная, с постоянно приподнятым тоном, порывистая и, вместе с тем, довольно положительная и дельная в домашней жизни и хозяйстве, с основной нотой методичности и упорного преследования того, что запало ей в голову или сердце.

Наружность ее правится Татьяне Казимировне. У ней тонкие черты продолговатого лица, глаза немного затуманенные, глядят доверчиво и мягко, легкая седина придает голове что-то простое, лишенное претензии. Одевается она в темные цвета, без франтовства, но солидно, чрезвычайно опрятно, как бы на английский манер. Говор ее, совсем барский, передан ей матерью, с нервными вздрагиваниями в груди некоторых низковатых нот, певучий, иногда порывистый, когда она начнет говорить о чем-нибудь горячо, а это случается довольно часто. Сначала Татьяна Казимировна принимала ее за очень добрую барыню, немножко сентиментальную и, вероятно, слабую, без особенно прочных взглядов и убеждений. Но эту оценку она должна была вскоре изменить.

Она увидала, что "первый номер" в доме — жена, а не муж. Жена отлиняла на него во всем: в общем тоне, идеях и отношениях к людям, завербовала его в какую-то свою веру, какую именно — Татьяна Казимировна не могла еще определить, до переезда в усадьбу. Муж этот, был из породы "добрейших" русских дворян, рослый, немного ожирелый, обросший белокурыми волосами, на вид еще моложавый — ему было уже за сорок, с отрывистой, не очень связной речью; глаза у него были сродни, по выражению, глазам жены, также с каким-то налетом, но гораздо больше и простоватее по выражению.

Леонид Павлович занимался хозяйством не особенно ревностно, держал приказчика, служил, не так давно, мировым судьей, в городе, откуда они переехали теперь на постоянное жительство в усадьбу. Образования он был смешанного — учился дома, потом попал в военную службу, в артиллерию, скоро вышел в отставку, живал немало за границей, искал все дела, слушал лекции, изучал разные "вопросы", метался туда и сюда, одну треть своего состояния положил на разные "душевные затеи" — он так выражался даже и после того, как женился по любви.

Все это она узнала от него в первые же дни. Он говорил о себе гораздо охотнее, чем Марья Христиановна. Не раз срывалось у него с языка:

— Без Мерички я бы и до сих пор вскую шатался... она меня перевоспитала.

Дочь свою они одинаково любили; но в отце замечалось

190

больше склонности к баловству, чем в матери, и девочка была с ним нежнее. Воспитали они ее — это было сразу видно — на полной воле, приучили к обхождению с родителями, как со старшими друзьями. Наташа была рослая девочка, белокурая, в отца, с темными глазами матери, но с другим совсем выражением, веселая, немножко резкая в движениях, без светской выправки, но не застенчивая.

Уже в первую же неделю, проведенную Татьяной Казимировной у Братцевых, она сказала себе:

"А ведь девочка-то меня всего больше здесь привлекает".

И между ними завязалась быстрая, почти мгновенная дружба. Наташа просто не могла наглядеться на нее и, кажется, она первая стала настаивать на том, чтобы Татьяну Казимировну взяли к ней в гувернантки.

Учили ее без системы, но знала она довольно много, особенно сильна была в арифметике; мать сама занималась с нею тремя языками и музыкой. Новой наставнице можно было ограничиться только "русскими предметами".

Такой ученице Татьяна Казимировна глубоко порадовалась и к концу месяца почувствовала, что для Наташи она способна остаться в этом доме и несколько лет.

Гувернантка-воспитательница впервые заговорила в ней.

До сих пор она имела дело почти исключительно с ученьем в тех домах, куда ходила давать уроки. Там она строго держалась рамок преподавательницы. Родители почти везде предоставляли ей выбор метода учения. От участия в нравственном ведении детей она сама старательно уклонялась. Многое она не одобряла; но она тогда только позволяла себе сделать какое-нибудь замечание по поводу того, как "ведут" ребенка, если этого требовало учение, подготовка уроков; да и то она любила доводить самих детей до сознания, что надо исправиться, не прибегая к жалобе.

Давание уроков выработало в ней известного рода навык, но не приохотило ее к обхождению с детьми. Она сама чувствовала, что уроки — только кусок хлеба, души своей она в них не влагала, утомлялась от длинных концов по городу, досадовала часто на то, что из-за этих бесконечных уроков она не может отдаваться систематическому чтению, достичь специальных "мужских" познаний по одному из предметов своего отделения, Она прекрасно сдавала экзамены, не довольствовалась одними учебниками, читала и монографии; но все-таки не могла работать "по-студенчески".

Собирание рублей с уроков, помимо чисто женских мотивов, и подтолкнуло ее окончательно к исканию места в отъезд, в домашние наставницы. Она рассчитывала не на особую удачу, но на нечто среднее: не глупое и не пошлое семейство, где она сумеет сразу поставить себя в независимое положение, при детях среднего возраста, без постоянной возни с ними, так, чтобы иметь достаточно досуга для работы. В такой жизни она сама себе выяснит свою дальнейшую умственную дорогу. Обрекать себя на вечное гувернантство она никак не хотела. Ее однокурсницы находили, что у ней отличный слог, да и она сама чуяла в себе литературные способности. Все это нуждалось в разработке, на все это надо было время.

У Братцевых симпатичность девочки-подростка вызвала в ней более теплое отношение к своему теперешнему делу. Перед ней была юная трепетная душа, поставленная, по-видимому, в хорошие условия. Родители — добрые, развитые, очень отзывчивые люди, но они родители, излишком любви к дочери могут оказаться и вредными для некоторых сторон ее натуры. Вот тут она и должна оказать поддержку и им обоим, и их ребенку. С такими "душевными" людьми не особенно трудно будет сталкиваться. Да и для себя, для изучения собственного характера — это самая лучшая школа.

Татьяна Казимировна, за время житья в провинции в эти пять-шесть недель, еще строже стала следить за собою, как только оправилась от переполоха истории с Гарбузом. Она, к переезду с Братцевыми в усадьбу, разобрала все свое поведение и многое в нем не одобрила. Она обвинила себя окончательно в большом легкомыслии, в крайней неосторожности, приличной "девчонке", а не девушке по двадцать третьему году, нашла, что не следовало ей так порывисто соглашаться на преследование "злодея", хотя бы она и была убеждена в том, что он устроил ей западню. Теперь ее отказ доводить дело до уголовного суда представлялся ей не только толковым решением, вызванным деловыми соображениями, но и поступком, обязательным для всякой истинно порядочной девушки, способной подавить в себе личное негодование, когда дело пахнет каторгой, и она сама считает себя виновной в крайней неосторожности.

Гувернантство же показало ей, воочию, на каком волоске висит, и среди так называемого образованного общества, честь и достоинство одинокой девушки, нуждающейся в заработке. До сих пор она только смутно сознавала возможность подобных передряг и не ставила ребром вопроса: как она выйдет из того или иного тяжкого положения, какие инстинкты заговорят в ней самой, хватит ли у ней нравственных сил хоть на то, чтобы помочь развиться одной девочке-подростку, вроде этой Наташи, прильнувшей к ней всем своим нетронутым сердцем?

Ни за что она не могла ответить, и еще искреннее желала — строго следить за собой, ни в чем себе самой не давать поблажки.

XI

В первое воскресенье, проведенное в усадьбе Братцевых, Татьяна Казимировна с утра оделась старательнее и, в ожидании часа утреннего чая, читала.

Обыкновенно горничная — мужской прислуги Братцевы не держали — приходила ее звать. На этот раз она что-то медлила.

Комната гувернантки помещалась в стороне и проходить в нее надо было залой и коридором. Через стены из залы гул разговоров не проникал, да там и редко кто сидел; но звуки фортепиано доходили довольно явственно.

Кроме пианино в зале стояла еще фисгармоника порядочных размеров. На водах Татьяна Казимировна ее не замечала. Там уже ее на третий день поместили в мезонин, куда даже и гаммы Наташи почти что не доносились.

Про фисгармонику она, по приезде в усадьбу, спросила как-то Наташу, умеет ли она играть.

— Немножко, — ответила та, — но мама прекрасно играет... Вы как-нибудь услышите.

И ей показалось тогда, что по лицу девочки проскользнуло какое-то особое выражение.

Но она пропустила это без внимания.

На водах, она была еще слишком поглощена своей историей с господином Гарбузом и недостаточно присматривалась к интимной жизни своих новых хозяев. Одно она заметила, что они, по воскресеньям, в русскую церковь не ездили.

Вместо зова к утреннему чаю раздались вдруг аккорды фисгармоники и пение в несколько голосов.

Это показалось ей странным. В такой ранний час, да еще в воскресенье, Марья Христиановна вряд ли будет давать урок дочери. Да Наташа, кажется, и не берет уроков пения.

Она встала, подошла к двери и приотворила ее.

Отчетливее услыхала она напев, несомненно духовный, напоминающий немецкие хоралы. Различала она и мужской голос. Пел и Леонид Павлович. Покрывал другие голоса голос Марьи Христиановны, высокий, унылый и несколько гнусавый, и придавал всему хоралу особый колорит.

"Что же это такое?" — все еще в недоумении подумала Татьяна Казимировна и прошлась несколько раз по комнате.

"Значит, они какие-нибудь сектанты?" — продолжала она соображать.

Духовное пение под фисгармонику, в воскресенье утром и целым хором, указывало на нечто, если не прямо сектантское, то мистическое. Правда, в усадьбе нет церкви; но монастырь под боком, каких-нибудь четверть часа езды. Туда никто и не собирался и вообще о монастыре, о местной святыне не было в доме никаких разговоров.

Но как же ей было поступить? Ее захватило врасплох такое открытие. Братцевы не делали тайны из своих религиозных собраний с пением на какой-то иностранный лад, но и не приглашали ее принять участие.

Это ей понравилось. Стало быть, в них нет желания смущать ее, замашек прозелитизма.

И вдруг она выговорила про себя:

"Да они, должно быть, редстокисты" — и вспомнила, как, года три назад, попала на такое пение и даже слышала проповедь.

Мотив хорала был как будто ей знаком. Нечто совершенно в таком роде она слыхала.

Надо было, однако, решить: сидеть ли ей у себя в комнате, пока там все не кончится, или пройти в залу и убедиться в том, что там происходит?.. Ведь не могла же она, за чаем, не спросить Наташу или Марью Христиановни, что за пение у них происходило, а такой вопрос будет, пожалуй, отзываться нескромностью или выпытыванием.

Она даже начала краснеть от волнения.

Запели еще что-то. Слова были, наверно, русские и, кажется, в стихах.

Ее потянуло в коридор. Но слушать там показалось ей неделикатным, нечестным. Она не хотела подслушивать и пошла, уже без колебаний, к двери в залу, отворила ее тихо и встала у дверей, сначала никем не замеченная.

За фисгармонией — Марья Христиановна, с лицом, обращенным к ней в профиль. Взгляд ее упирался в стену, брови были приподняты, вся она побледнела и совсем унеслась куда-то. Муж ее, посредине комнаты, сидел за столиком. Вдоль одной стены помещались две горничные, старушка-экономка и двое мужчин. В одном из них она узнала управляющего.

Наташа стояла около Марьи Христиановны. Она первая заметила приход гувернантки, обрадовалась; но тотчас же опять переменила выражение лица: глаза у ней, так же как у ее матери, устремлены были куда-то, углы рта оттянуты, весь облик — восторженно умиленный и на ресницах блестели слезинки.

"Бедная Наташа! — выговорила про себя Татьяна Казимировна. — Ее фанатизируют. Как это жаль!"

И ей еще сильнее захотелось защитить восприимчивую натуру девочки-подростка от искусственного настраивания на мистический лад.

"И как им не совестно, — продолжала она думать, — обращать в свою секту четырнадцатилетнюю дочь, зная, что она и без того такая пылкая!.."

После вторичного пения гимна, с какими-то стихами — они

показались ей плоховатыми и без всякого содержания, — Леонид Павлович встал и начал говорить.

Татьяна Казимировна припомнила, что нечто в этом роде она слышала в Петербурге, когда попала в молельню редстокистов... Тогда была мода ходить туда.

Та же тема, те же приемы доказательств, тот же учительский сладковатый тон, с беспрестанными повторениями одного и того же довода, точно он обращался к малограмотным и малолеткам.

Она и тогда, в Петербурге, придя домой, долго говорила об этом с двумя своими товарками по курсам, доказывая, что такое учение заключает в себе нечто безысходное, роковое или ведет к изуверству.

Здесь лишний раз убедилась она, что у ней нет никакой склонности к мистицизму. Все, что тут пелось и о чем говорилось, показалось ей смешноватой, если не печальной затеей.

И даже когда она себя поправила умственно и спросила: "Почему они не имеют права верить как им заблагорассудится?" — то в ней все-таки не изменилось враждебное чувство.

Говорил Леонид Павлович немного шепеляво и вообще не бойко и сделался, на ее оценку, вдвое простоватее, чем в обыкновенном разговоре. Ей даже стало за него совестно.

Проповедь продолжалась с добрых полчаса. Потом опять пропели гимн, по тетрадке.

Тем и покончилось.

Наташа тотчас же подбежала к ней, обняла, поцеловала несколько раз, возбужденная, с влажными глазами.

— Душечка! Татьяна Казимировна! И вы пришли? Как я рада!.. И как мама будет рада!.. Папа! Поди сюда!..

Ее окружили. Марья Христиановна поцеловалась с ней. Леонид Павлович пожал руку и торжественно сказал:

— Кто чист сердцем — тот наш...

И, точно сконфузившись, сейчас же ушел.

Она промолчала, но решила тотчас же после чая выяснить свое положение, как наставницы, и поближе разглядеть своих хозяев.

XII

Объяснение было во всяком случае неизбежно, и она сама его вызвала.

— Послушайте, — сказала она Марии Христиановне, попросив ее к себе в комнату, — не мое дело вмешиваться в общее воспитание Наташи, но, если вы позволите говорить откровенно, — вы напрасно развиваете в ней...

Слово не сразу сошло с ее губ.

— Что? — тревожно подсказала Братцева.

— Мистицизм.

— Мистицизм?

— А то как же?.. Я не знаю — принадлежите ли вы к какой-нибудь секте или составили себе свой символ веры... Но вы с мужем вашим — уже готовые, люди, а Наташа еще полуребенок.

И она начала доказывать, что родители не имеют права усиленно направлять душу своего ребенка — да еще в такой критический возраст — в сторону исключительного настроения, которое она не может не назвать мистическим.

Братцева выслушала ее, кротко улыбаясь и не приподнимая на нее глаз.

— Вы кончили? — спросила она Татьяну Казимировну, взяла ее за руку, долго держала ее в своей и потом привлекла к себе и поцеловала в лоб.

— Друг мой, — начала она особым тоном, немножко как-то в нос, — не о дочери моей я буду говорить, а о вас. Ей мы показываем духовную истину, к какой мы сами пришли. Этого права никто у нас отнять не может. Но в вас говорит другое... и мое дело — указать вам всю призрачность того, что вы, быть может, называете вашими убеждениями.

Она не дала ей возразить на это и горячее продолжала:

— Мы с мужем полюбили вас... с первых дней. И несколько недель разглядывали вас. Натура у вас благородная... вы посвятили себя великому делу... У вас хорошие познания. Но грунта, на котором все зиждется, в вас нет. Мы не стали сразу навязывать вам наши верования... Мы ждали. Вы сами вызвали меня на этот разговор — и я безмерно счастлива.

И этот разговор перешел целиком на нее; она должна была выдержать род испытания... Ей нельзя было уклониться от него. Братцева, несмотря на особый взвинченный тон, ей не совсем приятный, говорила с полной искренностью.

— Мы с вами, дорогая Татьяна Казимировна, по части религии, прошли, вероятно, через одно и то же: обе — дочери смешанных браков; у вас отец был католик, у меня — лютеранин, матери — православные. И в детстве не вложили в нас ни строгих догматов, ни известного общего настроения.

Долго говорила Братцева на эту тему и — с известной точки зрения — Татьяна Казимировна находила ее доводы, хоть и не новыми, но довольно резонными.

Потом пошли другие ноты. Братцева стала ей рассказывать, как она сама "прозрела", сколько времени искала "истинного пути", и какое высокое счастье носит она постоянно в сердце, с тех пор, как для нее нет никаких сомнений в будущем своей души.

Где, в каком учении она нашла все это — Братцева сразу не

сказала ей, но для нее было уже ясно, что та принадлежит еще к какой-то мистической секте иностранного происхождения и пойдет дальше — будет делать попытки пропаганды. Это заставило ее еще раз поставить ребром вопрос о том: как ей вести умственное развитие Наташи?

— Друг мой! — говорила Братцева. — Лучше временно находиться в заблуждении, но жить душой, трепетать от сознания, что вы обладаете вечной истиной. А иначе что же останется? Одна мертвечина!.. Мерзость запустения! Если у вас нет внутреннего светоча, к чему ваша наука? Никакая образованность не дает ясности духа... Я не против знания! Творца нужно изучать в Его творениях и судьбах человечества. И я не стану мешать вам... Учите Наташу, развивайте ее ум. Но разве это все? Почему мы не отдали Наташу в гимназию? Потому что она попала бы в воздух равнодушия к высшему смыслу жизни, охвачена была бы суетностью, формализмом, не услыхала бы ни одного слова, которое приготовляет молодую душу к соединению с источником света.

Глаза Братцевой, когда она произносила эти слова, покрылись налетом. Татьяна Казимировна слушала ее внимательно.

— Мое нравственное "я", — возразила она, почти сурово, — мы оставим в покое, Марья Христиановна.

— Я и не хочу, друг мой, нападать на него, — продолжала Братцева, все в тех же нотах, — но вы правдивы, вы не будете скрывать от меня истинного состояния вашей души. Вы должны чувствовать себя сухо, неприветно, без настоящей опоры в жизни. Одно знание — мертво. Я приглядывалась к вам больше месяца, и мне вас жалко, искренно жалко. Вы в безвоздушном пространстве, в вас нет и тени той радости, какую человек может носить в душе своей... А без нее, во имя чего будете вы выносить тягость жизни?

И долго Братцева говорила все в том же роде. Татьяна Казимировна не прерывала ее. И к концу беседы позволила себе только сказать:

— Дело ваше, Марья Христиановна. Ваша дочь должна быть дороже вам, чем мне. Я высказала то, что считала своим долгом.

— И я вас за это еще более полюбила! — воскликнула Братцева, опять обняла и поцеловала ее. — Для всех открыт доступ к источнику света!

Но с этого же дня Татьяна Казимировна уже не могла по-прежнему относиться к Братцевой. Она видела, что борьба неизбежна из-за Наташи. Девочку, по природе слишком восприимчивую, ей захотелось отстоять от того, что она считала, со стороны родителей, насилием.

Что ей говорит ее совесть, то она и будет делать в этом доме. Чтобы усиленно бороться, надо знать как можно лучше своих противников... Она решила, до поры до времени, не высказываться, внимательно изучать родителей Наташи. Уже и теперь она отлично видела, что всему дает окраску жена, что Марья Христиановна первая сделала мужа, если не последователем еще какой-то секты, то мистиком, готовым пойти с ней, рука в руку, на поиски того "светоча", который озарял ее.

XIII

От брата своего Коли, прогостившего все вакации в деревне, в семействе товарища, Татьяна Казимировна получила письмо, очень грустное... Мальчик скучал по ней. Зиму он должен был остаться в том же семействе, в качестве репетитора, за стол и квартиру.

Когда она там пристроила его, то, прощаясь с ним, говорила:

— Для тебя это необходимо, Коля. Ты слишком долго жил под женским надзором. Этого нельзя! Все на помочах! Пора и с чужими людьми ладить!

Мальчик согласился с ее доводами, хотя тайно и всплакнул: он очень любил ее, до обожания.

И вот теперь, когда перед ним стояла целая зима, у чужих людей, в полной разлуке со своей "маточкой", как он ее называл, ему сделалось жутко, и он излился в письме, на восьми страницах, с такими проблесками нежности, что у ней стояли на глазах слезы, когда она его дочитывала.

Не лучше ли было бы ей вернуться в Петербург, где она наверно найдет несколько хороших уроков. На Колю она будет тратить немного: плата за учение, платье, маленькие карманные деньги. Там полная независимость, а здесь, хоть она и живет на выгодных условиях и дела мало, — надо или подлаживаться, или бороться.

Она видела, что мать Наташи не переделаешь. В ней залегли характерные черты мистической натуры, русская нервозность на почве немецкого упорства. Но это-то ее и подзадоривало. Неужели она сразу спасует перед первой попавшейся барынькой, от безделья ищущей светоча, и не помешает развиться такому же мистицизму в симпатичной и душевно здоровой девочке?

Это было бы слишком стыдно. Ее уже не смущало и то, что она должна будет вмешиваться не в свою область. До сих пор она строго держалась рамок преподавания в тех домах, где давала уроки, и, собираясь "в отъезд", не желала быть воспитательницей, гувернанткой, брать на себя ответственность за нравственность своих учеников и учениц... Но тут борьба должна идти путем умственного развития. Еще неизвестно, кто победит.

Сдавалось ей также, что муж Марьи Христиановны, по натуре, вряд ли очень склонен к мистицизму.

Она не вызывала его на "принципиальное" объяснение, но после ее разговора с Марьей Христиановной, Леонид Павлович стал сам искать повода к беседе с особым оттенком.

У них обоих послеобеденные часы были ничем не заняты. Наташа брала какой-нибудь урок у матери, и Леонид Павлович, когда погода испортилась, оставался в комнатах и видимо скучал. Он предложил ей читать поочередно газеты и журналы.

Незаметно перешел он первый к интимным разговорам. Чутье не обмануло ее. Муж, после разных исканий дела, стал подпадать под влияние жены и очутился в сектантах.

О себе он говорил проще, искреннее, и в несколько дней она узнала всю историю его духовного просветления.

— Вы оба редстокисты? — спросила его Татьяна Казимировна после того, как дала ему понять, что она знакома с этим учением.

— И да, и нет, — ответил он ей с подавленным вздохом. — Вы видите, дорогая моя, меня всегда тянуло к живому делу. Я и с идеями Толстого во многом согласен... Мне, по натуре, не очень по вкусу догматы, но без них нельзя... все расплывается, нет никакой почвы, как раз вдашься в суемудрие и в суесловие. Каждый месяц будешь сочинять себе новую веру...

— Но главный пункт вашего учения, по-моему, подрывает всякую нравственность.

— Видите, — прервал он ее и взял за руку, — я вам по душе скажу: от слепого следования этому толкованию я ушел. И жена моя также. Я держусь, в общем, известного воззрения на необходимость постоянной связи с источником истины. Но я без живого добра не признаю спасения.

Хотел и он, лет десять назад, совсем покончить со всякой барской суетой, жить с простым народом, проделывать все те "упряжки", про которые писал Толстой, еще раньше его... И пришел, вместе со своей женой, к тому выводу, что это все — "гордыня".

— Гордыня? — переспросила она не без удивления.

— А то что же? Пересоздать весь строй общества нельзя по собственному хотению. Это значит мудрить и считать себя богоподобным спасителем человечества. Можно искать спасения душе своей, но не так, не одним устройством земной своей жизни. Это — переодетый позитивизм!.. А с народом я живу в постоянном общении.

Тут он сообщил ей без всякой утайки, что ходит каждую неделю в избу к своим хуторским рабочим, поучает их, раздает им книжки, и в городе, куда он изредка ездит, знает немало нуждающегося люда.

— Но для вас пропаганда важнее простого добра?

Вопрос Татьяны Казимировны не смутил его. Он не считал себя ни фанатиком, ни сектантом.

Этот вопрос о пропаганде повел их к разговору о Наташе.

В Леониде Павловиче мистик оказался совсем не с тем оттенком, как в его жене.

— Я вас понимаю, — сказал он ей, — и нахожу ваш протест законным. Никто не имеет права усиленно обращать детей в свое учение. Но то, что у нас дома делается, не имеет сектантского характера.

Он чего-то не досказал, но она поняла, что между ним и женой началась какая-то борьба на почве их мистицизма.

И помолчав, он заговорил сдержаннее, почти вполголоса:

— Мери ищет страстнее меня... особого откровения. Мы с ней не принадлежим к одной церкви. Она меня привела к положительным верованиям и гораздо строже держалась того толкования благодати, в котором вы видите подрыв всякой истинной морали; но она начинает увлекаться другим учением... с прошлого года. Что ж! Я не могу ей препятствовать. Нетерпимости во мне нет... Только я взял с нее слово, что Наташу она не станет, до ее совершеннолетия, тянуть в свою сторону.

Это признание заинтересовало ее; но она не хотела выспрашивать, к какой еще новой вере стремится Марья Христиановна. Ее положение могло сделаться еще труднее, и это не смущало ее.

Ищущая "света" чета становилась для нее предметом любопытных наблюдений. Она ни капли не боялась за себя: ее они не переделают. Но этого еще мало: и девочку она будет отстаивать, вливать в свое преподавание живую струю.

В нем она зачуяла своего тайного сообщника. Он не фанатик, а просто русский добрый барин, не нашедший еще своей тарелки, может быть, готовый сбросить с себя налет расплывчатого мистицизма, в котором очутился под давлением жены. И кроме того, она замечала уже в Леониде Павловиче желание угодить ей, понравиться, вызвать в ней сочувствие к себе и не на почве нравоучений и пропаганды.

Если бы она была менее сурова и сильнее сознавала обаяние своей наружности на мужчин, она бы уже подметила многое, что заставило бы ее уйти в свою раковину, или затягивать его, будь у ней инстинкты хищницы.

Она оставалась довольна этим вторым принципиальным объяснением и когда все передумала, то пришла к такому выводу:

"Большой беды нет в том, что делается в их доме. Лучше пускай в девочке, в известных пределах, воспитывается потребность в нравственном идеале".

На этом она, до поры до времени, успокоилась и не искала больше новых объяснений.

Но что-то ей говорило, что этим дело не кончится.

XIV

В начале октября закрутила ненастная осень, прекратились всякие прогулки, комнатная жизнь вступила в свои полные права.

Дни Татьяны Казимировны проходили в нескучном однообразии. Утром занятия с Наташей, потом завтрак, потом опять урок. Перед обедом она оставалась в своей комнате и работала, изучала одно объемистое сочинение по психологии, делала выписки, заносила в тетрадь свои заметки, писала петербургским приятельницам письма. После обеда она была свободна, но довольно часто читала вслух газеты Леониду Павловичу, даже и во время уроков музыки, которые происходили в столовой; газеты приносили каждый день, в конце обеда. Вечер проходил также в чтении.

По воскресеньям она на молитвенных собраниях не присутствовала. От принципиальных объяснений она уклонялась, да и Братцевы не вызывали на них. Леонид Павлович с каждым днем все ласковее с ней разговаривал и совсем не на мистические темы; много расспрашивал про ее петербургскую жизнь, интересовался курсами, кружками молодежи, про себя любил рассказать что-нибудь забавное, выставляющее его в юмористическом свете, на тему своей рассеянности, добродушия и слабости характера.

— Я ведь простофиля! — говорил он часто. — Не дурак и не пошляк, но половинчатый человек по части душевных переходов, настоящий россиянин!

С ним ей было ловко. Никакого селадонства она в нем не замечала; мягкий, приятельский тон с нею шел ко всей его натуре. Она видела, что в этом человеке есть потребность освежать себя беседами с молодой личностью, с девушкой, которая выработала себе убеждения, взгляды, целый кодекс нравственных правил, вне всякого мистицизма. И он нисколько не пытался переделывать ее, а, напротив, как бы сам желал примирить то, что он называл своим "миропониманием", с тем, чему она верила.

— Я не изувер! — вырвалось у него раз. — Я скорее рационалист!

При жене, за завтраком, за обедом, вечером, когда они сидели все в гостиной, Леонид Павлович держался другого тона: был так же ласков и внимателен, но не позволял себе никаких Ю parte и никаких шутливо-обличительных намеков на собственную личность. С дочерью он иногда шутил, и она льнула к нему гораздо больше, чем к матери.

Целых две недели Марья Кристиановна была чем-то поглощена, рано уходила к себе после вечернего чая, занималась с Наташей рассеянно, запиралась с мужем, и между ними происходили какие-то тайные совещания вполголоса... Раза два она выходила из его кабинета со слезами на глазах. Но Татьяна Казимировна не чуяла во всем этом чего-нибудь враждебного ей. Под этим должно было сидеть нечто, прямо связанное с их сектантством.

Строго избегала она всяких разговоров с Наташей о ее родителях. Девочка так привязалась к ней, что сама порывалась изливаться ей, забегала к ней перед сном, порывисто целовала и просила позволения побыть у ней "хоть минуточку". Но Татьяна Казимировна не поощряла этого.

— Что я вам скажу, — вдруг, в конце утреннего урока, прошептала Наташа, вскочила со своего места, подбежала к своей гувернантке, обняла ее и продолжала шептать ей на ухо: — Maman собралась ехать!.. На целый месяц!

— Куда?

— В Петербург... и, кажется, за границу.

— За границу? — не могла не переспросить Татьяна Казимировна. — Одна?

— Одна... Голубушка, Татьяна Казимировна, вы не любите, чтобы я с вами болтала, — девочка вся заволновалась, — но я не могу... Вы знаете... Папа и мама... были до сих пор одной веры... И я с ними... И так бы это было хорошо!.. Что ж! Я сама люблю, как папа говорит... И петь люблю... Но мама — уж с прошлой зимы... когда вернулась из Петербурга...

— Наташа! — строго остановила Татьяна Казимировна. — Зачем мне все это знать?

— Позвольте, позвольте! Милая! Вы мой первый друг... Вы меня поддержите.

— Да как же вы это знаете?

— Очень просто... Папа с maman — вас стесняются; а при мне был разговор... и там, на водах, и здесь. Что ж, я не виновата...

Слезы появились на ресницах Наташи. Она еще нежнее обняла Татьяну Казимировну. Очень трудно было ей оттолкнуть девочку или прикрикнуть.

Из ее слов она поняла, что Марья Христиановна увлечена теперь каким-то другим мистическим учением и тянет к нему мужа, а он не поддается.

— Мама хочет в Лондон ехать, — почти с ужасом прошептала Наташа. — Там ее произведут в какой-то особый чин.

— Во что? — повторила Татьяна Казимировна.

— Да, посвятят ее... Прежде об этой вере и мама говорила так себе, смеялась... У них ангелы есть какие-то и на них находит вдруг...

Она начинала понимать в чем дело.

— Наташа! — сказала она еще строже. — Я очень сожалею, что вы мне все это рассказали.

— Душечка! Милочка!.. Не говорите только maman, ради Бога... Я вас так люблю, я не могла молчать.

— Утаивать я ничего не буду, Наташа, — сказала ей помягче Татьяна Казимировна. — Если надо будет, я не скрою ни от отца вашего, ни от матери о том, что вас смущает.

— С папой можно! С ним можно! Мне его ужасно жалко!.. Будьте его другом, поддержите его.

В тоне Наташи зазвучала такая нота участия к отцу и доверия к своей учительнице, что Татьяна Казимировна сама привлекла ее и поцеловала в лоб.

— Нельзя, мой дружок, вмешиваться в интимную жизнь родителей.

Но ей собственная фраза сильно не понравилась. Она нашла ее "книжной". Девочка вся пылает нежным влечением к ней; ее положение между отцом и матерью могло сделаться очень тяжелым, если между ними пойдет разлад на почве их сектантства.

— Бедная вы моя! — выговорила она и еще раз приласкала девочку.

Та бросилась ее порывисто целовать и убежала вся в слезах.

В тот же день, после обеда, за чтением газеты, Леонид Павлович вполголоса — жена его ушла к себе и урока Наташе не давала — начал издалека о том, что Марья Христиановна "переживает новый кризис", и сообщил, что она собралась ехать в Петербург и, может быть, за границу... на несколько недель.

— По делам? — бесстрастно спросила она.

— Да... по своим делам... Что ж! — вырвался у него подавленный вздох. — Я не могу насиловать ее совесть. Так должно было случиться... Простым учением она не могла довольствоваться... Для нее нужно иное... Постоянный подъем всего ее существа.

И он не договорил. А несколько минут спустя, в перерыв чтения, все так же вполголоса сказал:

— Только я не могу за ней, на этот раз, кидаться, очертя голову, в изуверство. И Наташу отстою.

Она выслушала признание, но не хотела втягивать его в более глубокую исповедь, считала это нечестным. Одно она видела и понимала: быструю склонность Леонида Павловича к ней, полное доверие, желание опереться на нее в борьбе с разрастающимся "изуверством" Марьи Христиановны. Это тронуло ее и не смутило. Она почувствовала еще сильнее нравственную обязанность поддержать и его, и Наташу — и не головой только, а внутренним чувством. Такая забота согревала ее и делала положение в доме менее одиноким. За какие-нибудь рискованные последствия она не боялась.

Но разговора они все-таки не вели дальше на ту же тему.

Ничего положительного она не могла посоветовать ему, да он и не спрашивал прямого совета.

И на другой же день Марья Христиановна объявила о своем отъезде. Она пришла к ней в комнату, утром, перед уроком Наташи, в особенном настроении, кротко улыбалась и говорила так, точно она не хочет ничем нарушать высоты своего душевного подъема.

— Поручаю мужу и вам дочь мою, — сказала она ей почти торжественно. — Вы честная личность и не злоупотребите своим влиянием на девочку. Я буду в отсутствии с месяц... может быть, шесть недель.

Когда она это говорила, у Татьяны Казимировны пронеслась в голове мысль:

"А ведь она лишена мелочности! Другая бы ни за что не оставила меня в доме".

Но она тотчас же добавила:

"Ей теперь все равно: она стремится попасть в какие-то там ангелы".

Этому отъезду Татьяна Казимировна была рада гораздо больше, чем ожидала. Целый месяц — немало времени. Наташу теперь легче будет вести в здоровом направлении, и не злоупотребляя своим влиянием.

XV

В каких-нибудь три недели по отъезде Марьи Христиановны, отец, дочь и гувернантка сошлись так, как будто они составляли кровную семью.

Татьяна Казимировна совсем расцвела, даже стан ее сделался стройнее и роскошнее. Она, днями, была так хороша, что Наташа не выдерживала, за уроком вскакивала с своего места и целовала ее то в голову, то в плечо.

— Господи! — вскрикивала она. — Какая вы нынче хорошенькая!

Но слово "хорошенькая" было детское слово. Наставница Наташи делалась красавицей в полном смысле. Она сама этого точно не замечала. Ей хорошо жилось. Ученица ее радовала и способностью работать, и общим своим душевным складом. Она скоро убедилась в том, что Наташа совсем не мистическая натура, а только очень восприимчивая, донельзя чувствительная и порывистая. Для нее всякое чтение, стихи, проза, какая-нибудь история или анекдот, где замешано чувство, были толчком к сердечному порыву. Отец про нее выражался:

— Наташа слишком вибрирует, — как туго натянутая струна.

204

С Леонидом Павловичем у них, по вечерам и за обедом, шли постоянно дружеские беседы. Они незаметно привыкли засиживаться довольно поздно, когда Наташа и люди давно уже спали. Прошло два воскресенья, а он не держал проповеди, вероятно, под тем предлогом, что и аккомпанировать пению гимнов некому было. И Наташа почему-то не вызывалась, хотя могла бы заменить мать у фисгармоники.

Он помолодел в лице, стал еще задушевнее в своих излияниях, но в манере вести себя с глазу на глаз — сдержаннее, как будто он начинает немного бояться самого себя.

Про Марью Христиановну он говорил не тем тоном, гораздо легче и вместе с тем увереннее. Он ее только жалел, а не боялся уже того, что она, по возвращении, будет тянуть и его, и дочь в свою новую веру.

— А как же вы поступите? — спросила его Татьяна Казимировна.

— Как поступлю? Да очень просто... Я уже ей и перед отъездом сказал: милая Мери, я за тобою не пойду и прошу тебя не смущать и дочь нашу. И вы увидите, что теперь я выдержу характер.

На слово "теперь" он как-то особенно напер и глядел на нее добрыми и радостными глазами... Точно он хотел сказать ей: "с такой союзницей, как вы, я ничего теперь не боюсь".

Про поездку жены он ей рассказывал после каждого ее письма. В Петербурге она не могла получить "настоящего посвящения" и чрез неделю по приезде туда отправилась за границу, не побоялась наступавшей зимы и морского переезда в Англию, с неизбежной качкой и морской болезнью. Из Лондона она начала писать письма в таком приподнятом тоне, что даже он, знавший ее хорошо, только пожимал плечами и совестился приводить подлинные места из писем. Она надеялась вернуться, удостоенная той степени, о которой мечтала.

— Знаете, Татьяна Казимировна, — сказал он раз, когда они сидели вдвоем в гостиной, часу в двенадцатом, и в окна хлестал мокрый снег, — Мери вступила на такой путь, что я, как муж, для нее больше не существую. Да и Наташа тоже. Она ждет своего Мессию и для остального умерла. Это особенно сильно проявляется в ее последнем письме.

— Иначе и не могло быть! — выговорила она, глядя на него, по своей манере, немного исподлобья — и ее впервые посетила мысль, как этот слабоватый, но добрый и чуткий человек создан для интимной жизни.

Ему-то и нужна была бы подруга, преданная прежде всего ему, способная вести его к деятельному добру, а не такая изуверка, как эта Марья Христиановна.

Будь она посмелее в своих манерах, не контролируй она каждого своего душевного движения, она бы показала, как она сочувствует надвигавшемуся на него одиночеству и разладу. В этом человеке ее ничто не смущало и не вызывало того особого гадливо-подозрительного чувства, какое овладевало ею уже столько раз в жизни.

Она совсем забывала, что он еще не старый, свежий мужчина, что их сближение шло гигантскими шагами, что они живут под одной кровлей и проводят с глазу на глаз долгие вечера.

— Ах, Татьяна Казимировна, — начал он после короткой паузы, и в голосе его она заслышала другие звуки, — Татьяна Казимировна, — повторил он и опустил голову. — Если бы в жизни не делать роковых шагов. Недаром французы оплакивают неразумие молодости: Si jeunesse savait... [Если бы молодость знала...]

Она промолчала.

— Вот возьмите меня, — продолжал он, они сидели на одном диване, близко друг к другу, — половина жизни ушла, и я бродил, искал исхода моим... как хотите — идеалам... думал, что знаю себя, что я — установившийся человек!.. Где тут!

Вдруг его точно что извне потрясло. Он весь всколыхнулся, сначала отвернул голову, потом взялся за платок и провел его по лицу.

Тут только она догадалась, что он не может сдержать слез, стыдится их. Это ее тронуло, и она порывисто протянула ему руку.

— Леонид Павлович!.. Дорогой мой!.. — вырвалось у нее.

В первый раз в жизни сказала она постороннему мужчине: "дорогой мой".

И голос у ней сразу изменился. Она его не узнала.

Эти слова заставили его отнять от глаз платок. Он обернул к ней лицо: оно было все в слезах. Ей стало еще жальче этого хорошего человека, и если бы она послушалась своего первого сердечного движения — она бы взяла его за голову, как брата, как дочь его Наташу, и поцеловала — только бы утешить его и поддержать.

— Вы, — начал он нетвердо выговаривать, как пьяный, губы у него вздрагивали, — вы явились в моей жизни... так нежданно... Точно небо послало вас... и вот теперь...

Какое-то страшное слово не могло сойти с его вздрагивающих губ.

Но и в ту минуту она еще не сознавала, что в нем происходит. Она принимала это за горечь утраты долго любимой женщины, ушедшей от него в свое неизлечимое изуверство.

— Если бы вы знали, — все тем же изменившимся голосом выговорила она, — как я вам сочувствую...

— Татьяна Казимировна!

Он схватил ее за обе руки, поник головой и зарыдал.

И этот приступ не открыл ей настоящей правды... Она

наклонилась к нему и искренно, без всякой думы о том, что делает, прикоснулась губами к его голове.

Тогда он опустился на ковер и начал целовать ее руки так стремительно, что ее тут только, точно прокололо насквозь, ощущение страсти.

Это было опять то же, что когда-то вызвало в ней гадливое чувство, с примесью смешного впечатления, когда студент, застрелившийся вскоре после того, зарыдал и уткнул голову в ее колени!

"Неужели? — почти с ужасом спрашивала она себя, не имея сил отнять руки. — Неужели это опять то же?"

Сомневаться дольше нельзя было: то же, что вызвало злодейский умысел господина Гарбуза, сила ее красоты. Она ей приписала это неотразимое действие, а не душевному обаянию. И в ней шевельнулось возмущение против этой "смазливости", маски, которая не отвечала совсем ее внутреннему существу, портила ей жизнь, порождала в мужчинах хищные или нежелательные влечения.

— Простите, простите меня, ради Бога! — шептал он прерывисто, пополам со слезами. — Но я не могу скрывать дольше. Вы посланы мне Богом. С Мери я или погибну, буду такой же психопат, как и она, или убегу!.. Вы для меня — заря нового бытия!

Эти выражения отзывались для нее аффектацией; но он их употреблял с глубокой искренностью, он слишком привык говорить таким языком, как только речь заходила о душе, ее потребностях и влечениях.

Она уже не возмущалась. Было бы слишком жестоко и просто неумно и пошло обдать его холодной водой каких-нибудь обиженных и брезгливых возгласов.

— Леонид Павлович, — тронутым голосом сказала она ему, — прошу вас, не говорите так, сядьте, придите в себя... Вы понимаете... я не должна вас выслушивать здесь... в этом доме.

Ей самой эти слова показались лицемерными. Она как бы поощряла его, только просила не настаивать, прекратить сцену до более благоприятной минуты.

Так ей стало гадко и стыдно за себя, что она встала, в большом волнении, проронила только три слова:

— Я не хочу!

И бросилась к двери... За собой она слышала его рыдания, но не обернулась, вбежала к себе в комнату, раздираемая смешанными чувствами, еще никогда не забиравшимися в ее душу.

На постели, одетая, она ушла лицом в подушку и долго плакала, не разбирая, что в ней происходит, какое чувство сильнее остальных. Ей было жалко себя, его, Наташу.

Целое утро не выходила она из своей комнаты, послала сказать Наташе, что урока не будет, чтобы она ее не беспокоила, сказалась больною и к завтраку.

Она не знала: как ей теперь быть? Бежать ли из этого дома, или переждать, или вызвать Леонида Павловича на решительное объяснение?

В сумерки ворвалась к ней Наташа, вся в слезах, и стала упрашивать сойти вниз.

— Папа в ужасном положении! Милочка! Вы одни можете его успокоить. Он ужасно терзается... Вы должны пойти к нему. Он вас умоляет.

Надо было пойти. Леонида Павловича нашла она у себя в кабинете. Он лежал, одетый, на кушетке; при ее появлении встал, взял за обе руки, она не отдергивала их, подвел к дивану, сел рядом, и опять слезы потекли из глаз.

— Я виноват, — шептал он, — я оскорбил вас... Но, Господи!.. Зачем же мне скрывать то, что выше сил моих?.. Верьте, я не знал еще такого чувства, Татьяна Казимировна. Но я поборол бы его, если бы Мери не ушла уже от меня. Я это вижу... Прочтите ее последнее письмо... Оно пришло сегодня... Разве для нее что-либо существует теперь?.. Вы скажете, я эгоист. Но если мое чувство глубоко и чисто, если в вас я вижу идеал подруги, вижу, что и девочка моя обожает вас?.. Господь ведет меня к этому... Я не эгоист, но я, быть может, безумец... Где же мне вызвать в вас взаимность?.. Но я и не надеялся, поверьте... и сейчас не имею надежды. Я прошу только о пощаде... Не уходите!.. Христа ради! Не бегите от нас!..

Она не убежала. Она сказала ему, без напускной строгости, но твердо и без всякой нежности в голосе:

— До возвращения Марьи Христиановны я не уеду. Только вы мне дайте слово, Леонид Павлович, не говорить со мною о вашем чувстве... Я его не разделяю. И мое положение слишком щекотливо. Вы это хорошо понимаете.

И опять эти слова не отвечали на то, что было у ней на сердце. Она чувствовала себя к нему гораздо ближе, но не могла это выказать.

Их вечерние чтения и беседы с глазу на глаз она прекратила.

XVI

Приехала Марья Христиановна. Никто не ждал ее раньше шести недель: она прислала депешу с границы через месяц с тремя днями после отъезда из Поддубного.

Каждый день, вставая с постели, Татьяна Казимировна, в эти

две последние недели, возвращалась назойливо мыслью к тому, что будет, когда Марья Христиановна водворится опять в доме?

Если даже изуверство настолько овладело ею, что Леонид Павлович, действительно, перестал для нее существовать, разве это все? Как бы она ни порывалась к небу, все-таки она женщина, мать; да и само сектантство может сейчас же вооружить ее против девушки, которая отняла у нее дочь и мужа, чтобы навсегда сделать их свободными от ее мистицизма!.. Да, это одно может вызвать непримиримую борьбу.

Леонид Павлович сделался ей симпатичен; она не могла не сознаваться в этом; но он привлекал ее не так сильно, чтобы поощрить его на формальный разрыв с женой, а о чем-нибудь другом, нелегальном, тайном, она ни разу даже и не подумала: так горделива и целомудренна осталась она.

Она искренно желала и Братцеву, и Наташе освобождения из-под ига Марьи Христиановны, готова была даже помогать им. Но как могло состояться это "освобождение"? Он с дочерью уйдет от жены и сохранит при себе гувернантку. Но ведь она знает про его страсть к ней!.. Остаться у них здесь, без Марьи Христиановны, или уехать куда-нибудь с ними, это все равно: дать ему надежду на то, что она будет со временем его женой, выставить себя какой-то авантюристкой, готовой довести его до этого брака как можно скорее.

"Господи! — жаловалась она про себя, перебирая свое положение. — Отчего же мне именно приходится распутывать такой узел?"

И там, на самом дне души, всплывала особая жалость к себе: почему Братцев не привлекает ее сильнее своей личностью, почему наружность его ей не нравится, почему не находит она в себе достаточно сильного импульса, чтобы сделать то, к чему страстно стремятся эти два существа, "обожающие" ее: и отец, и дочь — стать его женой и духовной матерью Наташи?

С первого слова, выговоренного Марьей Христиановной, когда та приехала из города, где муж встречал ее, Татьяна Казимировна почуяла всю правду того, чего ждал Леонид Павлович.

Это был легко уловимый тон восторженности и отрешения от всяких обиходных интересов. От нее, ее улыбающегося лица, взгляда, туалета, движений пахло каким-то душевным ладаном. Ее "не от мира сего" обдавало слащавой мертвенностью.

Она стала говорить тихо, без обычных у ней порывов, и не меняла особого рода улыбки, точно она владеет каким-нибудь тайным кладом и ее сокровище делает ее выше решительно всего: страстей, семейных радостей, любви к мужу и дочери, удовольствий, материальных забот.

С гувернанткой она поцеловалась, тоже на особый лад, вроде

того, как целуют монахини; взяла ее за руку, увела к себе в комнату, посадила перед собою и начала длинную речь.

Из этой речи Татьяна Казимировна поняла, что Марья Христиановна посвящена в какую-то степень и что все дело ее земной жизни — приводить к тому же "блаженству" всех, кто встретится на ее пути. Она ждет пришествия Мессии каждую минуту и всегда готова к высокому торжеству, которое будет продолжаться "тысячу лет".

И в ознаменование этого, в первый же день, за обедом, по ее приказу, появился лишний прибор для того, кто мог явиться внезапно и принять участие в трапезе.

Ела она тоже с особым оттенком, которого прежде не замечали у ней ни отец, ни дочь, ни гувернантка, необыкновенно старательно, как ест простонародье, как бы совершая важное дело, но с выражением внутреннего сердечного веселья. И в туалете, темных цветов и странного покроя, соблюдалось что-то праздничное.

Муж и дочь смотрели на нее, слушали и держались с нею так, как совершенно нормальные люди держатся с теми, кого начинают подозревать в признаках душевного расстройства. Но для Татьяны Казимировны эта женщина, не была вовсе сумасшедшей. Она переживала только дальнейшую фазу своего мистицизма и должна была найти себе такую секту, где есть больший простор "изуверству", по выражению Леонида Павловича.

В нем страх проявлялся еще заметнее, чем в Наташе. Вечером того же первого дня муж и жена заперлись в ее комнате. Наташа прибежала к Татьяне Казимировне и в темноте — лампа еще не была зажжена — прижималась к ней и шептала:

— Душечка моя!.. Мне страшно делается... Я не узнаю мамы... И папа ее боится... Что-то будет, что-то будет?

Как умела, она успокоила девочку, но у ней самой на душе было жутко; она ждала, что не нынче — завтра что-нибудь разразится.

Как Марья Христиановна не казалась отрешенной от всего мирского, но она не могла не почувствовать, в первые же дни, что муж и дочь ушли из-под ее духовного воздействия.

И главную виновницу она тоже распознала. Но вместо бурной сцены Татьяна Казимировна должна была вынести совсем другое объяснение.

Марья Христиановна не стала делать ей упреков. Она опять произнесла целую речь, в тоне глубокого сокрушения о том нравственном убожестве, в каком находилась гувернантка ее дочери. Этих слов и, вообще, никаких обидных выражений она не употребила, но смысл был именно такой... Со своей тихой, восторженной улыбкой она указала ей на хищническую суету, в которой находились все, не имеющие ее связи с небом. Без этой связи даже добродетель — источник зла.

И тут она напомнила ей историю с господином Гарбузом. По ее толкованию, выходило, что Татьяна Казимировна поступила тогда, как "язычница", слишком отдалась чувству злобы и гордыни, забывая, что она сама, "быть может", была причиной греховных помыслов в том "заблудшем брате".

Этого Татьяна Казимировна не вынесла и прекратила разговор, почти возмущенная таким толкованием.

— Вот и теперь, — сказала ей Братцева, — вы во власти духа тьмы. Но я на то и здесь, чтобы противодействовать его чарам. Не как мать и жена буду я исполнять мою миссию, а как служительница истины.

Леонид Павлович сторожил ее проход через столовую, когда она шла к себе, после этого объяснения с Марьей Христиановной, и с искаженным лицом стал умолять ее выслушать его "в последний раз" и увлек ее в гостиную.

Там он сначала плакал как ребенок, потом сдержал себя и, целуя страстно ее руки, заклинал не покидать его, разделить с ним судьбу, оставить всякие ненужные укоры совести, и если она не может сразу стать его женою, не чувствует к нему достаточно влечения, позволить ему ждать около нее.

— Так не может идти, — повторял он, растерянно поводя глазами, — вы сами понимаете... Я все равно уйду от нее, я возьму дочь... Она же не оставит нас в покое... Она станет выживать вас, отравлять ваше существование своей слащавой и упорной пропагандой.

И то, что он говорил, было правда. Она это сознавала. Но, на этот раз, опасность для нее самой усилилась.

— Я не могу быть вашей женой... в таких условиях... — сказала она твердо и попросила его прекратить эту сцену.

Быть захваченной в этот час Марьей Христиановной страшило ее не из малодушия, а из побуждений гордости! Она не вынесла бы такого повода быть заподозренной. Лучше было раз навсегда подавить в себе всякую жалость и симпатию к двум существам, с которыми столкнула ее доля гувернантки, и уйти из этого дома.

Она так и поступила. На другой же день она с раннего утра, еще при свечах, уложила свои вещи и, зная, что Братцева просыпается раньше всех, прямо пошла к ней в комнату и объявила ей, что оставляет их дом.

— Мое достоинство не позволяет мне, Марья Христиановна, распространяться о том, какие побуждения заставляют меня проститься с вашим домом. Я глубоко жалею и мужа вашего, и дочь, — вот все, что я могу сказать вам.

Эти слова стоили ей большого нравственного усилия. Она

имела право сказать Братцевой и многое другое... Но и эта сектантка была только жалка в ее глазах... Целую ночь продумала она о том, честно ли она поступает, убегая от тех двух человеческих существ, отдавшихся ей всей душою, и пришла к тому же решению.

* * *

В вагоне она сидела у окна и под шум поезда, в наплывающих сумерках осеннего дня, старалась развлечь себя какими-нибудь мелькающими перед ней предметами.

Но дорога шла унылой, плоской низиной, с корявыми, чахлыми кустами и мелкорослым ельником.

Точно беглянка возвращалась она в Петербург, всего через каких-нибудь пять месяцев. Она сегодня уехала тайком от тех, для кого ее побег был жестоким ударом, оставила два письма — Леониду Павловичу и Наташе, на своем письменном столе, попросила Марью Христиановну приказать запрячь ей экипаж и увезти ее в город прежде, чем муж ее и дочь встанут.

"Жизнь сильнее", — мысленно твердила она фразу, сложившуюся в ее голове впервые сегодня, когда она выходила из своей комнаты.

"Жизнь сильнее" — этот вывод делала она в преддверии того, что зовется карьерой.

И в чем сидела незадача ее первых шагов? В обстоятельствах или в ней самой, в ее неподатливой натуре, в ее "гордости" и щепетильности?

Во всем этом она себя обличала искренно и смело; но не могла же она переделать себя! Там, в усадьбе "Поддубное", бросила она целое "счастье": так назвали бы это сотни и тысячи девушек, без средств, без положения, с перспективой подневольного труда.

"Нельзя!" — сказала она и подняла голову горделиво и почти дерзко, подняла и осмотрелась кругом — в вагоне никого не было, кроме какой-то дамы, спавшей в углу.

"Нельзя!" — повторила она и сложила на груди руки, в позе решимости — идти навстречу новых соблазнов и утрат жизни.

АЛИ

I

Под низко спадающими ветвями кедра было темно и привольно.

Лихутин, сидя на складном стуле, облокотился о могучий ствол красавца-дерева.

Ему просто не верилось, что так хорошо вокруг него и в нем самом. Лучше этого утра он не мог себе вообразить.

Прямо, полоса иссиня-изумрудного моря — густого краской и тихого, без малейшей ряби — разделяла две купы дерев. Левее, над зеленью парка, высился дальний утес — с башней маяка. Небо стояло надо всем, лазоревое и бездонное, чуть-чуть с налетом лиловатой дымки. Она таяла под солнцем и вблизи, на лужайке, где кедр стоял, поодаль от других деревьев, была уже трепетно прозрачной.

Из-за изгороди ласкали взгляд кисти гликинии, сплошь покрывавшие стену по обе стороны каменных ворот.

Кругом, из муравы и с деревьев, и еще откуда-то доходило чуть слышное жужжание насекомых.

Легкие ощутимо втягивали в себя упругий утренний воздух, смягченный близостью моря.

Моложе, смелее Лихутин еще никогда не чувствовал себя.

Он не мог читать. Ему показалось даже смешно, что он вышел от себя с книжкой и складным стулом — как делал это, почти каждое утро, с тех пор, как живет здесь, на прибрежье Черного моря.

Он быстро поднялся, бросил книгу на складной стул и стал медленно прохаживаться вверх и вниз по лужайке.

Руки его невольно поднялись, точно он желал обнять все, что вокруг него так нежилось и ласкало своими красками и очертаниями, своей роскошью и своим величавым безмятежьем.

Сладко зевнул он. Истома пошла по всем суставам, и он, с умыслом, несколько раз глубоко вдыхал в себя душистый воздух, теперь уже нагретый почти отвесными лучами солнца. Он не боялся этих лучей и нарочно не ходил под зонтиком до полуденной жары.

Ему не верилось, что скоро день его рождения, когда он подойдет к цифре: тридцать восемь. Еще два года — и он сорокалетний холостяк.

Высокий, худой — Лихутин держался прямо, грудью слегка вперед. Голова, небольшая для такого роста, приобрела, с годами, посадку несколько вбок. Вбок привык он и глядеть своими широкоразрезанными темными глазами, немного близорукими. Овал лица, нос и крутой, не очень обнаженный лоб, напоминали восточный тип, хотя у него в крови и не значилось татарской примеси. Такая же у него была и бородка, как у многих из здешних татар — короткая и с широким промежутком голого тела между нижней губой и линией волос. На висках заметная вдавленность. Волосы, коротко остриженные, курчавились. Их цвет отдавал золотистым намётом на темно-русом фоне. Чуть-чуть они серебрились на вдавленных висках.

Две довольно резких морщины бороздили щеки вдоль крыльев носа, и лоб давно потерял белизну и свежесть. Цвет лица стал в эти дни заметно поправляться; но еще по дороге из Петербурга в Крым Лихутина огорчал его "геморроидальный" вид. В последнюю зиму кожа начала как-то сразу буреть и желтеть.

Серый костюм из шершавой материи моложавил его. Голову прикрывала белая парусинная шляпа английского фасона, в виде шлема.

Привычка старательно и по сезону одеваться сказывалась и в мелких подробностях белья и обуви.

На четвертом пальце правой руки он носил кольцо; но не обручальное, а с камнем.

Лужайка поднималась отлого к той части парка, где между деревьями, на каждом шагу попадаются каменные глыбы. Узкие тропинки ведут на крутизны, с их шоколадно серебристыми изломами.

У самого края, где выровнялись кипарисы и тень лежала длинным поясом, Лихутин опять присел, прямо на траву.

Он мог так оставаться здесь сколько ему угодно, без всякой заботы, без малейшего принуждения, не желая подчиняться петербургским привычкам, не стыдясь нисколько того, что он ничего не делает и не желает делать; а просто дышит, нежится, чует трепетанье природы, смотрит на море, смотрит в небо, никуда не спешит, ничего не боится.

Тридцать восемь лет прошли скоро, обидно скоро. Он уже — особа четвертого класса. Крупный чин подобрался также незаметно и докладывает о том, что молодость, несомненная и неподдельная, уже позади, хотя количество лет и позволяет еще считать себя "далеко не старым мужчиной".

Упрекать себя — не в чем. Он лучше, разнообразнее и честнее, и содержательнее прожил эти почти двадцать лет, с выхода из университета, и по "сей день". Не тоскливую лямку чиновника тянул он. В ученые он не метил; но ему удалось, с первых же шагов на службе, приписать себя к работе более живой и серьезной. Ему давали время читать и набираться сведений, его "пером" скоро стали гордиться в его ведомстве, ему не мешали печатать в журналах этюды по экономическим и социальным вопросам, у него уже есть почтенное имя, хотя многие этого не знают и думают, что он — чиновник, каких сотни состоят "при". Сколько командировок имел он внутри страны, сколько дельных и "честных" докладных записок составил он в последние годы и сколько проектов и мероприятий были прямо вызваны его отчетами и записками.

И он все это делал с убеждением, без суетности, не для выслуги, не для того, чтобы сразить своих сослуживцев назначением на "пост". Ему, не дальше, как к новому году, предлагали пост в провинции. Он отказался. Нигде не будет он так независим, нигде нельзя и работать с таким сознанием, что делаешь дело. Вот уже более года, как он — член двух комиссий и в его знаниях, опыте, солидности и беспристрастии безусловно нуждаются. И дело все прибывает.

Кабинетная работа последней зимы сказалась общим недомоганием. Никогда он не лечился, не любил даже разговоров о здоровье; но тут сам зачуял, что пора уходить от преждевременной петербургской старости.

Зеркало, впервые, отчетливо подсказало, что так нельзя, что надо, по крайней мере месяца на три, на четыре — ничего не знать, кроме бодрящих ощущений природы и своего — пущенного на вольную волю — организма.

В Крым попал он в первый раз — и в пору ликования весны.

II

Живет он здесь вторую неделю. Неизменно — каждый день — свет, тепло, море, горы, пышная растительность парка — радуют его и гонят, с раннего утра — вон, "в природу".

Никогда, нигде — в самых красивых местах за границей — ему не было так хорошо. Там в нем сидел торопливый турист; а здесь ему все как-то особенно мило и близко: изгибы прибрежья, горные тропинки, татарские сакли, мечеть, ребятишки, красивые "софты", когда они выходят на улицу в своих чалмах и халатах, женщины с античным профилем под чадрой, в мелких косицах, выкрашенных в желто-красную краску. И рядом с грязцой и теснотой деревушки — строго изящный чертог покинутой господской усадьбы, его террасы, лестницы, башни, фонтаны — с ковром роскошного цветника, с запахом еще туго распускающихся цветов на магнолиях, покрытых блестящей и твердой листвой.

Как там дышится на террасе, перед закатом солнца, как мечтается!..

Да, здесь и он начал мечтать, после многолетней кабалы в

деловитом и рассудочно-суетливом городе, который выедал из него, день за днем, молодость, способность наслаждаться, искать красоты, гармонии, страсти — жить не одними навыками и привычками, логикой и цифрами, общими местами и общепризнанными принципами — а вовсю чувствовать, как голоса природы просыпаются в душе и влекут ее на законный и достижимый пир жизни.

Привычку к чтению привез он и сюда — и в первые дни он дочитывал книжки журналов, взятых с собой в дорогу. Читал он рассеянно, машинально, обрывая беспрестанно нить сухой фразы в безвкусной прозе статьи или обозрения, где все одни и те же "хорошие" мысли перетирались все на один и тот же лад.

Сегодня он пошел в парк с томиком романа, совсем нового, купленного им у Полицейского моста, за день до отъезда.

Француз-автор — настоящий талант; но в нем слишком много презрения к людям, узкого пессимизма и цинической чувственности. Лихутин читал почти все его лучшие вещи — в том числе и сборники мелких рассказов. Вообще, он успевал, не отрываясь от срочной служебной работы, прочитывать немало и французских романов. Но они скользили по нем, часто раздражали, и если интересовали, то подробностями реальной жизни. Адюльтер — вечная их тема — давно давил ему оскомину.

Заглавие желтого томика, купленного им у Полицейского моста — нашел он очень удачным. Это было изречение Соломона — испытавшего на себе роковую силу любви.

Лихутин взял с собой в первый раз этот роман; но — захваченный потребностью упиваться блистательным утром, он не прочел еще и первой строки, там, под кедром. Сегодня ему тяжела стала всякая "книжка". Она делалась для него символом того, что половину своей жизни, если не две трети, он был сам раб книжек; только не таких, которые учат жить вовсю, а делают из тебя существо, убегающее от всего сладкого и радостного, от обаяний природы и всемогущей страсти.

— Сильна как смерть, — вслух подумал Лихутин, вспомнив заглавие романа. Он все еще сидел в тени кипарисов, на траве, и его потянуло к желтому томику, оставленному под кедром, на складном стуле.

Он вернулся туда, переменил место, сел на стул в прежней позе, прислонив спину к стволу дерева, и начал читать, с желанием найти что-нибудь такое же сильное, как заглавие.

И он просидел, почти не меняя позы, до часа своего завтрака, когда солнце уже забралось над кедром и тени вокруг дерева резко укоротились. Ноги ему жгло. Смолистые испарения насыщали воздух.

Незаметно, залпом, он прочел чуть не половину томика.

Неизведанное им чувство испуга за себя засосало в груди. Он

216

уже видел, куда автор ведет своего героя: к беспощадной развязке, когда любовь заново овладеет им и когда будет уже поздно. Не помнил он, чтобы какой-нибудь роман так властно заставил его, в последние годы, сделать оборот на самого себя, застигал его так неожиданно и ставил ему вопросы:

"Разве ты жил? Разве ты знал, что такое то всесильное чувство, которому равна по могуществу только смерть, по изречению мудрого царя, написавшего "Песнь песней"?

Читать дальше стало вдруг жутко.

Лихутин пошел из парка замедленным шагом, не чувствуя, как лучи солнца припекают его сквозь полотно его шляпы-шлема.

Воздух — полуденный, полный испарений цветов и деревьев — вызывал прилив крови к голове и совершенно новую для него работу мозга.

Отчего то, что он сейчас читал, не казалось ему, как бы это было в Петербурге, если не сочиненным, то преувеличенным; умышленным превознесением — превыше всего — в сущности ведь чувственной, половой любви, вопреки всему, что человек с правилами и принципами считает за настоящее благо и цель жизни?

Отчего?

Вместо ответа он, невольно и с явным желанием пристыдить и покарать себя, начал снова перебирать в голове — к чему сводится жизнь его сердца? Что он испытывал, какие радости, какой вид любовного захвата?

Совестно было и вспоминать. Дело владело им. Он уверил себя сразу, что ему некогда давать ход вздорным запросам "фантазии" и "сенсуализма". Были сближения с женщинами; но они кончались разговорами на интересные темы. Были связи. Но какие? В низменных сферах, без пособия душевного захвата. Какая-то гигиена, без угрызений совести, потому что все обходилось "честно благородно". Он еще недавно благодарил судьбу за то, что ни одна из этих встреч не перешла во что-нибудь обязательное и неопрятное.

Так прожито двадцать лет, двадцать лет, уже безвозвратных... И он на таком спуске к годам полустарости, где все в заговоре против прав на радость жизни и полноту страстных испытаний. Так он и состарится, так и ляжет в гроб.

Не за одного себя сделалось ему обидно и страшно; а за всех своих сверстников, таких как он, мужчин и женщин, дельных и умных, честных и порядочных, за все русское, безвкусно-принудительное отношение к жизни.

Никто из них не умеет жить, не умеет брать от природы, от своего темперамента, от самых законных жизненных влечений то, что не дает никакая книжка, никакая пропись. Чуть не сорока лет, впервые познал он сладость обаяния природы. Но она зовет еще к

217

чему-то? Она узаконяет то, что там, в Петербурге, в кабинете, в канцелярии и в комиссии, на деловых разъездах и в серьезных разговорах — глохнет и обращается в ничто.

III

Ему следовало подняться к себе по ближайшей крутой дорожке, между низким забором и изгородью парка; но он спустился по узенькой каменной лесенке, к заднему фасаду "дворца", прошел весь двор, не замечая, что на нем делается, и только за воротами, у второго спуска, против входа в цветник нижнего парка, посторонился, заслышав сзади шум колес и лошадиных копыт.

В легком облаке пыли катилась тележка на рессорах. Маленькая чалая лошадка потряхивала бубенчиками; она бежала, точно собачка, и пофыркивала.

Лихутин остановился и приподнял шляпу.

Он узнал испитого блондина, его затасканную соломенную шляпу и измятую парусинную пару. С ним познакомил Лихутина хозяин квартиры, татарин Ахмет, на днях, внизу, в своей мелочной лавке. Фамилии он не мог вспомнить; но знал, что этот блондин-художник, третий год живет на хуторе своего дяди, верстах в трех, пописывает картинки и занимается виноградным делом. Кажется, он уже харкал кровью; но держал он себя молодым человеком, в разговоре быстро оживлялся, говорил порывисто, высоким тенорком.

— Откуда? — спросил Лихутин, подошел к тележке и пожал руку.

— Ездил туда, за Мисхор. Приглашали насчет филлоксеры.

— А вы этим занимаетесь?

— Как же... Немало десятин подвергли дезинфекции.

— И успешно?

— Пока кордон строго держим и не пускаем дальше... Каково утро сегодня было? — перебил он себя. — Роскошь!

— Вы ведь художник? Отчего же не пишите эскизов?

— Некогда. Да и не могу сидеть подолгу, в одной позе. Сейчас начнет анафемски ныть в боку. У меня немало есть набросков. Когда-нибудь в наши края завёрните... Винца нашего отведать... Я здесь часто бываю проездом, чуть не каждый день. Да еще никого что-то нет. Хоть бы одна интересная женская фигура.

Побурелое от загара и легочной болезни лицо блондина осветилось усмешкой широкого рта и его вдавленные серые глаза блеснули женолюбиво.

— Это меня не прельщает здесь, — заметил Лихутин.

— Ах, не скажите!.. Не одна неодушевленная природа... Нужна и живая красота.

— А разве лица татарок не оригинальны? Я еще мало видел, но попадаются чудесные головки.

— Порода есть... По-моему — помесь туранской крови с генуэзской... Но очень уж их знаешь. Первобытны. Любовь они допускают только промежь себя... А ухаживанье — в виде куска мыла.

— Как?.. Как?

Лихутин рассмеялся.

— Как же... Кусок мыла — это выше всякой любезности и первый подарок. Но и его надо преподнести умеючи... Насчет этого — у мусульман куда построже нашего... И девчата здесь не такие, как в матушке России. С выдержкой!

Лошадку беспокоили мухи и она дернула.

— Стой! — добродушно крикнул блондин, и наклонившись к Лихутину через крыло тележки, заговорил, потише звуком, но также порывисто:

— Телеграфист мне сказывал, ожидается приезд одной интересной особы. Смотрела комнаты у Аджи. Знаете, у вашего первого богача? В Мекку ходил. Потому и Аджи... Если будет случай познакомиться, и меня не забудьте... И к нам милости просим кавалькадой.

— Я насчет верховой езды плох.

— Здесь будете ездоком. Небось!

Он ударил лошадку вожжей и приподнял другой рукой шляпу.

Волосы совсем поредели у него на взлызах высокого лба, морщинистого и также сильно загорелого.

— До свидания! Всего хорошего! — крикнул он, обернувшись.

Лихутин не сразу двинулся дальше, а с минуту смотрел вслед облаку пыли.

Чахоточный блондин — если поставить их рядом — полон жизненных позывов. Может быть, ему не дотянуть до зимы; а он кутит, разъезжает в пыль и жар, борется с филлоксерой, ждет интересных дам из России, дарит молодым татаркам куски мыла.

Этот, когда придет его смертный час, не станет спрашивать себя: жил ли он?

Да он и умрет-то неожиданно, не веря в свою болезнь, как все почти опасные грудные. До последней минуты сохранит он свою жажду жизни.

Лихутина опять схватило то самое чувство, с каким он оторвался от чтения романа в желтой обложке — чувство испуга и обиды за себя и таких, как он интеллигентных мужчин и женщин.

Мысленно выговорил он это слово "интеллигентных" почти с гадливостью.

"Какое безобразное слово, как оно пропахло чем-то затхлым и мертвенным! Когда только перестанут его употреблять!"

Как бы желая стряхнуть с себя это настроение, эти вопросы и возгласы, Лихутин поднял голову и широко оглянулся сначала назад, в сторону ворот, завешанных справа и слева кистями светло-лиловых цветов и цветника, с магнолиями и кипарисами; потом, вдоль белого шоссе, уходящего между двумя стенами деревьев, и вверх по горе, где домики с галерейками — белые, серые, с русскими и восточными крышами — ютились по склону, во всех направлениях, вплоть до минарета мечети и ее купола.

И все, кто здесь живет по своему стародавнему обычаю, "на лоне природы", слушаясь вековечных инстинктов, вкусили и будут вкушать дары жизни, когда настанет их черед. Перед ним проходят лица и фигуры татар: толстого Аджи, хозяина Ахмета, франта-кутилы, его приказчиков, цирюльника Мухтара, почтаря Искендера, мальчишек и девчонок, старых баб с халатами на голове, подростков-девчат с полуоткрытыми лицами, лукаво выглядывающих из-за низких загородей и с дощатых галдареек сакль.

Все это живет — по закону. Когда кровь заговорит, они любят, посягают, берут жен, сколько хватает достатка, не знают запоздалых укоров себе и живут себе в телесном и душевном равновесии. Кому из них посчастливится — подслужиться к молодой и тароватой барыне, когда ездит с ней по горам, тот не задумается ни перед каким вопросом, не станет разбирать "мотивы" и "принципы". Для него женщины — все равны: знатные и простые, генеральши и судомойки. Аллах не запрещает их делать своими подругами. Он и в раю сулит несметные рои чаровниц-гурий. Что жизнь дает, то и бери, и знай: ты мужчина, а женщина создана на твою утеху и потребу.

Так будет не нынче-завтра отвечать на заигрыванья какой-нибудь заезжей барыни — тот подросток, который носит ему, каждое утро молоко, стройный, белолицый и светловолосый татарин, затянутый в куртку, с бараньей шапочкой на затылке, музыкально лепечущий по-русски, умненький и изящный во всех своих движениях и позах.

На пол-горе, Лихутин повернул влево, к площадке, где стоял домик с террасой. Он там завтракал.

IV

Низкая, довольно просторная комната, похожая по отделке на "уборную" в барских усадьбах, вся в тени, с двух сторон окруженная крытой террасой, успокаивала от полуденной жары.

Два небольших стола, накрытых по ресторанному, не подходили к ее отделке. По стенам висели, на светленьких обоях, старинные английские гравюры. С потолка спускалась люстра, фарфоровая, с отбитыми завитушками, мебель — сборная, обитая полинялым ситцем, с белым лакированным ободком и в красном дереве. Одна козетка была позолочена и ее бледно-палевая шелковая обивка кое-где прохудилась.

Все это были когда-то барские вещи, вероятно подаренные заслуженным дворовым или попавшие другим путем.

На белом консоле букет живых цветов, в узкой и высокой филигранной вазе, освежал воздух запахом ландышей и фиалок.

Сюда Лихутин приходил завтракать и обедать. Хозяин, из бывших господских людей, содержал при своих меблированных комнатах и нечто вроде ресторана.

Лихутину прислуживала дочь его Онечка, девушка лет семнадцати, хорошенькая и манерная, с головой покрытой до лба крымским расписным полотенцем.

Других гостей в ресторане не было.

Лихутин ждал второго кушанья, рыбы. Первым, шашлыком, он остался недоволен. С местной кухней приходилось мириться. Держал табльдот и телеграфист, но позднее, когда начнется приезд купальщиков; не раньше июня.

Онечка внесла блюдо бережно, боясь расплескать соус. Ее свежий ротик брезгливо усмехнулся. Довольно длинно обстриженные волосы выбивались из-под полотенца. Ситцевое платье с короткой пелеринкой делало ее сухощавую фигуру пышнее.

Лихутин, еще вчера разговаривал с нею, очень сдержанно. Но теперь она его забавляла своим голоском и тоном, смесью манер полубарышни, полушвеи. Глазками она действовала часто и ресницы у ней были пушистые, южные, темнее русых волнистых волос.

— Что это? — спросил Лихутин, ласковее обыкновенного.

Сегодня ему захотелось переменить с ней обхождение и, без пошлого заигрыванья, быть проще, приветливее. Онечка тоже жила вовсю, среди этой чудной природы. Каждая жилка трепетала в ней. Даже ее манерность и картавость на букву "л" ничему не мешали. Наверно она уже вызывала здесь немало пассий.

— Какая рыба?

— Кефаль под соусом, господин.

Это слово "господин", еще вчера казалась ему совершенно нелепым; сегодня оно его забавляло.

Он понюхал.

— Кажется, не очень свежа?

— Ах нет, — пропела Онечка, — вчера купили. Была и

камбала. Гришка рыбу приносил. Внизу, у купальни вытащил. Вот какая, — показала она обеими руками. — За шесть копеек уступал.

— Всю рыбу?

— Ха, ха, — прыснула Онечка, подставляя поближе солонку. — За фунт... Да папаша сказал, куда такую. Не на кого готовить... В ней полпуда будет.

И точно найдя, что она достаточно ему услуживала, Онечка отошла к двери и спросила особенно певуче:

— Кофею не желаете?

— Желаю, — ответил Лихутин и, улыбнувшись, поглядел на нее. — Если есть готовый?

— Я сделала.

Онечка сказала это совсем не как "прислуга"; а как бы с таким оттенком: поймите-де, как я к вам внимательна.

И не прошло пяти минут, как она вернулась с кофейным прибором, который тоже отзывался барской усадьбой.

— Какие же у вас новые постояльцы? — спросил Лихутин.

— Да никого еще нет. Вот вы, господин, у татарина живете. У нас, небось, не пожелали.

— У него, прекрасный вид... Прохлада... И целая терраса в моем распоряжении.

— Дайте срок. Вот будут из Ялты ездить сюда гулять. Там от одних лошадей... какой воздух будет. Как раз под вами. Вы увидите.

Она игриво блеснула глазами и выпятила нижнюю пухленькую губу.

— Вот начнется приезд, — продолжала Онечка, стоя у стола так, точно она не хочет сидеть, но могла бы, потому что она не "прислуга". — Третьего дня приезжала из Ялты барыня. Вот шикозная-то! Прелесть!

Онечка сделала жест, как будто она желала ударить в ладони.

— И что ж?..

Лихутин вспомнил, что чахоточный художник говорил о какой-то интересной даме, виденной телеграфистом. Может быть — та же самая.

— Нанимает, — продолжала Онечка и отошла к двери, взялась худенькой загорелой рукой за притолоку и стала качаться на одной ноге. — Только папаша не очень торопится... И она желает, чтобы весь балкон для нее; а этого нельзя. Хотела еще побывать. И одевается же! Только в полу-трауре... в сером... с белым. Кружева какие! Святители!

Она порывисто вдохнула в себя воздух и, оправивши на лбу полотенце, спросила:

— Больше вам ничего не нужно, господин?

— Ничего... Только вот что Онечка, — он в первый раз так назвал ее. — Зовите меня по имени и отчеству.

— Я не знаю как.

— Владимир Павлович — меня зовут.

— Хорошо! — звонко выговорила Онечка и выскользнула из полуотворенной двери.

Кофей был сварен старательно и сливки недурны, что здесь — большая редкость. Лихутин медленно глотал из хорошенькой чашки старого саксонского фарфора, с тонкой трещиной и облезлой позолотой.

Ему не хотелось двигаться. Тут было прохладно и уютно. Он мог выйти на террасу, закурить сигару и докончить, за один присест роман в желтой обложке.

Роман начал его опять притягивать. Жуткое чувство не улеглось в нем. Хотелось уйти на самое дно страсти, когда она, уже запоздалая и смертельная, будет глодать того самого жизнерадостного мужчину, который умел тешиться любовью, только как художник, одной красотой!

"Чего ж так бояться за себя? — думалось Лихутину. — Ведь мне не пятьдесят лет, даже не сорок! Я еще не тратился на страсть, я не раскидал душевной силы и здоровья на изнуряющую погоню за наслаждениями. Почем же знать?.."

Он не докончил вопроса, но и не устыдился его. Здесь этот вопрос должен был прийти, и он благодарен французу-романисту за такой "подъем духа".

На террасе, где еще вольнее дышалось, он со вкусом раскурил сигару и, с желтым томиком в руке, разлегся в соломенное качающееся кресло. Но перед тем как уйти в чтение — долго смотрел вниз, окидывая разом и склон горы, усыпанный опадающим цветом фруктовых деревьев, и широкую, теперь совсем изумрудную полосу моря, и чернеющие глыбы, оторванные от утесов; они торчали справа из воды.

V

Послышался мягкий шум рессорного экипажа. От мечети заворачивал фаэтон. Яркая триповая обивка резала глаза большим пятном. На козлах сидел татарин, с шапкой набекрень, в нанковом кафтане. Пара серых взмылилась.

Фаэтон подъехал к калитке, сбоку дома, где помещался ресторан.

Лихутин прервал чтение и оглянулся.

В дверях ресторана показалась голова Онечки.

— Господин... Владимир Павлович! — поправилась она. — Это та барыня. К нам. Надо папашу послать!..

Голова Онечки быстро исчезла.

Из фаэтона легко соскочила на землю дама, в сером платье из тафты, с белой отделкой и в черной соломенной шляпе с большими полями и серой же, серебристой вуалью.

Он успел схватить глазами стан, не очень высокий, гибкий, молодой, лаковые башмаки и серые шелковые чулки. Облик был овальный, волосы, светло-русые, кудрявились на щеках, немного полных. Сверкнули на солнце и зубы полуоткрытого рта.

Показалось ему, что глаза у этой яркой блондинки черные.

И прежде, чем он сделал шаг к лесенке, которая вела к калитке, через садик, он уже мысленно сказал:

"Да это..."

Нескольких секунд достаточно было, чтобы в памяти всплыла и фамилия.

"Михалкова... Марья... Владимировна".

"Нет, — тотчас же поправил он, — не Владимировна, а Вадимовна".

— Сюда, сюда пожалуйте! — крикнул он немного сконфуженный тем, что первый окликнул эту молодую и такую красивую, женщину.

Она вскинула на него издали своими продолговатыми глазами. Направление ресниц оставляло их в постоянной тени и они казались совсем черными. Брови, тонкие и темные, она нахмурила от солнца. Зонтик держала она откинутым назад, через правое плечо.

Голос она не узнала. И Лихутина вдруг точно обожгло: а как он ошибся? С женщинами он был всегда до педантизма безукоризнен, в тоне и обращении.

"Она, она", — успокоил он себя, сошел с лесенки и растворил калитку.

Конечно она, Марья Вадимовна Михалкова. Не больше двух лет прошло с его командировки в губернский город, туда, за Москву, где муж ее заведовал отдельной частью. Он бывал у них запросто. Ее наружность нравилась ему; но он находил ее тогда "ничевушкой", безответно состоящей при муже, который подавляет ее и держит, как малолетка.

— Не узнаете? — спросил он, отворяя дверку калитки.

— Ах... Скажите!.. Конечно... Monsieur Ли...

Она не сразу нашла окончание фамилии и покраснела.

— Лихутин... да... Какая мне удача!

Будь это не здесь, в Крыму, не находись он с утра в таком настроении, он не сказал бы этих слов: "Какая мне удача!"

Она стала вдвое красивее и даже свежее: бюст роскошнее, чем прежде, с тонкими линиями к низу талии; легкий загар делал ее щеки, с пушком, золотистыми; около правого глаза родимое пятнышко и рот суженный, с пышной нижней губой; туалет прелестный.

"Шикозный", — мелькнуло в голове его слово Онечки.

Нет, не шикозный, он терпеть не мог этого слова, а умный, нарядный и скромный, несомненно полутраурный.

— Вы ведь сюда? Нанимать квартиру? Не угодно ли через террасу?

— И мне какая удача, — заговорила она очень молодым голосом с высокими, ясными звуками, с короткими придыханиями.

Это он у нее помнил и считал такой голос остатком института.

Он знал, что она воспитывалась в одном из петербургских институтов.

На террасе он пододвинул к ней кресло.

— Нет, я все сидела. Здесь — прохладно.

Она как будто немного стеснялась. Некоторую застенчивость он замечал в ней и два года назад.

— Вы одна в Крыму? — сказал Лихутин полувопросительно.

— Совсем одна.

Он хотел спросить: "а ваш муж?" — и не спросил.

Его взгляд, брошенный на ее полутраурный туалет она могла заметить вбок. Смотря в дверь ресторана — выговорила она тихо и без выражения:

— Я вдовею... скоро будет год.

Сдержанного горя он не расслыхал в ее словах; но не сделал, про себя, никакого злорадного холостого замечания.

— Ждете сюда знакомых, родных?

— Нет!.. Я поехала сюда совсем не затем, чтобы быть в большом обществе. Я и в Ялте не хотела оставаться... ни в Гурзуфе... Здесь — прелестно... Только устроиться нелегко.

Она отошла к другому концу террасы и, оглядываясь на дверь, спросила:

— Вы здесь живете?

— Нет, только ем.

— И как?

— Сносно.

— Они мне показывали комнаты... да я не решаюсь. Дорого... да и душно будет.

У него сейчас же нашлась для нее комбинация.

Какой-то — не то лакей, не то садовник, из русских — предлагал ему, если не для себя, так для "благородной фамилии", целую дачу — на самой вышке, с прекрасным видом, совсем особняк, с плоской восточной крышей, с прохладной комнатой нижнего жилья — вроде английского "hall" — двумя спальнями и столовой. Построил эту дачу какой-то иностранец, кажется, американец, — а теперь забросил. Предлагавший дачу служитель надзирал за ней и жил в беседке, в садике, где были фиги, кипарисы и даже одна магнолия.

Он соглашался отдать и помесячно "по сходной цене" — в ожидании развала сезона, т. е. конца июня. А до этого времени оставалось еще больше месяца.

— Если вы не поладите здесь, — сказал Лихутин, приближаясь к молодой женщине, — я могу вам кое-что показать.

— А вы как устроились?

Ее молодой взгляд ласково прошелся по нем.

Они оба уже интересовали друг друга и тон делался простой, дачный. Ему приятно было сознавать, что он не следит за собой, не конфузится и не напускает на себя обычного тона — серьезного мужчины с репутацией ученого чиновника.

Онечка выскочила на террасу.

— Папаша... сейчас будет... — залепетала она, раскрасневшись от ходьбы. — Вы не желаете, мадам, посмотреть еще комнаты?

Михалкова поглядела на Лихутина и усмехнулась глазами от Онечки — на слово: "мадам".

— Да, я взгляну еще раз.

Квартира состояла из двух комнат — маленькой гостиной и довольно просторной спальни, с общей террасой. И теперь в них было уже душновато. В конце мая будет — невыносимо.

— Здесь очень душно, — сказала Михалкова.

— К вечеру прохладно, сделайте одолжение, — выговорила с оттопыренной губкой Онечка.

Это "сделайте одолжение" опять заставило улыбнуться взглядом их обоих.

— Знаете что, — сказала Михалкова, — пока ваш отец придет — мы пройдемся по парку.

— Да он сию минуту.

— Ну, подождет немножко.

Лихутин подумал: "А зачем я предложил ей ту дачу? Здесь я мог бы видеть ее каждый день".

Но надо было отправляться туда.

VI

У себя, на галерейке, Лихутин — в том же сером костюме, как и третьего дня — смотрел все вправо, вдоль узкой дороги, поднимавшейся кверху, между татарскими домами и дачами русской постройки.

Сегодня он не пошел гулять в парк и точно поджидал кого-то.

Вчера заказал он у главного садовника букет и с полчаса тому назад послал его при записке туда, наверх, на дачу "Американца", где Марья Вадимовна Михалкова устроилась с вчерашнего вечера.

Он помог ей уладить это дело, предварительно сунув в руки зелененькую полу-лакею, полу-садовнику, приставленному к даче — и дача была сдана на шесть недель за сто рублей, что Марья Вадимовна нашла совсем недорого, после цен в Гурзуфе и Ялте. Она привезла свою горничную; а Викентий — лакей и садовник — вызвался быть и поваром.

Как только Лихутин проснулся сегодня — очень рано — он вдруг запел, чего с ним никогда не бывало.

И запел цыганский романс, который никогда не вспоминал, затруднялся бы даже сказать: когда он его слыхал.

"Снятся мне милые глазки твои!" — проделал он звонкой руладой; но тотчас же прервал себя. Дальше он не знал слов; изумился, что и этот первый стих довольно пошлого текста пришел ему.

Вторая мысль, когда он возбужденно встал с постели — была о заказанном вчера букете.

Букет выйдет роскошный, он долго обсуждал его с садовником.

Едва ли не в первый раз в жизни мысль послать букет милой женщине так оживляла его. Это не простая любезность — банальная и казенная. Надо, чтоб сегодня же утром она, проснувшись, любовалась цветами и поставила букет на стол в прохладном "hall", который она устроит по-своему, где все, в одни какие-нибудь сутки — будет дышать ее нарядной и милой женственностью.

И против его воли гётевское слово "Das Ewig-Weibliche" — выскочило у него в мозгу. Еще так недавно он не любил, когда его употребляли при нем, особенно пожилые женолюбы, сентиментально поводя поблеклыми глазами.

А тут он даже продекламировал давно забытые стихи, где это выражение стоит в конце куплета:

> Alles VergДngliche
> Ist nur ein Gleichnis
> Das UnzulДngliche,
> Hier wirds Ereignis;
> Das Unbeschreibliche,
> Hier ist es getan;
> Das Ewig-Weibliche
> Zieht uns hinan.[1]

---

[1] — Все быстротечное —
Символ, сравненье.
Цель бесконечная
Здесь — в достиженье.
Здесь — заповеданность

227

И это "вечно-женственное" нечто уже тянуло его. Какая-то смутная и ласкающая тревога разливалась по всему телу. Сразу почуял он что-то, не дающее раздумывать о себе, задавать вопросы, жалеть о прошлом, пугаться за себя; что-то такое же, как чувство природы, впервые испытанное здесь, сладкий и властный захват им всего вашего существа. Одно дополняет другое и оба идут из того же источника, одухотворяют вас трепетанием вечного и многообразного бытия.

Неужели он ничего подобного не испытал, дожив холостым мужчиной почти до сорока лет?

Этот вопрос тотчас же показался ему совершенно ненужным.

Он с юношеской живостью начал умываться и одеваться и к семи часам был уже готов, поджидая прихода молодого татарина Али, носившего ему каждый день молоко, которое он пил вместо чая, шагая по галерейке, куда солнце еще не могло заходить в ранние утренние часы. Али немного запоздал и это его тревожило. В начале восьмого он послал татарина к садовнику за букетом и стал пить молоко, прохаживаясь по галерее.

Ему захотелось написать хоть несколько слов на своей карточке.

Но эти "несколько слов" показались ему слишком сухими. Он разорвал карточку и написал записку. И ею он остался недоволен: записка вышла сладка и вместе церемонна. Он и ее разорвал, взял другую карточку и на ней поставил всего два слова:

"С новосельем!"

На этом он успокоился.

Пришел Али с букетом. Садовник понял его: подбор цветов был чудесный. На лепестках дрожали капли росы.

Али был в ситцевой затрапезной куртке и в старых сапогах. Лихутин попросил его зайти домой одеться получше, прежде чем нести букет к барыне.

— Ладно, — ответил Али и показал свои изумительно белые зубы.

Вероятно, ему пришлось ждать у Марьи Вадимовны. Она вряд ли очень рано просыпалась. Так и было ему приказано: подождать, если барыня еще не вставала.

Его возвращения и поджидал теперь Лихутин, глядя вправо, вверх по улице и ему не казалось странным его нетерпение. Букет доставлен; татарин придет уж никак не позднее десяти часов.

А нетерпение росло. И когда он наконец завидел темную фигуру татарина, всю в ярком освещении, тотчас за перекрестком,

---

Истины всей.
Вечная женственность
Тянет нас к ней.
(пер. Б. Пастернак)

где крутой поворот вправо — он радостно встрепенулся и допил третий стакан молока.

Издали что-то блестело на Али: должно быть пояс с металлическим набором. Он был в хорошей шапке, черной куртке и широких шароварах. Шапку Али надел набекрень и на затылок и не менее загорелый лоб с русыми нежными кудрями лоснился.

С горы он пошел скорее, легкой поступью, с покачиванием стройного тела.

Лихутин загляделся на него, когда тот был саженях в трех от дома, заглядывался на правильный овал его лица с золотистым пушком твердых щек и тонким породистым носом, под черной бараньей шапкой.

Войдя в комнату Али, не снимая шапки, подал Лихутину записку.

— От барыни?

— Так точно, — выговорил Али довольно чисто по-русски.

— Дожидался?

— Так точно.

— Сама вышла?

— Сама.

Али осклабился и прибавил:

— Чаем угостила.

— Ну, спасибо.

Возбужденный, Лихутин взялся за портмоне. В нем лежал один пятиалтынный и свернутая вчетверо рублевая бумажка.

Он выхватил бумажку и отдал татарину.

— Возьми!

Али тут только снял шапку и уходя покраснел, как вишня.

На продолговатом листке светло-серой бумаги Лихутин прочел:

"Букет — прелесть! Мое хозяйство настолько налажено, что я рискую просить вас отобедать у меня, если хотите попозднее, к семи часам, когда посвежеет".

Тонкий запах ириса, шедший от бумаги дополнил впечатление записки.

Он опять запел и опять из того же цыганского романса.

VII

— Господи! Как хорошо!.. Владимир Павлович!.. А?..

— Чудесно!

Они сидели, друг перед другом, у самых перил крыши террасы, за круглым столиком, куда им подан был кофе.

Их обливал свет луны — сизо-серебристый и трепетный,

229

немного жуткий. Вдали, он играл на чешуе приморской зыби, ближе — в нем точно купались шапки фруктовых деревьев, все в розоватом цвету. Прохлада обвевала лицо и струйки приятной дрожи проскользали по спине.

Внизу в садике — конусы двух кипарисов высились черносиние, недвижные, и ветви фигового дерева — кривые, длинные, с редкими еще листьями, как огромные пауки распустили свои лапы.

— Просто не верится, — выговорила она, откинув голову назад.

— Чему? — спросил Лихутин и, полузакрывая глаза, глядел на нее, как сквозь дымку.

Марья Вадимовна накинула на голову черное кружево. Ее руки падали вдоль длинной шелковой накидки с высоким воротником.

— Чему? — повторил Лихутин.

— А тому, Владимир Павлович, что так легко живется... И так немного надо для этого... Природа! Свобода!

Она наклонилась к нему и положила на столик обе руки — белые и наливные, с тонкими пальцами и розовыми ногтями. Волосы ее выбивались из-под кружева и одна короткая прядь на левом виске заканчивалась завитком.

Лихутин не отводил от нее глаз.

— Как будто этого мало? Красота и свобода?.. Это все, Марья Вадимовна.

Они говорили уже как старые знакомые, почти как приятели. За обедом он многое узнал. Муж ее болел около года, умирал томительно, мучил и себя и ее. Она не жаловалась; но все это не трудно было понять. Свое имение он ей оставил в пожизненное пользование. Детей у нее нет. Все десять лет своего замужества она прожила в одном и том же губернском городе, куда попала, тотчас по выходе из института, в местные сановницы, принимала, танцевала, играла в карты, читала, — но не жила.

И на это она ему не жаловалась, но так выходило из того, что она рассказала про себя. Мужа она боялась, уважала, подлаживалась к нему; но любви не знала.

Когда, полчаса назад, они поднялись на крышу и, прежде, чем присесть к столику, стояли у перил — у него на губах был вопрос: "Да разве вы жили"?

Но его удержало стыдливое чувство. Он сейчас же подумал: "Точно у Гончарова: Гайский и вдова Беловодова".

Но сам-то он точно жил? Гайский, по крайней мере, хоть гонялся за поэзией и красотой; а он даже не пробовал испытать подобие увлечения: обжечься обо что-нибудь.

Теперь, после таких возгласов этой женщины, где жажда радостных ощущений задрожала свободно и смело, ему нечего

230

проповедовать. В ней бьется каждая жилка. Молодость брызжет из нее. Ей не больше двадцати восьми лет, а на вид и того не дашь.

Но ведь и он не старик. Между ними — каких-нибудь десять лет расстояния. Теперь только она и готова для страсти. А он?

Стыдливое чувство опять подкралось к нему.

— Марья Вадимовна, — тихо говорил он, наклонившись к ней через столик, — вы должны быть счастливы тем, что сохранили жажду жизни нетронутой... Ваше замужество...

— Застраховало меня? — спросила она, сдерживая смех. — Да, вы правы. Но это нелегко. Знаете, я вам что скажу, Владимир, Павлович, я почти десять лет прожила по книжке.

— По книжке? — переспросил он и громко рассмеялся. — Все равно — что я.

— Неужели?

— Уверяю вас.

— И вы признаетесь в этом? Как? С сожалением?

— Я, мужчина, я несу всю вину. Вы играли страдательную роль.

— Не хочу поминать лихом свое замужество, — сказала она серьезнее. — Может быть, и хорошо, что я прожила по книжке. Я очень много читала без разбора; наши журнальные серьезные статьи — скорее, как урок. Я ведь вышла из института с шифром. Привычка первой ученицы. Зато с увлечением — романы... всякие, всего больше старые, нынче забытые. На них я очень долго сидела и они меня держали в особом воздухе, выводили передо мною стену. Сердце и рвалось, голова горела, воображение колобродило, но кругом, в губернии, как называла наш город моя горничная Даша, любовь, страсть, увлечение — все это было так низменно и грязно, что я года через два-три, волей-неволей, должна была распознать, что вокруг меня делается. До излияний со мною не доходили: я, по мужу, занимала такое положение... И я никого не вводила в свою душу, ни молодых женщин, ни молодых людей. Никто не знал, какая во мне хоронилась Индиана.

— Индиана? — переспросил Лихутин. — Героиня... Жорж Занда?

— А вы помните этот роман?

— Признаюсь... только по заглавию.

— Теперь принято говорить, что Жорж Занд вливала отраву в кровь замужних женщин, что ее идеализация чудовищно-безнравственная. Какая ложь! Никогда она не может дать ничего подобного тому, что вас охватит от таких вещей, как та книжка, которую вы читаете, Владимир Павлович...

Он сделал удивленный жест головой.

— Ха, ха!.. Извините... Я подсмотрела третьего дня... Там, на террасе ресторана... желтый томик. Глаза у меня ужасно дальнозоркие. Заглавие я мигом прочла.

— Вы знакомы с этим романом?

— Как же; читала всю дорогу.

— Не правда ли, сильно?

— Очень. И кажется — правда. Я говорю — кажется, потому, что не могу поставить себя на место героя. Все эти вещи — новые, те, что выходят в последние годы — Мопассана, Бурже, Матильды Серао... Они, — я говорю, — опаснее; но страшнее, безотраднее... Зачем так копаться в любви? Так обнажать ее? Я не моралистка! По книжке жить я не хочу больше. Но жизнь не так страшна. Любовь должна стоить всякой траты сил. Только не надо убивать ее, в корне, неизбежным и пошлым адюльтером. Французы не могут выбиться из этой колеи!.. Не то надо переносить из живой жизни, не то!..

Она не докончила и, опустив голову на ладонь правой руки, ушла взглядом в лунную ночь.

VIII

Крутой спуск со ступеньками из шероховатых камней привел Лихутина опять к морю, к тому месту, около каменной беседки, где они, полчаса перед тем, сидели вдвоем.

Он проводил Марью Вадимовну после прогулки в нижнем парке; но идти к себе домой спать не мог.

Было уже за полночь. Месяц глядел высоко с неба и ночь стояла вся серебряная; и только иногда над морем поднималась молочная тонкая пелена и застилала игру чешуйчатой зыби.

"Вот она, вот жизнь-то когда пришла!" — повторял Лихутин и его несло вниз.

Да, пришла жизнь, настоящая, молодая, окруженная чарами южной природы, на полной воле, с глазу на глаз с женщиной, охваченной еще сильнее жаждой жизни. В один день, в один вечер, он стал совсем другим человеком. И это не фраза, не самообман.

Так бы он и обнимал все вокруг; с каждым деревом поделился бы полнотой душевного ликования.

Долго гуляли они в верхнем и нижнем парке. Она опиралась на его руку и часто замедляла шаг. И то, что она говорила про себя, было так смело и правдиво, без рисовки, без ненужного умничанья.

Судьба свела их. В один день они сделались изумительно близки друг другу, и это сближение не пугает его, не отравлено ничем дряблым, малодушным, скептическим, брезгливым, что непременно закралось бы в душу, будь это не здесь, чувствуй он себя по-петербургски, сознавай он себя "интеллигентной" личностью, обязанной следить за каждым своим помыслом и впечатлением.

И как все ему казалось просто, удобно, легко и хорошо устроено, и вокруг него в природе, и во всем существе человека, каков он есть, с его стремлением к радости, красоте, обладанию, наслаждению.

У самой воды, на выступе каменной глыбы, присел он, не от усталости, а от желания перевести дух, смягчить прохладой морской влаги свое возбуждение, подремать, если ему это удастся, под еле слышный рокот волны.

Но задремать он не мог.

Голова работала, и работала она вовсе не так, как прежде, как недавно, неделю тому назад. Ее "предпосылки" были совсем не те. "Книжка" куда-то ушла и ее место занимало другое — правда, настоящая, очищенная от всего лицемерно-условного.

Вся его прежняя душевная жизнь представлялась ему чем-то еще более тусклым и подневольным, без единой настоящей радости. И отчего?

Оттого, что он боялся голоса природы, не хотел познать ее могучих призывов, мерил все на аршин своего морализма и резонерства.

"Того нельзя, это не годится, то банально, с этим можно замарать себя": вот чем он жил, выгораживая все упорнее собственное достоинство, преклоняясь перед чистотой своего "я".

А он совсем и не думал быть чистым. Он жил, как сотни самых заурядных "интеллигентов", — что за ужасное слово! — без поэзии и радости, с пошлыми уступками чувственности, лицемерно и трусливо уходя от того чувства, которое все освящает и красит.

Разве он не был моложе на пятнадцать лет, когда стал жить по книжке? И тогда он мог познать, что такое сладкое единение с существом другого пола; но благодать не сходила на него, потому что он боялся жизни, боялся любви, был презренный трус и себялюбец, но себялюбец глупый, добровольно зарывавший сокровище, дарованное каждому из нас.

Как засорено и задергано везде великое стремление живых существ одно к другому, всеми этими правилами и запретами, ложью и трусостью. Но кто не хочет лжи и обмана, грязи и пошлости, тот терпи!..

Разве он не слышал сегодня исповеди молодой женщины, которая прожила почти десять лет около сухого и скучного мужа, и не хотела тайной связи, потому что кругом видела одну грязь и пошлость тайных связей, нечистоплотного адюльтера провинциальных нравов? Но она — женщина. Она терпела за легкомыслие девушки, которая благоразумно делает партию и выходит за крупного чиновника, а не за человека, который заронил в нее искру. А мужчина? У него выбор, над ним не

233

тяготеет точно такого же запрета, устроенного для существ другого пола. Стало быть, он добровольно надевает путы.

"Добровольно ли?" — вдруг спросил себя Лихутин, и ему вспомнились встречи с замужними женщинами, где сближение могло бы вызвать и страсть. Что же не доводило до нее? Что отнимало от уст чашу радости и наслаждения? Обман, грязь, неизбежность малодушных и унизительных сделок, быть любовником женщины, которой другой обладает в то же время?.. Не это ли прежде всего?

Но страсть не знает таких задержек. Она все преодолеет, все очистит.

— Страсть! — беззвучно проговорил Лихутин, и чувство сложное и наполовину жуткое, давно ему знакомое, откликнулось на это слово.

Зачем непременно знойная страсть с ее безумием и насилием, сердечной болью и попиранием всякой границы и меры? Как будто нельзя испытать, хоть раз в жизни, блаженство взаимного обладания, обаяния женской красоты и грации — светло, радостно и смело, без напора разнузданных инстинктов и без душевной скорби от предвкусия неизбежного конца всего земного, охлаждения и равнодушия?

И слова: "люби, пока любится" пришли ему сами собою. Нужды нет, что они избиты. В них — правда. Отдайся волне и пусть она тебя несет, и лелеет, и нашептывает тебе волшебные сказки и навевает на тебя чудные грезы. Не нужно ни обетов, ни клятв, ни упреков, ни ревности, ни забеганий вперед, к той минуте, когда пережитое не в силах будет повториться.

Придет старость. Что за беда! Она неизбежна. Но чем же ее и скрасить, как не обращением к тому, что было, когда тайна жизни проявила себя минутами сладкого и могучего единения с природой, где все любит, все ловит миг, цветет и трепещет творческой силой.

Ночной свет стал блекнуть. Время подходило к рассвету; а Лихутин все не мог проститься с прибрежьем. Останься он на воздухе, он не заснул бы до восхода солнца. Впервые привелось ему провести так ночь, и ему не было совестно за себя. Он совершенно забыл, кто он, какой на нем чин, что он собою изображает в тех сферах, где составил себе репутацию "отлично умного" и "чрезвычайно сведущего" чиновника-публициста.

И ему сдавалось, что будут ночи еще блаженнее.

IX

— Владимир Павлович? Вы готовы? — окликнула его Марья Вадимовна, стоя у входа в лавку.

— Готов, готов!

Лихутин сбежал вниз так стремительно, что едва не упал на повороте крутой и темной лестницы.

Они согласились идти пешком в соседнее имение, как только жар немного спадет; а вместо обеда ужинать вместе, в ресторане. Каждый день они сходились или за завтраком, или за обедом, и угощали друг друга попеременно.

Вчера они ездили вдвоем в Ялту, за покупками, и возвращение, теплой, лунной ночью, было гораздо приятнее ходьбы по лавкам пыльной набережной.

На крылечко вышел и его хозяин, еще молодой на вид татарин, франтовато одетый, в пестром галстуке и полосатых панталонах.

Он приветливо-самодовольно раскланялся с жильцом и его масляные глаза кутилы и любителя женщин прищурились на него с усмешкой.

— Хорошо ездил в Ялту? — спросил он Лихутина и поглядел на даму, с которой уже раскланялся. У него они, вчера, нанимали коляску.

— Хорошо, — ответил ему в тон Лихутин, не чувствуя никакого стеснения от этой наивной бесцеремонности.

— Будь здоров!

И татарин еще умильнее подмигнул ему, когда он пожимал руку своей дамы перед тем, как двигаться в путь.

Они сейчас же повернули к мечети, прошли мимо лавок с лакомствами и открытого сарайчика, где молодой татарин, из отпускных солдат, в старом уланском мундире, чинил сапоги.

У спуска, по узкому проходу, на шоссе, Лихутин подал руку Марье Вадимовне, и они замедлили шаг.

— Какой тип — мой хозяин, не правда ли? — весело спросил он, заглянув ей в лицо, уходившее в тень большой шляпы.

— Да! Тип!.. Но как они все верны себе. Нет у них наших стеснений.

— Зато у них есть свои, из Корана. Правда, мой хозяин преспокойно себе попивает коньяк.

— Они гораздо полнее живут, чем мы, — продолжала Марья Вадимовна. — Коран не запрещает им того, что для них самое драгоценное.

"Да любить он им не запрещает, сколько угодно", — добавил про себя Лихутин, и ему сдавалось, что она именно это подумала.

Вот уже третий день, как они говорят все об одном и том же, какой бы предмет разговора ни задевали они, сидя в ее прохладном английском "hall", гуляя и в экипаже, по пути в Ялту и обратно.

У него на душе все то же небывалое настроение детской радости и довольства. Останови его сейчас кто-нибудь и спроси:

"Чему вы рады?"

Он ответил бы:

"Не знаю, да и не хочу разбирать моего чувства".

Он знает одно, что его душевное ликование вызвано женщиной, вот этой самой, с которой он теперь ступает нога в ногу и приятельски болтает.

Никакой жуткой тревоги он не ощущает от ее близости к нему. Не желает он решать умом: что такое для него эта женщина: только внешний толчок, разбудивший потребность любви и счастья, дремавшую в нем, или нечто, само по себе, дорогое, высокое, высочайшее из всех земных даров?

Между ними полный лад. Ему нечего поучать ее. Она готова вознаградить себя за долгие годы, прошедшие в жизни "по книжке". Она готова, всем своим существом, отдаться тому же радостному чувству, которое сладостно играет в нем самом.

Внизу, на шоссе, когда они оставили позади себя ворота, оба вдруг замолчали и молча шли с полверсты.

И это молчание не стесняло, не тяготило их. Им было слишком хорошо. Всякий обмен фраз на какие-нибудь общие или посторонние темы, не нужен и фальшив.

Он чуял ее дыхание, чуть заметное вздрагивание ее бюста; ее рука, теплая и атласистая, лежала на его руке, плечо слегка прикасалось к его плечу.

Без всяких слов, без возгласов и уверений, хотел бы он прильнуть к ней, и одним движением выразить то молодое и радостное, чем стремление к ней наполняло его.

И будь они не на ходу, сиди теперь рядом, полуприкрытые ветвями его любимого кедра, он не стал бы сдерживать себя, и она бы не возмутилась...

Слева, над дорогой, поднималась широкая полоса предгорья, вся покрытая старыми оливковыми деревьями.

— Не хотите в тень олив? — спросил он и остановился.

— В тень олив? — тихо повторила она, и ее чудесные зубы сверкнули перед ним, длинные ресницы приподнялись и глаза, совсем темные, посылали улыбку, где была и нега, и ласка.

Они сели на траву, рядом, прислонившись к стволам двух деревьев, росших очень близко одно к другому.

Но он оставался неподвижным. Его удержало чувство не стыда, не боязнь оскорбить или возмутить; а сознание, что после такого порыва начнется другое, то, что уже бывало; а если и нечто новое, неиспытанное, то все-таки материальное, чувственное;

завяжется связь если только эта женщина не оттолкнет его, не окатит его холодом брезгливого трепета или насмешки.

Нет, он этого не боялся. Он сам не хотел нарушать своего блаженного состояния. Надо продлить его насколько возможно, ничего не добиваться, ничего не форсировать. Будет ли еще лучше того, что наполняет его такой ласкающей радостью?

Он только протянул руку и прикоснулся к ее руке, посмотрел на нее, точно стыдясь во взгляде своем выдать себя.

Ему показалась, что мизинец ее руки вздрогнул от его прикосновения.

"Лучше не будет, — говорило все внутри его. — Пока нет обладания, нет и мучений"...

X

"Милый Владимир Павлович, — читал Лихутин на другой день утром записку Марьи Вадимовны, — я к вам с маленькой просьбой. Мы с Дашей, которую и посылаю к вам, очень недовольны молоком. Мой фактотум Викентий интригует и стоит за свою куму, нашу поставщицу. Вы мне говорили, что вам носит молоко тот хорошенький татарин, которого вы присылали тогда с букетом. Направьте к нему Дашу; она с ним сговорится.

За вчерашнюю прогулку большое вам спасибо; только я немного утомилась!

А когда же мы верхом, если не на Ай-Петри, то хотя до Орианды или до Симеиза?

Жму руку и жду Вас".

Даша, покрытая уже, по-крымски, расшитым полотенцем, смотрит на него, солидно усмехаясь глазами, как на приятеля ее барыни. Он ей нравится и видом, и тоном. Ей сдается уже, что барыня уедет отсюда не одна, а вдвоем, и к осени выйдет замуж.

— Вы хотите сейчас же пройти к моей молочнице? — спросил Лихутин и сам улыбнулся ей.

И ему нравится Даша с ее плотной фигурой, широким великорусским носом и плоскими черными волосами.

— Да-с, барыня говорили, к татарчонку тому сходить, вы намедни которого присылали.

Голос Даши особенно приятно зазвучал, когда она произносила слово "татарчонок".

Он растолковал ей как пройти, сказал "подождите", хотел было написать записку; но раздумал и просил только передать барыне, что будет к завтраку: вчера Марья Вадимовна пригласила его.

237

Когда Даша ушла, а Лихутин стал прохаживаться по своей галерее, он сначала пожалел, что не написал записки в ответ на ту, которую держал еще в руках.

Что его удержало?

Стыдливое чувство, недостаток смелости, чтобы ответить в записке тому, что наполняло его, хоть одним криком души...

Он проснулся сегодня, чем свет, и вслух, лежа в постели, повторял, не стыдясь самого себя, стихи Пушкина, давно им забытые:

И сердце вновь горит и любит,
Оттого, что не любить оно не может!

Два раза перечел он записку. Разве эта посылка Даши, по поводу молока, не предлог написать ему?

Конечно, тон записки приятельский, простой, слишком даже простой, нет ни одного слова, от которого зажгло бы у него внутри, захватило бы дух.

Да ведь он и не мечтал праздновать победу. И ее могло сдержать то же стыдливое чувство, гораздо сильнее, чем его. Она женщина кроткая, воспитанная, прошла долгий искус замужней дамы, где только и делала, что подавляла свои порывы и держалась "книжки".

И вся вчерашняя прогулка мелькает, в ряде отчетливых картин, перед его умственным взглядом, с того момента, когда они сели на траву, под оливы, в начале прогулки.

Какой сладостный был миг этот наплыв нежности и ласки, в его душе, чуть не сказавшийся в поцелуях.

Мог! Но не покрыл... Разумеется, мог! Тысячу раз мог, не рискуя вызвать в ней негодующий протест оскорбленной женщины. Что-то ему говорило, что она примет это как дар, за который не казнят.

Больше того!.. Быть может, обойми он ее, покрой поцелуями, она бы отдалась тому же порыву, особенно там, дальше, на террасе заколоченного барского дома, в Мисхоре, куда они пришли перед самым закатом.

В воздухе пахло первыми цветами магнолии. Кругом приветливо смотрят на них, из-под навеса террасы, высокие деревья и чуть слышно перешептываются. Никто не заметил, как они зашли сюда. Было что-то особенно пленительное в этом уединении, вдвоем, что-то близкое к той минуте, когда все будет возможно.

И она, медленно вдыхая ароматный воздух, точно про себя улыбалась чему-то и повторяла одно слово: "хорошо". Опять его рука стала искать ее руки, и на этот раз он ощутил пожатие, тихое, ласкающее.

Вот когда ему простился бы всякий порыв!

И он не сделал больше ни одного движения.

Ему довольно было и того, чем все его существо жило в эти минуты. Опять та же боязнь, что лучше минут не будет после обладания, удержала его.

Так лучше, как теперь, в миллион раз лучше.

И когда они, возвращаясь домой, медленно поднимались в гору, по узкой дорожке, к мечети, он поддерживал ее под локоть, и они тихо смеялись.

— Совсем я разомлела, — повторяла Марья Вадимовна, чуть переводя ногами.

Если б он не выдержал и поцеловал ее в голову, в ее милые светло-русые волосы, не чувственность сказалась бы в нем, а высшая нежность. Но и этого он себе не позволил.

И теперь, перечитывая ее записку, где не было ничего, кроме приятельской близости, он не испытывал ни сожаления, ни упрека себе. Так все ясно и мило в этой женщине, и ее любовь, когда она полюбит, будет так же ясна и обаятельна, как та природа, которую он начал познавать только здесь.

Без всякого фатовства ждал он, что она полюбит. Так должно было произойти. И когда в слове или в безмолвном порыве его влечение к ней наконец прорвется — "все будет возможно", повторил он еще раз мысленно, теми же словами.

XI

Перед ними шоссе шло дугой до выступа скалы, куда красный полукруг солнца, опускавшегося в море, слал розоватый свет и делал ее окраску серо лиловой.

Они возвращались из недальней поездки, верхом. Марья Вадимовна держалась в седле легко и стройно; ее караковый небольшой иноходец шел с чуть заметным покачиванием. Ездила она резво.

Лихутин не мог того же сказать про себя. Он даже забыл, когда в последний раз садился на лошадь.

Местный цирюльник-татарин, промышляющий и верховыми лошадьми, заверял его, что обе лошади превосходные иноходцы; но тот, что под ним, с тряской рысью; только по виду похож на иноходца.

Марья Вадимовна любит и галоп; но когда они, по дороге туда, пустили своих лошадей вскачь, то Лихутин чуть не слетел с седла, и, кажется, она это заметила. Но смеяться над ним не стала; напротив, первая заметила:

— У вас лошадь с очень неприятным ходом.

Сознание своей неумелости в верховой езде должно бы мозжить его; а он не испытывал никакого жуткого чувства, точно он первый наездник по всему южному берегу.

Разве он будет рисоваться перед этой женщиной? Она берет его, каков он есть, не наездник, не герой, во вкусе Хаджи-Абрека, или Амалат-Бека... Она так умна и высоко женственна, что ему было бы особенно приятно, если б она начала и подтрунивать над ним.

Ведь он мог бы быть двадцатилетним молодым человеком и все также плохо ездить верхом.

На обратном пути они ехали шагом и он молча любовался ее талией в черной амазонке, и линиями затылка с дымчатыми волосками, и тем, как на ней сидела мужская шляпа с светло-серым вуалем. Это было для него новое художественное наслаждение. Да если б он и совсем был смешон, пускай смеется она над ним, показывая свои жемчужины. На душе его будет еще радостнее. Она увидит, что самолюбие, суетность, задор, всякая себялюбивая претензия — все это исчезло и покрывается только радостью и желанием отдать все свое существо.

Скала на крутом повороте так надвинулась над шоссе, что бросала тень.

Он ехал слева и отставал на две головы.

Из-за выступа скалы, им навстречу, выплыла вдруг арба, и ее скрип, раздавшийся внезапно, испугал его лошадь. Она шарахнулась влево, к горе. Он не удержался — поводья держал он чуть-чуть — и свалился на землю. Из стремян ноги его выскочили быстро и он упал вперед, ударясь левым плечом.

Марья Вадимовна крикнула и успела схватить повод его лошади.

Татарин при арбе помог ему подняться.

— Владимир Павлович!.. Милый! Что вы?.. — донесся до него ее голос.

Через минуту она, с помощью того же татарина, соскочила с седла и подбежала к нему.

Он присел у дороги. От головы у него отошло. Сильной боли не чувствовал он, ни в ногах, ни в руках. Но протянуть левую ногу было неловко и левое плечо ссажено. Платья он не разорвал, только весь испачкался в известковой пыли, и Марья Вадимовна отряхала ее своим платком.

— Ничего? Ничего?.. Не поранили себя? Нет вывиха?

Голос ее дрогнул; но тотчас же раздался ее смех, молодой и заразительный.

— Нет, ничего! Вы молодцом!

— Ничего, — повторял Лихутин и ему стало по-детски весело.

Он сам встряхнулся, встал на обе ноги и протянул ей руки.

— Ездок-то я — горе!

240

— Нет, это лошадь с норовом. Это со всяким могло случиться... Вы сядете опять в седло?

— Постараюсь! Левая нога немного зашиблена.

Татарин помог ему подняться в седло. Когда он уселся и вставил носки в стремена, то тупая боль в щиколке левой ноги заставила его наморщиться и левое плечо засаднило сильнее.

— Есть боль? — заботливо, но бодро-весело спросила Марья Вадимовна.

— Пустяки, — уверенно ответил он и не побоялся поглядеть ей в лицо, не побоялся того — а вдруг, как в ее глазах промелькнет насмешка над фигурой контуженного жалкого ездока?

Взгляд ее был возбужденный, но в нем не искрилось ничего иронического. Не виднелось и испуга. Она — здоровая натура, смелая и простая. Преувеличенно жалеть о нем она не станет и по-институтски пугаться. Ему было бы гораздо неприятнее, если б она расстроилась.

Ничего он от нее не требовал, никаких проявлений особенного сочувствия. То, что в ней жило и проявляло себя, то и чудесно. И начни она над ним подтрунивать, он и это принял бы как должное, не стал бы глупо обижаться, заявлять претензии мужчины, желающего нравиться во что бы то ни стало.

— Вы все-таки займитесь этим, — сказала она серьезно и спокойно, когда они сделали несколько шагов по дороге, которая пошла в гору.

— Только ссадины, — ответил он. — У нас живет, кажется, доктор. Там, пониже мечети.

— Вот и пошлите за ним.

Помолчав, она заметила:

— В другой раз мы будем брать татарина.

— Разумеется, — поторопился он согласиться. — Может ослабнуть седло... мало ли что.

— Ваш Али — наверно ездит. Мы его подговорим... Не правда ли, какой он милый мальчик?

Лихутин молча кивнул головой.

— И умненький. Я слышу, как он по утрам разговаривает с Дашей. Она у меня большая любительница чтения и Али просил ее научить его читать по-русски. И русское произношение у него такое музыкальное.

— Его и станем брать, — сказал он, довольный тем, что во время их прогулок не будет торчать сзади нахальная черномазая рожа какого-нибудь откормленного Ахметки, избалованного русскими барынями.

Мысль о том, как эти Ахметки иногда пользуются своим положением провожатых — впервые пришла ему тут же, но он подавил ее.

Боль в щиколке и плече все усиливалась от движений тряской лошади. Марья Вадимовна это заметила по его лицу.

— Бедный вы мой!.. Если вас уложат — завтра приду к вам. Дайте мне знать с Дашей... Я ее пришлю с вечера.

В тоне ее не было тревоги; но самый звук ее голоса ласкал его слух, и он радовался своему падению и необходимости пролежать день-другой, если доктор прикажет это.

Она будет приходить — и предложила ему это так просто.

Будь на его месте мужчина, привычный к "победам", — он бы огорчился этой простотой или счел бы ее "прожженной" кокеткой. Он не хочет и не имеет права ничего требовать, а только отдается волне жизни.

Наверху, у его квартиры, стояла кучка татар; два из них сняли его с седла. Ступать на левую ногу было уже гораздо труднее и он поднялся по лестнице с большим усилием.

Марью Вадимовну проводил до дому хозяин лошадей, а мальчишка из лавки побежал к доктору.

Лихутин тотчас же опустился на кровать, чувствуя, что ему надо будет пролежать день-другой; но его настроение не изменилось.

XII

Третий день Лихутин не выходит из дому, лежит в кровати или на кушетке, куда переходит с трудом. Опухоль около щиколки левой ноги туго опадает. Доктор нашел, что есть небольшое растяжение связок — и покой необходим.

Вчера Марья Вадимовна просидела у него несколько часов, читала ему, рассказывала про себя и его много расспрашивала. Эти несколько часов пролетели досадно быстро; но, когда он остался один — к вечеру — что-то у него зашевелилось в душе новое, менее ясное и радостное.

Как будто после их прогулки пешком, когда они сидели на траве, "в тени олив", и потом на террасе, что-то остановилось.

Не в нем, а в ней.

И сегодня он проснулся с тем же смутным чувством.

Проснулся он очень рано — и ему долго пришлось лежать, пока поднялся внизу один из мальчишек-татарчат, прислуживавший ему.

И Али что-то запоздал с молоком.

Вчера Марья Вадимовна опять заговорила об Али. Она, кажется, хочет сама учить его писать и читать по-русски. Даша было принялась за это; но у ней плохо идет, она нетерпелива и стала кричать на своего ученика; а он самолюбив, от каждого окрика — сейчас побледнеет.

Пришел и Али.

Лихутин заметил, что он одет по-праздничному, не в своей затрапезной ситцевой куртке, а в суконной и кушак с серебряным набором.

— Отчего так поздно? — спросил он его с гримасой.

Почему-то этот красивый подросток ему гораздо меньше нравился, чем неделю назад.

Али сдержанно улыбнулся своими чудесными темно-синими глазами.

— Носил молоко к барыне.

— Может, записка есть?

— Нет... Она сама вышла.

Не совсем приятно было Лихутину то, что татарин говорит "она" вместо "они", как бы сказал русский парень.

— И что же?

— Приказала сказать... приду нынче.

— Когда?

— Не говорила.

— Ступай!

Он отпустил Али, не пошутив с ним, как обыкновенно делал.

Точно будто Али перед ним провинился в чем-нибудь. В чем же?

Был всего девятый час утра. Татарин побывал уже у "барыни". Стало, он пришел туда часов в восемь. И Марья Вадимовна уже вышла к нему — конечно, одетая; а она не привыкла рано вставать. Может быть, начала его учить русской грамоте. Оттого Али и опоздал к нему. Почему же он не спросил его об этом?

"С какой стати?" — остановил себя Лихутин. Ему стало стыдно.

Он постучал палкой в пол позвать мальчика перевести его на кушетку и поправить постель. Отчего бы не посидеть и на террасе? Он попросится у доктора. Сегодня ему менее больно двигать левой ногой и плечо не так саднит.

Доктор разрешил перебраться на террасу и обнадежил, что дня через два можно будет выйти и погулять в парке. У доктора — свободного времени много. Он сам — болезненный и поселился здесь после воспаления в легких. Но удерживать его посидеть — Лихутин не стал, хотя тот разговорчивый и любит расспрашивать про Петербург, где он учился.

Хочется быть одному, читать медленно, мечтать и ждать ее прихода.

Когда она придет? К завтраку — вряд ли. Он на диете — и ему принесут из ресторана бульону и вареную курицу с рисом.

Опять его начинает мутить предчувствие того, что в Марье

243

Вадимовне что-то "остановилось" после их прогулки в Мисхор. И то, как она отнеслась к нему, когда он упал с лошади — пополняло и подтверждало это. Добро, ласково, как хороший друг и близкий приятель — и только.

Но ведь он еще третьего дня упивался своим чувством, ничего не требовал, ни за что не боялся?

Значит, он верил, что она полюбит не сегодня, так завтра; потому душа его и утопала в тихом восторге.

А теперь — как будто не то.

Неужели она сократилась, или умышленно завлекает, или желает показать ему, что женщине, как она — нельзя навязывать себя?..

А разве она не могла только наружно уйти в простоту, в веселый товарищеский тон, под которым теплится другое? Страстность у таких блондинок — особенная... Надо понять ее и уловить решительную минуту.

И теперь ему сдается, что эту минуту он заведомо пропустил — там, "в тени олив", и на террасе барского дома.

После завтрака Лихутин стал тревожно смотреть на часы. Сделалось очень жарко на террасе; он перешел в комнату и прилег на кушетку.

В такой жар она не придет. Целый день, надо валяться одному.

Три-четыре дня назад он весь отдавался бы грёзам, без всяких вопросов, тревожных предчувствий и недоумений. А сегодня ему нужно знать и видеть, убедиться скорее в том, во что он верил, что он предвкушал.

Дверь широко растворилась и Марья Вадимовна остановилась на пороге — вся розовая, в новом туалете, с цветными лентами на шляпе, с букетами на груди, в платье, усыпанном цветками по бледному фону.

Первая мысль Лихутина была:

"Она сняла траур раньше срока".

Это его обрадовало. Она сделала это для него. Осталось несколько недель до годового срока. Зачем эта лицемерная "книжка", соблюдение приличий, когда все вокруг них и в них самих зовет к полноте жизни, к ликованию?

— Какая вы... прелесть! — вырвалось у него — и он сделал порывистое движение, чтобы встать с кушетки.

— Лежите! Лежите! Ради Бога!

И она своей легкой, немного колыхающейся поступью быстро подошла к нему, нагнулась и, подавая руку, поглядела на него ласково и весело — точно она принесла ему какую-то радостную весть.

Он не выпускал ее руки, любуясь ею, ее глазами, овалом лица, родинкой, дымчато-русой прядью волос на левой щеке, ее

244

шляпой, платьем с вырезом на груди, ее янтарными, полуоткрытыми руками.

— Пустите... дайте сесть. Так жарко! И так, Владимир Павлович, хорошо на душе... Так безумно молодо! И так хочется выболтать вам все... все... Как ни с кем никогда не говорила в жизни. Только не извольте двигаться. Я сама придвину стул.

<h1 style="text-align:center">XIII</h1>

— Вот что чудесно, милый Владимир Павлович, — возбужденно начала она, подсев к нему на стуле, спиной к свету, — вот что чудесно: с вами я точно птица небесная — о чем хочу, о том и пою. Ха-ха! Извините за сравнение... Петь я не умею, но зато говорить могу много-много, и без всякой задержки. Помните наш первый разговор, ночью, на террасе, когда мы праздновали мое новоселье?

— Еще бы! — чуть слышно откликнулся Лихутин.

Он полузакрыл глаза и жадно прислушивался к звукам ее голоса, ожидая чего-то, что разгонит все сомнения, озарит и вызовет решающий миг.

— Скажите... разве есть что-нибудь выше такого настроения, которое точно отбивает у вас память о прошлом... о всем, что мешало вам жить?

— О книжке? — спросил он, повернув голову, и поглядел на нее в бок.

— Да, да!

Она встала и заходила по комнате.

— Выше ничего нет и быть не может! — заговорила она еще стремительнее. — И знаете, даже мужчины, не то, что уж женщины, воспитанные, как мы все... не могут освободиться от разных... как бы это сказать... зацепок. Согласитесь, — она подошла к кушетке, — что это например за любовь, которой нужно сначала, чтоб голова все оценила и взвесила? У нас теперь так злоупотребляют словом: симпатичный, несимпатичный. Дошли до того, что говорят: симпатичное платье, симпатичное кушанье. А главная-то симпатия — настоящая, единственная — под надзором разных правил и приличий, всей нашей казенной морали!

Он слушал и ему захотелось остановить ее.

Он сразу сознал, что виноват перед этой женщиной — виноват в мужском эгоизме, в одиноком смаковании своего чувства, своих сердечных радостей. Но непреодолимая стыдливость сковывала его. Даже глядеть на нее ему стало жутко.

А она не смолкала. Ей надо было высказать до конца

накопившийся в ней протест против своего прошлого, как женщины.

— Читали вы Теверино? — вдруг спросила она.

— Теверино?

Он не сразу вспомнил.

— Повесть Жорж Занд?

— Да. Вы скажете, вот запоздалая барыня, до сих пор сидит на романах Жорж Занда! Но лучше примера я не могу прибрать... У нас не умеют отдаваться ни природе, ни красоте, ни своему чувству, кем и чем бы оно ни было вызвано.

— Позвольте, — возразил он и отнял голову от кушетки, — у той же Жорж Занд я помню одну вещь... кажется одну из самых лучших....

— Леон-Леони? — подхватила она. — Я так и знала, что вы укажете на эту вещь. Но она ничего не доказывает. Можно безумно полюбить негодяя, как героиня и полюбила, и связала с ним свою судьбу. Это — несчастье! Не больше. Несчастной можно быть и с архи-добродетельным господином. Я не про то говорю. Скажите: ведь пристраститься до рабства к собачке позволительно; а к человеку нельзя, если он вам не ровный, если вы не можете выйти за него замуж... Непременно замуж, непременно — обязательство, условия света, правила, книжка, все та же ужасная книжка!

Возражать он уже больше не хотел. Она высказывала то, что его самого преисполняло с того момента, когда неизведанное им влечение к женщине вошло в него.

— Долой книжку! — воскликнул он и протянул ей обе руки.

Марья Вадимовна взяла их и, держа в своих, стояла над ним с разгоревшимися щеками и с широко раскрытыми глазами, где, то и дело, мелькали искры.

Такою он никогда не видал ее.

— А я, мой друг — порывисто заговорила она вполголоса, — я неизмеримо счастлива в эту минуту. Долой книжку! В груди зажглось что-то небывалое, хочется смеяться и плакать, и обнимать всю природу, и уходить в себя, уничтожаться, — протянула она и закрыла глаза, — да, уничтожаться.

Пальцы ее вздрагивали, но не пожимали его рук.

Точно облачко пронеслось по его сознанию на один миг; вслед затем он начал что-то понимать, и краска залила его щеки, побледневшие от искажения. Но глаза были прикованы к ее лицу.

Голову она немного закинула назад и оставалась с опущенными ресницами.

— Смотришь, — продолжала она медленнее, с вздрагиванием в голосе, — смотришь, и ничего не надо, ничего. Так сладко и ново... Нельзя этого передать никакими словами... Какая это чудная сила: молодость и красота, не сознающая себя, свежесть души, первобытная, не наша... Восторг!

Она высвободила руки и, закинув их за голову, опустилась на стул.

— Вы о себе? — чуть слышно спросил Лихутин и его вопрос отдался у него в груди чем-то жалобным... Ему ударило в ноги и он начал холодеть.

— Да, да! — почти крикнула она. — О себе! И вот прибежала к вам исповедоваться... И знаю, что вы все поймете. Вам нечего теперь, милый мой Владимир Павлович, проповедовать мне протест против книжки! Мне вдвойне хорошо оттого, что я могу говорить все, все такому другу.

На лбу его прозвучал поцелуй; а две руки схватили его за голову.

— Прощайте! — крикнула она, отбежав к двери. — Через час вернусь и, если хотите, почитаю вам. А теперь, — она перевела дух и поглядела на него в пол-оборота головы, игриво и, радостно, — я иду нанимать лошадь, и на весь вечер до поздней ночи.

— С кем же вы? — весь похолоделый спросил Лихутин.

— Как с кем? С Али! — кинула она шепотом и скрылась.

Лихутина точно ударил сильный ток. Он опустил ноги и забывая о боли, выбежал на галерею. Солнце зажгло ему лицо, но он этого не почувствовал и у перил, свесив голову, ждал ее появления на крыльце, как будто он хотел крикнуть ей вдогонку.

Но через несколько секунд ему вступило в голову и он, шатаясь и с усиленным жжением в больной щиколке, еле дотащился до кровати и упал на нее пластом.

Боль, не похожая ни на что, замозжила у него где-то, он не мог распознать где, не то в мозгу, не то в сердце. Такой тоски и надсады он еще никогда не испытывал.

Потом едкое горе разлилось по нем и держало его как в тисках, стучало в виски, мутило голову и подступало к горлу, в виде глухих рыданий.

Наконец-то он понял! Понял свою чудовищно-жалкую долю наперсника любовных излияний, когда в нем все изнывало страстью к женщине, познавшей любовь...

"К кому? Боже! К кому?" — яростно шептали его запекшиеся губы.

XIV

Томительно опираясь на палку, поднимался Лихутин по каменистой тропке, зигзагом, к верхнему шоссе, куда выходила калитка дачи "Американца".

Было еще жарко, хоть и близко к закату. Он снял шляпу, присел на выступ каменной глыбы и отер платком лоб.

В последние два-три дня лицо его осунулось, глаза потускнели, в висках седина еще заметнее серебрилась.

Его тянуло наверх, к ней, болезненно тянуло, и он, через силу ступая, поплелся туда, только что доктор позволил ему выходить.

Сна он почти лишился. С той минуты, как Марья Вадимовна, после поцелуя в голову, скрылась, бросив ему имя "Али", и он все понял, длятся его мучения, и он не нашел еще никакого исхода.

Надо было убедиться в истине, и он страшился этого. Она забегала к нему два раза; но излияний больше не было, точно она застыдилась своей дружеской откровенности или ей теперь уже не нужно никакого наперсника.

Но ее глаза блестели, в ее лице, движениях, туалетах, походке, во всем трепетала радость жизни, предвкушение запретного плода.

"И с кем? С кем?" — без счету повторял он, лежа в кровати или на кушетке, в сумерки и на заре, ночью и в полуденный жар.

Он знал — с кем, и его мужское "я" сейчас высказалось в том, что он "расчел" Али, солгав, что он больше не будет пить молока по утрам. Один взгляд на смазливое лицо татарина зажег у него внутри такое бешенство, что он чуть не кинулся на него и не схватил его за горло.

Не подозревал он в себе такого зверя.

Но разве он знал себя? Разве он жил до этой весны, когда ему уже минуло тридцать восемь лет?

Первую ночь он вслух, точно в бреду, произносил целые монологи, обличал ее, клеймил, разражался хохотом, осыпал даже циническими оскорблениями. Внезапно, во всей силе, проснулась в нем неприязнь к женщине — ко всякой, — привычка стареющего холостяка к выходкам, обращенным на это лживое, чувственное существо, способное грязнить любовь походя, существо, для которого все предметы страстного влечения одинаковы, кто бы они ни были.

— Жоржзандистка!.. — шипел он и метался ночью на постели. — Ха, ха! Нужды нет, что это старомодно! Должно быть оно всегда в моде! Всегда!

И вслед за взрывами ярости и злобы он начинал плакать, целовать подушку.

То лихорадка начинала бить его, то он обливался потом, и в изнеможении, неспособный уже ни на какую связную мысль, лежал недвижно до рассвета, как труп.

Ей он не сделал ни одного вопроса, когда она во второй раз вчера, под вечер, забежала к нему. Не мог он этого. Ее присутствие гнело его и раздражало. Он чуть не крикнул ей:

— Уходите! Я вас видеть не могу!

Но сегодня ночь была такая же бессонная, в нем проснулся и другой человек, привыкший жить совестливо, поверять себя, чтобы слово постыдно не противоречило делу.

Ведь он сам, он первый, стал проповедовать ей свободу чувства, сам поддакивал ей, когда она протестовала против "книжки", против всяких запретов и резонерских принципов, из-за которых люди не живут, а только выполняют программы, без радости, без страсти, без наслаждения, без сладкого безумия!

Все это он говорил, всему этому он вторил в ней и когда она, впервые, отдалась при нем захвату своего влечения, он задрожал от предчувствия, что предмет этого влечения он, Владимир Павлович Лихутин.

Должно быть не одно и то же: признавать свободу любви на словах и позволять женщине любить кого и как она хочет.

Если даже это не страсть, а простое увлечение, жар крови, обаяние красивого отрока, чувство чего-то запретного, необычного, или потребность забыться, уничтожиться, — как она тогда выразилась, — на каком же основании негодует он и клеймит ее, яростно уничтожает в своих цинических выходках?..

Потому только, что она не его любит, не ученого чиновника, "отлично умного" и "к повышению достойного", а татарчонка, который носил ему молоко? Только потому?..

Пробуждение совести не облегчило его душевной боли. Он сознал себя виноватым, но не излечился от недуга. Сердце ныло и начало подсказывать ему другие вопросы, когда он, забывшись часа на два, в полудремоте встал с постели, сегодня утром. Оно нашептывало возможность грубого самообмана. Почем же он знает, что страсть, прорвавшаяся в ней, толкает ее в объятия Али? Ведь это могло померещиться ему. Она только готова к упоению любви, и, не подозревая в нем страсти, как с другом, поделилась радостью жизни и предвкушением блаженства. Он, в своей трусости и неумелости, ничем не проявил того, что так победоносно заговорило в нем на третий день их знакомства.

И его неудержимо потянуло к ней. Он стал безумно ждать ее, хотя она не обещала ему зайти к нему. Несколько раз он принимался одеваться и бросал платье, чувствуя, что он заново себя обманывает, что его приговор давно подписан, что кроме боли, унижений или чего-нибудь грязного, если не безумно-кровавого, не выйдет, если он завтра же не уедет отсюда.

И не выдержал, пошел; с трудом ступая на больную ногу, поднимался к тому месту — где его опять захватила тоска и раздумье — чуть не полчаса.

Не видать ее еще целый день было для него слишком невыносимо.

Поднявшись на шоссе, он подходил к калитке, охваченный новым приступом нерешительности и страха, презирая себя за малодушие так, как может только человек, познавший страсть, способную привести ко всякому виду падения...

XV

В калитку вошел он тихо, не крадучись; но оглядывался и как бы ожидал чего-то. В садике тени удлинялись. Недавно еще почти оголенные ветви фигового дерева зеленели своими широкими лапчатыми листьями.

Лихутии прошел ко входу на полукруглый низкий балкон. На нем никого не было видно. Он поднялся по ступенькам лестницы и, стоя на балконе, прислушивался.

Но окликнуть Марью Вадимовну он не хотел. Глаза его обратились влево, к дворику и сторожке, где жил Викентий.

Там стояли, в тени у забора, две оседланных верховых лошади, одна — с бархатным дамским седлом.

Горечь, смешанная с злорадством, от того, что он мог "накрыть" их, схватила его за сердце и он сразу побледнел.

И чуть слышными шагами он прошел в гостиную, где сгустились сумерки от синих опущенных стор.

Но в глубине — в открытой узкой дверце, выходящей в светлые сени — ярко выделялись две фигуры.

Марья Вадимовна, в амазонке, стояла в полуоборота, спиной, и ее рука, без перчатки, в эту минуту трепала по щеке Али, опустившего свои пышные ресницы. Весь его тонкий профиль с короткими кудрями на висках и шапкой, надетой набекрень, вырисовывался, как в камере-обскуре.

Лихутин чуть не крикнул: "Браво!" — и тут же опустился на кресло, которое издало скрипящий звук.

Дверца захлопнулась. Фигура Али исчезла за нею. Марья Вадимовна обернулась быстро на каблуке и придерживая юбку рукой — не той, которой потрепала татарина по щеке — подбежала к нему.

— Вы?.. Владимир Павлович?.. Неужели пешком? И как подкрались?

Она наклонилась над ним, положив свободную руку на спинку кресла. Ее дыхание коснулось его лица. Ему представилось тотчас же, как эти розовые, нежные губы целовали татарина и будут целовать сегодня, завтра, все время.

В горле у него пересохло и он тихо спросил:

— Я помешал?

— Чему?

Она присела на ближайшее кресло, без всяких• признаков смущения.

— Вы, кажется, нашли своего Теверино?

Голос его вздрагивал и жалобно-злобная усмешка поводила его бескровные губы.

— А! Вспомнили наш разговор...

Она громко перевела дыхание и, откинувшись на спинку мягкого кресла — сделала своеобразный жест правой рукой.

— Нашли? — выговорил он, чувствуя, что ему не выдержать тона друга и наперсника.

— А вам завидно? Ха, ха!

Этот вопрос зазвучал для него невыносимым цинизмом. Он встал и, прихрамывая и упирая на палку, отошел к широкому камину, черневшему своим пустым отверстием.

— Нет, мне не завидно... уверяю вас... а только я...

Докончить он не мог. Еще один ее "цинический" ответ — и он бросится на нее, как бешеный зверь. Но она не могла еще схватить выражения его искаженного лица — в полутьме комнаты.

Своей молодой, колеблющейся поступью подошла она к нему и положила ему обе руки на плечи.

— Милый, Владимир Павлович! Что с вами?.. Вы, кажется, изволите на меня гневаться? За что? За то, что я начала жить? Ведь — это великое счастье — быть такою, как я теперь!

Она нагнулась к нему и на ухо шепнула:

— Вы думаете... все уже кончено? Нет! Далеко нет, и вот это-то и есть высшее блаженство!

Руки его оттолкнули ее. Ему стали нестерпимы ее прикосновение и ее "бесстыжие" речи.

— Замолчите! — глухо крикнул он и, почти шатаясь, отошел к двери.

Марья Вадимовна вся выпрямилась и, медленно пододвигаясь к нему, выговорила:

— Я вам противна, стало быть?

— Противны или нет — разве это вам не все равно? Вы теперь вне всякой меры, вне всякого нравственного чувства!..

Произнося эту тираду, Лихутин смутно сознавал, что он ведет себя смешно и пошло, что совсем не то следовало сделать.

Надо было схватить ее, покрыть поцелуями, выплакать у ее ног свою страсть и вызвать в ней отклик, в один миг, потому что она была готова к любви, призывала ее всем существом и Али — только символ того, как она преисполнена жаждой жизни и страсти.

Но ему уже нельзя было так повести себя: обида и злость, возмущение и презрительное высокомерие мужчины, оскорбленного в сознании своего превосходства — мертвили его душу, держали его в оцепенении.

— Владимир Павлович! Милый!.. — Она опять близко подошла к нему. — Вы ли это говорите? Вы — умница, вы —

честный и терпимый, вы — тот человек, который стал мне первый проповедовать свободу чувства, нелепость и ложь всяких лицемерных сентенций? Голубчик! Разве я решаю судьбу свою? Ставлю все на карту? Я просто живу, как никогда еще не жила. И такого чувства, какое теперь играет во мне — у меня уже больше не будет!.. Полюблю еще раз, на всю жизнь, или на время, глубоко и серьезно, сделаюсь подругой или женой человека выше себя, найду в нем идеал всего, что для меня есть дорогого в жизни; но вот таких минут, теперешних, я никому не уступлю, никому и ничему — никакой книжке. И ничего я не боюсь!

— Никакой грязи? — перебил он ее — и рот его сложился в гневную и презрительную усмешку.

— Почему грязи? А если б я увлеклась теперь каким-нибудь интеллигентом, офицером или художником, была бы разница для меня? Скажите? Стало быть, чувство, радость любви или влечения, хотя бы и минутного, грешного, как хотите называйте, все это измеряется только чином, или образованием, или положением того мужчины, кто в вас заронит искру? Да?

— Я не знаю-с, — отрезал он.

— Нет, ответьте мне: да или нет? Не лавируйте, не садитесь между двумя стульями!

— Чувство — не чувственность!

— Почем я знаю, что меня поднимает на седьмое небо? Красота женщины, когда вы — мужчины — в нее безумно влюблены, даже просто ее формы, ее голос, ее вздернутый нос или смех — все это разве духовное, идеальное? Полноте. Вы это так... Это у вас, добрый друг мой, последняя дань все той же книжке.

И она тихо рассмеялась. В глазах ее блеснул новый наплыв блаженства; она не могла продолжать дальше свои доводы.

— Ну, прощайте. Поздно. Надо ехать.

Она смелым жестом протянула ему руку. Он подал свою с чувством бессильной ярости.

На пороге балкона Марья Вадимовна приложила палец к губам и, кивнув ему головой, сказала вполголоса:

— До конца еще далеко! А какой он будет — не знаю. И ничего не боюсь — ничего!

IV

Беловатая полоса узкого шоссе, стесненная деревьями парка с обеих сторон, ползла к "дворцу", мимо перекрестка со спуском к морю, где справа выглядывала стена низкого, одноэтажного домика.

Ночь уже надвигалась, звездная, с черным небом и чуть

заметным лунным светом. Месяц убывал и его узкий серп точно врезался в густую краску неба.

Лихутин шел домой, еле передвигая ноги. Он незаметно очутился на дороге в Симеиз, не чувствуя боли в ноге, сделал больше двух верст и теперь возвращался и не замечал, мимо чего и где он идет.

Но он знал, что заставило его пойти назад.

Вблизи того выступа скалы, с крутым поворотом дороги, где он свалился с лошади, мимо него промчалась пара — дама с своим татарчонком; лошадь дамы чуть не сшибла его с ног.

Он долго глядел вслед скачущей паре, и болезненное чувство клубком прилило к горлу. Они резвились, они неслись во весь карьер. Было что-то невыносимо дерзкое и для него — гадкое в этом откровенном поведении русской "барыньки", познавшей в Крыму сладость охоты за подростком-татарином, смакующей приближение той минуты, когда она его "осчастливит".

Истерическое ощущение клубка, приступившего к горлу, прошло и сменилось общим нервным возбуждением, таким сильным, что Лихутин пошел вдвое скорее, почти не опираясь на палку.

В нескольких саженях от ворот "дворца" его окликнули.

На скамье, в полутемноте, сидело целое общество.

Он узнал голос доктора и его худощавую фигуру, в длинном пальто военного покроя и в фуражке с кокардой. Рядом сидел художник, которого он не видал больше недели, и какая-то женская плотная фигура, без шляпки, в волнистых волосах по плечи, широколицая, некрасивая и неряшливо одетая.

Около них стояла Онечка, в неизменном полотенце на голове, в светлом ситцевом платье.

— Откуда, ваше превосходительство? — шутливо спросил его доктор, вставая со скамьи. — Неужели все пешком? Не раненько ли?

— Ничего, — ответил Лихутин, приходя в себя.

— Смотрите! Связку надо теперь беречь.

Доктор захихикал в нос.

— Мое почтение!

Ему протягивал руку художник — пыльный и потный.

Поклонилась и Онечка, поглядевшая на него вбок и с усмешкой в красивых глазах.

— Нас совсем забыли... Все с приезжей барыней, — обидчиво выговорила она и засмеялась.

— Не хотите ли присесть, место есть, — пригласил художник. — Позвольте вас познакомить — Аграфена Федоровна Желвакова — из-под Москвы, учительница.

Учительница крепко пожала ему руку и тотчас же закинула волосы за уши быстрым движением головы.

Тут только ощутил он большую усталость и нытье в щиколке и опустился на скамью.

— А мы, — заговорил художник, наклоняясь к нему и подмигнув, — мы видели, с полчаса будет, как проскала та госпожа... ваша знакомая, кажется... с татарчонком Али. Выравнивается мальчуган. Красивый какой стал. И ездит лихо.

Они переглянулись. Только что перед тем они "кумили" про барыню, живущую на даче американца и про "счастливчика" Али, с которым она начала кататься и по утрам, и по ночам.

Лихутин почувствовал, что попал в воздух местных пересуд, все на ту же любимую и частую тему, как приезжие барыни развлекаются здесь с своими провожатыми.

— Неопасен, — сказала учительница, — такой мальчуган. А то ведь другой и нож в ход пустит. Помните, — обратилась она к доктору, — в Ялте какой-то татарин, кажется фруктами торговал на набережной, так тот зарезал барыню из ревности?.. Она больно уже часто меняла своих возлюбленных.

— Кажется, она же у него и пятьсот рублей выманила, — вспомнил художник.

— И это нынче бывает, — добавил доктор.

— Бывает! — повторил за ним Лихутин, и его стало неудержимо тянуть к какой-нибудь беспощадной и ядовитой выходке против вечно воскресающих "жоржзандисток", соблюдавших свое супружеское целомудрие для того только, чтобы на вдовьей свободе пуститься "вовсю".

— А вы что же плошаете? — шепнул ему художник.

От этого вопроса точно что дернуло его внутри. Ему стало противно за себя. Он испугался возможности взрыва своей ярости среди этой компании, испугался пошлости, недостойной его. Довольно и тех слов, которые художник шепнул ему сейчас.

Он встал, сделал торопливо общий поклон и, не расслышав, что ему вслед сказал доктор, пошел длинным двором и через несколько минут очутился на той самой лужайке, под кедром, где недавно упивался чудным утром, перед тем как развернуть желтый томик так им и недочитанного романа.

Беспомощно опустился он на траву и прислонил спину, совсем разбитую, о ствол кедра. Им еще владело чувство гадливости к самому себе, к своей "душонке". Ведь он мог, там, в той компании, разразиться против женщины, ничем перед ним не виноватой, или поддакивать судаченью скучающих туземцев, обрадованных тем, что у них, на глазах, опять "кутилка-барыня" обзавелась татарином, да еще подростком.

"Честный" Лихутин проснулся в нем, тот, к которому Марья Вадимовна взывала там, у себя.

Лучше было бы уж зарезать или задушить ее, как тот, ялтинский купец, не разбирая виновата она или не виновата, чем, по доброй воле, залезать в грязь плоского злоязычия и пошлой сплетни.

От этого срама он ушел, но — и только!

Сразу после всех сегодняшних терзаний он ослаб почти до изнеможения и его душа потонула в беспредельной печали. По щекам его стекали две крупных слезы и руки недвижно падали на бедра. Глаза, полузакрытые, видели вокруг себя только сизый отблеск луны, шедшей на ущерб, по лужайке и корням дальних деревьев.

Неужели это была та же роскошь прибрежной природы, та же чарующая прелесть ее, как в то утро, когда он, впервые, зачуял в себе на повороте еще не старой жизни трепетанье всего существа и запоздалую горечь от безвозвратно канувших годов настоящей молодости?

Но и юношей, и человеком в ее годы, около тридцати, судьба могла провести через те же страдания... Быть может, его отвергли бы вероломно после чада страстных объятий, или кинули бы в ад подозрений, открыли бы перед ним смрадную хлябь женской лжи, обмана, бесстыдства и жестокого бездушия.

Все, все возможно, но уже не для него.

Тот, прежний, всегдашний Лихутин, "отлично умный" и способный, честно-настроенный и серьезный, вступит в свои права, как только свежая, дымящаяся рана заживет, и навсегда.

Он глядел, безмолвно и жалко, в могилу, куда сложили его внезапную любовь, и знал бесповоротно, что завтра, какое бы яркое солнце ни взошло над благоухающим прибрежьем, как бы все ни нежило и ни ласкало душу, сердце его не захочет любить только для боли и обиды, не в силах будет приносить себя на заклание этому божеству, что бы оно ни насылало: муки или блаженство. Радость жизни отлетела, и навсегда...

"ВЪ ТѢНИ ОЛИВЪ"

> "Для береговъ отчизны дальней
> Ты покидала край чужой!!."

> А. Пушкинъ.

I

Прибой ласково лижетъ голыши прибрежья. Онъ изсѣражелтоватой полосой изгибается по выступамъ и впадинамъ Ривьеры. Жарко. Вдоль узкаго бѣлаго шоссе клубы пыли взбиваютъ двухколесные возы и дилижансы съ тюками на крышѣ и цвѣтными занавѣсками по бокамъ.

Идутъ всего больше на востокъ, къ большому торговому порту. Пригородное мѣстечко — въ эту пору дня — все печется на солнцѣ. Рядъ домовъ тѣснится на набережной, повыше двухъ дорогъ: одной для обыкновенной ѣзды, другой — для конки.

Мальчишки, босикомъ, въ курткахъ бураго сукна, простоволосые, и кое-кто въ красныхъ колпакахъ — бродятъ безъ дѣла у самой воды, подбираютъ раковины и маленькихъ краббовъ, поджидая поѣзда, когда они кинутся подъ вагоны и станутъ кувыркаться, ходить на рукахъ и кричать взапуски, клянча "un soldo".

По единственной улицѣ мѣстечка, гдѣ одна стѣна высокихъ домовъ генуэзскаго стиля стояла въ густой тѣни — изрѣдка двигались вдоль тротуара прохожіе: англичанинъ съ вуалью на высокой шляпѣ, въ формѣ шлема, старые рыбаки, торговки, солдаты въ парусинныхъ блузахъ; молоденькія прачки проносили корзины, покрытыя розовой кисеей.

Ни малѣйшаго вѣтерка. Въ тѣни привольно дышится. Воздухъ — морской, полный соляныхъ испареній. Такъ тепло, какъ у насъ въ іюнѣ; а весна только что началась. Пасху отпраздновали въ прошлое воскресенье.

Въ концѣ этой улицы, ведущей къ станціи желѣзной дорога, куда надо подниматься по крутой лѣстницѣ съ тротуара — зеленѣютъ эвкалиптусы и лавровыя деревья сада, принадлежащаго обширному отелю. По низкому каменному забору идетъ длинная вывѣска аршинными буквами: "Hôtel de la Mediterrannée".

Красивые ворота приглашаютъ войти во дворъ съ монументальнымъ фасадомъ. На площадкѣ, передъ крытымъ подъѣздомъ — совсѣмъ тихо. На крыльцѣ показался только мальчикъ, въ курточкѣ егеря, съ мелкими пуговицами и малиновымъ воротникомъ, курчавый и женоподобный, и окликнулъ кого-то звонкимъ итальянскимъ возгласомъ, въ одинъ изъ павильоновъ, гдѣ живетъ прислуга:

Оттуда вышелъ факкино, въ сюртукѣ съ металлическими пуговицами и въ форменномъ картузѣ съ клеенчатымъ верхомъ.— La signora aspetta! крикнулъ ему мальчикъ и скрылся.

Факкино, не торопясь, вошелъ въ огромныя сѣни, гдѣ разставлена была лѣтняя тростниковая мебель. Прямо, сквозь широкую стеклянную дверь, виднѣлась изумрудная полоса залива.

Въ правомъ углу стояло кресло на колесахъ.

Слѣва, по ковру бѣлой мраморной лѣстницы, спустились двѣ женщины. Одна была горничная, въ бѣломъ чепчикѣ и франтоватомъ фартукѣ съ оборками — рослая, плотная швейцарка. Другая — молодая дама, брюнетка, худая, съ прозрачной кожей и съ двумя розовыми кругами на щекахъ. Носъ съ горбинкой и большіе темные глаза — да и весь обликъ — говорилъ, что она южанка. На ней, поверхъ шерстяного пеньюара, накинута была драповая мантилья въ клѣтку. Большая бѣлая кисейная шляпа, въ формѣ капора, бросала тѣнь на черты красиваго, болѣзненнаго лица.

Горничная слегка поддерживала ее подъ локоть.

Факкино подвезъ колясочку къ входной двери. Даму усадили и повезли со двора — въ садъ, шедшій вправо и влѣво отъ отеля, на нѣсколько десятинъ.

— Синьора, спросилъ по-итальянски факкино:— прикажете, потомъ повезти васъ въ тотъ садъ?

И онъ показалъ рукой черезъ дорогу.

— Нѣтъ, отвѣтила она.— Мы поѣдемъ туда передъ обѣдомъ.

Она произносила чисто по-итальянски; но опытный слухъ различилъ бы сейчасъ какую-то мягкость звуковъ и принялъ бы ее скорѣе за иностранку.

Съ полчаса возилъ ее факкино по аллеямъ сада, ища тѣни. Но она не боялась солнца и сидѣла, немного согнувшись, безъ зонтика.

На площадкѣ, гдѣ тѣсно скучилось нѣсколько оливковыхъ деревьевъ, она приказала остановиться, вышла изъ коляски и сказала служителю, что онъ свободенъ. Она чувствуетъ себя бодро, посидитъ здѣсь на воздухѣ и придетъ пѣшкомъ къ завтраку.

Сѣла она на желѣзное садовое кресло подъ одно изъ старыхъ деревьевъ. Мелкая, сизо-серебристая листва бросала нѣжную тѣнь. По лужайкѣ играла сѣть отраженій листвы остальныхъ оливъ и въ пятна свѣта попадали головки бѣлыхъ маргаритокъ и какихъ-то желтыхъ цвѣтковъ.

"Ого, кажется, куриная слѣпота?" подумала по-русски молодая женщина, поглядѣвъ на одинъ изъ этихъ цвѣтковъ.

Она всегда думала по-русски. Родомъ она итальянка, родилась въ Москвѣ, тамъ училась въ гимназіи, стала болѣзненна; услали ее за границу къ родственникамъ отца, имѣющаго въ Москвѣ скульптурное заведеніе — и вотъ уже третій годъ она замужемъ за итальянцемъ-инженеромъ. Мужъ работаетъ на желѣзной дорогѣ; а ее прислали на Ривьеру, въ окрестности Генуи.

И не можетъ она отрѣшиться отъ нестерпимой тоски. Не одна болѣзнь ее страшитъ, не одна мысль о смерти надвигается мрачнымъ видѣніемъ; а гнететъ сухость ея душевной жизни. Скучно ей въ этой Италіи, на "родинѣ", не тѣшитъ ее ни природа, ни тепло, ни море, ни благоуханный воздухъ. Рвется она туда, домой, въ родную ей Москву, гдѣ теперь еще ухабы и холодъ, и ужасные тротуары, и грязные ваньки.

Такъ бы и перелетѣла она къ Тверскимъ воротамъ и сѣла бы за столъ, гдѣ шумитъ самоваръ и кругомъ сидятъ ея подруги и студенты; начнутся споры, потомъ пѣніе, потомъ танцы, потомъ опять безконечные разговоры, и катанье на "голубяхъ" — парныхъ саняхъ — за заставу, въ Петровское.

Тамъ она жила, тамъ и полюбила.

Слеза скаталась по худой щекѣ. Слишкомъ жутко стало ей одной.

Она пошла изъ саду. Скоро зазвонятъ къ завтраку. Опять тошный табльдотъ, и тѣ же англичане, и та же заграничная тоска.

II

Передъ завтракомъ, молодая женщина сошла изъ своего номера въ столовую.

Вдоль столовой тянулась широкая терраса подъ навѣсомъ.

Нѣсколько креселъ были уже заняты иностранками. Она знала ихъ всѣхъ въ лицо,— могла сказать, кто англичане, кто нѣмцы и нѣмки; но ни съ кѣмъ не разговаривала.

Съ тѣхъ поръ, какъ она живетъ въ отелѣ этого приморскаго мѣстечка, около самой Генуи, на нее нашло совершенное отчужденіе отъ всего, что вокругъ нея видно и слышно. Форестьеры ей такъ же тошны, какъ и туземцы. Она даже довольна тѣмъ, что въ отелѣ нѣтъ почти итальянцевъ въ числѣ квартирантовъ.

Когда она жила домомъ въ Миланѣ, во Флоренціи, въ Римѣ, и должна была знакомиться съ обществомъ своего мужа — она страдала отъ всего, что составляетъ ихъ интересы, разговоры, вкусы, обычаи, предразсудки.

Она имъ "не ко двору". То же находитъ и ея мужъ. Но онъ, разумѣется, за нихъ. Для него все итальянское превосходно. А все, что ей мило и дорого, онъ называетъ "московскимъ варварствомъ" и считаетъ ее "ренегаткой".

До завтрака оставалось еще десять минутъ на террасѣ было слишкомъ тепло. Она начала тяготиться этимъ вѣчнымъ солнцемъ, отъ котораго никуда не уйдешь.

Мальчикъ-егерь, тотъ, что звалъ утромъ факкино — подалъ ей на маленькомъ подносѣ визитную карточку.

Это ее удивило. Она никого не знаетъ и никого не ждала. И только что она бросила взглядъ на фамилію — вся вспыхнула и даже привстала.

— Этотъ господинъ здѣсь? спросила она.

— Онъ живетъ въ отелѣ. Сегодня пріѣхалъ.

— Попросите!

Въ большомъ волненіи поднялась она. Она не вѣрила своимъ глазамъ. На карточкѣ русской вязью напечатано: Владиміръ Михайловичъ Теренинъ.

"Володя Теренинъ! Боже!"

Она не докончила мысли и тотчасъ же почувствовала слабость и опустилась въ кресло. Передъ глазами пронеслась дымка.

"Какая я слабая!" по-русски выговорила она про себя.

— Вы, Теренинъ?!

— Марья Францовна!

Ей пожималъ обѣ руки молодой блондинъ, красивый, средняго роста, съ русой бородой и голубыми глазами, въ свѣтлой парѣ, безъ шляпы.

— Вы здѣсь... Садитесь... Разскажите... Господи!

Она не могла докончить. И онъ глядѣлъ на нее радостнымъ и немного испытующимъ взглядомъ своихъ русскихъ добрыхъ глазъ.

— Вотъ, какъ видите... Нашелъ васъ.

— Откуда?

— Прямо изъ Москвы. Захотѣлъ прокатиться... на Ривьеру и дальше. Рима никогда не видалъ. Добылъ вашъ адресъ.

— Видѣли нашихъ?

— Какже. Они очень сокрушаются. А вы право — ничего! Только похудѣли.

— И-и,— обронила она московскимъ звукомъ и провела по воздуху рукой съ длинными прозрачными пальцами.

И они начали говорить взапуски, перебивая другъ друга. Она жадно разспрашивала его о своихъ, о Москвѣ, о подругахъ, о лекціяхъ, концертахъ, о маломъ театрѣ, о Ермоловой о

Лешковской, о Южинѣ, о профессорахъ и студентахъ, товарищахъ ея брата, теперь уже магистранта.

Давно уже прозвонили второй разъ и терраса опустѣла. Оберъ-кельнеръ изъ нѣмцевъ пришелъ звать ихъ. И за столомъ они помѣстились рядомъ, ничего почти не ѣли и все говорили, говорили.

Всѣ ушли, а они оставались въ столовой, только перешли за отдѣльный столикъ, куда проѣзжій приказалъ подать себѣ кофе.

— Такъ вамъ... на родинѣ, — не особенно отрадно? выговорилъ онъ тихо, наклонившись къ ней черезъ столикъ.

— Тяжко.

Они вразъ и замедленно поглядѣли другъ на друга.

Неужели то, что было тамъ, въ странѣ снѣговъ, не сонъ, но никогда не вернется уже болѣе?

Опять они вмѣстѣ и такъ влечетъ ихъ взаимно. Давно ли это было! Всего три года. Долго они избѣгали встрѣчи съ глазу на глазъ. Но вотъ... въ темную октябрьскую ночь... въ дождь, они засидѣлись въ квартирѣ ея подруги. Ихъ повезла извозчичья пролетка. Такъ тѣсно было сидѣть и такъ трясло по ужасной московской мостовой.

Поцѣлуй загорѣлся на ея щекѣ. Ее подхватила неземная радость. Они клялись въ "вѣчной" любви. Но на другой день она испугалась. Чего? Неужели своей южной крови? Онъ писалъ ей, она не отвѣчала. И продолжала любить; но молча, хотѣла испытать его, вѣрила въ то, что истинная любовь выйдетъ побѣдительницей изъ всякаго тяжелаго искуса.

Ничего этого она не вспомнила теперь; и онъ ни однимъ словомъ не разбередилъ прошлаго.

Словъ не нужно. Все они теперь чувствуютъ и понимаютъ. Видитъ и онъ — какъ она томится.

Не надо ему исповѣди. Да и зачѣмъ станетъ она унижать себя безплодными жалобами? Судьба рѣшила иначе. Онъ имѣлъ право считать ее пустой дѣвчонкой, гордость не позволила ему добиваться новаго сближенія. А тутъ подоспѣла болѣзнь. Заграницей она страшно заскучала и очутилась женой другого, безъ любви, вышла замужъ "по-итальянски", какъ здѣсь всѣ выходятъ: женихъ хорошій человѣкъ, дѣльный, сдѣлаетъ карьеру, собой какъ всѣ они; за ней онъ взялъ капиталецъ и безъ приданаго врядъ ли женился бы. И навѣрно жалѣетъ. Она — ему обуза, хворая, дѣтей нѣтъ; они — по цѣлымъ мѣсяцамъ — въ разныхъ мѣстахъ.

Зачѣмъ станетъ она все это разсказывать... Володѣ Теренину? Онъ и самъ пойметъ.

— Не вернуться мнѣ никогда къ вамъ, въ Москву! вырвалось у ней, подъ конецъ ихъ разговора, и она чуть-чуть не разрыдалась.

III

Тихо догорала розовая заря. Солнце только что юркнуло за утесистый выступъ морского прибрежья.

Кругомъ зеленѣлъ — и зимой, какъ лѣтомъ — роскошный садъ генуэзскихъ нобилей, занимающій цѣлыхъ полгоры, надъ мѣстечкомъ.

Пальмы и магноліи, пиніи, эвкалпитусы, лавры, кипарисы купами и цѣлыми рощицами разошлись по склонамъ и манили подъ свою тѣнь. Аллеи, густо обставленныя апельсинными и лимонными деревьями, хранили пріятную свѣжесть.

Въ одномъ мѣстѣ,— вдали отъ водоемовъ, каскадовъ, озерка съ храмомъ и золоченой гондолой,— круглая лужайка заросла кругомъ оливами.

Тамъ, въ тѣни вѣковаго дерева, присѣли больная и ея земляк-москвичъ.

Они не разставались цѣлыхъ три дня сряду, сидѣли въ саду отеля до заката солнца, спускались къ морю; а сегодня поднялись вотъ въ этотъ садъ, принадлежащій патриціямъ съ громкимъ историческимъ именемъ, куда пускаютъ въ извѣстные дни.

Они до многого договорились. Не трудно ему было довести ее до горькаго признанія: жизнь ея въ этомъ "благословенномъ" крае тянется въ полномъ душевномъ одиночествѣ. Не можетъ она уйти въ то, чѣмъ довольствуются здѣсь всѣ жены, если онѣ хотятъ жить честно. Всегда между ней и ея мужемъ будетъ стоять стѣна.

Въ эти три дня они заново нашли другъ друга. Точно будто они не разставались, все то же чувство — молодое и лучезарное — согрѣваетъ ихъ обоихъ и влечетъ, и радуетъ.

Никакихъ упрековъ она отъ него не услыхала. И сама не оправдывалась. Но сегодня вырвался у нея возгласъ:

— Владимиръ Михайловичъ! Молодость — ужасная вещь!

— Какъ?

— Гоняешься за счастьемъ и не умѣешь его схватить... А оно всегда разъ въ жизни дается.

— Да, всего разъ, тихо вымолвилъ онъ. смущенный, сидя около нея, на травѣ.

Онъ боялся взглянуть на нее.

— И оно никогда, никогда не придетъ.

Голосъ ея дрогнулъ.

— А почему нѣтъ? вдругъ воскликнулъ онъ и протянулъ ей руку.

Она дала свою. Онъ приложился къ ней долгимъ поцѣлуемъ.

Румянецъ ея прозрачныхъ щекъ разлился въ видѣ двухъ большихъ круговъ. Отъ волненія ей стало трудно дышать.

— Почему нѣтъ? повторилъ онъ, и теперь его глаза загорѣлись

и въ голосѣ она почуяла страстный порывъ и безъ словъ поняла, какъ она ему дорога въ эту минуту.

— Никогда не поздно взять счастье! говорилъ онъ, прильнувъ къ ея колѣнамъ.— Зачѣмъ итти на ложь, зачѣмъ заживо хоронить себя, если вы знаете, что въ своемъ бракѣ вы ничего не найдете, кромѣ суши и тяжкаго одиночества. Это безбожно! Дорогая моя! Вы — чудная русская женщина. Вы — наша. А для насъ всего ненавистнѣе мертвечина здѣшняго довольства. Мы не побоимся разорвать цѣпь, когда мы знаемъ, что въ насъ говоритъ потребность дышать однимъ воздухомъ, сливаться...

— Знаю... остановила она его, движеніемъ руки.— Все знаю!

— И хотите оставаться рабой?

— Что же дѣлать?

— Разорвать случайную связь. Тогда, нѣсколько лѣтъ назадъ, мы полюбили другъ друга. И останься вы тамъ... вы были бы моей женой.

— Быть можетъ...

— Непремѣнно! Отчего же я не искалъ другой привязанности? ни къ кому меня не влекло. А я не надѣялся встрѣтить васъ. Потомъ я узналъ о вашемъ замужествѣ. Я не почувствовалъ рокового удара. Я думалъ, что охладѣлъ къ вашей памяти. Сюда я ѣхалъ безъ всякой мечты. Хотѣлось только повидать добрую знакомую... смущали вѣсти о вашемъ здоровьѣ. И стоило мнѣ увидѣть васъ третьяго дня, заслышать голосъ, и все воскресло, все!

Стыдливымъ жестомъ, она отвела его руки, протянутыя къ ней, и прошептала:

— Не жить мнѣ тамъ, съ вами, откуда меня угнала моя хворость.

— Но вы поправитесь!

— Гдѣ? Въ Москвѣ? Нѣтъ. Владиміръ Михайловичъ. Мое дѣло плохое. Я это чувствую съ каждымъ днемъ все сильнѣе. Но я не побоялась бы нашего климата. Я бы сейчасъ полетѣла.

— Уѣдемъ!

Молодая страсть обожгла ее въ этомъ зовѣ.

— Милый мой! Вамъ я вѣрю. Съ вами я бы пошла сейчасъ... и на всю жизнь. И не побоялась бы людского суда, если бы намъ нельзя было повѣнчаться. Но это безчестно!

— Передъ кѣмъ? Передъ мужемъ? Вы его не любите.

— Мужу я бы прямо сказала: обманывать тебя не стану; но такъ, сейчасъ, бѣжать отсюда, тайкомъ... На это я не пойду. Слишкомъ я русская, Владиміръ Михайловичъ!

— Зачѣмъ тайкомъ? Мы бы его не испугались.

— Не то... Не то!

— А что же, дорогая?

— Для меня хоть годъ, хоть мѣсяцъ счастья! Но это гадко, безчестно,— втягивать васъ... Я не жилица на этомъ свѣтѣ.

— Что вы! Голубушка!

Онъ бросился цѣловать ея руки.

И только что онъ хотѣлъ привлечь ее къ себѣ, она внезапно — и въ первый разъ при немъ — такъ сильно закашлялась.

Что-то зловѣщее услыхалъ онъ въ звукѣ этого кашля.

Она поднесла платокъ къ губамъ. На немъ показалось красное пятно.

— Не жилица! чуть слышно обронила она и смертельно поблѣднѣла.

www.ingramcontent.com/pod-product-compliance
Lightning Source LLC
Chambersburg PA
CBHW022006010726
47494CB00003B/910